CHRISTIAN LABORIE

Originaire du nord de la France, cévenol d'adoption et de cœur depuis plus de quarante ans, Christian Laborie fut professeur d'histoire-géographie. Auteur de plus d'une vingtaine de romans ayant le plus souvent les Cévennes comme cadre, il a notamment publié *Les Rives blanches*, puis la grande saga de la famille Rochefort, qui comprend *Les Rochefort*, *L'Enfant rebelle*, *Le Goût du soleil*, *La Promesse à Élise* et *L'Héritier du secret*. Tous ont paru aux Presses de la Cité. *Les Bonheurs de Céline* et *Les Enfants de Val Fleuri* ont paru en 2020 chez le même éditeur.

LES RIVES BLANCHES

DU MÊME AUTEUR
CHEZ POCKET

LES ROCHEFORT
L'ENFANT REBELLE
LE GOÛT DU SOLEIL
LA PROMESSE À ÉLISE
L'HÉRITIER DU SECRET
LES RIVES BLANCHES

CHRISTIAN LABORIE

LES RIVES BLANCHES

PRESSES DE LA CITÉ

MIXTE
Issu de sources responsables
FSC® C003309
FSC www.fsc.org

Pocket, une marque d'Univers Poche,
est un éditeur qui s'engage pour
la préservation de l'environnement
et qui utilise du papier fabriqué à partir
de bois provenant de forêts gérées
de manière responsable.

Presses de la Cité un département **place des éditeurs**

place des éditeurs

ISBN 978-2-266-25023-8
Dépôt légal : septembre 2020

Avertissement

Ce roman étant une fiction, l'auteur a pris quelques libertés avec la géographie, certains événements et les quelques personnages historiques qu'il a mis en scène. Toute ressemblance avec des personnes qui auraient pu exister ou qui peuvent encore exister ne saurait être que fortuite.

PREMIÈRE PARTIE

LE DÉRACINEMENT

1

Le retour du soldat

1962

Lorsque le car qui l'amenait de Nîmes s'engagea dans la dernière ligne droite avant d'atteindre sa destination, Pierre Chaptal ne put s'empêcher de fixer l'horizon à travers le pare-brise du véhicule. Dans les lointains se profilaient les crêtes cévenoles, découpées d'un trait de plume sur un ciel d'azur. Masse sombre et ténébreuse, elles semblaient se dresser pour faire obstacle à tout envahisseur. Postés à l'avant-garde, quelques môles calcaires protégeaient ses entrées : pic Saint-Loup, mont Hortus, mont Bouquet.

Le jeune soldat n'était pas rentré chez lui depuis un an, depuis sa dernière permission, et, bizarrement, il appréhendait son retour d'Algérie.

De sa place, il ne pouvait détacher son regard de ces montagnes qui recelaient en leur sein tant de mystères passés et qui témoignaient encore de la souffrance d'un peuple qui, pour défendre sa liberté, avait toujours résisté à l'oppression. *Résister*, ce terme inscrit dans la pierre par l'opiniâtreté d'une femme courageuse qui préféra sacrifier trente-huit ans de sa vie plutôt que d'abjurer ! Marie Durand et, avant elle, les camisards étaient-ils de la même veine que ces combattants musulmans qui avaient pris les armes par une nuit de Toussaint 1954 pour chasser l'occupant français, et qu'il avait traqués dans les Aurès, en Kabylie, jusqu'aux portes du grand désert ? Le sang avait coulé à l'époque comme dans les villages et les quartiers des villes algériennes où les attentats meurtriers mutilaient des victimes innocentes et étaient toujours suivis d'une sévère répression.

Il venait de passer deux longues années au contact d'une population tiraillée entre ses aspirations d'indépendance et son attachement à un pays qui, depuis cent trente ans, avait tissé avec elle des liens étroits. Il avait découvert des hommes et des femmes terrorisés par la violence aveugle perpétrée par les nationalistes du FLN et par la chasse aux terroristes pratiquée par les soldats du contingent français. Maintenant, le jeune sergent Pierre Chaptal avait hâte de retrouver un peu de quiétude, de se replonger dans son univers familier, auprès des siens, au milieu des vignes de son père, et de reprendre – peut-être – ses études de droit là où il les avait abandonnées avant son départ.

Au plus profond de lui-même, il sentait que plus rien ne serait désormais comme avant. Il avait vécu trop d'horreurs, vu trop de malheurs, soutenu trop de regards implorants ou haineux. Il avait, malgré lui, participé au maintien de l'ordre imposé par les généraux, assisté à des scènes d'interrogatoire, ordonné à ses hommes de dénicher des suspects au sein de familles innocentes. Il était las, à présent, d'avoir dû supporter le poids d'une Histoire qui lui semblait ne plus le concerner et qui avait échappé à ceux-là mêmes qui l'avaient engendrée.

Les événements d'Algérie – « la sale guerre » des Français, comme la dénonçaient les indépendantistes et leurs partisans en métropole – avaient marqué toute son adolescence. Agé de quinze ans au début des hostilités, il s'était immédiatement intéressé à tout ce qui se passait dans ces lointains départements d'Afrique du Nord. Son goût pour l'histoire, au lycée, son envie précoce de devenir journaliste – au grand désespoir de son père qui ne jurait que par ses vignes – l'avaient toujours poussé à se tenir informé du drame que vivaient au quotidien les populations musulmane et européenne de cette partie éloignée de la France.

Son frère, Philippe, de deux ans son aîné, avait effectué avant lui son service militaire dans les Aurès, à la suite de la décision du gouvernement de Guy Mollet d'envoyer les soldats du contingent pour y maintenir l'ordre et la sécurité des Français d'Algérie. Sur le moment, l'allongement à vingt-sept mois du service actif n'avait pas fait que des heureux ! Philippe, qui ne portait pas les Arabes dans son cœur, partit en maugréant, furieux de devoir abandonner ses vignes pour voler au secours des colons qui, selon ses propres mots, ignoraient leur patrie d'origine !

« Qu'ils se débrouillent seuls ! » s'était-il insurgé lorsqu'il reçut sa feuille de route.

A l'époque, Pierre n'avait guère discuté avec son frère du problème qu'occasionnaient à la France les événements d'Algérie depuis plus de deux ans déjà. Les journaux, la télévision, la radio ne rapportaient pas en détail ce qui s'y passait. Les Français ne connaissaient que de loin les tourments des pieds-noirs et des musulmans aux prises avec le FLN.

Lorsque le général de Gaulle obtint le pouvoir en 1958, tout le monde crut qu'il réglerait en un tour de main la question algérienne qui pourrissait la vie politique de la IVe République. N'avait-il pas été appelé pour cela par le président René Coty ? N'avait-il pas, avec beaucoup de subtilité, profité de la situation de crise dans laquelle le pays était plongé pour apparaître, une fois encore, comme l'homme du recours, le sauveur de la nation ?

Chez les Chaptal, on ne parlait pas de politique. Au reste, si le poste de télévision trônait dans le salon comme une relique précieuse, ce que diffusait l'unique chaîne de la RTF par sa courroie de transmission, le journal télévisé, ne permettait pas de se faire une opinion impartiale de ce qui se déroulait de l'autre côté de la Méditerranée. De plus, quand le Général avait parlé, la messe était dite ! Armand Chaptal était un gaulliste des premiers jours, depuis l'Appel du 18 juin qu'il avait entendu à la radio, alors qu'il se repliait avec son régiment devant les troupes allemandes. Certes, il n'avait pas été assez audacieux pour rejoindre les Forces françaises libres à Londres ni pour gagner les rangs de la Résistance, mais il n'avait jamais prêté une oreille complaisante aux sirènes de Vichy et avait toujours condamné l'attitude complice et collaboratrice du Maréchal pendant les sombres années de l'Occupation.

Sur son téléviseur, la photo du Général côtoyait celle de son mariage avec Marie-Ange Reboul qu'il avait épousée quelques années avant la guerre et qui lui avait donné, pour sa plus grande fierté, deux garçons, puis une fille : Philippe, Pierre et Maryse.

En mai 1958, quand le président Coty avait confié le destin de la France au Général, Armand avait balayé d'une parole toute tentation de critique sous son toit :

« Enfin, nous allons être gouvernés ! » exulta-t-il.

Marie-Ange, en bonne épouse, se rangea comme d'habitude à l'avis de son mari. Maryse se demanda naïvement quelle mouche piquait soudain son père lorsque celui-ci déboucha, pour l'occasion, une bouteille de champagne. Pierre, quant à lui, n'osa dire ce qu'il pensait de la situation et le laissa pérorer pour ne pas gâcher sa joie.

Armand poursuivit :

« Le Général mettra fin à cette guerre que les gouvernements précédents ont été incapables d'éviter. Tout va bientôt rentrer dans l'ordre. Les Arabes n'ont qu'à bien se tenir ! Quant aux pieds-noirs, il s'agirait qu'ils fassent un peu de ménage chez eux. Tous des nantis, ces colons ! Ils ignorent la France et, quand ils sont dans la panade, ils appellent nos jeunes soldats à l'aide. Heureusement, de Gaulle saura leur parler, à tous, musulmans et colons, et leur dire où est leur devoir de Français ! Grâce à lui, Philippe va bientôt rentrer. La vie redeviendra comme avant. »

Armand devait vite déchanter. La lutte contre le terrorisme allait redoubler et mettre à mal les soldats du contingent peu préparés à une guerre qui avait pris des allures de guérilla.

En l'absence de Philippe, qui accomplissait sa dernière année de service national, Pierre était devenu, momentanément, le second de son père dans les vignes familiales. En même temps qu'il poursuivait ses études de droit à la faculté de Montpellier, il aidait Armand à la gestion du domaine et, à l'occasion, n'hésitait pas à se joindre aux équipes d'ouvriers agricoles, notamment au moment des vendanges.

Les vignes d'Armand Chaptal s'étendaient sur trente hectares dans la commune de Pérols, près de Saint-Hippolyte-du-Fort. Nichées au pied des Cévennes, elles bénéficiaient d'une exposition au soleil exceptionnelle et d'un terroir très favorable à la production d'un vin de qualité naturellement riche en sucre et en tanins. Le substrat argilo-calcaire, bien drainé, et ses cépages riches en arômes faisaient la réputation de ses vins depuis plus de quinze ans qu'il tenait seul les rênes de la propriété. Aussi Armand comptait-il sur ses fils pour continuer après lui l'œuvre qu'il avait entreprise depuis la Libération.

Mais, sans jamais oser le lui avouer, Pierre avait en tête d'autres desseins. Loin de se désintéresser des vignes familiales, il ne songeait qu'à devenir journaliste. Il n'avait commencé des études de droit que pour convaincre son père qu'il serait ainsi un bon gestionnaire lorsque, à son tour, il s'attellerait au domaine comme son frère avant lui. En réalité, il n'avait nulle intention de s'attarder sur les bancs de la faculté et guettait chaque occasion pour se faire embaucher comme pigiste dans l'un des grands quotidiens régionaux.

Après trois ans d'études et l'obtention de sa licence de droit, à vingt et un ans, il décida d'interrompre son sursis et de remplir au plus vite ses obligations militaires. Inutile d'attendre davantage, songea-t-il alors, mieux vaut en finir maintenant, afin d'avoir les mains libres le plus tôt possible. Il partit à l'armée sans avoir revu son frère qui, lui, s'apprêtait à rentrer dans ses foyers, sain et sauf.

Sa présence en Algérie, au moment où les événements s'aggravaient, lui permettrait peut-être de réaliser son souhait. C'est ce qu'il crut en demandant une affectation dans un service de presse aux armées, lors de son incorporation. Mais il déchanta rapidement. Après ses mois de classes passés à Brest dans le 2e régiment d'infanterie de marine, il fut d'abord envoyé avec son unité dans la vallée de la Soummam. Dans le bled, il n'était pas question de presse aux armées, mais seulement de missions de maintien de l'ordre. Il dut immédiatement s'initier aux techniques de ratissage en milieu rural ainsi qu'aux méthodes d'interrogatoire un peu spéciales, recommandées par le général Massu investi des pleins pouvoirs depuis 1957.

A ce titre, il n'accepta jamais de pratiquer la torture pour obtenir le moindre renseignement et interdit à ses hommes tout geste de violence à l'égard des prisonniers dont il avait la charge.

« Nous ne sommes pas des nazis ! » leur vociférait-il avec dégoût quand l'un d'eux commençait à brutaliser un suspect.

Sa hiérarchie lui reprocha son attitude et l'affecta dès lors aux plus dangereuses opérations de quadrillage dans le bled. Pierre obtempéra, conscient qu'il n'avait rien à gagner à redresser la tête. Toutefois, il ne participa jamais en personne aux séances de torture auxquelles il fut parfois contraint d'assister. Pourtant, il perdit des camarades en mission, morts dans d'atroces souffrances, mutilés à leur tour par ceux qu'il refusait d'interroger selon des méthodes qu'il jugeait barbares. La violence appelait la violence. Mais il s'interdisait de tomber dans l'engrenage infernal.

Le soir, à l'abri des regards, il rédigeait son journal dans lequel il consignait ses interventions, le nombre de rebelles faits prisonniers par son unité avant leur transfert au quartier général pour interrogatoire. Il n'ignorait pas ce qu'il adviendrait d'eux. Il écrivait à demi-mot ce qu'il ressentait à l'égard de ce qu'on lui ordonnait, conscient que, si son cahier tombait dans les mains de ses supérieurs, il serait immédiatement traduit devant un tribunal militaire.

En 1961, lorsqu'il comprit la profondeur du désarroi des pieds-noirs, de plus en plus abandonnés à leur triste sort par le gouvernement, il eut envie de déserter. Toutes les valeurs qui le portaient s'effondraient. D'un côté, la cause indépendantiste était maculée du sang des victimes des terroristes FLN qui semaient la terreur chez leurs propres frères musulmans pour mieux les contraindre à les soutenir. De l'autre, les activistes de l'OAS s'en prenaient à tous ceux qui prônaient l'abandon de l'Algérie française. La confusion la plus totale régnait dans les deux camps. Ceux qui étaient amis la veille s'égorgeaient le lendemain, mus par une haine féroce inexplicable.

Finalement, Pierre se retint d'abandonner son poste, devant être démobilisé en mars 1962.

« Ne fais pas l'andouille ! lui conseilla son meilleur camarade de régiment, Serge Mattéi, un Français d'Algérie qui effectuait son service militaire dans son unité. Patiente jusqu'à la quille. Tu n'as plus qu'un an à tirer ! De toute façon, ça ne durera pas. De Gaulle a menti aux pieds-noirs.

— Quand il a dit : "Je vous ai compris" ?

— Parfaitement. Dès son premier discours sur la place du Forum[1], il a embrouillé l'esprit de tout le monde. Les pieds-noirs ont compris qu'il allait défendre l'Algérie française. Les musulmans, eux, ont cru qu'il allait leur donner l'indépendance. Depuis trois ans, celle-ci est devenue inéluctable. D'ailleurs, de nombreux pieds-noirs commencent à se réfugier en métropole. L'exode ne fait que commencer. »

Pierre écouta les conseils de son ami.

Lorsqu'il quitta l'Algérie le 19 mars 1962, le cessez-le-feu venait d'être décrété à la suite des accords d'Evian signés la veille entre le gouvernement français et les représentants du FLN. Il ignorait alors à quel point ces accords de paix allaient être bafoués par les vainqueurs de l'indépendance, et semer la panique dans les rangs de la population pied-noire et des supplétifs de l'armée et de l'administration.

1. De Gaulle, sur la place du Forum d'Alger : 4 juin 1958.

En débarquant à Marseille, il fut surpris de ne pas constater la liesse sur les quais de la Joliette, sur le Vieux-Port, sur la Canebière et dans les rues de la cité, à l'annonce de la fin de cette guerre meurtrière et fratricide qui durait depuis huit ans déjà. Les Français étaient-ils à ce point détachés de ce qui se passait sur le rivage opposé de la Méditerranée ? A moins qu'ils ne fussent dans l'expectative angoissée de ce qui n'allait pas tarder à arriver : l'invasion des pieds-noirs et des Arabes qui demanderaient l'asile à la France, *leur* pays, car tous étaient des citoyens français – les seconds un peu moins que les premiers puisqu'on les appelait de façon discriminatoire : les « Français musulmans d'Algérie » !

Il se rendit à l'évidence : en métropole, la guerre d'Algérie – terme que les journaux évitaient – était ressentie comme un boulet dont il fallait d'urgence se délester. Les accords d'Evian ne signifiaient ni une victoire ni une défaite, mais pour les uns un renoncement, pour les autres un repli, pour beaucoup un soulagement. Mais qu'allaient devenir ces hommes et ces femmes qui n'avaient pas pris parti ou qui avaient cru en l'avenir d'une Algérie française ? Pourraient-ils désormais vivre en paix et en sécurité dans une Algérie algérienne dirigée par la minorité combattante maintenant au pouvoir ? Qu'adviendrait-il de ces familles européennes installées depuis des générations dans cette terre lointaine ? Et de ces hommes, musulmans, qui avaient choisi le camp de la France en s'enrôlant dans l'armée française comme supplétifs ? Pierre avait noué des liens d'amitié étroits avec des harkis qu'il avait eu l'impression d'abandonner lorsqu'il avait quitté le sol d'Algérie.

« Qu'Allah te protège, chef ! lui avait souhaité le supplétif Sayed Laraoui, l'un de ses compagnons d'armes originaire de Sétif, la ville où la première insurrection avait éclaté le jour même de la victoire des Alliés sur les Allemands en 1945.

— Dieu te bénisse et veille sur toi ! lui avait-il répondu en l'étreignant chaleureusement. Un jour, peut-être, on se reverra sous des cieux plus cléments ! »

Pierre n'ignorait pas le sort que les vainqueurs réserveraient à ceux de leurs frères musulmans qu'ils considéraient comme des traîtres.

« Pars ! Cache-toi ! Ou essaie de t'embarquer sur un navire militaire. Ne retourne pas dans ton village ! » lui avait-il conseillé avant de le quitter.

En voyant s'approcher les contreforts cévenols à travers les vitres du car, Pierre pensait à Sayed Laraoui. Aura-t-il eu la chance d'échapper à la vengeance des vainqueurs ? Est-il encore vivant au moment où mon cœur exulte à l'idée de revoir les miens ? se demandait-il.

L'amertume le gagna soudain. Un sentiment de non-assistance à personne en danger, de désertion occultait sa joie de rentrer chez lui. Il repassa dans son esprit le film de ces deux dernières années. Alger la blanche lui parut tellement belle à son arrivée sur la côte africaine, tellement accueillante et sensuelle, qu'il fut surpris, alors, qu'elle puisse être le théâtre d'affrontements sanglants entre des communautés qui avaient appris à vivre ensemble depuis plus d'un siècle ! Les montagnes intérieures lui rappelèrent ses Cévennes sauvages et envoûtantes, avec leurs hameaux perchés, repliés sur eux-mêmes pour mieux se défendre des regards importuns. Comme chez lui, les paysans étaient des êtres besogneux et fiers, méfiants et cependant hospitaliers dès lors que tout soupçon était dissipé. Leur fidélité à un islam généreux et authentique lui rappelait la foi de ses ancêtres huguenots à une époque où la religion réformée forgeait les cœurs aux plus dures épreuves. La beauté des paysages, la simplicité des habitants, leur pauvreté, leur attachement aux valeurs de leurs aïeux, tout montrait à Pierre que nul n'a le droit de priver son prochain de ce qu'il possède de plus cher au monde : la terre qui l'a vu naître. Aussi rentrait-il dans ses Cévennes, l'esprit partagé, l'âme déchirée, persuadé que ce drame, qui durait depuis trop longtemps déjà, n'en était pas encore à son dernier chapitre.

Le car s'arrêta sur la place du marché. Il n'allait pas plus loin. Les derniers voyageurs descendirent sans perdre un instant. Pierre les laissa passer devant lui, tardant à s'extraire de son siège. Il voulait prendre son temps avant de retrouver les siens, de renouer avec le passé – un passé au demeurant pas si lointain mais qui, au regard de ce qu'il avait vécu, lui paraissait tellement coupé de la réalité !

« Qu'est-ce que vous attendez ? lui demanda le chauffeur. Vous ne descendez pas ! On est arrivés au terminus. Je ne vais pas plus loin ! Si vous voulez poursuivre vers Ganges ou Le Vigan ou aller en montagne, vous devez prendre un autre car. Il y en a un dans trente minutes pour Meyrueis. Il dessert Ganges et Valleraugue.

— Euh… non. Ce ne sera pas la peine. Je demeure près de Saint-Hippolyte. Je rentre chez moi. »

Le conducteur devina que son passager sortait de l'armée.

« En perm, soldat ?

— Non, la quille !

— Vous en avez de la veine ! Vous revenez d'Algérie ?

— Oui.

— Mon fils y est encore. Ah ! Saleté de guerre ! Mais maintenant que de Gaulle a fait la paix, ils vont tous rentrer… Et j'espère bien qu'on foutra tous ces bougnouls sur un bateau pour les renvoyer dans leur pays ! Puisqu'ils ne veulent plus de nous là-bas, ils n'ont qu'à retourner chez eux.

— Ce n'est pas si simple ! Il y a des musulmans qui nous ont aidés. On ne peut pas les abandonner. D'autres sont installés en France depuis longtemps et désirent rester français. Et puis, il y a tous les pieds-noirs ! Pour eux, c'est un drame qui est en train de se jouer.

— Oh ! ceux-là, c'est pas des Français comme nous ! L'Algérie, c'est leur pays. C'est eux qui le disent. Eh bien, ils n'ont qu'à y rester et s'arranger avec les Arabes !

— L'Algérie ne sera plus à la France dans quelques semaines, quelques mois tout au plus.

— C'est plus notre problème ! On a envoyé nos pauvres gamins pour aller les défendre. Certains y ont laissé leur peau. Vous savez de quoi je parle, vous, puisque vous en revenez ! Maintenant, qu'ils se débrouillent sans nous ! C'est à cause d'eux que toute cette misère est arrivée. »

Pierre sentait qu'il était vain de discuter et d'argumenter. Ce doit être l'opinion de la plupart des gens, pensa-t-il en descendant les trois marches du car.

« Je vous laisse. Mes parents doivent être impatients de me revoir.

— Je les comprends, mon gars ! Ne les fais pas attendre plus longtemps. Je te souhaite bonne chance ! »

Pierre flâna encore quelques minutes dans les allées du marché, retrouvant sur les étals des marchands des quatre-saisons les senteurs de son enfance. En Algérie, sur la place des villages, d'autres parfums plus enivrants l'emportaient parfois dans un tourbillon d'étranges voluptés qui avaient le pouvoir de lui faire oublier ce qu'il était venu faire sur cette terre réputée hospitalière. Les épices mélangeaient leurs fragrances généreuses. Les étoffes soyeuses, les cuivres, les étains le plongeaient dans un univers des *Mille et une Nuits* où les caves des voleurs regorgeaient de trésors. C'était pour lui un enchantement, un vrai dépaysement, un fabuleux voyage dans un pays de contes tellement à l'opposé de ce qui s'imposait trop souvent à lui lorsque, brutalement, au milieu de la foule des vendeurs et des badauds, une bombe explosait et transformait le rêve en cauchemar.

Il s'arrêta devant l'école où il avait passé toute son enfance. C'était l'heure de la récréation. Des garçons et des filles jouaient dans la cour. Il se revit parmi eux.

Au coup de sifflet de leurs maîtres, ils vinrent se ranger devant leurs portes respectives au fronton triangulaire décoré d'une frise ouvragée à l'image des temples antiques. L'odeur de la craie, de l'encre et du papier lui revint en mémoire, ainsi que le souvenir de sa salle de classe. Le bureau de l'instituteur, en bois massif, dressé à l'extrémité de l'estrade, près de la fenêtre. Les cartes Vidal-Lablache, accrochées en permanence à la droite du tableau noir. L'une d'elles représentait l'empire colonial français et, en particulier, l'Afrique du Nord. Elle était pour lui une source de rêveries, tant son imagination le transportait au-delà des mers et des océans en compagnie des grands explorateurs des temps modernes. Puis le poêle en fonte autour duquel, en hiver, les enfants déposaient leurs chaussures mouillées pour les faire sécher. Les pupitres de bois, patinés par le temps, sous lesquels les casiers de rangement cachaient jalousement livres et cahiers et, parfois, quelques friandises apportées par les plus gourmands. Enfin, ces encriers de porcelaine où les taches violettes dessinaient d'étranges auréoles qui s'évanouissaient comme par magie !

La nostalgie s'empara soudain de Pierre qui ne savait plus très bien s'il désirait vraiment rentrer chez lui. Tout se mélangeait dans son esprit, son enfance, son adolescence, ses années d'études à la faculté, son récent passé militaire, comme si les atrocités qu'il avait vues faisaient resurgir par contraste les instants de bonheur vécus en toute quiétude au cours de ses années d'innocence, alors qu'à l'époque il n'imaginait pas à quel point souffraient au quotidien ces populations déchirées d'Algérie.

Lorsqu'il parvint à l'orée du domaine familial, son cœur cogna plus fort dans sa poitrine. Rien n'avait changé depuis son départ. Les ceps étaient parfaitement alignés. Tous avaient été taillés. Les fagots de sarments avaient été ramassés, le sol nettoyé de ses mauvaises herbes. Pierre reconnaissait bien là la main de son père, un homme autoritaire pour qui le travail était la première valeur à respecter, qui avait le sens de l'ordre et du devoir chevillé au corps. Avec lui, aucun compromis n'était possible. Ses vignes lui ressemblaient. Rien n'y était laissé à l'abandon. Les tâches ne souffraient jamais d'aucun retard. Sa récolte était toujours égale à elle-même.

En passant dans les rangées de vigne, Pierre ne put s'empêcher de ramasser une poignée de terre et de la respirer profondément. Il en avait oublié le parfum, cette odeur âcre de feuilles mortes et de raisins desséchés, de champignons et de sarments que l'humidité exacerbe au petit matin quand, en automne, l'aube tarde à percer les brumes alanguies.

Il s'attarda dans les parcelles, cherchant à raviver un souvenir, une image furtive qui le ramènerait à ses années d'insouciance. Mais il avait beau fouiller dans sa mémoire, il avait l'impression que son passé s'éloignait, comme si ce qu'il avait vécu en terre musulmane était en train de s'imposer définitivement à son esprit.

Parvenu au seuil du mas familial, il hésita encore quelques secondes. La gorge nouée, le souffle court, il actionna le marteau de bronze de la porte comme l'aurait fait n'importe quel visiteur, attendit qu'on lui dise d'entrer.

A sa grande surprise, personne ne lui répondit. Il cogna de nouveau, plus fort. Alors, du fond de la pièce, une voix puissante retentit :

« Faut-il donc que tu frappes à la porte comme un étranger, maintenant ! Aurais-tu oublié que tu es chez toi ici ? »

Pierre se détendit. Entendre ainsi la voix de son père lui remit les idées en place.

Il ouvrit grand la porte, arbora un large sourire, s'exclama :

« C'est fini. Je suis rentré ! »

2

Solitude

Armand Chaptal salua le retour de son fils dans ses foyers comme une nouvelle victoire de celui qu'il affirmait être le plus grand homme du siècle. Il ne cessait d'affirmer, en effet, que de Gaulle avait fini par triompher de l'arrogance du FLN en lui imposant ses conditions de paix, et qu'il avait permis aux soldats du contingent de rentrer chez eux la tête haute.

« De toute façon, ajouta-t-il, notre présence en Algérie ne pouvait plus durer. Le temps des colonies est révolu. Et ceux qui s'acharnent à vouloir maintenir la présence française en Afrique n'ont rien compris aux grands changements de notre époque. »

Pierre ne savait que penser. A ses yeux, le sang versé dans les deux camps aurait pu être évité. De plus, les accords d'Evian ne réglaient pas le problème des Français d'Algérie qui commençaient à affluer vers la métropole.

Pendant les premières semaines qu'il passa à Valfleuri – le domaine familial –, il ne quitta pas les vignes, dans l'espoir de sentir renaître en lui ce lien qui l'unissait à la terre et qui s'était rompu alors qu'il portait les armes. Il erra de longues journées, traînant sa solitude comme une compagne qu'on ne se décide pas à abandonner. Les gros travaux n'avaient pas encore repris dans le vignoble. Il pouvait ainsi se promener pendant des heures sans rencontrer âme qui vive. Malgré lui, ses pensées le ramenaient toujours vers cette terre meurtrie que le sang avait trop longtemps et trop cruellement abreuvée, et où il avait l'impression d'avoir perdu son honneur.

Marie-Ange s'inquiéta la première des états d'âme de son fils. Depuis le mariage de sa fille Maryse, trois ans plus tôt, et le départ de celle-ci pour la Savoie, le pays de son époux, elle vivait dans le secret espoir qu'il revienne très vite, sain et sauf, pour le garder à ses côtés. Pierre demeurait son préféré, bien qu'elle s'en défendît au fond d'elle-même, regrettant sincèrement d'éprouver un tel sentiment. Mais elle devait bien reconnaître qu'elle se sentait plus proche de lui que de Philippe et même de sa fille. Pierre s'était toujours montré plus fragile, moins armé pour affronter les obstacles de la vie. Son esprit rêveur, son détachement envers tout ce qui matérialisait la réussite de son père l'avaient un peu éloigné de ce dernier.

Aussi, en son absence, Philippe n'avait-il éprouvé aucune difficulté à s'imposer sur le domaine, justifiant ses prérogatives davantage par son rang d'aîné que par ses réelles compétences. Armand, la cinquantaine bien tassée, lui laissait de plus en plus de latitude afin de mieux assurer sa relève. Toutefois, il ne se résolvait pas à l'idée que son second fils puisse contrarier ses volontés. Il savait que Philippe aurait besoin de son frère pour diriger le vignoble. Car, pensait-il non sans raison, s'il avait la science de la vigne, il lui manquait celle des affaires et ce sens inné du contact humain.

« L'un et l'autre se complètent, aimait-il reconnaître devant ses amis. Valfleuri aura besoin des deux frères, sinon il ira à sa perte quand je ne serai plus de ce monde. »

*

* *

Depuis que, le premier, il était rentré d'Algérie, Philippe avait profité de l'absence de son frère pour prouver que Valfleuri n'avait pas besoin de deux têtes à sa direction. Il avait mené à bien les vendanges, pris des directives pour la commercialisation de la production, étendu le réseau de clientèle de son père sans que ce dernier eût à intervenir. En outre, il avait démontré qu'il était capable, à sa manière, de parler aux hommes : au personnel du domaine, d'abord, qu'il rudoyait au moindre écart et dont il se faisait craindre, non sans une certaine jouissance ; mais aussi aux courtiers des grandes maisons de négoce qu'il avait ajoutés à son carnet d'adresses. Avec ces derniers, il se montrait incisif, déterminé, persuasif.

« Dans les relations commerciales, c'est celui qui parle le plus fort qui a toujours le dernier mot ! » s'exclamait-il sans vergogne, devant son père, pour mieux le convaincre qu'il n'aurait nul besoin de l'aide de son cadet pour gérer l'exploitation.

Son arrogance, son orgueil, sa fatuité faisaient fuir les amis d'Armand, ceux qui, depuis toujours, lui assuraient son fonds de commerce. Philippe, en effet, avait d'autres ambitions : gagner une appellation pour les vins de Valfleuri qui, jusqu'à présent, ne pouvaient s'enorgueillir que de la dénomination « vins du Salavès ». Ce qu'Armand n'avait jamais réussi à obtenir.

« Père, si tu veux que ton vin soit reconnu bien au-delà de la région d'Alès, il te faut jouer dans la cour des grands ! ne cessait-il de lui asséner pour mieux le convaincre. Un jour, je veux que Valfleuri soit le nom d'un grand vin, comme ceux des Costières du Gard[1], à défaut de pouvoir rivaliser avec les côtes-du-rhône. Pour cela, il faut non seulement des moyens, mais encore des relations.

— Des moyens, qu'entends-tu par là ?

— Il faut investir. Moderniser notre chai pour le mettre aux nouvelles normes des grands producteurs. Utiliser des outils modernes de vinification. Embaucher du personnel compétent, un œnologue, par exemple.

— Un quoi ?

— Un œnologue, un technicien du vin et de la vigne si tu préfères. Un homme qui t'indiquera les cépages qui conviennent le mieux, à quelle date il faut vendanger telle ou telle parcelle, quels mélanges éviter, quels assemblages réaliser. Il est urgent d'abandonner nos vieilles méthodes empiriques. Aujourd'hui, le vin, c'est

1. Aujourd'hui : Costières de Nîmes.

comme tout le reste : une affaire de savoir scientifique. Les viticulteurs de la coopérative ne savent que faire pisser la vigne ! Et c'est aussi ce que nous avons toujours fait jusqu'à présent. Seule la quantité les intéresse. Tu ne leur feras jamais modifier leurs habitudes. Moi, je veux produire un vin de qualité et en finir avec la pissette. Il faut augmenter le degré de notre production. Il y a plus de dix ans que ceux des Costières l'ont compris. Pour cela, ils ont changé leur encépagement. Nous devons suivre leur exemple !

— Jusqu'à présent, je n'ai pas eu besoin d'un... œnologue, comme tu dis, pour me signifier quand je devais commencer les vendanges, ni quels cépages je devais utiliser. Ça fait plus de trente ans que j'ai planté ces vignes avec mon père, et que Valfleuri produit un vin apprécié dans toute la région. Je ne vois pas pourquoi, d'un seul coup, il faudrait tout reconsidérer et remettre en question !

— Simplement, père, parce qu'il faut vivre avec son temps. Nos méthodes à l'ancienne sont dépassées. Même dans les châteaux bordelais, on a recours à la science et aux méthodes du commerce moderne, ce qu'on appelle maintenant le marketing, pour obtenir et diffuser les meilleurs vins. L'étude de marché pour s'informer sur les meilleures opportunités de vente, la publicité pour une meilleure diffusion de nos produits, enfin une véritable approche scientifique pour améliorer la rationalité de nos prises de décision par rapport à nos ventes : tels sont les trois piliers sur lesquels doit reposer notre politique de production, si nous voulons vraiment nous embarquer dans le train de la modernité. Les investissements doivent donc se mesurer à l'aune de nos ambitions.

— Bigre, tu parles comme un livre !

— J'ai retenu les conseils pertinents d'excellents amis dont le métier est le grand commerce.

— Si je te comprends bien, tu veux me faire dépenser beaucoup d'argent ! A mon âge !

— C'est pour la survie de Valfleuri, père ! »

Philippe ne mit pas longtemps à convaincre Armand du bien-fondé de son argumentation. En l'absence de Pierre qui, lui, aurait modéré les velléités de son frère – plus par prudence que par contradiction –, il accepta son projet et lui promit d'aller voir son banquier.

« Le Crédit Agricole ne peut rien me refuser ! reconnut-il. De plus, la conjoncture est favorable, le pays connaît la pleine croissance, le nouveau franc garantit notre monnaie. Et la guerre finira bientôt en Algérie grâce au Général. Tout permet de penser que c'est le bon moment pour emprunter et investir. Je te donne donc carte blanche. »

Marie-Ange, à qui, jamais, Armand ne demandait son avis, craignait que les ambitions de son fils aîné ne soient trop démesurées et n'entraînent bientôt le domaine dans de sérieuses difficultés. Elle eût préféré ne pas s'endetter et placer l'argent qu'ils possédaient en banque dans l'immobilier, qui lui paraissait être une valeur plus sûre pour l'avenir. Elle n'ignorait pas que la population du pays était en pleine croissance depuis la guerre – ce que les démographes appelaient « le baby-boom » –, et qu'il faudrait donc de plus en plus de logements, surtout dans les villes qui profitaient de l'exode rural et où la classe ouvrière ne cessait de croître.

Mais Armand n'écoutait jamais sa femme qu'il jugeait incapable de raisonner convenablement quand il s'agissait d'affaires.

« Philippe a raison ! Il faut aller de l'avant, finit-il par admettre. Ce n'est pas en achetant des appartements à Nîmes ou à Montpellier qu'on fera fructifier Valfleuri ! »

Décision fut prise. Bien avant le retour de Pierre, Armand hypothéqua une partie de ses terres pour garantir le prêt que son banquier lui consentit sans aucune restriction. Philippe entreprit immédiatement les démarches pour commencer les travaux de rénovation du chai avant l'été, afin que tout soit prêt pour les futures vendanges. Il se mit en quête d'un nouveau personnel aux compétences reconnues et d'un œnologue attitré. Il embaucha deux commerciaux pour assurer tout au long de l'année la diffusion des vins de Valfleuri, l'un devant sillonner les routes de la moitié nord du pays, l'autre celles de la moitié sud. Enfin, il se dota pompeusement du titre de « directeur général des chais de Valfleuri », dans le secret espoir d'en devenir un jour l'unique propriétaire à la mort de son père.

De Pierre, il n'avait guère été question dans ses projections d'avenir. Il savait que son frère n'avait pas l'intention de suivre le même chemin que le sien.

« C'est un intellectuel ! aimait-il railler en son absence. Laissons-le à ses études. Il fera un bon avocat ou un juge d'instruction. A moins qu'il ne devienne journaliste comme il en rêvait quand il était petit. Quoi qu'il en soit, il aura toujours sa part d'héritage ! »

Armand laissa Philippe agir à sa guise, sans rien lui refuser. Lorsqu'il présenta son projet à Pierre, à son retour d'Algérie, il craignit toutefois que ce dernier ne lui reproche une confiance exagérée envers son frère. Mais, à sa grande surprise, Pierre n'opposa aucune objection.

« De toute façon, père, je n'avais pas l'intention de travailler toute ma vie dans ton ombre !

— Tu pourrais quand même nous seconder et nous éclairer de tes conseils. Ta place est toujours à Valfleuri. Tu en seras un jour l'héritier avec ton frère et ta sœur. En attendant que tu ailles vivre ta vie, tu pourrais travailler avec nous. On ne te chasse pas ! »

Pierre accepta provisoirement la proposition de son père. Pour ne pas le froisser. Mais l'idée de collaborer avec Philippe, alors que celui-ci avait décidé de tout sans lui demander conseil, ne l'enchantait guère.

« Je ne pars pas encore, père ! Je viens de rentrer d'Algérie ; j'ai seulement besoin de me ressourcer et de retrouver mes repères. »

Pierre se mit au travail, pour tromper l'impression de solitude qu'il ressentait. Il éplucha tous les contrats d'embauche que Philippe avait signés avec son nouveau personnel, vérifia qu'il ne subsistait aucune opacité dans les accords paraphés par ses partenaires commerciaux, lut scrupuleusement les clauses de garantie du prêt accordé par le Crédit Agricole au cas où des difficultés surviendraient avant le terme échu – Armand, à cinquante-cinq ans, s'était endetté pour dix ans. Sa connaissance du droit, son habitude de déchiffrer des textes souvent peu compréhensibles pour le commun des mortels lui furent d'une grande utilité pour rectifier les erreurs ou les simples omissions qu'il découvrit dans certains documents.

« Rien de grave ! dit-il aussitôt, rassurant. Tout me paraît parfaitement en ordre, père. Je vois que Philippe s'est bien entouré et qu'on l'a bien conseillé. »

Armand se réjouit de constater le regain d'intérêt de Pierre pour ses affaires et son absence de ressentiment envers son frère.

« Tu sais, insista-t-il, je te le répète, cela me ferait un immense plaisir si tu acceptais de rester à Valfleuri pour y prendre pleinement ta place. Tu pourrais ainsi tempérer la fougue de Philippe. Tu le connais : il est impulsif, parfois même irréfléchi. A vous deux, vous formeriez une bonne équipe. Une direction bicéphale permettrait d'éviter les erreurs. Quant à moi, dans ce cas, je saurais me retirer discrètement derrière vous deux. Je ne serais que le porte-nom de notre société. Tu me comprends ? Et cela ferait tellement plaisir à ta mère, si tu restais avec nous au domaine ! »

Sur le moment, Pierre, une fois encore, ne repoussa pas la proposition paternelle. Il n'avait toujours pas décidé s'il allait poursuivre ses études interrompues à Montpellier ou s'il chercherait à se faire embaucher dans un quotidien régional.

En Algérie, il avait rencontré un jeune lieutenant, originaire de Béziers, dont le père était rédacteur au *Midi libre*. Il lui avait parlé de son intention de devenir journaliste une fois ses études terminées – il lui restait deux ans pour obtenir son doctorat, davantage pour être avocat ou magistrat. Le lieutenant lui avait donné l'adresse de son père en lui conseillant de se présenter de sa part.

« N'attendez pas, sergent ! lui confia-t-il. Je parlerai de vous dans ma prochaine lettre. Allez le voir dès votre retour dans vos foyers. Il pourra sans doute vous pistonner. »

Pierre ne revit plus le lieutenant Aubert. Il apprit par la suite qu'il était tombé dans une embuscade, près de Colomb-Béchar, victime d'un petit groupe armé de l'ALN[1]. Il avait gardé soigneusement l'adresse du journaliste, mais ne s'était pas encore décidé à lui rendre visite. Affronter le regard d'un père affligé par le décès de son fils, alors que lui était vivant, lui paraissait, pour l'instant, trop lourd à supporter. Il ne tenait pas à évoquer, en compagnie d'un homme écrasé par le chagrin, les événements tragiques qu'il avait vécus deux ans durant.

L'Algérie lui laissait dans l'esprit des images tellement contrastées ! D'un côté, la douceur d'un pays exotique, baigné de soleil, la gentillesse d'une population hospitalière, mais tellement craintive ! De l'autre, la barbarie des guerriers, le sang inutilement versé, les souffrances et les atrocités infligées avec acharnement et cécité par ceux qui, dans les deux camps, voulaient à tout prix passer pour les vainqueurs.

Pierre aimait se promener dans les ruelles de Saint-Hippolyte et dans ses allées ombragées. L'eau coulait

1. Armée de libération nationale, bras armé du FLN.

partout dans la petite cité, grâce à ses treize fontaines qui lui donnaient un charme particulier et avaient assuré sa prospérité au siècle précédent, à l'époque de l'âge d'or de la soie. Il s'extasiait toujours devant les vieilles demeures bourgeoises aux magnifiques fenêtres à meneaux, ou au pied des vingt-trois cadrans solaires, tous aussi resplendissants les uns que les autres. Instinctivement, il allait souvent rôder autour des anciennes casernes, qui abritèrent pendant plus de cinquante ans une célèbre école d'enfants de troupes. Mais ce qu'il préférait, c'était déambuler entre les étals bien achalandés du marché. La foule, qui s'y pressait, lui permettait de disparaître tout en étant présent, d'observer sans être vu. Malgré lui, ses yeux se portaient toujours sur les rares Maghrébins qu'il rencontrait au hasard de sa promenade : femmes secrètes, à la tête couverte et aux mains marquées de henné, entourées de leur ribambelle d'enfants ; vieillards cacochymes et à l'air inquiet pour qui le marché demeurait le lieu privilégié de rencontres avec leurs congénères. Leurs conversations en arabe, l'intonation de leur voix lui rappelaient l'Algérie. Là-bas, les hommes se montraient plus volubiles et affables pourvu qu'il sût leur prouver qu'il n'était pas venu en ennemi mais en pacificateur ; les jeunes femmes lui paraissaient belles et mystérieuses quand elles se cachaient des regards étrangers sous leurs foulards ; les enfants, nombreux et pleins d'entrain, toujours quémandeurs, exprimaient la joie de vivre dans un monde tiraillé entre deux cultures. Comme il avait souvent regretté de ne pouvoir, lui aussi, se fondre dans la foule, adopter l'habit traditionnel pour leur ressembler et mieux les appréhender, pour leur signifier qu'il n'éprouvait aucune animosité à leur égard !

Ses deux années passées à traquer, pourchasser, questionner, menacer lui paraissaient maintenant si lourdes à supporter que son âme en demeurait meurtrie, pire, salie d'une souillure dont il craignait de ne jamais pouvoir se purifier. Car ce qu'il avait vu en Algérie, le jeune sergent Chaptal, s'était à jamais inscrit dans sa mémoire comme un profond traumatisme.

Après plusieurs semaines, chassant en vain ses souvenirs douloureux, s'acharnant aux tâches que son père lui confiait, Pierre constata, comme tout le monde, que, loin de s'apaiser, les événements d'Algérie restaient au centre de l'actualité et constituaient chaque jour la une des journaux. Pourtant, le cessez-le-feu avait été décrété au lendemain même des accords d'Evian, les troupes du contingent devaient rentrer dans leurs casernes et la paix s'installer rapidement sur tout le territoire algérien. Or, la presse relatait une tout autre réalité. Les membres actifs de l'OAS ne baissaient pas les bras et multipliaient les attentats, montrant ainsi leur détermination à nier les résultats du référendum du 8 avril sur l'autodétermination[1]. Se retranchant dans leur bastion de Bab el Oued – le quartier européen d'Alger, que Pierre connaissait bien –, les extrémistes du commando Delta avaient déclenché une bataille sanglante contre les gardes mobiles français qui durent être secondés par l'aviation et les blindés de l'armée. Un peu plus tard, le 2 mai, un attentat à la voiture

1. Organisé en métropole le 8 avril 1962, il recueillit 90 % de oui.

piégée, commis par l'OAS au port d'Alger, fit cent dix morts et cent cinquante blessés. Un véritable carnage s'ensuivit, les ultras de l'OAS, postés sur les immeubles avoisinants, tirant sur tous ceux qui venaient porter secours aux blessés.

La paix civile était encore loin de régner en terre algérienne. La violence aveugle continuait d'y faire de nombreuses victimes. Après sa vaine tentative de négociation avec le FLN, à propos du maintien en Algérie de la population de souche européenne[1], l'OAS, dans un dernier sursaut, semait la terreur au sein même de la communauté pied-noire pour l'empêcher de quitter le sol algérien.

Pierre, comme tous les Français de métropole, constatait chaque jour dans les journaux que l'exode des pieds-noirs allait surajouter un autre drame humain aux difficultés d'une paix mal préparée.

Désabusé, il se jeta à corps perdu dans le travail, décida de ne plus écouter la radio, de ne pas regarder les informations des journaux télévisés ni de lire la presse. De toute façon, affirmait-il, on nous cache une partie de la vérité ! Il s'était insurgé, en effet, lorsqu'il avait entendu le Premier ministre, Georges Pompidou, relayant les propos de Robert Boulin[2] repris par le général de Gaulle lui-même, déclarer devant les

1. Négociation secrète OAS/FLN : initiative avortée de Jean-Jacques Susini, théoricien de l'OAS.

2. « Ce sont des vacanciers. Il n'y a pas d'exode, contrairement à ce que dit la presse. » (Conseil des ministres du 30 mai 1962.) Phrase répétée par le président Charles de Gaulle. Citée par Alain Peyrefitte dans *C'était de Gaulle*, éditions Fayard, 1994, page 137.

caméras que l'afflux des pieds-noirs dans les ports et les aéroports correspondait seulement à une importante arrivée de touristes sur le sol métropolitain pour les vacances d'été, et qu'il n'y avait aucune raison de s'alarmer ! Lui savait que le chef du gouvernement ne disait pas la vérité. Déjà, avant même sa démobilisation, en poste à Alger où opérait son unité tiraillée entre le FLN et l'OAS, il avait assisté à un début de sauve-qui-peut de la part d'une population apeurée qui cherchait dans le désespoir où résidait son avenir.

A Pérols, les villageois ne paraissaient pas concernés par le nouveau drame qui était en train de se jouer. Les esprits, certes, étaient soulagés depuis l'annonce du cessez-le-feu, comme si ce dernier, d'un seul coup de baguette magique, avait réglé tous les problèmes ! Mais personne ne semblait réellement conscient du sort réservé à la population musulmane et de souche européenne qui devrait bientôt choisir entre la valise et le cercueil. Les Français étaient-ils prêts à les accueillir en masse, à leur ouvrir les portes de leurs villes, de leurs villages, de leurs maisons ? A partager avec eux les fruits de la croissance économique que connaissait le pays depuis une bonne décennie ? En vérité, ces Français d'Algérie, européens ou musulmans, se sentaient-ils vraiment français ? Les pieds-noirs, une fois installés, n'allaient-ils pas encore se comporter comme des colons en territoire conquis, et les musulmans ne resteraient-ils pas avant tout des Algériens, des immigrés jamais totalement intégrés ?

Pierre ne pouvait s'empêcher de se faire l'avocat du diable en se posant toutes ces questions qui germeraient bientôt – il en était persuadé – dans tous les esprits.

Lorsqu'il apprit l'arrivée dans sa commune d'une première famille de rapatriés, il fut convaincu que les problèmes ne faisaient que commencer, qu'un grand bouleversement était en train de s'opérer.

3

Une famille pied-noire

Rio Salado était une petite bourgade située à soixante kilomètres d'Oran, comme il en existait de nombreuses à travers tout le pays, peuplée de treize mille habitants dont trois mille « Français », tels qu'ils se dénommaient eux-mêmes pour marquer leur différence avec le restant de la population, tous des « Arabes ». Entre eux avait toujours régné la plus grande fraternité, même si les premiers n'avaient jamais admis une quelconque mixité par les liens du mariage avec les seconds. Certes, les événements qui troublaient le territoire algérien, surtout depuis 1954 – depuis cette fameuse Toussaint rouge –, avaient fini par rendre les relations entre les deux communautés plus tendues. Au fil des années, la méfiance s'était installée. Les actes de terrorisme perpétrés par les membres de l'ALN et, maintenant, par les activistes de l'OAS, perturbaient de plus en plus souvent la vie quotidienne. Mais plus que les autres régions, l'Oranie vivait encore dans une certaine sérénité. Ses habitants ne croyaient pas que la France lâcherait l'Algérie. Pour beaucoup, cette idée paraissait totalement inconcevable. L'Algérie, c'était la France, et la présence de l'armée garantissait son avenir.

Aussi, lorsque de Gaulle signa les accords d'Evian, l'incrédulité puis le désarroi gagnèrent les esprits. Personne ne voulut admettre que le sort de l'Algérie venait de se régler entre les plénipotentiaires du gouvernement français et ceux du FLN, lequel était encore considéré la veille comme l'ennemi de la nation et se trouvait minoritaire au sein des ressortissants musulmans pris en otage par ses commandos armés.

Ces tragiques événements semblaient ne pas avoir de prise sur l'état d'esprit des Pérez. Viticulteurs relativement aisés, ils n'appartenaient pas, cependant, à cette frange minime de riches colons, propriétaires d'immenses domaines fonciers, qui donnaient une image erronée de la population européenne implantée en Algérie depuis 1830. De lointaine origine espagnole, comme beaucoup en Oranie, les Pérez exploitaient un vignoble d'une cinquantaine d'hectares sur les coteaux de Rio Salado. Leurs ancêtres, venus de la région d'Alicante, avaient défriché les terres de leurs mains nues, arraché la végétation hostile à la sueur de leur front, labouré le sol caillouteux à l'araire, planté des milliers de ceps avec opiniâtreté et sous un soleil de plomb, bâti enfin pierre après pierre le mas familial dans lequel cinq générations s'étaient succédé.

Maxime Pérez éprouvait une grande fierté lorsqu'il parcourait ses terres à cheval. Son regard s'arrêtait inlassablement sur les dernières rangées de vigne, puis s'attardait sur la ligne d'horizon. Alors, il tournait la tête dans toutes les directions et se disait avec satisfaction : « Si nous n'étions pas venus, tout cela ne serait que friche et caillasse ! »

Comme ses ancêtres, il respectait la population indigène, conscient que, sans son aide, il ne serait pas parvenu à maintenir sa propriété en état. Ses parents et ses grands-parents avant lui avaient tissé des liens étroits avec les familles musulmanes qui travaillaient pour eux. Celles-ci étaient nombreuses à cause des naissances fréquentes. Mais il savait avec précision combien d'hommes, de femmes et d'enfants vivaient sur son domaine. Et lorsqu'un heureux événement advenait parmi eux, il ne manquait jamais de rendre visite à la jeune maman et de lui offrir un cadeau. De même, quand un malheur endeuillait l'une des familles, il lui témoignait sincèrement toute sa sympathie.

Aussi Maxime Pérez était-il respecté et apprécié de tout son personnel et passait-il pour un bon patron.

Il exploitait ses cinquante hectares de vigne avec l'aide de ses fils : Jean-François, l'aîné, et Manuel, le deuxième de ses quatre enfants. Ceux-ci n'avaient pas d'autres ambitions que de poursuivre l'œuvre de leurs aïeux et de faire fructifier à leur tour le domaine familial.

Leur mère, Marthe, d'origine juive séfarade, tenait sa maison d'une main de maîtresse femme, entourée de ses filles, Camille, encore lycéenne, et la petite Manon, née l'année même du début des événements. Dans ses tâches journalières, elle se faisait aider par deux musulmanes, Fatima et sa fille Djamila, dont les maris travaillaient sur la propriété comme hommes à tout faire, ainsi qu'un frère de Djamila, Nassim, un garçon travailleur mais turbulent. Au mas, dans le chai et dans leurs terres, les Pérez employaient une trentaine de personnes en permanence, appartenant à six familles distinctes. Toutes leur étaient très attachées, trois d'entre elles étant à leur service depuis plusieurs générations.

Comme ses frères et sa sœur avant elle, Manon fréquentait la même école primaire que les enfants des musulmans engagés par son père. Il n'y avait entre eux aucun sentiment de hiérarchie sociale. Ils étaient camarades, voire amis à l'école comme à la ferme, même s'ils savaient, chacun de son côté, où résidaient le pouvoir de commandement et la primauté du possédant. Dans la cour de récréation, ils s'adonnaient aux mêmes jeux ; en classe, ils s'asseyaient sur les mêmes bancs sous la férule des mêmes maîtres. Mais les petits Européens poursuivaient souvent leurs études au-delà du cours moyen et du certificat, tandis que les petits musulmans ne tardaient jamais à rejoindre leurs parents dans les vignes. Leur camaraderie s'arrêtait à la sortie de l'école primaire, même s'il arrivait parfois que l'amitié les unisse encore au-delà, en dépit des réalités de la vie quotidienne.

Chez les Pérez, comme chez tous les pieds-noirs, on s'affichait sans réserve en faveur de l'Algérie française. Maxime jurait par tous les dieux que rien ni personne ne le ferait quitter sa terre natale. Pour lui, l'Algérie, c'était « son pays », ses habitants tous des Français, même s'il considérait toujours les Arabes comme des Français de seconde catégorie, « des Français un peu moins français que nous ! » aimait-il relever en justifiant l'existence du deuxième collège électoral. Il ne fallait pas lui rappeler qu'il était d'origine espagnole ; cette simple remarque déclenchait sa colère !

« Depuis la loi Crémieux[1], s'énervait-il, nous sommes tous français sur cette terre d'Afrique, même les juifs ; et, aujourd'hui, même les Arabes ! »

A ses yeux, il n'y avait pas de nation algérienne arabe. Aussi était-il farouchement hostile à l'idée d'indépendance.

« Des inepties ! s'exclamait-il quand le sujet était abordé au cours d'une conversation. Donnerait-on l'indépendance aux Bretons ou aux Corses s'ils la demandaient ? Partout où flotte le drapeau français, nous sommes tous français, et nous devons le rester. C'est le devoir du gouvernement de maintenir l'unité de la nation ! »

Néanmoins, Maxime ne soutenait pas les actes de terrorisme de l'OAS qu'il accusait d'exacerber la haine entre les communautés. Quant à de Gaulle, depuis que ce dernier avait dévoilé au grand jour son intention de mettre fin au conflit en rendant l'Algérie indépendante, il n'avait pas de mots assez durs pour le fustiger :

« Un foutu traître, le grand Charles ! Dire qu'on lui a fait confiance quand il a débarqué à Alger en 58 ! Il s'est

1. Le 24 octobre 1870, un décret promulgué à Tours donne la nationalité française à 37 000 juifs d'Algérie, ainsi qu'aux colons européens établis sur cette terre, principalement des Italiens et des Espagnols. Il s'agit de l'une des premières décisions prises par le gouvernement de la IIIe République. Ce même décret prévoyait que les musulmans d'Algérie seraient ravalés au statut d'indigènes.

bien foutu de nous. Il a lâché les Français d'Algérie comme des malpropres !

— Popopopo ! le coupait souvent sa femme. Tu vas nous faire une attaque si tu continues à râler comme un pou ! »

Il suffisait que Marthe intervienne pour qu'il se calme sur-le-champ, ne cessant pas de ronchonner pour autant.

« Avec les femmes, de toute façon, on ne peut jamais avoir le dernier mot ! »

Il fallait reconnaître que Marthe était une de ces femmes volubiles qui ne se laissaient impressionner par personne. Levée dès l'aube, aussitôt pomponnée, maquillée, impeccablement coiffée, elle avait tout d'une citadine à l'allure décidée. Sans tergiverser, elle distribuait à chacun sa tâche pour la journée et veillait scrupuleusement à ce que ses ordres fussent exécutés. Avec elle, le personnel ne bronchait pas. Mais, en retour, il lui savait gré de sa gentillesse et de sa cordialité. A elle seule, elle animait toute la maison, trouvant toujours quelque chose à innover : une recette de cuisine, une décoration intérieure, une tenue vestimentaire. Fatima et Djamila étaient ses fées du logis et parvenaient à contenter ses désirs avant même qu'elle ne les exprime. Au reste, elle les considérait presque comme des membres de sa famille.

« Vous êtes comme mes filles ! ne cessait-elle de répéter. Sans vous, je ne sais pas ce que je deviendrais avec ces hommes qui laissent tout traîner ! »

Elle passait le plus clair de son temps devant les fourneaux de sa cuisine, à concocter de savoureux couscous, de plantureuses paellas ou des tagines des plus élaborés. Les piments, les épices n'avaient pas de secret pour elle ; elle les mariait avec la science des plus grands cuisiniers pour donner aux légumes les plus fades des saveurs inimitables. Mais elle laissait Fatima entièrement libre quand il s'agissait de confectionner des pâtisseries au miel et aux amandes dont elle raffolait malgré son embonpoint, surtout les cornes de gazelle.

Manon considérait Fatima comme une « tatie » et Djamila comme une grande cousine. La petite Pérez ne faisait aucune différence entre les amis de ses parents et le personnel musulman du domaine. Elle aimait se rendre chez ses camarades d'école et passait volontiers ses jeudis après-midi en compagnie de leurs mères et de leurs grandes sœurs quand celles-ci ne travaillaient pas dans les terres auprès de leurs maris. On l'accueillait avec beaucoup de gentillesse. La fille du patron était partout chez elle, personne ne la repoussait. Tous voyaient en elle la mascotte du domaine.

En ce sens, malgré son jeune âge, elle présentait de fortes ressemblances avec son frère aîné. Jean-François, en effet, se montrait plus nuancé que son père et que son cadet, Manuel, quant au devenir de l'Algérie, ce qui provoquait parfois, entre eux, de vives discussions.

« A mon avis, affirma-t-il sans animosité, bien avant les accords d'Evian, l'indépendance de l'Algérie est inéluctable. Nous ne pourrons plus longtemps justifier notre domination sur le peuple algérien.

— Qui te parle de domination ? s'insurgea Maxime.

— Papa, il ne faut pas se mentir à soi-même ! Le fait même que tu défendes l'existence du deuxième collège électoral prouve que tu ne désires pas que les musulmans aient les mêmes droits que nous.

— Il y a des Arabes qui votent au premier collège ! releva Manuel qui épousait les idées de son père.

— Ils sont peu nombreux. Et ce n'est pas n'importe qui !

— Soutiendrais-tu le FLN maintenant ? s'emporta Maxime.

— Papa, tu connais mes idées à ce sujet ! Je ne pourrais jamais justifier l'emploi de la violence, même pour obtenir ce qu'on est en droit de réclamer. Je crois seulement inévitable qu'un jour l'Algérie deviendra indépendante. Ce jour-là, nous devrons savoir mieux vivre ensemble, à égalité de droits et de devoirs. Car si nous revendiquons cette terre où nous sommes nés, les Arabes le peuvent aussi ; ils y étaient implantés avant nous !

— Si tu penses cela, alors, ta mère pourrait te dire que les juifs y sont installés depuis plus longtemps encore, depuis plus de deux mille ans, et que cette terre leur appartient également ! »

De tels débats animaient souvent les longues soirées d'été. Sous les charmilles, les grillons s'en donnaient à cœur joie. Parfois, les youyous des femmes musulmanes s'élevaient sous la voûte céleste. La chaleur tempérait les esprits échauffés. Et l'on se réconciliait toujours en dégustant une anisette glacée sous les frondaisons de la terrasse, jusqu'à ce que la nuit, lourde de parfums enivrants et de caresses d'air chaud, rappelle à l'ordre. Il faisait si bon se laisser aller à la rêverie, à imaginer des lendemains heureux comme les Pérez en avaient connu avant cette sinistre Toussaint rouge de novembre 1954 !

La nuit était profonde, sans lune. Rien ne troublait le silence à des lieues à la ronde, pas même le cri furtif d'un animal nocturne guettant sa proie. Dans leur ferme viticole, les Pérez dormaient en toute quiétude, les fenêtres entrebâillées selon leur habitude, été comme hiver. Leurs plus proches voisins, hormis leurs ouvriers agricoles qui logeaient dans une bâtisse distante de quelques centaines de mètres du mas, se trouvaient à deux bons kilomètres en direction de Rio Salado, le bourg dont ils dépendaient.

Malgré les événements qui ensanglantaient le pays, surtout depuis que l'OAS était apparue l'année précédente[1], ils n'éprouvaient aucune méfiance, aucune crainte d'être la proie de commandos armés indépendantistes.

« Les fellaghas ne nous veulent aucun mal ! rappelait volontiers Maxime pour rassurer Marthe qui ne voyait pas les faits aussi sereinement. Nous ne sommes pas les ennemis de l'Algérie, encore moins leurs ennemis. L'Algérie est notre pays à tous. Ils savent bien à qui ils ont affaire. D'ailleurs, aucun de mes hommes ne m'a jamais manqué de respect ni n'a jamais marqué à mon égard une once d'hostilité. Les ennemis de l'Algérie sont ceux qui veulent la brader, l'abandonner à son triste sort. De Gaulle le premier ! »

1. L'OAS a été créée en juillet 1961.

Maxime affichait une confiance aveugle envers son personnel, tous de bons domestiques au demeurant. Aucun d'eux n'avait jamais témoigné la moindre sympathie pour le FLN, ce qu'il prenait pour un profond désir de leur part de rester français dans une Algérie française.

« La plupart des Arabes ne veulent pas l'indépendance, ajoutait-il. Ils sont parfaitement conscients que si nous partions l'Algérie irait à sa perte. »

Jean-François ne pensait pas comme son père. Précisément parce qu'il comprenait mieux les aspirations d'une certaine couche de la société musulmane : les intellectuels, les médecins, les cadres, les enseignants... Ceux-là condamnaient la présence française, résultat d'une politique coloniale violemment combattue par toutes les grandes démocraties de cette deuxième moitié du XXe siècle.

Cette nuit-là, ils n'entendirent rien venir. Pourtant, dans l'obscurité épaisse, des silhouettes se profilaient en direction de la ferme des Pérez : cinq hommes encapuchonnés, armés jusqu'aux dents, lestes comme des danseurs étoiles et aussi discrets que des fauves à l'affût. Chacun d'eux portait à la main un bidon d'essence. Ils longèrent les bâtiments d'exploitation sans s'attarder, contournèrent le mas, passèrent par-derrière, répandant le contenu de leurs bidons tout en reculant. Quelques minutes s'écoulèrent sans que rien ne se passe. Un chien, réveillé par l'odeur qu'ils laissaient derrière eux, se mit à aboyer. Alors, celui qui semblait commander les autres s'approcha du chenil. Des bruits de lutte s'ensuivirent. L'homme poussa un cri de douleur et jura en arabe. Puis, à son tour, l'animal lâcha un aboiement rauque, comme une bête qu'on égorge, et se tut définitivement. Le même homme rappela sa petite troupe, ordonna de s'éloigner, pénétra dans la grange, y déversa un dernier bidon d'essence et y mit le feu.

Les flammes se répandirent aussitôt dans la nuit noire, telle la traîne fulgurante d'une étoile filante. La grange, débordant de paille, s'embrasa en l'espace de quelques secondes. Les hangars à matériel se transformèrent à leur tour en brasiers infernaux, tandis que l'incendie se propageait à une vitesse folle.

Dans leurs chambres situées à l'étage du vieux mas, les Pérez n'avaient rien entendu. A cette heure de la nuit, ils étaient plongés dans un profond sommeil. Tout à coup, une forte déflagration retentit dans le hangar, ébranlant les vitres des fenêtres entrebâillées : la camionnette de Maxime, une Peugeot 403 bâchée, venait d'exploser. Maxime se réveilla en sursaut. Surpris par l'aveuglante clarté du dehors, il secoua sa femme qui n'avait pas encore réagi. Ses fils et ses filles s'étaient déjà précipités aux fenêtres et hurlaient :

« Le feu ! Le feu ! Tout brûle ! »

Les hommes du domaine n'avaient pas attendu les ordres de leur patron. Au pied des bâtiments en flammes, ils faisaient la chaîne et tentaient en vain de combattre l'incendie au moyen de seaux d'eau. La chaleur était telle qu'ils ne pouvaient s'en approcher. Ils luttèrent cependant jusqu'au bout de leurs forces. Maxime et ses fils se joignirent à eux sans même prendre le temps de se vêtir convenablement. Maxime avait recouvré ses esprits et donnait des ordres précipités pour sauver ce qui pouvait l'être encore.

« Le cheval ! Il faut le sortir de l'écurie ! »

Deux hommes s'élancèrent et parvinrent de justesse à sauver l'animal qui hennissait de frayeur.

Tout à coup, Jean-François réagit :

« Mohamed ! Mohamed ! Sa femme et ses enfants ? Ils ne sont pas sortis ! »

Un seul homme, parmi le personnel de Maxime, ne résidait pas avec l'ensemble des employés : Mohamed Larbi qui faisait office de contremaître et distribuait les instructions de son patron à ses collègues. Il habitait au rez-de-chaussée à l'arrière du mas, avec sa femme enceinte et ses deux enfants en bas âge. Personne ne les avait vus sortir.

« Ils sont restés enfermés chez eux à cause des flammes ! supposa Jean-François. Il faut aller les secourir. »

Il s'entoura de trois hommes, leur ordonna d'apporter toute l'eau nécessaire. Puis il se protégea la tête à l'aide de chiffons mouillés et tenta de pénétrer chez son employé. La charpente du toit commençait à flamber. Les tuiles, chauffées à blanc, éclataient et retombaient sur les hommes, comme des projectiles jetés du haut d'une tour assiégée. Lorsque Jean-François franchit la porte d'entrée, une poutre calcinée se détacha du plafond et faillit l'écraser. L'intérieur du logement était rempli d'une épaisse fumée suffocante.

« Mohamed ! Mohamed ! » s'écria Jean-François, étonné qu'aucun membre de la famille n'ait tenté de sortir de l'habitation.

Personne ne répondit.

Deux pièces se succédaient dans le prolongement l'une de l'autre. Toute la famille dormait dans celle du fond. Tant bien que mal, Jean-François parvint, à travers les débris à moitié calcinés qui jonchaient le sol, à atteindre la porte restée fermée.

Quand il l'ouvrit, il fut d'abord étonné que la pièce ait miraculeusement échappé à l'incendie, probablement, constata-t-il d'un rapide coup d'œil, parce que la fenêtre n'était pas ouverte et que les volets métalliques étaient crochetés de l'intérieur.

Il appela à nouveau. Personne ne bougea. Il actionna l'interrupteur. Par miracle, l'électricité n'était pas coupée. Alors, à cet instant, Jean-François eut le cœur soulevé. Les yeux figés, Mohamed, sa femme et leurs deux enfants gisaient au milieu de la chambre, égorgés. Leurs visages exprimaient encore la frayeur qui les avait envahis au moment où la lame affûtée leur avait tranché la gorge. Mohamed baignait dans son sang, les jambes écartées, une plaie béante au bas-ventre, son sexe arraché enfoncé dans la bouche. A son côté, sa femme, la poitrine dénudée, la chemise de nuit retroussée, avait été violée, puis éventrée. Les deux enfants se tenaient par la main, comme pour mieux attendre la mort, et semblaient avoir reçu le coup fatal sans broncher ; un mince filet de sang coulait encore sur leur jeune poitrine.

Jean-François vomit à plusieurs reprises. Il avait beau avoir assisté plusieurs fois à des scènes identiques lorsqu'il avait accompli son service militaire en Kabylie, il n'avait jamais pu s'habituer à de telles horreurs.

Il rassembla toutes ses forces, souleva d'abord les deux enfants l'un après l'autre sur ses épaules, et les sortit de l'enfer dans lequel ils avaient fini de souffrir. Il les ramena jusqu'à la porte d'entrée.

« Ils sont tous morts ! s'écria-t-il une fois dehors. Occupez-vous des corps des enfants ! Je retourne chercher leurs parents.

— Non, Jean-François ! Reviens ! tenta de le dissuader Maxime. C'est trop dangereux. La bâtisse risque de s'écrouler d'un instant à l'autre.

— On ne peut pas laisser leurs corps dans les flammes. Ils ne sont pas morts par le feu. On les a assassinés. »

Maxime n'entendit pas les dernières paroles de son fils.

Manuel suivit son frère dans le brasier.

« N'y va pas ! » s'écria sa mère à son tour.

Mais le jeune Pérez se trouvait déjà au milieu des flammes.

Les hommes du domaine, auxquels s'étaient joints leurs femmes et leurs enfants, s'activaient, luttant avec acharnement contre l'incendie. Celui-ci faisait rage.

Plusieurs minutes s'écoulèrent. Interminables. Manuel et Jean-François ne ressortaient toujours pas. Marthe, que personne n'avait jamais vue les cheveux dénoués, le visage démaquillé et les pantoufles aux pieds, ne pouvait s'empêcher de gémir :

« Mon Dieu ! Mes deux fils ! Mon Dieu ! Ils vont rôtir comme des poulets dans cette fournaise ! Dieu d'Abraham et de Jacob, je t'en conjure, ne sacrifie pas mes fils pour passer ta colère !

— Cesse donc tes jérémiades ! lui souffla Maxime. Tu énerves tout le monde avec tes suppliques. Tu ferais mieux de nous aider à jeter de l'eau sur cette porte avant qu'il ne soit trop tard ! »

Quand Manuel et Jean-François sortirent du brasier, les cadavres des deux dernières victimes dans leurs bras, le linteau de la porte d'entrée céda et tout un pan de mur s'effondra derrière eux.

Marthe fut la première soulagée. Aidée de ses filles, elle porta aussitôt assistance à ses deux fils qui suffoquaient.

« Merci, mon Dieu, mille fois merci ! Béni soit l'Eternel ! Bénis soient tous les anges du ciel ! » ne put-elle retenir.

Maxime, la mort dans l'âme, ordonna à ses hommes de se replier. Ils étaient tous exténués. Certains présentaient des traces de brûlures sur le visage, les bras et les jambes.

« C'était trop tard, patron ! fit l'un d'eux. Le feu s'est propagé trop vite. Y a dû avoir un court-circuit dans la grange. C'est là que ça a commencé. »

Maxime ignorait encore que la cause de l'incendie n'était pas accidentelle. Mais quand il découvrit le cadavre de son contremaître, émasculé, la gorge ouverte, puis ceux de sa femme et de ses enfants, il comprit aussitôt.

« Ce sont les fellaghas qui ont foutu le feu ! Il n'y a aucun doute. Ils ont signé leur acte criminel en égorgeant ces malheureux.

— Mais pourquoi ? Pourquoi ? explosa Camille qui avait eu le temps de voir les quatre pitoyables victimes avant que Jean-François ne les fasse recouvrir d'un drap.

— Mohamed était mon contremaître. Mon homme de confiance, ma petite, expliqua Maxime en serrant sa fille dans ses bras. Pour le FLN, c'était un traître. Et les traîtres, voilà ce qu'ils leur font ! En s'en prenant à ces malheureux, ils ont voulu donner une leçon aux autres, afin de les rallier à leur cause par la terreur. »

4

L'arrachement

Les gendarmes de Rio Salado ne tardèrent pas à arriver. Ils encadraient un jeune musulman qu'ils malmenaient. Le prévenu portait une large plaie au bras droit et saignait abondamment. Tous les ouvriers agricoles de Maxime étaient encore présents sur les lieux du drame, ainsi que plusieurs de leurs femmes qui entouraient Marthe et ses filles pour les consoler.

En voyant avancer les gendarmes dans leur direction, Laïd, le mari de Fatima, réagit le premier.

« Mais c'est mon fils qu'ils ont arrêté ! » s'offusqua-t-il.

Maxime ordonna à son ouvrier de se calmer, abandonna ses hommes et vint à la rencontre des gendarmes. Ceux-ci ne lui laissèrent pas le temps de les questionner.

« Nous l'avons pris sur le fait, fit l'un d'eux, un bidon d'essence à la main. Pendant que vous étiez occupés avec vos hommes, nous l'avons trouvé en train de répandre de l'essence autour du bâtiment où loge votre personnel !

— Nassim ! s'étonna Maxime. Mais… c'est impossible, voyons ! Il était parmi nous à combattre l'incendie.

— En êtes-vous certain, monsieur Pérez ? L'avez-vous vu, vous ou l'un de vos hommes ? »

Maxime réfléchit, hésita.

« Euh… à dire vrai… dans l'affolement, je n'ai pas fait attention. Maintenant que vous me le demandez, je ne peux l'affirmer. Il faudrait questionner le personnel.

— C'est ce que nous allons faire.

— Regardez, ajouta un autre gendarme, ce qu'il a au bras. Ce n'est pas une brûlure, ça, comme il le prétend ! »

Rudoyant son prisonnier, il ajouta :

« Avoue-le, putain de ta race, que tu t'es fait mordre par un chien ! Avoue donc. Et par quel chien, hein ? Celui qu'on a retrouvé égorgé dans le chenil derrière la ferme ! Allez, crache le morceau !

— Mon chien… égorgé ! réagit Maxime.

— Oui, par ces salauds de fellouzes qui ont mis le feu à votre ferme. Les autres ont réussi à filer. Mais celui-là, on le tient. Son compte est bon. Il avouera vite. Les paras sauront le faire parler. Ils ont d'excellentes méthodes. »

Maxime s'approcha de Nassim.

« Tu ne dis rien ! Dis-moi que ce n'est pas vrai ! Parle ! »

Le jeune homme restait muet comme une tombe.

Fatima, affolée, accourut en poussant des cris d'effroi et d'incompréhension.

« Mon fils ! Mon fils ! Pourquoi t'ont-ils arrêté ? Ton père refuse d'approcher pour te voir !

— Il ne dira rien ! ajouta un gendarme. Son silence l'accuse. Nous allons l'emmener au poste. Puis la justice suivra son cours.

— Ne le remettez pas aux militaires ! ajouta Maxime. Vous savez très bien ce qu'ils lui feront s'il s'obstine.

— Ça ne vous regarde plus, monsieur Pérez. »

Fatima et sa fille s'agrippèrent aux gendarmes pour implorer leur clémence, poussant des cris aigus de désespoir. Ils les repoussèrent sans ménagement.

Alors, Nassim, le regard glacial comme une lame d'acier, dévisagea Maxime que ses fils avaient rejoint, et s'écria d'abord en arabe puis en français :

« Vive l'Algérie indépendante ! Vive l'Algérie algérienne ! Vive le FLN !

— Vous voyez, fit un gendarme, il vient d'avouer. »

Chez les Pérez, la stupeur s'ajouta à l'horreur. Jamais ils n'auraient imaginé un instant que l'un de leurs ouvriers pût se rebeller contre eux et adhérer aux thèses des indépendantistes du FLN. Qui plus est, le propre fils de Fatima et de Laïd, le frère de Djamila, à qui Marthe et Maxime témoignaient une confiance aveugle !

Pourtant, il fallut bien qu'ils l'admettent.

Sur le moment, aucune pièce de la ferme n'ayant été épargnée par le feu, la famille Pérez trouva refuge dans l'enceinte même du bâtiment occupé par le personnel du domaine. Tous leur proposèrent l'hospitalité, malgré les conditions sommaires dans lesquelles ils étaient logés.

« Tu es chez toi, ici, patron ! dit Laïd à Maxime. Tu pourrais me jeter à la rue après ce que mon fils t'a fait. Prends ma maison, ce qui m'appartient t'appartient. »

Maxime refusa. Il n'éprouvait aucune haine, aucun ressentiment envers la famille de Nassim. Avec les siens, il s'installa dans le grenier du bâtiment, en attendant de savoir quoi décider.

« Nous avons tout perdu ! ne cessait-il de se plaindre. Même le tracteur et le matériel de vinification sont hors d'usage. La dernière récolte dans le chai s'est répandue partout, les barriques ont explosé. Nous n'avons plus rien pour vivre !

— Nous avons encore les vignes, tenta de minimiser Manuel. Le mas, nous pourrons le reconstruire. Cela prendra du temps, mais nos hommes nous sont dévoués, ils nous aideront. En attendant, nous pourrons aménager ce grenier et y vivre provisoirement pendant quelques mois.

— Tu n'y penses pas ! l'interrompit Marthe qui ne cessait de geindre. Nous y serons serrés comme des anchois, les uns sur les autres ! Avec nos domestiques juste en dessous de nous ! La promiscuité, quoi ! Non, c'est impossible, ça, mon fils ! Impossible ! Il faut trouver une autre solution.

— La seule solution, c'est de partir pendant qu'il en est encore temps ! » osa reconnaître Jean-François.

Tous se turent, stupéfiés par les propos qu'ils venaient d'entendre, et fixèrent Jean-François comme une bête curieuse.

« Que dis-tu là, mon fils ? reprit Marthe, la première à réagir. Partir ! Mais pour où ? Nous n'avons nulle part où aller ! C'est ici chez nous ! Tu ne penses quand même pas qu'on va s'installer en ville, dans la foule grouillante, avec les voitures et les klaxons qui nous fracasseront les oreilles toute la journée ! »

Maxime ne disait rien, atterré. Dans la matinée, il s'était rendu dans ses vignes alors que les murs du mas fumaient encore et que les derniers débris finissaient de se consumer. Tout lui avait paru en ordre. Mais à y regarder de plus près, il s'était aperçu qu'à la base de nombreux ceps, une tache brune apparaissait. Cela faisait quelques jours qu'il n'avait pas parcouru son vignoble. Comme la taille venait de se terminer, il s'était accordé un peu de repos et avait donné une semaine de congé à son personnel. Intrigué, il avait ramassé une poignée de terre aux endroits suspects et en avait respiré l'odeur. Ils ont empoisonné le sol ou sulfaté les vignes avec un produit nocif ! se dit-il, effaré. J'ignore avec quoi, mais j'en suis sûr !

Il n'en avait pas parlé à ses fils, ne voulant pas les inquiéter trop tôt inutilement.

Il sortit la poignée de terre qu'il avait enfouie dans sa poche et demanda à Jean-François :

« Tiens ! dis-moi ce que ça sent. »

Son fils fut d'abord surpris, puis s'exécuta.

« On dirait de l'acide. D'où provient cette terre ?

— Je l'ai ramassée au pied d'un cep. Ils avaient commencé à empoisonner le vignoble en y répandant cette saloperie. Ils ont dû s'apercevoir que ce serait trop long. Alors, ils ont mis le feu à la ferme. »

Manuel l'interrompit :

« Maintenant que j'y repense : j'ai vu plusieurs fois Nassim dans les vignes après la taille, en compagnie d'individus que je n'ai pas reconnus. Sur le coup, j'ai cru qu'ils étaient en train de répandre de l'engrais. Nassim conduisait le tracteur avec la petite citerne pour l'épandage accrochée derrière.

— Tu ne t'es pas demandé qui étaient ces gens ?

— J'avoue que non. Ce n'est pas la première fois que nos hommes se font seconder par des proches que nous n'avons pas embauchés. Tu sais bien qu'entre eux, ils s'aident beaucoup et qu'ils partagent tout ce qu'ils ont. Avec un salaire, ils font souvent vivre plusieurs familles.

— Pourquoi ne m'as-tu rien dit ?

— Je n'ai pas cru que c'était important !

— Combien de temps cela a duré ?

— Oh ! trois ou quatre jours.

— Ils ont eu le temps d'arroser tout le vignoble !

— Ils n'ont pas dû beaucoup imbiber le sol ! releva Jean-François.

— Aux premières pluies, ça va s'infiltrer et atteindre les racines profondes. On va avoir de gros dégâts ! Ah ! les salopards. »

Plusieurs mois s'écoulèrent.

A travers toute l'Algérie, l'annonce de l'indépendance pour les semaines à venir avait précipité un flot de pieds-noirs sur les routes. Les villes se vidaient de leur population européenne. Tous se ruaient désespérément vers les ports et les aéroports qui ne parvenaient plus à accueillir les candidats au départ. A la radio, les communiqués ne cessaient de rappeler les habitants à un peu plus de conscience et de modération. L'armée sillonnait les rues afin de tranquilliser les plus angoissés, mais avait reçu l'ordre, depuis le cessez-le-feu[1], de ne plus faire usage de ses armes. Les attentats perpétrés à la fois par les commandos du FLN et ceux de l'OAS semaient la plus grande confusion et répandaient la terreur jusqu'au cœur des campagnes.

« Nous ne sommes plus en sécurité, décréta Maxime, au lendemain du référendum d'autodétermination[2]. De Gaulle a capitulé. Il va bientôt annoncer la reconnaissance par la France de l'indépendance algérienne. Cette fois, il nous a complètement abandonnés. Nos soldats ne pourront même plus nous protéger ! »

Maxime ne se trompait pas. Dès lors, les événements se précipitèrent. Le 5 juillet au soir, dans une allocution télévisée, le chef de l'Etat annonça officiellement l'indépendance de l'Algérie, mais il ne fit aucune allusion au massacre qui venait d'ensanglanter le jour même la ville d'Oran.

Cantonnés sur leur domaine, les Pérez n'apprirent ce qui s'y déroula que tard dans la soirée, alors que le calme avait été rétabli en fin d'après-midi par l'armée française.

« Papa, fit Jean-François, le premier informé. Ça va très mal à Oran. Les hommes de l'ALN ont fait main basse sur la ville. Une fusillade a éclaté vers 11 heures ce matin sur la place d'Armes.

1. 19 mars 1962, le lendemain des accords d'Evian.
2. Organisé en Algérie le 1er juillet 1962 ; 99,7 % de oui.

— Une fusillade !

— Il y avait une manif musulmane en vue de commémorer l'indépendance. Elle a dégénéré. Des centaines d'Européens ont été massacrés, des musulmans aussi. Beaucoup ont été arrêtés et emmenés on ne sait où. »

Le soir même, les bruits coururent que l'armée française avait été consignée dans ses casernes et que le général Katz n'avait donné l'ordre d'intervenir que six heures après le début du massacre. Cette tragédie acheva de terrasser la population civile européenne, privée de toute protection.

Alors, comme l'immense majorité des pieds-noirs encore présents sur le sol algérien, les Pérez décidèrent, la mort dans l'âme, de quitter leur terre natale, celle de leurs aïeux.

« Nous ne pouvons plus rester ! finit par admettre Maxime le lendemain soir. La vie va devenir insupportable. Ils ne nous laisseront pas reconstruire notre ferme et notre chai. Et ils nous prendront nos terres. Notre vie même sera bientôt en danger. Demain, à l'aube, nous partirons. »

Un vent de panique s'était emparé de la région. Les militaires avaient beau témoigner de leur présence, personne ne leur faisait plus confiance. N'avaient-ils pas laissé perpétrer le massacre sans intervenir ? L'on apprit bientôt que les soldats français et algériens déversaient par camions les cadavres dans le Petit-Lac, et les couvraient de chaux vive à cause de la chaleur. Des corps avaient été retrouvés un peu partout en ville, certains pendus à des crocs de boucher ou enfermés dans des poubelles, atrocement mutilés. Nul ne connaissait le nombre exact de victimes[1].

Le soleil n'était pas encore levé. Maxime demanda aux siens de rassembler le nécessaire pour un long voyage sans retour – en tout cas, dans l'immédiat, car il nourrissait, malgré tout, un infime espoir de revenir un jour. Dans leur malheur, leurs chambres, situées à l'étage, avaient été relativement préservées de l'incendie, quoique rendues inhabitables. Ils purent ainsi récupérer quelques vêtements qui, certes, sentaient horriblement la fumée, mais qui n'avaient pas brûlé, ainsi que quelques objets personnels.

« Une valise chacun ! précisa Maxime. Toutes doivent rentrer dans le coffre. Je réserve la galerie du toit pour y fixer une malle où nous rangerons les objets auxquels nous tenons le plus.

— Une seule petite valise ! se plaignit aussitôt Marthe. Mais comment veux-tu que mes robes et mes chaussures rentrent dans une seule valise ? Pourquoi pas dans un sac à main ? Ah ! misère de nous ! Qu'avons-nous fait à l'Eternel pour qu'Il nous punisse ainsi ? »

Ils rassemblèrent tout ce qu'ils purent, et chacun de son côté se prépara au grand départ.

Tous étant occupés, Maxime disparut derrière les murs calcinés de la ferme. Il pénétra dans le chai qui

1. Massacre d'Oran : les chiffres divergent : 3 000 disparus ce jour-là selon les rapatriés ; entre 400 et 600 victimes selon l'auteur Jean Monneret, spécialiste de la guerre d'Algérie ; 807 selon le préfet d'Oran par intérim ce jour-là, Jean-Pierre Chevènement.

empestait le vin et le soufre, ouvrit dans le fond une trappe dissimulée sous un tonneau et se faufila dans le trou noir, une torche électrique à la main. Il en émergea quelques minutes plus tard, le visage maculé de suie, portant dans les bras un lourd fardeau.

« Mais où avais-tu disparu ? s'inquiéta aussitôt Marthe. Mon pauvre Maxou, si tu voyais comme tu es ! Aussi noir qu'un nègre ! Tu ne vas pas partir dans cet état ! »

Maxime pliait sous la charge du coffre qu'il avait sorti des décombres.

« Qu'est-ce que c'est ? demanda Manuel, intrigué.

— Rien de très important ; des reliques auxquelles je tiens et qui me viennent de mes ancêtres. Aide-moi à les hisser dans la malle du toit, au lieu de discuter. »

Lorsque la Peugeot 404 break fut chargée, Maxime, ému, s'approcha des membres de son personnel venus assister au départ de leur patron. Tous étaient présents, hommes, femmes, enfants. Il ne manquait que Nassim. Beaucoup pleuraient en silence. Dans leurs yeux se lisaient une profonde tristesse, un grand désespoir. Car nul ne l'ignorait : à présent, ces malheureux, livrés à eux-mêmes, seraient à la merci des vainqueurs.

Laïd, le mari de Fatima, s'avança et parla au nom des autres :

« Nous te regretterons, patron, dit-il, la voix chevrotante. Je veux que tu saches que j'ai honte de ce qu'a fait mon fils. Il devra payer devant Allah pour le crime qu'il a commis.

— De toute façon, Laïd, je crois bien qu'ici tout était fini pour nous. Nous n'y avons plus d'avenir. Nous partons le cœur lourd d'avoir tout perdu, mais aussi de devoir vous abandonner de cette manière, comme des déserteurs. Prenez soin de vous. Croyez en vous et faites les bons choix pour l'Algérie ! »

Les Pérez ne s'attardèrent pas. Le soleil flamboyait déjà au-dessus des collines, le vignoble se réveillait lentement. Il serait bientôt temps pour les hommes de reprendre le travail.

« Je m'occuperai de tes vignes, patron ! En attendant.

— En attendant quoi ? »

Laïd ne répondit pas.

Maxime embarqua sa famille dans le break, s'installa au volant, jeta un dernier regard vers ses vignes et démarra en trombe.

Sur la route, en direction d'Oran, régnait la plus grande confusion. Les événements avaient accéléré le départ des pieds-noirs qui se précipitaient toujours plus nombreux vers le port et l'aéroport. Ceux-ci étaient submergés, les autorités débordées. Le désordre s'amplifiait de jour en jour.

« Où allons-nous ? s'inquiéta Marthe.

— Au port, voyons ! s'étouffa Maxime qui s'énervait de ne pouvoir rouler plus vite. Je me suis renseigné avant de partir. Le paquebot *Ville-d'Oran* doit appareiller le 10. Cela nous laisse trois jours pour nous débrouiller et obtenir des billets.

— Tu penses pouvoir embarquer la voiture ? demanda Camille qui semblait la plus sereine des six.

— J'espère bien ! On ne va pas la leur laisser ! Elle nous sera très utile quand nous serons arrivés.

— Et où comptes-tu aller une fois en France ? s'inquiéta Jean-François.

— Lorsque nous aurons débarqué à Marseille, nous aviserons. De toute façon, j'ai un petit-cousin qui habite la région de Nîmes. Il nous aidera, le temps qu'on se retourne.

— Tu veux parler de tes cousins de Vergèze ? releva Marthe.

— Oui, je n'en ai pas d'autres, tu le sais bien !

— Popopopo ! Tu ne leur as pas envoyé de tes nouvelles depuis plus de vingt ans ! Depuis la naissance de Jean-François. Tu crois qu'ils pensent encore à toi ! Qui sait ce qu'ils sont devenus ? A l'heure qu'il est, ils sont peut-être tous morts !

— Ils sont plus jeunes que nous !

— C'est pas une raison !

— Maman n'a pas tort, intervint Manuel. On ne peut pas débarquer chez les gens comme ça, sans crier gare, même s'ils sont nos cousins.

— Un cousin est un cousin, même au second degré ! s'entêta Maxime. C'est presque un frère. Quand la famille connaît la scoumoune, il faut serrer les rangs. »

Au bout d'une cinquantaine de kilomètres, la circulation se bloqua tout à coup.

« Allons bon ! Qu'est-ce qui se passe encore ? » râla Maxime, sur les nerfs.

Un engin militaire remontait la route en sens inverse. A son bord, les soldats faisaient signe aux véhicules de se rabattre sur le bas-côté. Maxime baissa la vitre de sa portière et se pencha au-dehors pour voir ce qui se passait.

« Les fellaghas ! » s'écria le conducteur qui le précédait.

Un peu plus loin, une voiture surchargée, avec cinq personnes à l'intérieur, était renversée dans le fossé, criblée de balles. Les passagers avaient tous été tués sur le coup. Le moteur fumait encore.

La circulation reprit et devint bientôt plus fluide. Maxime soupira d'aise.

« J'espère qu'on arrivera sans problème ! fit Manon, pelotonnée dans les bras de sa sœur.

— Tranquillise-toi, ma chérie ! la rassura Marthe. Papa et tes frères sont avec nous. Nous ne risquons rien. »

Le moteur chauffait anormalement. Au tableau de bord, l'aiguille de l'indicateur de température se rapprochait de la zone rouge. Maxime s'inquiéta :

« Bon sang ! Elle ne va pas nous lâcher si près du but ! »

Le break commença à faire des soubresauts. Puis un jet de vapeur s'échappa du capot.

« Merde ! Une durite ! » lâcha Jean-François.

Maxime se gara sur le bord de la route, bondit à l'extérieur, ouvrit le capot.

« C'est pas une durite, mais le joint de culasse ! Y a rien à faire. Je n'ai même pas emporté de l'eau pour alimenter le radiateur. »

Déjà, derrière eux, les autres conducteurs klaxonnaient.

« Ça va ! Ça va ! vociféra Maxime, dépité.

— Personne ne s'arrêtera pour nous aider, se lamenta Marthe. Ils sont tous chargés comme des bourricots !

— Ne commence pas à geindre ! l'arrêta aussitôt son mari.

— Qu'allons-nous faire ? poursuivit Camille.

— Il n'y a pas d'autre solution que de continuer à pied.

— A pied ! Tu n'y penses pas », gémit Marthe.

Tous se résolurent à abandonner la voiture sur place. Ils prirent chacun une valise à la main et s'apprêtèrent à marcher. Maxime appela ses fils à l'aide et leur demanda de descendre la malle du toit.

« Dans un moment pareil, tu pourrais abandonner tes reliques ! » lui lança Marthe, de tous la plus malheureuse à l'idée d'en être arrivée à de telles extrémités.

Maxime ne répondit pas. Lorsqu'ils se furent éloignés d'une bonne dizaine de mètres, il rebroussa chemin, saisit le bidon d'essence remisé dans le coffre de la voiture, en aspergea la carrosserie et y mit le feu.

« Je n'allais pas la leur laisser en cadeau, quand même ! » se justifia-t-il.

Quelques minutes plus tard, un convoi de trois half-tracks de l'armée passa à leur côté. Plusieurs civils s'étaient entassés parmi les soldats. Le sergent du véhicule de tête s'adressa alors à Maxime :

« C'est à vous le break 404 qui flambe là-bas derrière ?

— Oui.

— Vous êtes à pied ?

— Comme vous voyez !

— Montez dans le deuxième véhicule. Il y a encore de la place. »

Les Pérez ne se firent pas prier. Ils grimpèrent aussitôt avec leurs bagages dans le véhicule militaire qui les déposa aux abords du port une bonne heure plus tard.

« Bonne chance ! » leur souhaita le sergent.

La foule qui attendait sur les quais refroidit leur ardeur. Tous piétinaient d'impatience pour obtenir les informations qui leur permettraient de se diriger vers un embarcadère et un bateau. Beaucoup patientaient depuis plusieurs jours. L'exaspération avait succédé au désespoir, car il n'y aurait pas de places pour tout le monde.

Dès leur arrivée, Maxime et Jean-François partirent aux renseignements. Ils apprirent que le paquebot *Ville-de-Marseille* prendrait la mer pour la France le 10, comme le *Ville-d'Oran*. Cette nouvelle les rassura et leur mit du baume au cœur. Le numéro de quai venait d'être communiqué. Jean-François se réjouit :

« Avec un peu de chance, nous pourrons obtenir des places. Il faut maintenant trouver le bureau qui délivre les billets. »

Ils longèrent d'immenses hangars. Des gens s'y agglutinaient dans une promiscuité indescriptible, gesticulant, criant, s'énervant pour un rien, groupés par familles, par villages. Certains s'étaient confectionné des tentes ou des abris de fortune pour se protéger du soleil, avec tout ce qu'ils avaient sous la main : des caisses, des cadres, leurs bagages ; ils y avaient accroché des couvertures sous lesquelles ils s'entassaient misérablement. Quelques-uns en étaient à leur douzième jour d'attente. Les banques d'accueil étaient prises d'assaut. Toutefois, aucun mouvement de révolte n'était perceptible.

Après des heures passées à chercher, à patienter, à être renvoyés d'un endroit à un autre, Maxime et son fils obtinrent enfin l'objet de leurs espoirs : des billets sur le *Ville-de-Marseille.* Leur soulagement fut à l'aune de leur angoisse.

« Qu'aurions-nous fait si l'on nous avait refusé ces billets ? releva Maxime, le plus inquiet des deux.

— Au pire, on aurait attendu le prochain départ. Le *Ville-d'Oran* effectue une deuxième rotation et repartira d'ici le 26 juillet.

— Quinze jours de plus dans ces conditions ! Ç'aurait été impossible ! Ta mère ne l'aurait pas supporté.

— On aurait pu se débrouiller pour s'embarquer sur un autre paquebot ou sur un chalutier. Beaucoup de marins-pêcheurs quittent l'Algérie avec leur flottille en direction de l'Espagne. On me l'a signalé quand j'attendais de mon côté.

— L'Espagne ! Mais c'est en France que nous allons !

— Ce n'est qu'une étape pour eux. Après, ils gagnent Port-Vendres ou Sète, certains même Marseille. »

Lorsqu'ils rejoignirent Marthe, Manuel et les deux filles, qui n'avaient pas bougé depuis de longues heures dans la file d'attente, ils ne purent contenir leur joie :

« Ça y est ! exulta Maxime en exhibant les billets. On les a. On part le 10 sur le *Ville-de-Marseille*. Le *Ville-d'Oran* était plein. Il nous faut encore attendre, mais on est certains de partir. »

Marthe fut la plus soulagée, en dépit de la profonde tristesse qui la submergeait à l'idée de devoir bientôt quitter son Algérie natale.

Ils furent entassés avec d'autres candidats à l'exil dans un immense dortoir improvisé, un hangar qui, d'ordinaire, servait à entreposer des marchandises. Des rangées de lits de camp, serrés les uns contre les autres, occupaient tout l'espace. Malgré le caractère dramatique de la situation, des plaisanteries fusaient de toutes parts. De jeunes garçons louvoyaient auprès des filles, effarouchées à l'idée de devoir dormir tous ensemble, sans intimité.

Marthe, comme à son habitude, ronchonnait.

« Où vais-je pouvoir me démaquiller ? demanda-t-elle soudain.

— Je t'avais bien dit ce matin, en partant, de ne pas te pomponner ! lui reprocha Maxime.

— Comment ! Partir sur les routes, la mine défaite, le visage pâle comme un cadavre qu'on déterre, sans être coiffée ! Tu n'y penses pas ! J'aurais préféré mourir sur place !

— Maman, ce n'est pas grave ! intervint Camille. Reste comme tu es. Ainsi, tu seras prête pour demain matin.

— Tu imagines l'allure que j'aurai dans trois jours, quand mon fond de teint aura à moitié disparu et mon rimmel coulé de mes paupières ? Je ressemblerai à une sorcière ! Ils ne me laisseront pas embarquer sur le paquebot !

— Ne t'inquiète donc pas ! Nous sommes tous logés à la même enseigne. »

Ils campèrent ainsi dans le hangar trois jours durant, se nourrissant de ce que Jean-François et Manuel parvenaient à se procurer en allant aux provisions à l'extérieur.

Dans les rues de la ville régnait une grande confusion. Les candidats au départ ne cessaient d'affluer vers le port. Les militaires et les gendarmes français, chargés de garantir l'ordre et la sécurité avec leurs collègues algériens, tentaient en vain de détourner les nouveaux arrivants. Car la foule continuait de grossir.

Au petit matin du 10, le quai et la passerelle du bateau furent ouverts. Sans précipitation, les passagers qui étaient pourvus d'un billet se dirigèrent vers le navire et investirent les cabines, pour les plus chanceux, les ponts pour tous les autres.

La famille Pérez s'installa sur le pont arrière. Des fauteuils transats leur serviraient de lits pour leurs dernières nuits avant d'atteindre enfin la France. Devant le spectacle pitoyable de l'exode qui s'achevait sous ses yeux, Maxime demeurait stoïque, accroché au bastingage comme s'il refusait l'inéluctable. C'était pour lui plus qu'un renoncement, plus qu'une fuite : un véritable arrachement. Son attitude figée traduisait le terrible déchirement que son cœur ressentait à quelques minutes du départ. Marthe restait pendue à son bras, ne parvenant pas non plus à réaliser que tout était terminé. Camille la tenait par les épaules, Manon agrippée à sa jupe. Celle-ci était la seule à ne pas avoir réellement conscience de la tragédie qui se déroulait sous ses yeux. Manuel et Jean-François se taisaient, la gorge nouée, le regard mouillé. Personne ne pouvait parler en cet instant crucial. Il n'y avait plus rien à dire ni à espérer. Tout était joué.

Lorsque le *Ville-de-Marseille* appareilla, un profond silence envahit d'abord l'embarcadère, puis les ponts du navire. Celui-ci s'écarta du quai et, imperceptiblement, s'éloigna du rivage. Alors, comme venue des fonds marins, une mélopée s'éleva dans le ciel d'azur, en provenance du port : une foule nombreuse, restée à terre, entonnait le chant du départ : « Ce n'est qu'un au revoir, mes frères… », auquel les passagers répondirent à leur tour dans une dignité cérémonielle : « Ce n'est qu'un au revoir… »

Tandis que la ville d'Oran s'éloignait lentement, plus blanche que jamais sous le soleil resplendissant de juillet, la plupart des passagers pleuraient à chaudes larmes sans s'arrêter de chanter : « … oui, nous nous reverrons, mes frères ! ».

Maxime regarda une dernière fois l'Algérie de ses ancêtres disparaître petit à petit dans les lointains et, s'essuyant les yeux d'un revers de manche, dit d'un ton résigné :

« Voilà, c'est fini. »

5

L'accueil

Les Pérez n'imaginaient pas les difficultés qui les attendaient à leur arrivée sur le sol métropolitain. Sur le moment, la douleur, insupportable, les priva de toute réaction.

La traversée se déroula sans réel incident. Sur le visage de Maxime ne se lisait aucun sentiment. Rivé au bastingage à la poupe, le dos tourné à sa nouvelle destination, il gardait le regard fixé sur la ligne d'horizon, se crevant les yeux à vouloir obstinément apercevoir une dernière fois sa terre natale. Il semblait se refuser à concevoir l'avenir, ce qui l'attendait de l'autre côté de la mer.

Marthe finit par s'inquiéter de son état auprès de ses fils :

« Votre père broie du noir ! Ne le laissez pas seul. Il ne faudrait pas qu'il saute par-dessus bord. Il ne sait même pas nager ! Et je ne crois pas que le capitaine arrêterait son navire pour aller le repêcher ! »

Les réflexions de sa mère faisaient toujours sourire Camille. Celle-ci se montrait, de loin, la plus positive. L'idée d'aller vivre en France, comme disaient tous les pieds-noirs, ne lui déplaisait pas. D'ailleurs, au lycée d'Oran qu'elle avait fréquenté depuis sa classe de sixième, elle et ses amies avaient déjà décidé de poursuivre leurs études à Marseille ou à Montpellier, après le baccalauréat. « Pour voir du pays, affirmaient-elles entre elles ; le bled, ça devient sclérosant ! » Camille ne s'en était jamais ouverte ni à son père ni à sa mère. Elle pensait le leur confier l'année même du bac, celle de ses dix-huit ans. Au fond, cette installation forcée et prématurée en métropole ne faisait qu'avancer de trois ans l'échéance de son projet.

« Si nous partons, comme beaucoup le font, avait-elle expliqué à sa meilleure amie peu avant que les événements ne dégénèrent et ne précipitent la décision de ses parents, je passerai mes deux bacs dans un lycée français. C'est quand même mieux que de les passer à Oran, surtout quand on a l'intention d'intégrer une fac ou une grande école ! »

Aussi Camille était-elle bien la seule à regarder sans cesse vers l'avant du paquebot, impatiente de découvrir enfin le pays qu'elle attendait de ses vœux.

Quand la nuit tomba, au soir du premier jour, les passagers regagnèrent leurs cabines. Ceux des ponts – les plus nombreux – s'installèrent sur leurs chaises longues, s'emmitouflant dans d'épaisses couvertures de laine pour lutter contre la fraîcheur et les embruns. Beaucoup d'entre eux étaient déjà malades à cause du mal de mer, et vomissaient sur le pont, laissant traîner autour d'eux des odeurs aigres écœurantes.

Puis une longue journée s'écoula, émaillée seulement par les rires des enfants turbulents qui ne connaissaient pas le déchirement de leurs parents. Les passagers semblaient attendre quelque chose qu'ils n'étaient pas pressés d'affronter. Car ce voyage, pour beaucoup vers une terre inconnue, n'avait rien d'un départ en vacances ! Les matelots tentaient néanmoins de rendre la traversée la moins désagréable possible. Certains avaient même accepté de partager leurs cabines avec les malheureux qui en avaient le plus besoin : femmes enceintes, vieillards malades, enfants en bas âge. Mais rien ne parvenait à réjouir les cœurs, alors que le ciel d'azur resplendissait et que la mer scintillait de mille reflets dorés.

Au petit matin, après la deuxième nuit, le froid réveilla très tôt les dormeurs sur les ponts. Le vent soufflait violemment dans le golfe du Lion. Le navire penchait d'un côté, obligeant les passagers à se rassembler à l'opposé.

Marthe grelottait malgré le manteau qu'elle avait revêtu et la couverture dont elle s'était enveloppée. Manon ne put s'empêcher de railler gentiment sa mère :

« Tu ressembles à une vieille fatma, maman ! Si tu te voyais !

— Oh, ma fille ! Cesse de te moquer de ta pauvre mère ! Ramasse plutôt tes affaires. On va bientôt arriver. Vois là-bas, à l'horizon, les côtes de la France commencent à apparaître. »

L'émotion était à son comble. Le voyage touchait à sa fin. Cette fois, l'Algérie avait complètement disparu de l'imaginaire de ceux qui s'ingéniaient encore à la percevoir au-delà des flots bleus du large. Le port de Marseille se dessinait dans les lointains et se rapprochait insensiblement. Maxime avait enfin tourné son regard vers ce pays qui – osait-il croire enfin – l'attendait.

Une foule impressionnante, en effet, grouillait sur les quais du port.

« Ils sont venus nous accueillir ! s'étonna Marthe ingénument. De si bon matin ! »

Une clameur s'élevait dans le ciel, grossissant au fur et à mesure que le navire s'approchait du débarcadère. Mais tous comprirent très vite qu'il ne s'agissait pas d'un hymne de bienvenue.

A peine débarqués, les Pérez suivirent le mouvement. Ils vécurent alors les mêmes scènes qu'au moment de s'embarquer : des halls immenses où s'entassaient les réfugiés, des rangées de lits alignés. Les bénévoles du Secours catholique s'évertuaient désespérément à rendre un peu moins sinistres les conditions d'accueil.

Manuel remarqua le premier, sur les murs du quai, des inscriptions désagréables à l'égard des arrivants. Il attira l'attention de ses parents.

« Regardez ! s'insurgea-t-il. "Les sauterelles dehors ! Les pieds-noirs à la mer !" Eh bien, on ne peut pas dire qu'on nous attend les bras ouverts !

— C'est qui, les sauterelles ? demanda naïvement Manon.

— C'est nous ! fit Camille, en souriant. C'est un joli surnom, tu ne trouves pas ? ajouta-t-elle pour éluder la question.

— Mais pourquoi il est écrit : “dehors” ?

— Parce que les gens d'ici ne veulent pas de nous ! répondit Jean-François, l'air grave. Je crains que nous ne soyons pas les bienvenus et que nous rencontrions quelques difficultés à nous faire admettre. »

Autour d'eux, comme à Oran, régnait la plus grande confusion. Des familles entières, soudées à leurs bagages – le dernier lien qui les unissait encore à l'Algérie –, ne savaient plus à qui confier leur détresse. Le désarroi le plus profond se lisait sur tous les visages. Seule l'insouciance des enfants atténuait un peu le désespoir des adultes. Les dockers affichaient parfois un air revêche, certains houspillaient les malheureux qui gênaient leurs manœuvres.

« Regardez ! fit cette fois Camille, révulsée par ce qu'elle venait d'apercevoir. Mais qu'est-ce qu'ils font ? »

Tous regardèrent dans la direction qu'elle pointait du doigt : des coffres de déménagement, sortis des cales, trempaient dans l'eau, juste à côté du quai.

« Qu'est-ce qu'ils attendent pour les sortir de là ? s'indigna l'adolescente. Tout va être détérioré… Ils n'ont pas le droit de faire ça… ! Pourquoi ? »

Reprenant ses esprits, la jeune Pérez ne put contenir sa colère et s'écria bien fort :

« Mais qu'est-ce qu'on leur a fait ? Nous sommes tous français ! Ils nous traitent comme des chiens galeux !

— Quelque chose ne va pas, mademoiselle ? » s'informa un gendarme qui passait à ce moment-là.

Maxime calma sa fille et fit diversion :

« Ce n'est rien, monsieur le gendarme. Ma fille est un peu fatiguée. Vous savez... le voyage... On a tous les nerfs un peu à vif.

— Alors, dites-lui de se taire, puisque vous êtes son père ! Vous voyez bien que la mairie de Marseille fait tout ce qu'elle peut pour vous venir en aide ! Ne demandez pas l'impossible.

— Oh, nous ne demandons pas grand-chose, monsieur ! rétorqua Marthe. Seulement un peu d'hospitalité et de gentillesse. Vous savez, chez nous, en Algérie...

— Tais-toi, Marthe, la coupa Maxime. N'en rajoute pas !

— Je vous conseille de bien lire les instructions sur les panneaux d'affichage et de suivre scrupuleusement les consignes, ajouta le gendarme sur un ton autoritaire. Vous n'imaginez pas les problèmes que vous nous occasionnez, à débarquer ainsi comme si vous veniez tous en vacances en même temps ! »

Maxime serra les rangs de sa petite troupe.

Ceux qui avaient barbouillé les murs d'insanités à l'encontre des pieds-noirs ne se montraient pas. En revanche, des âmes charitables proposaient aux plus démunis de quoi se restaurer dans l'attente de ce qu'ils avaient encore à subir. Les uns avaient apporté du marché des paniers de fruits, les autres avaient fait des grillades sur des barbecues improvisés, quelques-uns offraient du café bien chaud dans des bouteilles thermos.

« Regardez ! fit Marthe. Il y a quand même de braves gens à Marseille. Dieu merci, tous ne sont pas comme ces voyous qui veulent nous rejeter à la mer ! »

Après avoir rempli les formalités de police et autres tracasseries douanières, Maxime emmena les siens vers la première station de taxis qu'il aperçut. Le fait d'avoir pu justifier d'un parent qui pouvait les héberger leur permit de quitter rapidement le port où des milliers de rapatriés affluaient chaque jour depuis de nombreuses semaines.

« Conduisez-nous à la gare, ordonna Jean-François au chauffeur.

— Gare Saint-Charles ? Vous verrez, c'est aussi la panique là-bas ! Vous êtes comme une nuée de sauterelles envahissantes ! Les autorités municipales ne savent plus que faire pour vous accueillir. Vous êtes en train de créer une catastrophe nationale !

— Si vous ne voulez pas nous y conduire, s'énerva Maxime, nous pouvons prendre un bus ! »

Le chauffeur ravala ses remarques et les conduisit à la gare sans plus tergiverser.

Après plusieurs heures d'attente dans la foule, ils finirent par obtenir un billet pour Nîmes et quittèrent la cité phocéenne dans l'après-midi, avec soulagement.

« J'ai bien cru qu'on ne pourrait pas sortir de ce panier à crabes aujourd'hui ! exulta Marthe, une fois installée dans le train. J'espère qu'à Nîmes, on nous fera meilleur accueil ! En fait, Maxou, tes cousins ne nous attendent peut-être pas ! Comment vont-ils réagir ?

— Je leur ai envoyé une lettre juste avant notre départ pour les prévenir de notre arrivée. J'ai oublié de vous le dire. »

Pendant ce temps, à Pérols, on vivait assez loin des tourments que rencontraient les rapatriés. Certes, la population connaissait les récents événements (ces flots de réfugiés dans les ports et aéroports des villes du Midi), et commençait à s'en inquiéter. Les journaux télévisés ne pouvaient plus les présenter comme de simples touristes venus en vacances dans leurs familles de métropole. Mais, pour le moment, elle ne se sentait pas directement concernée. Seules les familles dont le fils ou le mari se trouvait encore en Algérie éprouvaient un réel soulagement.

« Ils vont enfin revenir ! se disait-on dans les foyers. Ce n'est pas trop tôt ! Pourquoi donc sont-ils allés risquer leur vie pour ces Algériens qui ne veulent plus de nous et pour ces pieds-noirs qui ne sont, au fond, que des étrangers bien au chaud dans leur colonie ? »

Chez les Chaptal, Philippe et Pierre savaient que telle n'était pas la vérité, que la majorité des pieds-noirs n'étaient pas de riches colons, des nantis qui réclamaient la présence du contingent français uniquement pour défendre leurs intérêts. Ils avaient vécu dans le bled, avaient été envoyés en mission dans les quartiers européens des grandes villes. Ils s'étaient aperçus que tous ces Français qu'on considérait chez eux comme des *estrangers* n'étaient pas mieux lotis que la moyenne de leurs concitoyens de métropole.

Néanmoins, devant l'arrivée massive des fugitifs, tous deux reconnaissaient volontiers qu'un vrai problème social se poserait très vite, car le gouvernement ne semblait pas avoir pris – ou n'avait pas voulu prendre – la réelle mesure des conséquences qu'un tel exode allait engendrer.

Pierre s'était donné un an pour se faire engager dans un quotidien de la presse régionale.

« Dans le Languedoc ou ailleurs, annonça-t-il à son père qui le poussait à prendre une décision définitive. J'ai passé une entrevue avec le père du lieutenant Aubert. Il m'a assuré de son soutien. Dès qu'une place sera disponible, il me fera signe. Mais j'ai aussi contacté *Le Dauphiné*, *Nice-Matin* et *La Montagne*. Je me suis même permis de proposer mes services à *France-Soir* et au *Figaro*. On ne sait jamais !

— Si tu n'obtiens pas satisfaction, que décideras-tu ?

— Je te l'ai promis : je prendrai pleinement ma place à tes côtés. »

Sans le lui avouer, et contrairement à Philippe, Armand espérait que son fils n'obtiendrait aucune réponse positive.

Dans l'attente, Pierre collabora avec son frère afin de superviser les travaux les plus urgents de réaménagement du domaine. Ils s'étaient accordés pour se partager les responsabilités : à Pierre les tâches administratives et commerciales, à Philippe les travaux à entreprendre dans les terres et le chai. Armand s'en trouvait ravi.

« Ce qui est sûr, décréta Philippe à son frère, c'est que nous nous passerons de la coopérative viticole. Je n'ai pas envie d'avoir à obéir à un directeur qui ne sera qu'un gros paysan ignorant les nouvelles exigences du marché et ce qu'est un vrai vin de qualité.

— Tu pourrais briguer toi-même la place, suggéra Pierre.

— Pour avoir à diriger une troupe de viticulteurs sans ambition, qui ne savent que perpétuer le savoir-faire de leurs grands-pères ! Non, merci ! Je préfère garder les mains libres. Nous serons beaucoup plus efficaces en travaillant pour nous-mêmes. Ainsi, nous pourrons continuer à afficher nos vins sous notre propre étiquette. Mais au lieu de Vin de Valfleuri, dès l'année prochaine nous produirons sous le nom de Domaine de Valfleuri. »

Une fois les vendanges terminées, fin septembre, et le vin mis en préparation dans les tonneaux du chai entièrement rénové, Philippe entreprendrait le renouvellement de l'encépagement. Jusqu'à présent, la plupart des parcelles du domaine étaient plantées en aramon et en hybrides, comme c'était le cas dans presque tout le Languedoc. Ces ceps de vigne présentaient de nombreux avantages : ils offraient une meilleure résistance aux maladies et produisaient beaucoup, à défaut de donner un vin alcoolisé de bonne qualité.

Philippe, qui avait décidé de diviser le vignoble de son père en cinq lots égaux, annonça :

« Cette année, nous allons remplacer un lot sur cinq en plantant du grenache. L'année prochaine, nous planterons une deuxième parcelle en cinsault. Dans trois ans, nous mettrons du carignan. Puis les deux années suivantes du grenache encore. Ainsi, dans cinq ans, nous aurons renouvelé l'ensemble de nos vignes.

— Nous produirons moins dès l'année prochaine ! s'inquiéta Armand.

— Certes, mais nous gagnerons sur un autre plan : notre grenache produira un vin de meilleure qualité que nous vendrons plus cher. Pierre pourra nous établir un calcul de rentabilité. Au final, nous ne devrions pas être perdants.

— As-tu déjà examiné le grenache de près ? Il donne de tout petits grains !

— La grosseur du grain n'est pas signe de qualité, père ! Plus le jus est abondant dans un grain, moins il est concentré. Fais-moi confiance. Et si tu doutes encore, va visiter les caves de Gallician[1]. Tu en ressortiras convaincu, j'en suis certain. »

Pierre avait écouté les explications de son frère. Plus ouvert que son père, lui aussi était persuadé que l'avenir de la viticulture languedocienne passait par un changement radical des habitudes, des savoir-faire et des mentalités.

« Il est vrai, père, reconnut-il, qu'à l'avenir, si nous voulons effacer de l'esprit du consommateur l'image négative des vins du Languedoc, celle de vins de consommation courante, nous ne ferons pas l'économie d'une profonde remise en question de nos pratiques. Nous devrions examiner, par exemple, ce qui a fait la notoriété rapide des vins des Costières et de Listel pour ne prendre que les plus proches de chez nous. En ce sens, je donne entièrement raison à Philippe. »

A son âge, il était difficile à Armand de se remettre en cause, d'autant plus que, dans sa jeunesse, il avait appris de la bouche même de son père et surtout de celle de son grand-père quels efforts impressionnants les viticulteurs languedociens, gros et petits, avaient dû fournir au siècle précédent pour surmonter l'épouvantable crise du

1. Costières de Nîmes.

phylloxéra[1], à une époque où tout le vignoble avait été détruit et avait dû être reconstruit.

« Précisément, ajouta Philippe à l'adresse d'Armand pour finir de le convaincre, ton père a dû t'expliquer que la révolte des vignerons en 1907 résultait de la surproduction et de la mévente. Déjà à cette époque, nos vignes inondaient le pays d'un vin bon marché qu'on coupait avec le vin d'Algérie pour en augmenter le degré. »

Armand n'ignorait pas ces détails. Lui qui était né en 1907, il avait vécu dans sa jeunesse les séquelles de cette crise de la surproduction et le début du mouvement coopératif. Plus entêté que lui, son propre père n'avait jamais voulu adhérer à la coopérative qui s'était créée dans sa commune. A l'époque, Pérols ne comptait que des petits paysans polyvalents, dont le vin n'était pas l'unique source de revenus. Aussi, avec leur trentaine d'hectares de vigne, les Chaptal passaient-ils déjà pour des viticulteurs bien lotis.

Les petits, comme ils se dénommaient eux-mêmes, s'étaient organisés, regroupés afin de mieux écouler leur production et éviter des dépenses onéreuses d'équipement auxquelles, seuls, ils ne pouvaient faire face. La coopérative de Pérols, mise sur pied dans les années 1920, vendait son vin uniquement chez les habitants de la commune et des environs immédiats, ses membres ne montrant pas de plus grandes ambitions. En outre, elle se heurtait à la proximité des coopératives avoisinantes. Toutes produisaient le même type de vin que les consommateurs coupaient souvent avec de l'eau. Les

1. Voir, du même auteur, *Les Sarments de la colère*, 2009.

bordeaux, côtes-du-rhône et autres vins de Bourgogne, dignes des meilleures appellations, étaient l'apanage des riches bourgeois ou n'étaient servis que sur les tables des bons restaurants.

Sentant approcher l'âge de la retraite, Armand s'en remettait donc à ses fils. Mieux que lui, ils sauraient profiter du grand changement amorcé dans tous les domaines par la nouvelle décennie.

« Toi qui adules le général de Gaulle, insista Philippe, tu ne peux qu'être converti par sa volonté de faire de la France un grand pays moderne, une nation à la pointe du progrès.

— Je ne vois pas le rapport avec nos vignes !

— Nos vignes doivent être à l'image des ambitions qu'affiche notre pays. Pourquoi crois-tu que de Gaulle se soit débarrassé de l'Algérie ? Pour faire plaisir aux Algériens ? Ou aux Français qui ne voulaient plus de cette sale guerre ?

— Ah, te voilà reparti avec l'Algérie ! Et pourquoi donc ?

— Parce que nous perdions notre temps à vouloir convaincre les Arabes à entrer dans l'ère de la modernité, à abandonner une culture et des traditions qui pèsent sur leurs mentalités. Les Arabes, on n'en fera jamais des Français !

— Et les pieds-noirs ? intervint Pierre que la conversation commençait à intéresser.

— Oh, ceux-là ! Ce ne sont pas vraiment des Français ! Tu l'as vu comme moi quand tu y étais. On est allés là-bas, chez eux, pour les aider à faire suer le burnous des Arabes ! Comme si chez eux, c'était pas aussi chez nous, la France !

— La vérité est plus complexe !

— En tout cas, maintenant qu'ils rappliquent tous, les problèmes vont commencer. Crois-moi, ils vont nous coûter cher et nous compliquer l'existence. »

Armand n'avait pas d'avis sur le sujet. Lorsque ses fils étaient partis accomplir leur service militaire, lui, comme beaucoup d'autres parents, avait vivement critiqué le gouvernement parce qu'il envoyait les jeunes Français voler au secours de ces colons nantis d'Algérie. Son opinion aussi était stéréotypée.

« Qu'ils se débrouillent sans nous ! » répétait-il à tout bout de champ.

Puis, quand il comprit que de Gaulle voulait donner l'indépendance à l'Algérie, il avait mesuré ses propos pour finir par reconnaître :

« Au fond, comme en 40, le Général est le seul sur qui l'on peut compter pour nous sortir de ce guêpier. Si l'on avait écouté les socialistes, on y serait encore pour longtemps ! Dieu merci, de Gaulle mettra fin à ce conflit qui n'a que trop duré ! »

Mais, maintenant que les rapatriés affluaient sur le territoire et que le gouvernement de Georges Pompidou se montrait quelque peu débordé devant l'ampleur du phénomène, Armand n'osait plus vanter les mérites du Général sans risquer de se heurter à Philippe qui, lui, ne le portait pas dans son cœur. Ce dernier, en effet, n'appréciait pas la manière dont les événements se déroulaient, et vilipendait l'incurie des autorités et du chef de l'Etat qui, à ses yeux, aurait dû, par tous les moyens, empêcher les pieds-noirs de rentrer en France.

« Je crois que ton général est devenu sénile ! lança-t-il un jour à son père lorsqu'il apprit dans la presse que le gouvernement ne savait plus où donner de la tête. Il ne prend plus aucune décision radicale. Je vais finir par donner raison au maire de Marseille quand il dit que sa ville a 150 000 habitants de trop et que les pieds-noirs n'ont qu'à aller se réadapter ailleurs [1] ! Pourtant, je ne suis pas socialiste !

— C'est immonde, ce que tu racontes là ! s'insurgea Pierre.

— Toi qui veux devenir journaliste, as-tu lu *Le Figaro* ? Tiens, regarde : je suis tombé sur un vieil exemplaire datant du 26 juillet, qui traînait chez mon coiffeur. Sais-tu ce que le maire de Marseille a déclaré aux journalistes ?

— Non.

— J'ai rapporté l'article. Je vais te lire deux lignes de l'interview, ainsi père en profitera. »

Philippe sortit de sa poche l'extrait du journal, le déplia et lut :

— « Voyez-vous une solution au problème des rapatriés de Marseille ? — Oui ! Qu'ils quittent Marseille en vitesse ! »

Pierre arracha l'article des mains de son frère et, l'air dépité, lui demanda :

« Qu'en penses-tu, toi ?

— La même chose ! Mais qu'ils ne rappliquent pas chez nous ! Qu'ils retournent en Algérie ! »

1. Rapporté dans *Paris-Presse-l'Intransigeant*, 22 juillet 1962.

6

En famille

Lorsque Maxime et sa famille débarquèrent à Vergèze, ils furent très étonnés de ne pas être accueillis à leur descente du train. A la gare, personne ne les attendait sur le quai. Le train aussitôt parti, ils se retrouvèrent seuls au beau milieu de leurs valises.

Maxime s'adressa alors au chef de gare :

« Connaissez-vous la famille Pérez, s'il vous plaît ?

— Pérol ! Auguste Pérol ? Celui qui travaille à la source Perrier ?

— Non, Charles Pérez ! C'est mon petit-cousin.

— Ah ! Pérez, oui, en effet, je le connais.

— Vous ne l'avez pas vu ? Il devait nous attendre à notre arrivée. Enfin… c'est ce que je croyais !

— Pas vu ! » répondit le cheminot, peu loquace.

Ne sachant pas où précisément habitait son petit-cousin, Maxime insista :

« Peut-on prendre un taxi devant la gare ?

— Un taxi ! Ici, à Vergèze ? Vous vous croyez à Nîmes, mon brave monsieur !

— Alors, dites-moi comment nous pouvons nous rendre chez mon cousin !

— Je l'ignore, monsieur. La SNCF n'assure pas le transport de ses passagers jusqu'à la porte des particuliers ! Votre parent tient un commerce au centre de la commune, si je me souviens bien.

— Oui, je sais ; une boucherie.

— Vous ne pouvez pas la rater. Sur la place, il n'y en a qu'une. Vous en avez pour un bon quart d'heure de marche.

— Avec tous nos bagages !

— C'est à vous de voir ! »

A l'extérieur, les rares passants demeuraient indifférents devant l'embarras que ne pouvait dissimuler Marthe au milieu des siens. Avec son accent prononcé, elle ne cessait d'invoquer l'Eternel pour qu'Il intercède en leur faveur, et houspillait son mari pour avoir fait confiance à un cousin décidément très éloigné !

Jean-François dut calmer sa mère dont les larmes avaient fait couler le rimmel.

« Tiens, maman ! lui dit gentiment Camille en lui proposant un mouchoir. Essuie-toi les joues. Ce n'est pas grave, ce qui nous arrive. Nous irons à pied et nous reviendrons chercher nos valises après. »

Lorsqu'ils parvinrent devant la boucherie de Charles Pérez, Maxime hésita. La devanture était fermée, le rideau de fer baissé. Sur la porte, un écriteau était accroché, bien en évidence. Manuel s'en approcha et lut :

« Fermé pour cause de décès. »

Maxime ôta machinalement son chapeau.

« Nous tombons mal ! reconnut-il. Pourvu que ce ne soit pas le cousin !

— Ne crois-tu pas qu'on ferait mieux de s'en aller ? suggéra Jean-François. Il doit bien y avoir un hôtel à Vergèze.

— Tu veux qu'on aille à l'hôtel ! Après un si long voyage ! Tu n'y penses pas ! Je crois au contraire que nous nous devons de nous présenter. »

Il sonna à la porte. Personne ne vint ouvrir. Il insista. Tambourina à la vitrine. Alors seulement, à l'étage, une fenêtre s'entrouvrit.

« Qu'est-ce que c'est ? demanda une jeune femme, la chevelure enrubannée dans un foulard multicolore.

— Nous venons voir Charles Pérez. C'est notre cousin, répondit Maxime.

— C'est que... y a personne. Ils sont tous à l'enterrement. Moi, je ne suis que la bonne.

— A l'enterrement ! Mais de qui ?

— Mais... de monsieur et de madame !

— De monsieur et de madame ! Mais de qui parlez-vous donc ? Qui est mort ?

— Monsieur et madame Pérez ! Vous l'ignoriez ?

— Nous débarquons d'Algérie. Ouvrez-nous, vous nous expliquerez. »

La bonne s'exécuta et fit entrer les Pérez dans la boucherie.

« Vous tombez bien mal ! J'ignorais que monsieur Charles attendait de la famille.

— Qu'est-il arrivé ? »

La bonne fondit en larmes.

« Un accident. Il y a trois jours. Ils revenaient d'un mariage. Tard dans la soirée. Leur voiture a percuté un platane. Ils sont morts tous les deux sur le coup.

— C'est vraiment pas de chance ! dit Marthe. Ils avaient des enfants, n'est-ce pas ?

— Oui, deux grands enfants : un fils, monsieur Robert, et une fille, mademoiselle Gisèle. Ils n'habitent pas ici. Ils sont venus seulement pour les obsèques et pour régler les affaires de leurs parents. Mais ils ne vont pas rester.

— Alors, que fait-on ? » insista Marthe.

Maxime consulta ses fils du regard.

« Qu'en pensez-vous ?

— A toi de voir, fit Jean-François. On ne les connaît pas, les enfants de ton cousin. Et, apparemment, ils ne sont ici que de passage.

— Bon, je décide d'aller les rencontrer au cimetière.

— Ça commence bien ! releva Marthe. Un enterrement de première classe dès notre arrivée en France, ça n'augure rien de bon !

— Je propose d'y aller seul avec Jean-François, ajouta Maxime. Je ne voudrais pas importuner ces malheureux dans la douleur ! »

Il confia sa femme, Manuel et ses deux filles aux soins de la bonne, et partit sans attendre en direction du cimetière. Ils y arrivèrent au moment du serrement de main. Ils se joignirent discrètement à la file des amis des défunts venus présenter leurs condoléances. Puis, à leur tour, ils avancèrent vers la famille endeuillée. Maxime parla le premier :

« Nous compatissons à votre douleur ! Nous ne nous connaissons pas. Mais nous sommes vos cousins…

d'Algérie. Charles et votre mère ont dû vous parler de nous. Ils nous attendaient. »

Robert et Gisèle Pérez sortirent de leur chagrin et, retenant leurs cousins par le bras, confirmèrent :

« Nous sommes au courant. »

La cérémonie terminée, Maxime et Jean-François attendirent à la sortie du cimetière que leurs cousins viennent à leur rencontre. Robert se détacha du groupe familial qui était resté autour de la tombe pour un dernier moment de recueillement et les rejoignit.

« Attendez-nous à la boucherie de mes parents, leur proposa-t-il. Vous y trouverez Mathilde, la bonne. Elle vous ouvrira.

— Nous y sommes déjà passés. C'est elle qui nous a prévenus. Ma femme et mes autres enfants sont restés là-bas en attendant d'aller rechercher nos valises à la gare.

— Vous êtes combien ?

— Six.

— Ne vous inquiétez pas. Je m'occupe de vous. Et de vos bagages. »

Maxime fut aussitôt soulagé. Se retournant vers Jean-François, il reconnut :

« Tu vois, mon fils, entre pieds-noirs, on sait ce que c'est, la famille ! »

Robert Pérez et sa sœur Gisèle ne se considéraient pas comme des pieds-noirs. Au reste, ils n'avaient pas vécu en Algérie et ne connaissaient pas ces départements lointains. Leur père, Carlo – qu'on appelait Charles depuis son installation en métropole –, était venu en France avec ses parents au début des années 1920.

Bien qu'ayant passé seulement sept ans en Algérie, il affirmait devant tous ses clients que celle-ci était sa terre natale, son véritable pays. Il cultivait avec plaisir l'accent si particulier que ses parents lui avaient transmis, surtout son père, Francisco, le cousin germain de Maxime. Ce dernier n'avait rencontré cette branche de sa famille que très rarement, à l'occasion de mariages ou de baptêmes. Pour célébrer ces événements, Francisco et les siens revenaient en Algérie. C'étaient alors de grandes réjouissances entre oncles, tantes, cousins, cousines à des degrés parfois éloignés, autour de méchouis ou de grillades. Mais la seconde guerre contre l'Allemagne avait perturbé ces rencontres familiales. Et la dernière visite de Charles à ses lointains cousins d'Algérie, en compagnie de ses parents, remontait au printemps 1939, pour la naissance de Jean-François. Par la suite, la branche métropolitaine des Pérez semblait avoir coupé les ponts avec la famille souche dont tous les membres résidaient toujours en Oranie, depuis leur ancêtre commun, Ramon Pérez qui s'y était implanté en 1850 à l'âge de dix-huit ans, venant de son Espagne natale.

Le fils de Charles proposa à Maxime d'héberger sa famille le temps de résoudre leur problème d'installation.

« Je dois d'abord régler les affaires de mon père, lui expliqua-t-il. Ensuite, il me faudra rentrer chez moi où le travail m'attend.

— Que fais-tu ?

— Je suis chef de service à la préfecture de Lyon. Aussi, je ne peux me permettre de m'absenter au-delà du congé qui m'est accordé. »

Il invita ses cousins à demeurer chez ses parents.

« Tant que la boucherie ne sera pas revendue, l'appartement restera vide. Je ne vois donc aucun inconvénient à ce que vous l'occupiez. Gisèle est d'accord avec moi. Vu la situation des rapatriés, nous ne pouvons pas vous demander de partir ! La famille, c'est sacré chez nous, n'est-ce pas ? »

Marthe bondit de joie et sauta au cou de son petit-cousin.

« Tu es un vrai fils pour nous ! lui dit-elle en l'embrassant. Ah ! on a beau dire, mais chez nous, la famille, c'est la famille ! Même quand on ne se connaît ni d'Eve ni d'Adam ! »

Quelques jours plus tard, Robert, sa femme et sa sœur quittèrent Vergèze pour Lyon où ils habitaient, et laissèrent leurs cousins dans l'appartement de leurs parents.

« Comment vivrons-nous à présent ? s'inquiéta aussitôt Marthe. Sans travail, nous n'irons pas loin avec nos économies. Elles vont vite fondre comme neige au soleil. Et à ton âge, mon pauvre Maxou, il n'est pas dit qu'on te propose facilement un emploi, surtout qu'avec notre accent, nous ne passons pas inaperçus ! Tu penses bien qu'ici, en France, on doit réserver le travail aux Français de métropole. Nous, les Français d'Algérie, on ne nous considère pas comme de vrais Français !

— Je crois que tu te trompes, maman, répondit Jean-François. Mais c'est peut-être à nous, avant tout, de montrer que nous avons envie de nous intégrer rapidement. Manuel et moi allons nous présenter à l'usine Perrier.

— Vous voulez travailler à l'usine ! Comme des ouvriers !

— Il n'y a pas de sot métier ! Et le travail d'ouvrier, ce n'est pas dégradant !

— Mon fils, nous sommes une famille de viticulteurs !

— Jean-François a raison, trancha Maxime. Quant à Camille, il ne faudrait pas tarder à l'inscrire dans un lycée de Nîmes pour la prochaine rentrée. Ainsi que Manon, à l'école de Vergèze.

— Et toi, quelles sont tes intentions ?

— J'ai ma petite idée. Pour l'instant, laissons l'été se terminer. Nous ne sommes pas sur la paille ni à la rue. Alors, autant profiter de cette période de vacances pour visiter la région. Il n'y a que moi qui la connaisse un peu. Et encore ! Il y a si longtemps que j'y suis venu que je ne me souviens pas de grand-chose ! »

Le mois d'août s'écoula sous une chaleur étouffante. Les pieds-noirs continuaient à affluer en France par milliers. Dans toutes les villes d'accueil, des mesures d'urgence étaient prises pour leur trouver des logements provisoires. On les dirigeait parfois vers des régions où, d'eux-mêmes, ils ne seraient pas allés, à cause du climat ou de l'éloignement de la mer. Loin du rivage méditerranéen, beaucoup semblaient perdus. La mer demeurait le seul lien qui les unissait encore à leur terre natale. Ils ignoraient à quel point, sur l'autre rive, les événements se précipitaient et que les nouvelles autorités en place depuis l'indépendance, menacées par les extrémistes, pratiquaient la politique du pire envers ceux qui refusaient de partir : ils devaient accepter la nationalité algérienne, abandonner leurs biens, vivre comme des parias dans une atmosphère d'insécurité permanente et dans l'horreur des disparitions ou des attentats. Les massacres n'avaient pas cessé depuis celui d'Oran. Des commandos armés semaient la terreur en pratiquant la politique de la terre brûlée chez tous les colons qui s'accrochaient encore à leurs propriétés. Quant aux harkis, personne ne devinait quel sort leur était réservé !

Début septembre, Jean-François et Manuel furent embauchés à l'usine Perrier comme ouvriers à la chaîne d'embouteillage. Leur amour-propre était sauf, car ils n'auraient pas aimé vivre de l'aide accordée par les mairies aux plus démunis. Maxime s'en réjouit le premier.

« Vous faites honneur à vos ancêtres, mes fils ! Nous ne sommes pas des mendiants. Nous autres, Français d'Algérie, nous avons notre fierté. Mais vous ne travaillerez pas longtemps à l'usine, je vous le promets. Etre ouvrier, c'est bon pour les Arabes !

— Que penses-tu faire ? s'enquit Jean-François qui, dans l'immédiat, n'entrevoyait pas d'autre solution. Voilà bientôt deux mois que nous sommes arrivés et que nous occupons le logement des cousins. Personnellement, je ne vois pas ce que nous pourrions souhaiter d'autre et de mieux ! Il y a tant de rapatriés sans toit ni travail que je nous considère comme privilégiés.

— Tu n'es pas venu en France pour faire l'ouvrier ! appuya Marthe, assurément la plus fière de tous. Ton père a raison. Ton frère et toi valez mieux que ça !

— Mais il faut être réalistes, maman ! Nous n'avons plus rien. Plus d'argent, plus de maison, plus de terres. Nous avons tout perdu ! Il faut l'accepter ! Cesse donc de rêver encore à l'Algérie et à ce que nous étions. Bien heureux que nous nous en soyons sortis de cette manière ! Souviens-toi des inscriptions sur les murs d'Oran : "La valise ou le cercueil" ! Nous avons choisi la valise, nous avons d'ailleurs bien fait. Mais dans une valise, nul ne peut emporter sa richesse !

— Détrompe-toi ! » intervint Maxime qui semblait s'amuser d'entendre discuter sa femme et son fils.

Tous se turent et le fixèrent du regard. Seule Camille paraissait distante et distrayait Manon peu intéressée par la conversation.

« Explique-toi, papa ! fit Manuel, le premier à réagir.

— Je n'ai rien à expliquer. Je dis simplement que certains ont pu transporter leur fortune dans leurs valises, en tout cas une partie de leur fortune.

— Je te crois volontiers. Sur le paquebot, j'ai même rencontré un brave homme d'Oran qui transportait dans un coffre les restes de sa femme décédée. Il ne voulait pas les laisser tomber dans les mains des musulmans, m'a-t-il expliqué.

— Je le comprends ! dit Marthe. Dire que nous n'aurons même plus l'occasion d'aller nous recueillir sur la tombe de nos parents ! Voyez-vous, mes enfants, c'est ce qui me déchire le plus le cœur dans cette tragédie. Qui sait ce qu'ils feront de nos cimetières ?

— Moi, sur le bateau, j'ai vu une femme qui comptait les pièces de son service de table, releva Manon avec détachement. Elle se cachait dans un coin pour qu'on ne la voie pas. Mais, moi, je l'ai vue ! Je ne mens pas !

— Nous te croyons, ma chérie. Tu sais, dans ce grand carnaval que fut notre départ précipité, tout ce qu'on peut imaginer a dû se produire. Même le plus extravagant. Je suis prête à parier que certains ont dû transporter leurs lingots d'or dans leurs bagages. Après tout, ils n'allaient pas les laisser aux Arabes ! Hélas, ça ne risquait pas de nous arriver ! »

Maxime se racla la gorge, prit un air sérieux et se lança :

« Si c'est pour moi que tu fais cette allusion, Marthe, eh bien, tu te trompes ! Heureusement que j'ai la tête sur les épaules ! »

Tous se dévisagèrent, étonnés.

« Qu'est-ce que tu insinues ? demanda Marthe.

— Tu as bien entendu : avant notre départ pour Oran, j'ai dissimulé dans la malle de l'or que j'avais acheté en prévision depuis 1955, quand j'ai réalisé que ça pouvait tourner mal pour nous.

— Depuis quasiment le début de la guerre ! s'étonna Jean-François.

— J'ai échangé toutes nos liquidités en lingots. Je me suis dit que c'était plus prudent. Hélas, les événements m'ont donné raison ! Les lingots étaient soigneusement cachés dans la cave du chai. Personne n'en connaissait l'accès, sauf moi.

— C'est ce que tu appelais tes reliques ! s'étonna Marthe, qui semblait plus en colère d'avoir été dupée que réjouie par la bonne nouvelle. Et c'est seulement maintenant que tu nous l'apprends ! Dire que tes fils se sont crevés à charrier cette malle sans savoir ce qu'elle contenait !

— Maintenant ils le savent. Vous le savez tous ! Et grâce à elle, nous allons nous sortir d'affaire. Nous aurions pu la perdre en route, après tout !

— Ou les dockers, à Marseille, auraient pu la laisser tomber dans l'eau… volontairement ! ajouta Camille d'un ton moqueur. Vous ne croyez pas qu'il faudrait cesser de se disputer comme des chiffonniers !

— On ne se dispute pas ! rectifia Marthe. On discute… en famille. »

Maxime avait longuement réfléchi depuis son installation à Vergèze. Mais il s'était bien gardé de faire part à sa femme de l'objet de ses réflexions, voulant être certain de l'aboutissement des démarches qu'il avait l'intention d'entreprendre à l'insu de tous.

Il avait d'abord acquis une antique Juvaquatre Renault camionnette des années 50, afin de ne pas être cloué sur place, dans l'impossibilité d'effectuer le moindre déplacement, avait-il prétexté. Il lui en avait coûté la modique somme de 800 francs à laquelle il lui avait fallu ajouter 300 francs de réparations. Marthe avait râlé, estimant que, dans l'urgence de la situation, une telle dépense ne se justifiait pas. Mais il avait su rapidement étouffer ses remontrances en la conduisant plusieurs fois à Nîmes pour visiter la ville et se promener dans les vieilles rues commerçantes.

En septembre, seul, il se mit à la recherche d'une propriété à vendre. Avec l'or qu'il avait sauvegardé, il estimait avoir les moyens d'acquérir une vingtaine d'hectares de vigne pour reprendre son activité de viticulteur le plus vite possible. Il se rendit d'abord dans les Costières du Gard où, avait-il appris, de grands travaux avaient été entrepris sur l'initiative d'un certain Philippe Lamour, depuis plus de dix ans, dans le but d'irriguer les terres agricoles. Ce dernier, devenu entre-temps président du syndicat des Costières du Gard, avait insufflé à cette région de la vallée du Rhône une démarche qualitative reposant sur l'étude scientifique des sols, l'adaptation de nouveaux encépagements, la recherche œnologique et la modernisation des techniques de vinification.

Malheureusement, la conjoncture ne permit pas à Maxime de réaliser son souhait. Un projet élaboré en 1952 était en cours de réalisation afin d'amener l'eau du Rhône dans les Costières. La Compagnie du Bas-Rhône avait donc racheté des domaines délaissés ou peu entretenus à des paysans plus avides de revendre leurs biens que de se reconvertir. De nombreux lots avaient déjà trouvé preneurs et le prix du foncier s'en trouvait passablement augmenté.

Maxime comprit très vite que ses économies ne suffiraient pas à acquérir une propriété dans ce terroir en pleine expansion.

« Vous devriez prospecter en direction des Cévennes, lui conseilla un ingénieur de la Compagnie qu'il avait rencontré. Là-bas les paysans sont moins gourmands. Ils vous lâcheront leurs terres pour une bouchée de pain. Les jeunes ne veulent plus suivre l'exemple de leurs pères. Ils ne rêvent que de la ville, des festivités, de la vie facile et d'un salaire qui tombe à la fin du mois. Ils ne veulent plus travailler dans les vignes. C'est le moment d'en profiter. Ici, bien sûr, avec tous les travaux d'irrigation qu'on est en train d'achever, les prix ont tendance à flamber. »

Maxime se résigna à abandonner l'idée de s'implanter dans les Costières. Mais ce qu'il avait découvert lui ouvrit les yeux. Il se doutait qu'un énorme ouvrage l'attendait s'il voulait redémarrer sur de bonnes bases et posséder un vignoble digne de celui qu'il exploitait en Algérie.

« Avec un peu de chance, lui dit encore l'ingénieur agronome, vous pouvez trouver un terroir aussi favorable que celui des Costières. Veillez à ce que le sol soit bien drainé. Ici ce sont les galets de grès qui aèrent la terre et font la richesse et la spécificité de notre terroir. En hiver, ils gardent davantage la chaleur et empêchent les racines de souffrir du froid. Quand il pleut, ils permettent un bon drainage. Mais, méfiez-vous, là-bas, les vignes sont souvent surpâturées par les troupeaux de moutons, de l'automne à la fin du printemps. Ça leur donne trop de phosphates. Vous devrez veiller à rectifier la chimie du sol. L'avantage, en vous rapprochant du piémont cévenol, c'est que vous y serez moins exposé au grand vent. Ici, quand le mistral souffle, il vous décornerait un bœuf !

— Je suivrai vos conseils », acquiesça Maxime.

Ce dernier allait prendre congé, quelque peu déçu de ses vaines démarches, quand l'ingénieur le retint encore un instant.

« Vous êtes pied-noir, n'est-ce pas ?

— C'est exact. Originaire d'Oran.

— Ça s'entend à votre accent. Votre façon de prononcer les *r*. J'ai fait mon service en Algérie. J'ai été impressionné, là-bas, par l'excellente tenue des exploitations agricoles et par le savoir-faire des viticulteurs. Avec cet afflux de rapatriés, nous ne devrions pas être en peine de secouer les vieilles habitudes de nos paysans ! Vous nous apportez du sang neuf. Nous en avons besoin !

— Vous êtes bien le premier à juger positive notre arrivée en métropole !

— Vous n'êtes pas venu seul ?

— Non, en famille. Vous savez, nous avons tout perdu… ou tout abandonné, c'est comme vous voulez. La famille, c'est tout ce qui nous reste. »

Fort de ces conseils, Maxime garda néanmoins l'espoir de trouver un vignoble pas très cher, bien situé et rapidement productif ; bref, la perle rare !

De retour chez lui, il examina la carte du Gard et pointa son doigt sur la commune de Saint-Hippolyte-du-Fort.

7

Premiers contacts

Maxime se rendit à Saint-Hippolyte-du-Fort par un bel après-midi ensoleillé. En cette mi-septembre, l'été paressait sous la lumière munificente du ciel. La douceur avait chassé les dernières touffeurs. Les vignes répandaient encore de lourds effluves de moût sur les coteaux. Les vendanges battaient leur plein. Une activité fébrile animait les villages traversés par d'incessants charrois de cornues pleines à craquer.

Le cœur de Maxime s'emballa. L'atmosphère de travail, qui régnait autour de lui, lui rappela soudain son domaine de Rio Salado, avec ses ouvriers agricoles qui lui étaient tant attachés, ses alignements de ceps croulant sous le poids des grappes, ses cuves qui se remplissaient pendant les trois semaines que duraient les vendanges. Il hésita longuement avant d'aborder les hommes dans les vignes. Ce n'est pas le moment de les déranger ! pensa-t-il.

Il alla à l'hôtel de ville, déclina son identité, demanda à rencontrer le maire ou l'un de ses adjoints qui, croyait-il, devaient connaître les propriétés cherchant acquéreur dans leur commune. On l'introduisit dans le bureau de la secrétaire de mairie, sans lui préciser si le maire pourrait ou non le recevoir. Il ressentit immédiatement de la méfiance à son égard. Sans lui laisser le temps d'exposer l'objet de sa demande, la secrétaire lui déclara :

« Si c'est pour obtenir une aide au rapatriement, il faut vous adresser au service d'aide sociale. Vous n'êtes pas le premier, vous savez ! Depuis le mois de juin, ça n'arrête pas !

— Aide au rapatriement ? s'étonna Maxime. Qui vous dit que je viens quémander de l'aide ?

— Vous êtes espagnol, n'est-ce pas ? Et j'entends bien à votre accent que vous venez d'Algérie !

— Sur ce dernier point, vous ne vous trompez pas ! Mais tel n'est pas l'objet de ma démarche, madame.

— Mademoiselle, s'il vous plaît !

— Excusez-moi ! Cette différence ne s'entend pas à votre accent ! répliqua Maxime sur un ton aigre-doux.

— Alors, c'est pour quoi ? poursuivit la secrétaire, visiblement sur ses gardes.

— Je viens m'enquérir des propriétés viticoles à vendre sur la commune ou dans les environs.

— Vous voulez acheter une propriété ! A vous entendre tous réclamer des aides pour vous installer, je croyais que tous les pieds-noirs étaient sans le sou !

— Mademoiselle, je ne vous demande pas votre opinion sur les pieds-noirs. Au demeurant, je vois que vous ne nous appréciez pas beaucoup. Mais… nous sommes aussi français que vous, vous savez !

— Je ne suis pas payée pour discuter, monsieur. Je vais vous introduire dans le bureau du chef de service. Il verra avec vous ce qu'il peut faire.

— Merci quand même pour votre diligence, mademoiselle ! »

Maxime patienta quelques minutes. Puis la secrétaire le convia à la suivre.

« Monsieur Van Duynslaeger va vous recevoir dans un instant.

— Comment dites-vous ?

— Monsieur Van Duynslaeger. Il est d'origine flamande. Mais il est français, lui !

— Comme moi, alors ! Je suis pied-noir d'Algérie, d'origine espagnole, mais ma famille est française depuis cinq générations ! »

La secrétaire ne releva pas.

Le chef de service reçut Maxime avec la plus grande courtoisie.

« Asseyez-vous, monsieur Pérez, je vous en prie. Mademoiselle Hugon n'a pas dû vous accueillir les bras ouverts ! Il faut l'excuser.

— Elle est tout excusée.

— Il faut la comprendre ! Son fiancé a été tué en Algérie pendant son service militaire. Il y a quatre ans de cela. Elle ne s'en est pas encore remise. Comme pour toutes les blessures du cœur, il lui faudra du temps pour oublier !

— On n'oublie jamais ce qui vous déchire de l'intérieur. »

Le chef de service était un homme affable, plein de prévenances. Avant de demander à Maxime les raisons de sa requête, il se lança dans une longue réflexion sur les étrangers. Il finit par avouer :

« Moi-même, avec le nom que je porte, j'ai dû m'imposer ici pour faire valoir que je ne suis ni belge ni hollandais. Certes, j'ai des origines flamandes, mais mon grand-père est arrivé en France au début du siècle et a été naturalisé rapidement. Néanmoins, je suis toujours un *estranger*, comme ils disent. Remarquez, ce n'est pas méchant ! D'ailleurs, les gens d'ici considèrent comme tels tous ceux qui ne sont pas nés dans leur région. Un Ardéchois ou un Lozérien sont des étrangers aux yeux des Cévenols gardois. C'est comme ça, on n'y peut rien. Il est vrai que se faire admettre n'est pas chose aisée, sauf si vous intégrez une famille par mariage, comme c'est mon cas. Ce n'est pas que les gens d'ici n'aiment pas les étrangers ; non, au contraire ! C'est leur manière à eux de se démarquer et de se reconnaître. Il fut une époque lointaine où ils furent persécutés. Ça laisse des traces ! Même entre eux, ils se différencient : d'une vallée à l'autre, leur patois diffère et ils se disent *estrangers* ! Vous vous y ferez vite ! Mais... quant à dire que vous vous intégrerez facilement... ça, c'est une autre histoire ! Cela dépendra aussi de vous. »

Maxime écoutait parler le chef de service avec beaucoup d'attention. Au fond de lui, il se disait que, là-bas, en Algérie, les mentalités étaient très différentes et qu'on aimait ouvrir sa porte à ceux qui venaient d'ailleurs, précisément parce que tous étaient originaires des quatre coins de l'Europe. Il garda sa réflexion pour lui et releva seulement :

« Chez nous, en Algérie, on est très famille. Au sens large du terme. A la moindre occasion, on réunit toute la smala. C'est pourquoi on a l'accueil facile.

— Alors, sur ce point, vous vous entendrez bien ! Car, ici aussi, les gens sont très famille, comme vous dites.

— Ça devrait donc nous rassembler !

— Mais nous parlons, nous parlons, et vous ne m'avez toujours pas dit quel est l'objet de votre démarche. »

Et Maxime d'expliquer ses intentions.

Le chef de service parut tout à fait conquis.

« Vous étiez donc viticulteur ! Alors, vous êtes dans la bonne région. Nos paysans ont besoin de sang neuf pour les remuer. Ils ont tendance à s'endormir dans leurs vieilles habitudes, alors que nous sommes entrés dans l'ère de la modernité.

— Je reviens des Costières. J'ai vu ce qu'ils sont en train de réaliser là-bas. Cela me paraît très prometteur.

— Si nous voulons leur tenir tête, il y a beaucoup à faire dans notre vignoble du Salavès. Certains ont déjà commencé. Tenez, à Pérols, une petite commune voisine de Saint-Hippolyte-du-Fort, les Chaptal ont entrepris la rénovation de leur exploitation. Je crois qu'ils sont sur la bonne voie. Vous devriez leur rendre visite. Ils sont mieux placés que moi pour vous renseigner. Ils doivent connaître toutes les terres à vendre sur leur commune. Questionnez-les. »

Maxime passa le restant de l'après-midi à discuter avec le chef des services municipaux de Saint-Hippolyte. Il trouva en lui un être comme il aurait souhaité en rencontrer à son arrivée à Marseille, puis à Vergèze. Il se sentit tout à coup rassuré, ragaillardi, renforcé dans son espoir de refaire rapidement surface.

Le soir même, il annonça à sa femme et à ses enfants :

« Je crois que nous ne resterons pas longtemps dans l'appartement des cousins ! »

Le lendemain, sans tarder, il se rendit au domaine de Valfleuri et demanda à rencontrer le propriétaire. En l'absence de son père et de son frère, Philippe Chaptal le reçut dans son bureau situé à l'entrée du caveau qui venait d'être entièrement rénové. Maxime s'extasia aussitôt :

« On m'avait prévenu, mais je n'imaginais pas une si belle installation ! »

Philippe sourcilla. Avant même de répondre à son visiteur, il releva :

« Vous êtes pied-noir !

— Euh… oui ! fit Maxime, étonné d'entendre sans préambule une telle remarque.

— Je repère l'accent sans hésiter. On ne me trompe pas. J'ai fait l'armée en Algérie. »

Sur le coup, Maxime ne sut quelle attitude adopter. L'accueil lui parut peu chaleureux, contrairement à celui qu'il avait reçu chez le chef de service de la mairie de Saint-Hippolyte. Il crut préférable de continuer à flatter son hôte.

« Même en Algérie, j'ai rarement vu un si beau domaine !

— C'est tout neuf, s'enorgueillit Philippe, sans s'étendre. Mais que désirez-vous ? poursuivit-il d'un ton méfiant.

— Voilà : je suis moi-même viticulteur. Je suis arrivé de la région d'Oran, il y a environ trois mois…

— Comme tous vos concitoyens, le coupa Philippe, vous avez abandonné le navire. Dire qu'on s'est battus pour vous, pour rien !

— C'est à de Gaulle qu'il faut dire ça !

— Sur ce point, je vous rejoins. De Gaulle a trahi l'Algérie française. Mais vous aussi ! Vous n'auriez jamais dû partir. Vous avez fait le lit du FLN et réjoui les communistes. »

Maxime se sentit gêné de devoir aborder aussi rapidement un tel sujet avec un homme qu'il ne connaissait pas et dont il soupçonnait déjà les idées extrémistes. Piqué au vif, il ajouta néanmoins :

« Entre le FLN d'un côté et l'OAS de l'autre, nous n'avions pas tellement le choix. Quant à l'armée, elle n'assurait même plus notre protection depuis les accords d'Evian.

— L'OAS ! Ce sont les seuls défenseurs de l'Algérie française. Si vous l'aviez tous soutenue au lieu de vous enfuir comme des rats, on n'en serait pas là à devoir vous accueillir en catastrophe ! Enfin… on ne refera pas l'histoire ! Alors… dites-moi, que voulez-vous au juste ?

— Eh bien, je cherche une propriété à vendre pour repartir de zéro. Je n'ai pas le choix ! »

Philippe restait de glace, l'air méprisant.

« Ici, vous ne pourrez plus faire suer le burnous ! On n'est pas des Arabes !

— Ça, c'est ce qu'on rapporte à notre sujet en métropole. Là-bas, je vous prie de me croire, la réalité était bien différente.

— Oh, j'y étais et j'ai vu ! Vous ne me ferez pas croire le contraire. Remarquez, tous ces Arabes ne sont bons qu'à ça ! J'en emploie quelques-uns dans mes vignes. Quand on les a à l'œil, ils bossent.

— Chez moi, nous les respections. D'ailleurs, tous ont pleuré quand nous les avons quittés.

— Des larmes de crocodile ! Je suis sûr que vous n'aviez pas le dos tourné qu'ils se sont rués sur vos biens comme des chacals !

— Des fellaghas nous ont tout brûlé avant notre départ. C'est pourquoi nous sommes partis. Nous avons tout perdu.

— Quand je vous le disais ! Mais… revenons-en au fait : une propriété à vendre ? Euh… sur le moment, je n'en connais pas. Ici, les paysans tiennent à leurs terres comme à la prunelle de leurs yeux. Ils les gardent comme les vieux gardent leurs sous dans un bas de laine. Pour l'avenir, disent-ils, on ne sait jamais ! Comme si, en ne se bougeant pas le cul de leur chaise, ils avaient un avenir devant eux !

— Vous me semblez bien méprisant envers vos collègues !

— Je sais ce que je dis. »

Maxime ne tint pas à prolonger davantage l'entretien. Il ajouta seulement :

« Je finirai par trouver. Et je créerai à nouveau un beau vignoble. »

A ces mots, Philippe réagit. Il comprit que son visiteur montrerait beaucoup de persévérance. Il vit aussitôt en lui un concurrent potentiel. Les sauterelles arrivent dans la région ! pensa-t-il. Ça ne fait que commencer. Il se ravisa.

« J'aurais peut-être quelque chose à vous proposer », reprit-il.

Parmi ses connaissances, un vieux paysan sans héritiers, veuf de surcroît, possédait une vingtaine d'hectares de vignes abandonnées. Celles-ci, toutes plantées en aramon et en hybrides qui, jadis, ne donnaient que de la piquette, n'étaient plus entretenues depuis dix ans, leur propriétaire ayant cessé de les travailler à la mort de sa femme, plus par paresse que par désespoir. Depuis, il vivait de trois fois rien et sombrait dans l'alcool.

« Je vous préviens, précisa Philippe, le lascar n'est pas très avenant. C'est un alcoolique invétéré qui vit avec ses quatre chèvres pour toute compagnie. Chez lui, c'est une vraie porcherie. Mais, à soixante-douze ans, et malgré l'alcool, il a encore toute sa tête quand il parle gros sous. Vous ne le roulerez pas dans la farine ! Toutefois, si vous savez vous y prendre, il pourrait vous céder ses terres à un prix raisonnable. Mais sachez que, par ici, le foncier est en train d'augmenter. Vous ne trouverez rien à bas prix. Certes, les vignes ne sont pas en bon état ! Il faudrait leur donner un sérieux coup de fouet. Vous pourriez faire valoir ce handicap pour l'amadouer.

— C'est à voir ! fit Maxime qui était en train de réviser son jugement sur son interlocuteur. S'il est raisonnable, nous pourrions nous entendre. De toute façon, je dispose d'une somme que je ne peux dépasser. »

Philippe savait pertinemment que les terres du vieil Hector Portanier ne valaient rien. Situées dans une combe humide, elles avaient été plantées à l'époque où, à la suite de la crise du phylloxéra, la moindre parcelle de garrigue avait subi les assauts de la vigne renaissante. Le sol était composé de strates de calcaire dur en surface et d'argile à faible profondeur, rendant le drainage difficile. Or, sauf à défoncer les cinquante premiers centimètres à la charrue, rien ne laissait soupçonner le problème. Jamais les vignes du vieux Portanier n'avaient atteint ne serait-ce que les plus faibles rendements de toute la région. De plus, le vin qu'il en tirait était de mauvaise qualité.

Philippe se garda de dévoiler ces détails à Maxime. Au contraire, en son for intérieur, il se dit qu'en poussant son visiteur à acheter les vignes d'Hector, il se débarrassait d'un éventuel concurrent aux idées trop arrêtées.

« Allez le trouver de ma part, lui proposa-t-il. Je le connais bien. Il m'a toujours fait confiance. Ça vous aidera à le convaincre. S'il le faut, je passerai le voir. »

Philippe Chaptal n'ignorait pas que le vieil Hector Portanier n'attendait que l'acheteur naïf ou ignorant pour lui revendre ses terres et pour finir ses jours sans souci, à l'abri du besoin. Il esquissa un large sourire et, d'un ton faussement courtois, reconnut :

« Après tous les malheurs que vous avez connus, il est normal qu'on vous vienne en aide, n'est-ce pas ? Surtout entre gens de même métier ! »

Rassuré par ces propos apparemment affables, Maxime en oublia le début de sa conversation et, le soir même, devant les siens, il annonça, plein d'espoir :

« Je pense avoir trouvé ce que nous cherchons. Au début, je me suis méfié, car le viticulteur qui m'a renseigné m'a paru un peu xénophobe envers les pieds-noirs. Mais, finalement, il a accepté de m'aider. Je retournerai bientôt sur le terrain.

— Je t'accompagnerai, papa, proposa Jean-François. Je me ferai porter absent à l'usine.

— Je n'ai besoin de personne. Je me débrouillerai seul. »

Maxime laissa passer le temps des vendanges et reprit la route de Pérols au début octobre. Dans les vignes, toute activité avait cessé. Les paysans étaient maintenant affairés dans leurs chais ou dans les caves coopératives. De fortes odeurs de futaille et de raisin en macération se répandaient dans les rues des villages viticoles. L'automne avait supplanté l'été et s'imposait en majesté. Les chênes et les châtaigniers s'aquarellaient de cuivre et de pourpre. Les vignes s'endimanchaient d'or et d'incarnat. A l'aube, la lumière ciselait les perles de rosée que la fraîcheur de la nuit déposait sur l'herbe tendre des prairies.

Au volant de sa Juvaquatre, Maxime ne pouvait s'empêcher d'admirer ce paysage en flamboyance et de songer à son Algérie natale. Là-bas, dans le bled, imaginait-il en ne prêtant plus attention à sa route, mes vignes aussi doivent avoir revêtu leur parure d'automne ! La nostalgie l'envahit soudain. Chaque rencontre, chaque découverte réveillait en lui ses racines. Avec les siens, il était convenu de ne pas évoquer sans arrêt le pays et le passé. Certes, tous en étaient souvent tentés, car les comparaisons s'imposaient d'elles-mêmes. Et ils se surprenaient parfois à se laisser aller aux regrets.

S'abandonner, se confier, se remémorer ensemble procurait tellement de réconfort quand le cœur s'alourdissait d'emmagasiner trop de silences, de souvenirs difficilement étouffés ! Chacun avait besoin de la compréhension des autres pour refaire surface au milieu de cet océan d'incertitudes, de doutes et d'appréhensions, face au mépris ou à l'indifférence du monde extérieur. Lorsqu'on les questionnait sur leur passé, aucun d'entre eux ne parvenait à s'exprimer. Ils étaient comme anesthésiés, interdits de parole. Leurs souvenirs n'appartenaient qu'à eux. « On n'en parle plus ! répétait Maxime à ceux qui s'étonnaient de leur retenue ou de leur mutisme. On a tourné la page. » Mais au fond d'eux-mêmes, ils n'avaient pas tourné la page, encore moins refermé le livre de leur vie antérieure.

Philippe Chaptal avait prévenu Hector Portanier qu'il aurait sans doute une prochaine visite.

« Des Algériens ! Enfin… des pieds-noirs d'Algérie. Ils demanderont à acheter vos terres. Un conseil : ne les bradez pas ! Ces gens-là se plaignent mais, soyez-en sûr, ils sont pleins aux as ! Vous pouvez me croire : j'ai fait l'Algérie. Je sais de quoi je parle. Je les ai vus à l'œuvre !

— Merci de me prévenir, petit ! répondit le vieil homme. Ah ! si j'avais eu un fils comme toi. Mes terres, je ne les vendrais pas, à mon âge. Combien crois-tu que je puisse en demander ?

— Combien d'hectares avez-vous exactement ?

— Vingt-trois.

— C'est pas rien ! Certes, dans la combe, le sol ne vaut pas grand-chose pour la vigne, et votre bicoque est délabrée !

— Je n'ai pas l'intention de la leur céder ! Où vivrai-je si je la vends ?

— Sans votre mas, ils n'achèteront pas ! C'est une famille de six personnes. Ils cherchent aussi une habitation. Si vous voulez, je vous louerai une petite maison de vendangeur sur mon domaine. Elle est en meilleur état que ce gourbi où vous logez.

— Tu m'en prendras combien ?

— On en rediscutera... Bien sûr, il faudra augmenter votre prix en conséquence ! Avec le mas, c'est plus cher. Il faut leur soutirer tous leurs sous ! Ils en ont. Et leur mettre le couteau sous la gorge.

— Alors, combien ?

— A vue de nez, vous devriez en exiger... quatre-vingt mille francs.

— Seulement !

— Quatre-vingt mille nouveaux francs, huit millions, si vous préférez. Ils voudront marchander, c'est sûr ! Ces gens-là sont comme les Arabes. D'ailleurs, ils leur ressemblent. Mais ne tombez pas en dessous de sept millions et demi !

— Ça fait une sacrée somme !

— Pour un mas et une vingtaine d'hectares de bonnes vignes tout autour, ça vaudrait la dépense. Mais avec vos vignes mal entretenues et peu productives, c'est plutôt cher payé ! Surtout, ne leur dites rien. Vantez votre bien. Dites-leur qu'ici toutes les terres sont propices à la vigne : prenez les miennes en exemple. Ça les rassurera. »

Le vieil Hector, l'esprit embrumé par les vapeurs de l'alcool, retint les conseils malfaisants de Philippe Chaptal. Si ça marche, pensa ce dernier, ils y claqueront toute leur fortune et ils ne tireront rien de leur achat ! Nous en serons vite débarrassés.

Maxime ne mit pas longtemps à trouver les vignes d'Hector Portanier. Un paysan qu'il accosta sur le bord de la route lui indiqua, goguenard :

« Vous ne pouvez pas vous tromper : ce sont les seules vignes envahies par les mauvaises herbes, au bout du chemin de la Combe, sur votre droite à deux cents mètres. Tout au fond du vallon, vous verrez, il y a une vieille masure. C'est là qu'habite Hector. »

Le propriétaire des lieux semblait attendre son visiteur. Pour faire bonne figure – et sur les conseils, avisés cette fois, de son protecteur –, Hector n'avait pas bu depuis le début de la matinée, s'était rasé de près, lavé, coiffé, habillé de propre, et avait fait un peu de ménage dans sa pièce principale.

Maxime arrêta sa voiture juste devant sa porte, l'air quelque peu surpris de constater l'état d'abandon de la propriété.

Après les salutations d'usage, il alla droit au but :

« Je cherche à acheter une petite propriété dans la région. On m'a dit que la vôtre était à vendre.

— Vous n'êtes pas d'ici ! ne put s'empêcher de relever le vigneron.

— Si vous voulez bien, monsieur Portanier, nous en reparlerons plus tard », le coupa Maxime qui n'avait pas envie de reprendre une conversation comme celle qu'il avait eue avec Philippe Chaptal.

Une longue discussion s'amorça. Suivant les conseils de ce dernier, le vieux paysan vanta son bien et affirma que, dans la région, rien n'était bon marché.

« Vos vignes sont en piteux état ! releva Maxime.

— A mon âge, jeune homme…

— J'ai cinquante-cinq ans !

— C'est bien ce que je disais : vous êtes encore jeune ! A mon âge, je ne suis plus capable de les travailler. C'est la raison pour laquelle je vends, mon brave monsieur. Mais je vous prie de croire que ce sont de bonnes vignes. N'écoutez pas ce que vous diront les gens…

— Monsieur Chaptal m'a expliqué quelle était la nature des sols et quels étaient vos rendements, à l'époque où vos vignes étaient travaillées. Et la maison ?

— Oh, la maison ! Vous savez, je vis seul. Il faudrait l'aménager. Avec un peu de travail, vous en ferez vite un joli mas. Vous pourriez même l'agrandir sur le derrière en faisant tomber le mur qui le sépare d'un grand hangar inutile… »

Maxime demanda à visiter les lieux. Puis il alla se promener dans les vignes. Quand il eut terminé son tour d'inspection, il déclara :

« Il y a de quoi faire ! »

Au fond de lui, il savait qu'il ne pouvait se montrer exigeant. Car l'argent qu'il avait converti en or ne représentait pas une véritable fortune. Tout juste de quoi acquérir une petite propriété, rien de comparable avec ce qu'il possédait en Algérie !

« Vous êtes dans la pleine force de l'âge, rétorqua Hector. Vous avez des enfants ?

— Deux fils et deux filles.

— Ils vous aideront. Vous avez de la chance ! Moi, je suis seul dans la vie.

— Chez nous, la famille est très soudée.

— Alors, vous avez trouvé ce qu'il vous faut.

— Vous en voulez combien ? »

Hector ne répondit pas immédiatement. Le moment était crucial. Il sortit de son vieux buffet deux verres et une bouteille de bon vin que lui avait donnée Philippe Chaptal, provenant de son meilleur cru.

« Buvons d'abord un verre. Vous vous rendrez compte, ainsi, de ce que je produisais il y a encore cinq ans, mentit Hector.

— Ce vin provient de vos vignes ?

— Pardi, petit ! Je n'ai jamais bu le vin des autres ! »

Il remplit les verres. Maxime but lentement, en connaisseur. Il s'extasia :

« Hum ! Très bon ! Des notes de fruits rouges, une belle robe, un bouquet agréable. Ce vin est parfait !

— Vous voyez, je ne vous mentais pas !

— Alors, combien ?

— Ben... voyons... disons... huit millions ! D'anciens francs, bien sûr ! »

Maxime fit la grimace. Il se devait de garder une partie de la somme qu'il détenait pour parer aux investissements de fonctionnement et à la restauration du mas, une fois la propriété achetée. Il lui fallait aussi prévoir une période d'attente, avant de pouvoir tirer profit de sa nouvelle acquisition. Il ne pouvait donc se risquer à dépenser plus des deux tiers des cent mille francs qu'il possédait sans se mettre en difficulté.

Commencèrent alors de longues palabres. Maxime était accoutumé aux marchandages. En Algérie, c'était monnaie courante, une véritable obligation de discuter le prix de tout ce qu'on voulait acheter. Il savait à quel montant il devait amener le vieil homme. Il proposa la moitié de la somme.

« Je ne peux pas plus ! » mentit-il.

Hector baissa sa garde et reconsidéra ses exigences. Maxime remonta légèrement son offre.

Au bout d'une heure… et de deux bouteilles de vin, ils se mirent d'accord sur soixante mille francs.

« Topez là ! » dit Hector que les vapeurs de l'alcool avaient à nouveau envahi.

Maxime eut un geste ample du bras, comme le faisaient les pieds-noirs en guise de serrement de main, et tapa dans la main du vieil homme. Surpris par son élan, celui-ci s'esclaffa :

« Vous avez une sacrée façon de faire un *pache* ! Vous me plaisez, jeune homme !

— J'ignorais qu'ici aussi on tapait la main ! Chez nous on appelle ça "faire le tap'5".

— Seulement pour conclure une bonne affaire, comme le font les bergers ou les maquignons… Mais on le fait avec moins de vigueur ! »

Maxime sortit un imprimé de promesse de vente qu'il s'était procuré et expliqua à son vendeur qu'il viendrait le chercher pour se rendre ensemble chez le notaire.

Ravi d'avoir réalisé si rapidement sa transaction, Hector Portanier lui affirma que le marché était conclu et qu'il n'avait aucune crainte à avoir. Il lui proposa même de lui céder la place quand il le souhaitait.

« Alors ? demanda Marthe, son mari à peine rentré.

— Raconte-nous vite, ajouta Camille, impatiente de connaître le résultat des démarches de son père.

— Eh bien, mes enfants, mes contacts à Pérols ont été fructueux. J'ai signé pour l'achat d'une propriété de vingt-trois hectares de vignes, avec un vieux mas à restaurer, mais habitable dans l'état. Avec la somme dont je disposais, je ne pouvais pas me montrer exigeant. Mais je crois avoir réalisé une bonne affaire. Nous allons bientôt partir d'ici. »

8

L'école

Avec l'accord du vieil Hector, les Pérez emménagèrent dans leur nouvelle demeure à la mi-octobre, afin de permettre à Camille et à Manon de changer d'établissement scolaire avant la Toussaint. En réalité, pressé de rentrer au plus vite dans son bien, Maxime avait proposé à son vendeur de lui offrir, à vie, sa consommation de vin dès que ses vignes seraient remises en état de produire. Alléché par une offre si généreuse, Hector n'avait pas hésité longtemps à précipiter son départ et à réclamer à Philippe le logement promis.

« Vous vous êtes fait berner, père Portanier ! fulmina le fils Chaptal. Je vous avais pourtant dit de ne pas baisser en dessous de soixante-quinze mille francs ! Il aurait payé rubis sur l'ongle !

— Il ne pouvait pas donner plus de six millions. Et puis, il m'offre le vin de ses futures vendanges jusqu'à la fin de ma vie ! »

Philippe Chaptal ne put interrompre la procédure de vente en cours. De toute façon, se consola-t-il, ils ne tiendront pas longtemps !

Marthe et ses fils vinrent visiter le mas et les terres deux jours après l'accord passé entre son mari et son vendeur. Sur le coup, aucun des trois ne s'extasia. Jean-François, peu enthousiaste, releva seulement que le travail ne manquerait pas, mais qu'ils seraient chez eux, à Pérols, ce qui valait mieux que de rester tributaires de leurs cousins. Au demeurant, la boucherie avait été mise à la vente et Marthe commençait à être constamment dérangée par les clients potentiels envoyés par l'agence immobilière.

Depuis le début de la visite, elle ne desserrait pas les dents. Visiblement, l'acquisition de son mari ne lui convenait pas du tout. Passant et repassant d'une pièce à l'autre, avec dédain elle glissait l'index sur les meubles, sur les boiseries et, sans prononcer une parole, faisait comprendre par une moue dubitative qu'il restait beaucoup de poussière. Trop affairé à discuter formalités avec Hector, Maxime la laissait agir sans l'interrompre, tandis que ses fils finissaient d'inspecter le vignoble.

Tout à coup, Marthe ne put retenir plus longtemps sa stupéfaction.

« Mais… il n'y a pas de waters ! » s'indigna-t-elle.

Hector la fixa du regard, l'air hébété.

« De quoi ?

— De waters… de cabinets d'aisances, si vous préférez.

— Des cabinets d'aisances ! Quésaco ?

— Les cabinets ! précisa Maxime. Vous savez bien, le petit coin !

— Ah, les chiottes ! fit Hector en insistant lourdement. Oh, pour sûr, y en a pas ! Y en a jamais eu ! Vous savez, ici, on n'est pas à la ville !

— Et il n'y a pas non plus de salle de bains ! renchérit Marthe.

— Mais où donc vous vous croyez, ma petite dame ? Ici, vous êtes à la campagne ! Pour les besoins, y a un coin de grange et de la paille, et le seau pour la nuit. Et pour se laver, y a l'évier dans la cuisine.

— Il n'y a même pas l'eau au robinet !

— J'ai refusé l'eau courante quand ils sont venus l'installer dans la commune. J'allais quand même pas payer l'eau alors que je l'ai gratuite au puits !

— Au puits !

— Oui. Le puits se trouve dans la cour, à deux pas. C'est pas le cas dans tous les mas, vous savez ! En plus, il y a une source à proximité. Vous voyez, vous ne manquerez pas d'eau ! »

Prévoyant quelle serait sa réaction, Maxime n'avait pas mentionné ce détail à sa femme avant de l'emmener visiter les lieux. Il savait qu'en lui avouant ce manque de confort, elle ne serait même pas venue voir le mas. Il crut bon d'ajouter :

« Ce n'est qu'un détail sans importance. Nous aurons vite fait d'y remédier, n'est-ce pas, les garçons ? »

Ni Jean-François ni Manuel ne répondirent à leur pèrc.

« En Algérie, insista Marthe, même dans le bled, les maisons sont équipées de waters et de salles de bains !

— Les maisons européennes ! rectifia Jean-François pour venir au secours de son père. Pas celles des musulmans ! Ils vivent souvent dans des gourbis.

— C'est bien ce que je voulais dire : ici, ces vieilles maisons sont de véritables gourbis !

— Tu exagères, Marthe, tempéra Maxime. Une fois retapé, ce mas sera très convenable. Il présente de beaux volumes intérieurs qui permettront d'aménager de grandes pièces où chacun aura sa place. Nous aurons tous une chambre à l'étage, le séjour est séparé de la cuisine, il y a un vestibule et nous pourrons facilement aménager W-C et salle de bains dans la pièce qui donne sur l'extérieur.

— La *patouille*[1] ! précisa Hector.

— Nous percerons une porte de communication dans la cuisine.

— Finalement, releva Manuel, ce mas n'est pas si moche qu'il en a l'air ! Et les meubles me paraissent anciens. »

Marthe n'avait pas remarqué le mobilier. Celui-ci, assombri par la couche de crasse qui le recouvrait, passait effectivement inaperçu. Manuel, le plus sensible de tous aux objets de valeur, examina de près l'armoire qui trônait dans l'entrée, puis l'horloge, le buffet de la cuisine, les guéridons et les commodes des chambres.

« Ce sont des meubles d'époque ! ne put-il se retenir.

— Oh, pour sûr qu'ils sont d'époque ! acquiesça Hector. Je les ai toujours connus. Je regrette bien, d'ailleurs, de ne pas les avoir refilés au brocanteur qui

1. Sorte d'arrière-cuisine, souillarde ne communiquant généralement pas avec l'intérieur.

voulait absolument me les racheter à la mort de ma femme. J'aurais pu acquérir à la place des meubles modernes, tout neufs, en formica ! Mais ces vieilleries appartenaient à ma belle-famille, tout comme cette bâtisse. C'est pourquoi je les ai gardées. En souvenir ! Mais *vaï*, je vous les laisse volontiers avec les murs. »

Manuel s'approcha de sa mère et, discrètement, lui glissa dans le creux de l'oreille :

« Ils ont de la valeur ! A l'époque, ce mas était sans doute une maison de notable. As-tu remarqué les tableaux accrochés aux murs ? Ce ne sont pas des toiles de maîtres, mais ils datent du XVIIIe siècle !

— Ces vieilles croûtes ! rétorqua Hector qui n'avait pas les oreilles embouchées. Oh, si vous voulez, je vous en débarrasserai si elles vous gênent. Je les brûlerai avec tout ce que je viderai avant mon départ. Elles étaient dans ce mas quand les parents de ma femme l'ont acheté. C'était juste après la crise du phylloxéra, au siècle dernier. Ils l'ont obtenu pour une bouchée de pain, avec tout ce qu'il y avait dedans : les meubles, les tableaux, les outils ; tout, je vous dis. J'ai tout conservé ! Le propriétaire de l'époque, un riche notable, d'après ce qu'on m'a dit, a été ruiné par le phylloxéra. Sa propriété a été saisie et revendue à bas prix. C'est pour cette raison que mes beaux-parents ont pu l'acheter.

— Ne touchez à rien, monsieur Portanier ! suggéra Manuel. Nous nous en chargerons. Mon frère et moi ferons le tri. Si vous le désirez, nous vous aiderons à déménager. »

Trop heureux de la proposition faite par le jeune Pérez, Hector accepta de quitter les lieux avant même de signer officiellement l'acte de vente chez le notaire.

« J'irai m'installer dans la maison de vendangeur de Philippe Chaptal », ajouta-t-il d'un air satisfait.

Une fois leur emménagement terminé, Camille et Manon changèrent d'établissement scolaire. La première entra au lycée Jean-Baptiste-Dumas d'Alès, la seconde à l'école primaire de Pérols.

Depuis la rentrée de septembre, ni l'une ni l'autre n'étaient parvenues à s'habituer à leurs classes respectives, Camille à Nîmes, Manon à Vergèze où leurs parents les avaient inscrites en attendant de déménager.

« Vous n'avez pas eu assez de temps pour vous intégrer, leur expliqua Maxime, soucieux de les rassurer. A présent que nous avons trouvé nos marques, ça ira mieux. On nous acceptera plus facilement. »

A l'époque, le lycée Jean-Baptiste-Dumas était déj l'un des plus grands établissements scolaires de France Campé sur la rive gauche du Gardon, il s'étirait tout en longueur dans le prolongement des nouveaux quartiers de la ville qui étaient en train de sortir de terre. Depuis quelques années, Alès faisait peau neuve et perdait ses maisons et ses ruelles historiques insalubres, rasées au profit de barres et de tours en béton ultramodernes. Une population nombreuse, qui le deviendrait plus encore à l'avenir au regard des récents événements, s'y entasserait bientôt.

Lorsque Camille fit son entrée dans son nouveau lycée, elle se sentit complètement submergée. Des milliers d'élèves venus des quatre coins de la région, des centaines d'adultes, enseignants, personnels de service et d'administration, l'entouraient chaque jour de la semaine. Inscrite comme interne dans une classe de seconde, elle tenta dès la première heure de se rapprocher de quelques filles qui, au premier abord, lui parurent sympathiques. Mais elle perçut aussitôt de la méfiance à son égard. L'une d'elles, plus impudente que les autres, lui demanda lors de son premier interclasse :

« Tu n'es pas d'ici ! D'où viens-tu avec le nom que tu portes ? D'Espagne ?

— Non, je suis française. Je viens d'Algérie.

— Ah, tu es rapatriée !

— Si tu veux. Mais le terme ne me convient pas tout à fait. Pour être rapatrié, il faut avoir vécu hors de sa patrie. Or, l'Algérie c'est la France ! Enfin… c'était ! »

Camille comprit immédiatement qu'on la tenait encore pour une étrangère. A Nîmes, elle avait déjà subi des réflexions de ce type. Et elle avait fourni de gros efforts pour ne pas se montrer désagréable envers son entourage. En outre, quelques jours après la rentrée, madame Delbosse, son nouveau professeur de français, lui signifia en souriant que son accent ne lui permettrait pas de déclamer les alexandrins des pièces classiques du programme sans soulever les rires moqueurs de ses camarades.

« Il faudra vous corriger, mademoiselle Pérez ! lui conseilla-t-elle. Sinon, vous ne pourrez pas jouer dans la pièce que nous montons pour la fête de fin d'année ! »

Ce genre d'allusion avait le don d'exaspérer Camille. Elle se garda bien de répliquer, afin de ne pas se faire remarquer dès les premiers jours. Mais, ne craignant pas de s'adresser aux adultes, elle se permit, néanmoins, de répondre sans acrimonie mais sans le moindre sourire :

« Je tâcherai d'adopter l'accent méridional, madame, celui de Pagnol, s'il sied mieux à la langue de Racine et de Corneille ! »

Son professeur n'apprécia guère sa réponse et lui notifia sur un ton cinglant :

« Je vois qu'en Algérie les filles ont de la réplique ! Mais ici, nous sommes en France ! Vous devrez donc vous conformer aux règles qui régissent notre société occidentale. Et d'abord, mademoiselle, adopter une tenue vestimentaire conforme au règlement intérieur de l'établissement. »

Camille, en effet, se démarquait quelque peu de ses nouveaux camarades. Son type méditerranéen n'avait pas manqué d'attirer le regard des garçons de sa classe – et des autres – dès son entrée. Comme elle en avait l'habitude à Oran, elle était venue au lycée court-vêtue, portant la jupe très au-dessus du genou et une petite veste moulante sur laquelle sa belle chevelure brune se déployait sans aucun artifice. Légèrement maquillée – comme beaucoup de jeunes filles pieds-noires de son âge –, chaussée de ballerines légères en dépit de la saison, elle n'avait pas cherché pour autant à se faire remarquer par sa tenue qui, à ses yeux, ne présentait rien d'extravagant ni de choquant.

Le lendemain, elle fut convoquée dans le bureau du censeur. Annie Garcia, avec qui elle avait sympathisé en raison de son appartenance pied-noire – elle était originaire du quartier de Bab El Oued à Alger –, la prévint aussitôt :

« Fais attention à ce que tu lui dis. C'est une peau de vache ! Il te convoque pour ta tenue. C'est sûr. C'est cette pétasse de Delbosse qui t'a caftée. Surtout, ne lui réponds pas. Ecrase-toi et promets-lui d'obéir !

— *Des*[1] ! C'est une vraie prison, ce bahut !

— Ecoute mes conseils. Tu sais, ici, les pieds-noirs n'ont pas la cote ! Mais, tu verras, bientôt ça changera. D'ailleurs, tu les vois, les garçons, comme ils nous tournent autour ! A nous de prouver aux profs que nous sommes aussi bons, voire meilleurs que les petits *patos*[2] d'ici. Comme si nous n'étions pas aussi français qu'eux ! »

Annie ne se trompait pas. Conduite dans le bureau du censeur par un surveillant, Camille craignit le pire. Elle avait beau tirer sur sa jupe trop courte comme pour la rallonger, elle ne parvenait pas à se rendre moins mignonne, moins attirante. Le surveillant lui conseilla :

« Tu es une très jolie fille, mais, dans le lycée, tu devrais éviter de te faire remarquer et revêtir des tenues plus… classiques ! Comme tes camarades. D'ailleurs, tu es interne, tu devrais porter une blouse, j'aurais déjà dû te sanctionner pour ça !

— C'est pour cette raison vestimentaire que je suis convoquée ?

1. « Dis donc » en vocabulaire pied-noir.

2. En langage pied-noir : Français de métropole.

— Tu n'avais pas encore deviné ? »

A peine introduite dans le bureau du censeur, Camille, en effet, s'entendit reprocher son allure un peu trop dévergondée.

« Nous n'en sommes plus à l'époque de l'uniforme, mademoiselle Pérez, lui dit l'adjoint du proviseur. Mais, dans notre établissement, le port de la blouse est obligatoire pour tous les internes. Vous n'êtes pas sans le savoir, je suppose ! C'est écrit dans le règlement intérieur. Vous êtes censée l'avoir lu. Vous êtes donc en faute. De plus, vos minijupes sont indécentes et votre maquillage inconvenant pour une élève de seconde. Quant à votre coiffure, que je qualifierai de… sauvage, je ne saurais que vous recommander d'y mettre un peu moins de… un peu plus de…

— De la porter en chignon ou tirée en arrière !

— Si vous voulez. En tout cas, de la domestiquer. »

Camille ne broncha pas. Elle s'attendait à ce que le censeur lui fasse d'autres remarques sur son langage ou son accent. Il s'en abstint. Comme elle ne bougeait pas, il lui demanda si elle avait quelque chose à ajouter. Elle lui répondit par la négative. Alors, il lui signifia qu'elle pouvait rejoindre sa classe, accompagnée du surveillant qui patientait derrière la porte.

Au moment de sortir, il lui dit, en changeant de ton et en prenant l'accent pied-noir :

« Vous êtes d'Oran, n'est-ce pas ? »

Surprise, Camille s'arrêta net, la main sur la poignée. Sur le moment, elle crut que le censeur se moquait d'elle. Elle se retourna, hésita, demanda :

« Qu'est-ce qui vous fait dire ça, monsieur ? Bien sûr, c'est écrit dans mon dossier, n'est-ce pas ?

— Hé ! Vous avez l'accent de là-bas, mademoiselle Pérez. Je le connais bien. Et le pataouète[1] vous échappe parfois. Sans vous en rendre compte.

— Vous comprenez le pataouète ! s'étonna Camille.

— Jeune fille, j'ai vécu toute mon enfance en Algérie. Et, après mon service militaire, j'y suis resté pour enseigner. Je ne suis rentré en métropole que pour passer dans l'administration. Alors, l'Algérie, je connais un chouïa !

— Un chouïa ! *Aouah*[2] *!* Mais vous parlez comme nous ! Alors, vous êtes un peu pied-noir !

— Que cela ne change en rien nos relations, mademoiselle Pérez !

— Bien entendu, monsieur le censeur ! »

Abandonnant son accent, celui-ci ajouta :

« N'oubliez pas de mettre de l'ordre dans votre tenue, n'est-ce pas ? Le règlement, c'est le règlement ! Il est fait pour tout le monde.

— Promis, monsieur le censeur. »

De son côté, Manon avait intégré sa nouvelle école primaire. Son institutrice l'avait bien accueillie et l'avait aussitôt présentée à ses camarades de classe. A leur âge, contrairement à certains adultes, les enfants ne relevaient guère ce qui les différenciait. Seuls les plus grands, âgés pour la plupart de douze à quatorze ans, se moquaient des plus petits, non à cause de leur langage mais pour des raisons plus puériles, plus futiles.

1. Parler spécifique des Français d'Algérie ; mélange de français, de catalan, d'espagnol, d'italien et d'arabe.

2. Sans blague.

Après quelques jours, Manon se rapprocha naturellement d'un jeune Maghrébin, Farid Messaoui, que les autres élèves de la classe avaient tendance à tenir à l'écart.

Les parents de Farid étaient installés dans la commune depuis 1945. En réalité, le père, Ahmed Messaoui, avait vécu dans son Algérie natale jusqu'à la guerre. Mobilisé en 1939, il s'était battu, sans démériter, contre les Allemands dans un régiment de tirailleurs algériens. Après sa démobilisation, il était resté en métropole pour y chercher du travail et n'avait fait venir sa femme, Aïda, qu'il avait épousée peu avant de partir à la guerre, qu'une fois celle-ci terminée. Ahmed travaillait maintenant pour les Chaptal comme ouvrier agricole avec ses deux fils, Omar, l'aîné de vingt-trois ans, et Saïd, quinze ans. Sa fille, Yasmina, à dix-sept ans, faisait déjà des ménages dans les maisons bourgeoises du village et aidait aussi sa mère dans les vignes au moment des vendanges.

Les Messaoui étaient une famille sans histoire qui, dans le contexte de l'époque, évitait de se démarquer. Ahmed connaissait les idées de son patron, Armand Chaptal, au sujet de l'Algérie et du général de Gaulle. Mais il craignait davantage les prises de position de son fils Philippe qui ne cachait plus sa sympathie pour l'OAS. Aussi tâchait-il de ne jamais se trouver seul en sa présence, afin de ne pas susciter ses reproches et ses récriminations. Car Philippe accusait de plus en plus souvent les Algériens vivant en France d'être les agents du FLN.

Or Ahmed, qui éprouvait une grande fierté à s'être battu pour la France, regrettait sincèrement ce qui s'était passé en Algérie. Et, sans approuver la décision du général de Gaulle, il craignait maintenant pour le sort de ses compatriotes tant en métropole qu'en Algérie.

A l'école, les enfants ignoraient tout de ce qui exacerbait les passions des adultes à propos de ce dernier conflit colonial du siècle. Mais les petits Algériens ressentaient parfois une certaine forme de rejet que quelques camarades de classe reproduisaient innocemment et à leur manière, à l'image des réactions xénophobes et racistes de leurs parents.

Manon fut la première scandalisée d'entendre son nouvel ami traité de « sale bicot » dans la cour de récréation, par des garçons dont les moqueries tenaient plus de la bêtise que de la méchanceté. Les enseignants devaient souvent intervenir et punir les fautifs, leur signifiant ce qu'il y avait d'injuste et d'infamant à injurier quelqu'un sous prétexte qu'il était différent.

Un matin, la maîtresse de Manon écrivit au tableau, en guise de réflexion morale du jour : *Le droit à la différence est-il justifié ?* Elle organisa aussitôt un petit débat avec ses élèves et leur donna la parole après leur avoir expliqué le sens de la question. Manon, qui n'avait pas essuyé les quolibets de ses camarades à propos de ses origines pieds-noires, de son accent prononcé ou de son vocabulaire qui, à elle aussi, échappait parfois, s'exprima la première :

« Nous sommes tous différents, maîtresse, mais nous sommes tous égaux.

— C'est très bien, Manon. Peux-tu préciser ta pensée ?

— J'ai remarqué que certains grands garçons du cours moyen insultaient Farid parce qu'il est algérien. C'est vrai que ça se voit qu'il vient d'Algérie…

— C'est faux, coupa Farid. Je suis né en France !

— Moi aussi, en Algérie française. Et je sais que j'ai le type espagnol. Comme ma grande sœur, Camille. Pas mes frères ! Nos ancêtres venaient d'Espagne… il y a longtemps ! Mais, à moi, on ne me fait jamais de remarques ! C'est seulement parce que Farid est algérien qu'on le maltraite. C'est injuste ! En Algérie, nous allions tous à la même école. Personne ne faisait de différences. »

Par des mots simples, l'institutrice essaya d'expliquer que tous les êtres humains avaient droit au même respect et que les événements d'Algérie étaient la cause des ressentiments éprouvés par les uns et les autres.

« Ne suivez pas ceux qui prononcent des paroles de haine, conclut-elle. Apprenez à vous écouter, à vous respecter, à vous tolérer. Car Manon l'a dit justement : vous êtes tous égaux au-delà de vos différences, qui sont une vraie richesse pour notre nation. »

A partir de ce jour, le petit Farid Messaoui devint le meilleur ami de Manon. Ils s'asseyaient toujours côte à côte derrière le même pupitre, jouaient ensemble dans la cour de récréation, s'accompagnaient au retour de l'école pour ne se quitter qu'à la croisée des chemins qui les séparait jusqu'au lendemain.

9

Tracasseries et amertume

Depuis leur arrivée sur le sol métropolitain, les Pérez n'avaient pas encore eu recours à l'administration. Ni chez le notaire ni au service de la vie scolaire du lycée Jean-Baptiste-Dumas ils n'avaient été contraints de prouver leur nationalité, voire leurs origines. Ils avaient pu sauvegarder leurs papiers respectifs : carte d'identité, permis de conduire, carte de sécurité sociale. En revanche, tout le reste avait brûlé dans l'incendie de leur ferme : livret de famille, actes de propriété, factures diverses – documents soigneusement conservés et archivés dans un classeur rangé dans le bureau de Maxime.

Jusqu'à présent, bien que déplorant ces pertes, celui-ci n'avait jamais dû les produire dans ses différentes démarches. Certes, il craignait de devoir bientôt fournir les preuves de son ancienne propriété à Rio Salado et de tout ce qu'il avait acquis de valeur – voiture personnelle, camionnette, tracteur, machines agricoles. Mais pour le moment, il n'avait pas eu à se justifier.

« Un jour sans doute, espérait-il, la France nous dédommagera. Mais je ne sais pas comment nous pourrons prouver l'existence de ce que nous affirmerons avoir perdu ! Le gouvernement algérien ne nous viendra pas en aide ! Je crains que beaucoup d'entre nous ne soient les dindons de la farce ! »

Force était déjà de constater que la plupart des rapatriés ne pouvaient justifier des biens qu'ils possédaient en Algérie quand celle-ci, quelques mois auparavant, appartenait encore à la France. Même leurs avoirs bancaires étaient bloqués et finiraient peut-être par passer pour pertes et profits. Aussi, faisant contre mauvaise fortune bon cœur, Maxime ne cessait de se réjouir de l'excellente initiative qu'il avait prise, au début du conflit, de changer ses économies en or et de conserver ce dernier chez lui, bien à l'abri et à l'insu de tous comme un précieux trésor.

« J'avoue que tu as eu une idée de génie ! » reconnaissait Marthe, la première à admettre que sa famille, contrairement à beaucoup d'autres plus malchanceuses, n'avait pas connu le malheur de débarquer en France avec, pour tout bagage, des valises en carton.

Pour autant, leur nouvelle existence ne se présentait pas comme un long fleuve tranquille qui venait de sourdre d'une résurgence pleine de généreuses promesses ! Chacun mesurait à leur juste valeur les difficultés qui s'annonçaient et le chemin à parcourir pour recouvrer ce à quoi ils avaient renoncé en abandonnant derrière eux des vies entières de labeur acharné. Toutefois, avec la fierté qu'ils éprouvaient tous à démontrer que rien ne pouvait abattre leur courage et leur ténacité, eux dont les ancêtres avaient défriché les terres ingrates d'Afrique du Nord et en avaient fait un vrai pays de cocagne, ils refusaient de se laisser anéantir par le désespoir et la fatalité.

« Nous sommes une chance pour la France ! osait même affirmer Jean-François, le plus ambitieux de la famille et le premier à imaginer une réussite à la hauteur de ses rêves. Nous sommes de la race des gagnants. Nous allons montrer aux *frankaouis*[1] que les pieds-noirs ont de la ressource ! »

Par prudence, les deux fils de Marthe et de Maxime avaient décidé, d'un commun accord, de conserver leur emploi à l'usine Perrier de Vergèze. Ils y travaillaient au poste du matin, de cinq heures à treize heures. La distance – une quarantaine de kilomètres – ne les rebutait pas. Pour s'y rendre, ils empruntaient la voiture de leur père et la lui laissaient aussitôt rentrés. Mais, secrètement, ils lorgnaient sur la flambante Renault 4L de leur contremaître, une occasion d'un an que celui-ci revendait déjà à un bon prix. Libres chaque après-midi, ils aidaient donc Maxime à remettre le mas en état et songeaient de plus en plus à la reconstruction du vignoble en vue des prochaines vendanges.

En cette fin octobre 1962, le référendum sur la révision constitutionnelle occupait tous les esprits. Pendant les événements d'Algérie, le général de Gaulle avait affirmé par ses décisions la prééminence du président dans la vie institutionnelle du pays. Et, au terme du conflit, il avait exprimé son souhait d'inscrire cette évolution dans la Constitution en instituant l'élection

1. En langage pied-noir : Français de métropole.

du président de la République au suffrage universel direct plutôt que par un collège de grands électeurs. Fort de sa popularité, le chef de l'Etat avait ainsi décidé de soumettre cette proposition directement aux Français par référendum, sans passer au préalable par le Parlement. Depuis plusieurs mois, cette initiative soulevait dans le pays de vives controverses chez les parlementaires. Ceux-ci, à l'exception des députés gaullistes, avaient voté à la majorité une motion de censure contre le gouvernement Pompidou. Le Général leur avait répliqué en dissolvant l'Assemblée. Des élections législatives étaient donc prévues pour novembre, peu après le référendum.

Les Pérez, qui, comme beaucoup de pieds-noirs, n'appréciaient pas Charles de Gaulle, se sentirent immédiatement concernés.

« C'est le moment d'aller prouver notre mécontentement ! déclara Maxime. Par deux fois, nous irons voter contre de Gaulle. »

Jean-François semblait plus nuancé. A ses yeux, le chef de l'Etat n'avait fait qu'anticiper une évolution inéluctable. L'Algérie française était pour lui une cause perdue, une rémanence sclérosée de l'époque coloniale. Le Général avait eu le courage de se tenir droit dans ses bottes en réglant sans tergiverser un problème qui gangrenait la société française tout entière. Certes, il ne voterait pas « oui » à la consultation sur la Constitution, car, comme son père et son frère, il se méfiait des ambitions personnelles du chantre de la Résistance de 1940. Mais… aux législatives, il n'irait pas, pour autant, jusqu'à voter contre le mouvement gaulliste !

Une semaine environ avant le référendum, fixé au 28 octobre, Maxime se soucia de ses papiers et demanda à ses fils d'en faire autant. Marthe, comme d'habitude, s'en remettait entièrement à son mari qui, sans lui dicter sa conduite, ne se privait pas de l'influencer lors des échéances électorales.

Sa surprise le cloua sur place lorsqu'il vérifia la date de validité de sa carte d'identité.

« Elle est périmée depuis plus d'un mois ! s'étonna-t-il. Je n'ai pas fait attention.

— Ce n'est pas grave ! le rassura Manuel. Il te suffit d'en demander le renouvellement à la mairie. La secrétaire fera le nécessaire. Si elle se montre diligente, tu l'obtiendras peut-être à temps.

— La secrétaire de mairie ! Hum… je me méfie de ce genre de femme !

— De toute façon, pour voter, nous avons nos cartes d'électeur !

— Non ! déplora Maxime. Elles se trouvaient avec les papiers qui ont brûlé.

— Ne t'inquiète donc pas ! Ta carte d'identité, même périmée, prouve qui tu es. Par contre, il faut vite aller s'inscrire sur les listes électorales. »

Comme son père, Manuel ignorait que celles-ci étaient closes depuis longtemps.

Maxime se montrait chagriné.

Le jour même, sans perdre une seconde, il se rendit à la mairie de sa nouvelle commune de résidence. La secrétaire, une jeune femme très avenante, le reçut avec courtoisie, mais ne put que regretter son impuissance.

« Pour voter, monsieur Pérez, expliqua-t-elle, je crains que pour cette année ce ne soit trop tard. Il vous faudrait présenter votre carte d'électeur, à défaut votre carte d'identité. Mais, même dans ce cas, ce ne sera pas possible pour les prochaines échéances, car il faut justifier de trois mois de résidence dans la commune et avoir été enregistré à temps. De toute façon, pour vous inscrire sur les listes, vous devez me présenter une carte d'identité valide.

— Je viens de vous expliquer que ma carte d'électeur a brûlé dans l'incendie de ma ferme à Rio Salado avec tous mes papiers, et que ma carte d'identité est périmée depuis plus d'un mois !

— Je comprends bien, monsieur Pérez. Mais il me faut un document valide qui prouve que vous êtes français. Sinon, vous ne pourrez jamais voter.

— Mais je suis français autant que vous, mademoiselle !

— Il faut pouvoir le prouver.

— Ma carte le prouve.

— Certes, mais elle est périmée ! Vous devez d'abord en demander le renouvellement.

— Alors, faites le nécessaire pour la renouveler.

— Pour obtenir ou renouveler des papiers, dans votre cas, il vous faut un certificat du ministère des Affaires étrangères.

— Mais nous ne sommes pas des étrangers ! s'insurgea Maxime qui commençait à perdre patience.

— C'est ainsi, monsieur Pérez ! Je n'y suis pour rien. C'est la loi. Vous êtes né en Algérie ; l'Algérie n'est plus française.

— Bon sang ! On s'en sortira pas. Je sens que le bœuf y me monte à la tête[1] !

— Pardon ?

— Non, rien. Vous ne pouvez pas comprendre ! C'est une expression de chez nous. Alors, faites-moi une fiche d'état civil ou un extrait d'acte de naissance, je ne sais pas, moi ; mais procurez-moi un papier qui prouve qui je suis ! C'est pas parce que je porte un nom espagnol que je ne suis pas français ! Tout le monde n'a pas la chance de s'appeler de Gaulle ! »

La secrétaire, navrée, commençait aussi à perdre patience.

« Monsieur Pérez, pour obtenir un extrait d'acte de naissance, il faut vous adresser à la mairie du lieu où vous êtes né.

— Oh, putain d'ta mèr' ! Je crois que je vais devenir fou ! Rio Salado... vous savez où ça se trouve, mademoiselle ?

— En Algérie ! C'est vous qui venez de me l'apprendre.

— Et vous croyez peut-être qu'avec tout le pataquès qui doit régner là-bas en ce moment, ils vont m'envoyer gentiment et en recommandé un extrait d'acte de naissance ! Qui vous dit en plus que les archives françaises n'ont pas été détruites ? »

Maxime s'énervait de plus en plus et ne contenait plus son langage.

« Je suppose que pour une fiche d'état civil, c'est kif-kif bourricot !

— La fiche d'état civil, je peux vous la faire...

1. Le bœuf y me monte à la tête ! : je vais piquer une colère !

— Ah, vous voyez, quand vous voulez ! On y arrive !

— Mais il me faut votre livret de famille. »

Maxime saisit la première chaise à sa portée et s'y laissa tomber.

« Vous me tuez, mademoiselle !

— Pardon ?

— Vous… je… je suis abasourdi. Je vous ai dit que tout a été brûlé dans l'incendie de ma ferme de Rio Salado, au mois de juillet. »

Maxime détachait toutes les syllabes en grossissant la voix.

« Est-ce clair, mademoiselle ?

— Alors, il faut en faire la demande au service central d'état civil situé à Nantes. Ça prend en général au moins trois ou quatre mois. »

Maxime faillit s'effondrer sur sa chaise.

« Ça ne va pas, monsieur Pérez ? s'inquiéta la secrétaire de mairie.

— Oh ! ma mèr', je crois que je vais devenir chèvre !

— Si vous le désirez, je peux vous obtenir un rendez-vous avec monsieur le maire. Il fera peut-être quelque chose pour vous. Je comprends que vous soyez dans l'embarras !

— Je voulais simplement accomplir mon devoir civique, mademoiselle. Mais je vois que c'est très compliqué.

— Impossible, dans votre situation, devriez-vous dire ! Les délais sont trop courts.

— Et pour les législatives de novembre, c'est kif-kif ?

— C'est pareil, hélas ! Mais je vous conseille, néanmoins, de faire le nécessaire pour obtenir au plus vite des papiers en règle… en suivant les procédures. Vous pourriez en avoir besoin pour d'autres choses importantes.

— Dire que nous sommes français et que nous vivons en France ! » maugréa Maxime une énième fois.

Le référendum donna une victoire mitigée aux partisans du oui, avec 62 pour cent des suffrages exprimés. Mais Charles de Gaulle dut se contenter du vote d'une minorité des inscrits. De plus, dans treize départements du Midi, le non l'avait même emporté.

Déçu de ne pas avoir pu voter, Maxime se montrait à la fois satisfait et amer.

« De Gaulle ne triomphe pas totalement ! pérora-t-il le soir des résultats. Et c'est tant mieux ! Avec seulement 46,6 pour cent des inscrits, il est loin d'avoir emporté l'assentiment de la majorité des Français.

— 62 pour cent de 46, cela lui donne à peine 29 pour cent de l'électorat en faveur de sa réforme, calcula Manuel. L'aura du Général commence à se ternir !

— On se croirait revenu à l'époque du bonapartisme ! Ces consultations populaires ressemblent à des plébiscites déguisés qui donnent quitus au président ! En tout cas, celui-ci sort renforcé dans ses pouvoirs. Dorénavant, il sera de facto le dépositaire de la souveraineté nationale, puisqu'il sera en même temps chef de l'Etat et chef du gouvernement.

— Il aura tous les pouvoirs ou presque !

— Vous exagérez un peu, modéra Jean-François. Le président nommera le Premier ministre et lui dictera peut-être la politique à suivre, mais le Parlement demeure ! C'est toujours lui qui élaborera et votera les lois ! Et c'est sans compter avec le Conseil constitutionnel ! »

L'opposition de Maxime et de Manuel au général de Gaulle tenait plus du ressentiment qu'à leurs positions politiques vis-à-vis du nouveau pouvoir. Mais Jean-François avait beau leur rappeler les faiblesses de la IIIe et de la IVe République – l'instabilité ministérielle constante, l'antiparlementarisme récurrent, le jeu néfaste des partis –, ils s'entêtaient dans leurs opinions, tant ils se sentaient trahis par l'homme du 18 juin.

« Il n'a rien fait pour organiser le rapatriement des Français d'Algérie, reprochait Maxime. La situation depuis les accords d'Evian est inadmissible. Passe encore qu'il ait bradé la paix avec le FLN, mais il ne s'est absolument pas préoccupé du sort qui nous attendait.

— Et pour les harkis, c'est encore pire ! insista Manuel. Ceux qui ont la chance de ne pas se faire égorger en Algérie par les sbires du FLN et qui parviennent à s'enfuir vers la France sont parqués dans des camps dès leur arrivée.

— Comme les juifs pendant la guerre ! s'offusqua Marthe chez qui le seul mot "camp" faisait surgir dans sa mémoire de juive des images effrayantes et douloureuses.

— Pas dans les mêmes conditions, maman ! Mais sais-tu que le gouvernement a rouvert le camp de Rivesaltes pour accueillir les harkis dans l'urgence ?

— Rivesaltes ? Le camp de…

— Oui, celui qui a d'abord servi à regrouper les républicains antifranquistes pendant la guerre civile d'Espagne, puis à interner les détenus politiques et les juifs pendant la Seconde Guerre.

— Oh, ma mèr' ! C'est pas possible des choses pareilles ! Dis, qu'est-ce qu'ils vont en faire de tous ces Arabes ?

— La plupart sont retenus dans des camps de transit, le temps que l'administration régularise leur situation ! ajouta Jean-François.

— Alors, les malheureux, ils peuvent attendre longtemps ! plaisanta amèrement Maxime.

— Ils sont peut-être arabes et musulmans, mais ils sont aussi français que nous ! s'insurgea Manuel. Le gouvernement a su les employer comme supplétifs quand la France avait besoin d'eux. A présent, il ne doit pas les oublier ! »

Maxime ne disait plus rien. S'il s'affichait volontiers antigaulliste, anti-OAS, anti-FLN, et niait tout sentiment raciste, il n'allait pas jusqu'à prendre la défense des Arabes qu'il avait toujours jugés comme des Français à part. A ses yeux, ceux qui avaient fait la grandeur de l'Algérie étaient les colons et leurs descendants. Et même s'il entretenait d'excellents rapports avec les musulmans qui travaillaient pour lui à Rio Salado, il ne les avait jamais considérés comme ses égaux.

Trois semaines plus tard, l'amertume de Maxime s'amplifia encore. Non seulement il ressentit à nouveau une profonde frustration d'être écarté des urnes, mais lorsque, au soir du premier tour des législatives, le parti gaulliste, l'UNR, l'emporta avec près de 32 pour cent des suffrages exprimés, il perdit tout enthousiasme.

« C'est un vrai raz-de-marée ! se lamenta-t-il.

— C'était à prévoir, fit Jean-François. Mais ne sois pas aussi atterré ! Aie confiance en l'avenir si tu ne peux donner ton adhésion à de Gaulle. »

Le 25 novembre, le second tour confirma la victoire gaulliste.

« Moi, je note que les communistes ont recueilli plus de 21 pour cent des voix au premier tour, releva Manuel. Avec la SFIO, ils vont désormais peser lourd sur l'échiquier politique. De Gaulle devra tenir compte des forces de gauche.

— Tu as l'air de t'en réjouir ! s'étonna Jean-François.

— Ce n'est pas parce que nous sommes issus d'une famille de propriétaires terriens que nous devons afficher des idées de droite !

— Pour moi, de Gaulle est un cas à part. C'est l'homme du recours. Celui qui porte l'honneur et l'espoir de la France quand la situation semble sans issue… »

Les deux frères s'opposaient souvent, mais sans animosité, sur le plan politique. Moins revendicatif, plus tempéré, Jean-François se défendait néanmoins d'avoir des opinions ancrées à droite.

« La conjoncture m'incite à faire confiance au Général, reconnut-il. Pour la suite, je jugerai sa présidence à l'aune de ses résultats. Nous sommes entrés dans une ère nouvelle. La croissance économique l'atteste. Le progrès social ne saurait que suivre et profiter aux classes populaires et moyennes. Le Général est, une fois de plus, l'homme du moment.

— Hum… se méfia Maxime. Qu'est-ce qui nous préserve de ses arrière-pensées ? Souvenons-nous de la manière par laquelle il est revenu au pouvoir il y a quatre ans ! Ça devrait te faire réfléchir, mon fils, et tempérer ton enthousiasme !

— Quoi qu'il en soit, les coupa Marthe, qui intervenait rarement dans les discussions politiques de ses hommes, moi, je ne vais pas rester dans cette maison plus longtemps si vous ne m'installez pas des waters et une salle de bains ! »

Maxime et ses deux fils se regardèrent, incrédules. La remarque de Marthe leur paraissait tellement incongrue après le long débat qu'ils venaient de tenir entre hommes qu'ils ne purent s'empêcher d'éclater de rire.

« Eh, ma mèr' ! Qu'est-ce que j'ai encore dit de si drôle ? demanda-t-elle sans participer à leur hilarité.

— Mais bien sûr, maman chérie, que nous allons te les installer, tes W-C et ta salle de bains ! répondit Manuel le premier. N'est-ce pas, papa ?

— Fils, autant que je m'appelle Pérez, sur la tête de mes ancêtres, je te promets de m'y mettre dès demain. Dans une semaine, madame Pérez aura son cabinet d'aisances et sa baignoire pour se délasser après ses harassantes journées de labeur ! »

10

Le domaine des Rives Blanches

Maxime escomptait remettre le vignoble en état avant l'automne suivant, afin de se faire une idée de ce qu'il pouvait produire. Au préalable, il fallait désherber, labourer, tailler, supprimer les souches atteintes de maladie. Mais il ne se faisait guère d'illusions, d'abord parce que les vignes avaient été trop longtemps délaissées, ensuite parce que l'encépagement avait été réalisé avec des variétés de médiocre qualité.

Jean-François proposa d'appeler un géologue pour évaluer avec exactitude les propriétés du sol.

« Je crois inutile de nous lancer dans la restauration de ce vignoble, si tout est à refaire », jugea-t-il avant de commencer les travaux.

Manuel lui donnant raison, Maxime suivit son conseil.

Ainsi, à leur demande, Jacques Pélissier, géologue à Montpellier, débarqua à Pérols avec cartes et matériel de carottage. Aussitôt et toute la journée, les quatre hommes arpentèrent de long en large les vingt-trois hectares du domaine. Ils étudièrent les relevés cartographiques et mirent de côté quantité d'échantillons de roche prélevés un peu partout.

Dès le début de son examen, le scientifique ne fit pas mystère de son opinion.

« J'ignore combien vous avez payé cette propriété, mais je peux vous affirmer que le sol ne convient pas à la vigne ! »

Maxime ne dit mot. Ses fils se consultèrent du regard, l'air dubitatif.

« Pourtant, releva Jean-François, la vigne y pousse bien !

— Oh ! vous savez, ça ne veut rien dire. Il fut une époque où l'on a planté de la vigne partout, y compris dans la caillasse de la garrigue. Aujourd'hui, il y en a beaucoup trop. Retenez bien ce que je vais vous dire : un jour, on paiera les paysans pour qu'ils arrachent leurs ceps. »

Sans l'avouer, les deux frères Pérez s'étaient doutés que leur père n'avait pas réalisé une bonne affaire en achetant la propriété du vieil Hector Portanier. Mais en fils respectueux, ils n'avaient pas voulu le contredire ni le décevoir. Un mas à restaurer entièrement et un vignoble quasiment improductif et au sol ingrat ne valaient pas la somme qu'il avait payée.

« Une telle propriété, poursuivit le géologue, vous en trouvez dans les Cévennes pour une bouchée de pain. »

Maxime blêmit. Il n'osa révéler le prix auquel il avait accepté la transaction.

« Guère plus ! ajouta le géologue.

— Pour les vignes, que me conseillez-vous ?

— Tout n'est pas négatif. Mais dans l'état où elles sont, vous ne gagnerez rien à garder ces vieilles souches qui, assurément, ont beaucoup souffert d'un sol inapproprié. A mon avis, le premier travail à entreprendre serait de briser la couche calcaire pour aérer le terrain en surface. Vous atteindrez vite l'argile sous-jacente, elle n'est pas très profonde. En cassant la croûte superficielle, vous obtiendrez une sorte de conglomérat dans lequel les racines des nouveaux ceps que vous planterez pénétreront plus facilement. Et le drainage s'en trouvera amélioré.

— Un peu comme dans les Costières, avec les galets de grès.

— Je vois que vous êtes bien renseigné ! Mais ne rêvez pas ! Ici, le substrat géologique ne sera jamais aussi propice que dans cette partie de la vallée du Rhône. Ensuite, je vous conseillerais de bien choisir votre encépagement et d'amender le sol pour en modifier la texture chimique.

— Cela représente un travail colossal ! releva Manuel.

— Je ne vous le cache pas. Il vous faudra utiliser de gros engins de chantier pour défoncer la caillasse, comme ils l'ont fait précisément dans les Costières, il y a quelques années. Mais le résultat que vous obtiendrez en vaudra la peine. »

Maxime réfléchit. Il n'avait pas dépensé la totalité de ses économies. De plus, son acquisition pourrait lui servir de caution pour emprunter auprès du Crédit Agricole. Ce dernier ne lui refuserait pas un prêt. Peut-être même pourrait-il bénéficier d'une aide de l'Etat ?

Certains parlaient déjà d'indemnisations pour les rapatriés qui avaient perdu leurs biens en quittant l'Algérie.

« Nous ne sommes pas effrayés par les travaux à entreprendre, déclara-t-il. N'est-ce pas, mes fils ? Nous sommes les descendants des colons qui ont mis en valeur l'Algérie à une époque où celle-ci était encore couverte de friches. Alors, nous allons relever nos manches et créer un nouveau domaine viticole digne de ce nom !

— Comment l'appellerez-vous ? s'enquit le géologue.

— Je n'y ai pas encore songé.

— Pourquoi pas : Domaine des Rives Blanches ? proposa Camille, présente ce jour-là. Cela rappellerait notre Algérie natale et ses beaux rivages.

— Très bonne idée ! appuya Jean-François.

— Alors, ce sera le Domaine des Rives Blanches », confirma Maxime.

Dès le lendemain, Jean-François alla louer une pelle mécanique pour défoncer le sol du vignoble, ainsi qu'un tracteur et un lourd brabant pour arracher les vieux ceps. En Algérie, il avait déjà conduit de telles machines. Le travail ne l'effrayait pas. Pendant qu'il serait à la tâche dans les terres, Maxime et Manuel s'attelleraient à la restauration du mas. Celui-ci nécessitait de sérieux travaux, à commencer par la toiture qu'il fallait remettre en état, car des gouttières endommageaient certaines pièces par fortes pluies. Poutres, solives, tuiles, tout devait être déposé et refait à neuf.

Mais, comme il l'avait promis à sa femme, Maxime commença par construire des waters reliés à une fosse, et une salle de bains dans l'arrière-cuisine. Il amena l'eau jusqu'au mas à partir de la source qui, jusqu'alors, ne servait qu'à irriguer le potager. Le débit était suffisant pour installer l'eau courante. En moins d'une quinzaine, Marthe put se délasser dans sa baignoire, entourée de murs faïencés. Maxime lui plaça même un chauffe-bain. Luxe suprême, les Pérez bénéficiaient ainsi de l'eau chaude à volonté !

Ils devaient se hâter, car restaurer une toiture au mois de décembre faisait courir de gros risques. L'hiver approchait à grands pas et, selon les affirmations prémonitoires des anciens du pays, il s'annonçait rigoureux. Aussi Maxime décida-t-il d'embaucher un ouvrier afin d'accélérer les travaux de maçonnerie. Il se présenta à nouveau à la mairie de Pérols pour demander à la secrétaire de lui conseiller quelqu'un. Celle-ci parut ravie de le revoir.

« Si vous venez chercher votre carte d'identité, monsieur Pérez, je suis heureuse de vous apprendre qu'elle est arrivée aujourd'hui même. Monsieur le maire est intervenu en personne en votre faveur. Les délais ont été écourtés. Vous avez de la chance !

— J'en suis le premier ravi et je vous en remercie, mademoiselle. Mais je ne venais pas pour cela. »

Et Maxime d'expliquer sa nouvelle requête.

« J'aurais bien quelqu'un à vous proposer, lui suggéra la secrétaire. Mais je ne sais pas si vous accepterez !

— Dites toujours !

— C'est un jeune Algérien qui vient d'arriver sur la commune. Il est sans travail et sans ressources.

— Je n'ai rien contre les Arabes ! Je les connais bien. D'où vient-il ? D'Algérie ?

— Non. Il a vécu à Paris pendant longtemps. Mais sa famille est restée en Algérie. D'après ce qu'il m'a dit, il a perdu son emploi il y a un an. J'ignore pourquoi. Il n'a pas voulu me répondre quand je l'ai questionné... Vous n'êtes pas obligé d'accepter !

— Connaît-il la maçonnerie ?

— C'est pour cette raison que je me permets de vous le proposer. A Paris, il travaillait dans une entreprise de construction.

— Alors, dites-lui de se présenter chez moi demain matin. »

Tarek Boutif, âgé de vingt-deux ans, vivait en France depuis plus de huit ans. Adolescent au moment où les événements commencèrent à ensanglanter son pays, il avait été envoyé à Paris chez son oncle par ses parents, pour gagner un peu d'argent et les aider à élever ses nombreux frères et sœurs restés au bled. Devenu ouvrier maçon, il n'avait jamais fait parler de lui et avait encaissé, sans jamais relever la tête, les multiples brimades que la police parisienne exerçait sur les ressortissants algériens. Comme la plupart de ses congénères, il acquittait aux agents du FLN la dîme que ceux-ci percevaient pour soutenir leur lutte armée contre l'occupant français dans leur pays. Tarek savait qu'en cas de refus il risquait de gros ennuis. Pris entre les policiers d'un côté et les indépendantistes de l'autre, il n'éprouvait qu'une envie : partir s'installer en province où, croyait-il, la vie d'un Algérien serait plus facile.

Il s'apprêtait à quitter Paris et son insécurité en octobre 1961, lorsque le FLN ordonna à tous les musulmans de la capitale de descendre dans la rue pour manifester pacifiquement contre le couvre-feu décrété par le préfet de police, Maurice Papon, à l'encontre des FMA[1]. Après trois jours de violentes émeutes et plusieurs dizaines de morts, Tarek fut arrêté en compagnie de plus de 11 500 autres Maghrébins[2]. Il fut embarqué par les CRS, interrogé, molesté, emprisonné pendant plusieurs jours, puis, finalement, relâché. Quand il rentra chez lui, il retrouva une famille en deuil : son oncle et son cousin Moktar avaient disparu. Leurs corps furent découverts et repêchés dans la Seine quelque temps plus tard.

A cause de ces affrontements permanents, tandis que le conflit en Algérie s'éternisait et qu'à Paris attentats, contrôles policiers, arrestations arbitraires, sévices et assassinats se multipliaient, Tarek décida de s'éloigner et d'aller se réfugier en province. Au reste, le suspectant pour la seule raison qu'il s'était fait arrêter, son patron l'avait congédié, sous prétexte qu'il ne pouvait conserver à son service un dangereux fellagha !

Survivant tant bien que mal de petits boulots toujours très provisoires, se faisant fréquemment repousser dès qu'il demandait du travail, aussitôt jugé sur son faciès, Tarek avait fini par échouer dans la région d'Alès. Puis, au moment des vendanges, il avait trouvé de l'embauche au domaine de Valfleuri, chez les Chaptal,

1. Français musulmans d'Algérie.

2. 17 octobre 1961 : la fameuse « Nuit noire » suivie de deux autres journées sanglantes, les 18 et 20 octobre 1961.

pour cueillir le raisin. A nouveau sans emploi depuis début octobre, il végétait dans les rues de Pérols et passait ses nuits dans une cabane de berger en pleine garrigue. Les services municipaux l'avaient repéré, aidé et inscrit sur une liste de chômeurs de la commune.

« Si des gens comme vous ne l'embauchent pas, précisa la secrétaire de mairie à Maxime, après lui avoir raconté les mésaventures du jeune Tarek, je crains que personne d'autre ne le fasse. Les Algériens, en ce moment, n'ont pas bonne presse.

— Pourquoi faites-vous tout cela ? s'étonna Maxime. Jusqu'à présent, je n'ai pas rencontré beaucoup de personnes très favorables aux Maghrébins, ni même aux rapatriés ! D'ailleurs, on nous assimile souvent aux Arabes. Et il n'est pas rare qu'on dise de nous que nous sommes des Algériens !

— Notre maire est un homme généreux et altruiste. A ses yeux, la couleur de la peau, la religion ou l'origine ne doivent pas entrer en ligne de compte pour venir en aide à quelqu'un dans le besoin.

— Il est de gauche ?

— Non, même pas ! A Pérols, la municipalité est composée uniquement de gens de bonne volonté qui n'affichent pas leur appartenance politique pour gérer la commune. Ce qui ne les empêche pas d'avoir leurs propres opinions.

— Vous devez être une exception en France ! »

Lorsque Maxime reçut Tarek Boutif chez lui, le lendemain matin, il ne lui demanda aucun détail sur sa vie antérieure. Il se contenta de lui déclarer, en esquissant un sourire de connivence :

« *Ya khrouïa labès ?*[1] »

Surpris d'entendre un Français parler dans sa langue maternelle, Tarek, méfiant, ne dit mot sur le moment. Puis, se ravisant, il finit par demander :

« Tu parles arabe, patron ?

— Chez moi, tout le monde parle arabe, répondit Maxime. On a dû te dire que j'ai besoin d'un bon maçon. Si tu te montres sérieux et courageux, je te garderai à mon service. Ici, ce n'est pas le travail qui manque.

— Alors, je suis ton homme ! »

Dans le village, personne n'ignorait le grand remue-ménage que les Pérez avaient entrepris sur les terres d'Hector Portanier. Les commentaires allaient bon train. Certains affirmaient que le vieil Hector en avait pris lui-même l'initiative. D'autres qu'il avait vendu à un promoteur immobilier qui s'apprêtait à édifier sur la commune un lotissement de maisons individuelles. Et l'on commençait à craindre que Pérols ne devienne une sorte de résidence-dortoir aux portes de Saint-Hippolyte-du-Fort.

« A quand des HLM ? » ironisaient les détracteurs.

Mais lorsque la rumeur fit place aux certitudes et que les curieux purent lire, inscrit sur un panneau de trois mètres de haut, à l'entrée de la combe : « Ici futur Domaine des Rives Blanches », le doute ne fut plus

1. Alors, frère, comment ça va ?

permis. Le seul mot « Domaine » laissait bien entendre dans ce pays de vignes qu'il ne s'agissait pas d'un domaine immobilier qui était en train de sortir de terre. Au reste, le panneau était explicite : décoré telle une fresque peinte dans des tons pastel, il présentait un mas ressemblant vaguement à celui d'Hector, entouré de son vignoble et, en gros plan, une treille et des bouteilles de vin.

« C'est sûr, en convinrent les plus futés, le vieux a revendu sa propriété et les acquéreurs sont en train de la restaurer. Ce sont les Chaptal qui ne doivent pas se réjouir ! »

La propriété acquise par Maxime, étant située à l'écart du village et au fond d'une combe, n'était accessible de la route principale que par un chemin privé bordé de majestueux cyprès dont le feuillage dissimulait le mas aux yeux des curieux. Maxime et ses fils pouvaient donc travailler en toute tranquillité.

En l'espace de quelques semaines, le toit de la bâtisse fut entièrement restauré. Le gros de l'hiver pouvait arriver, les pièces se trouvaient maintenant hors d'eau.

Tarek tenait ses promesses et démontrait chaque jour, à son patron, ses qualités de travailleur. Camille ne cachait pas ses craintes de le voir chuter du haut de la toiture ou d'un échafaudage lorsqu'il se hissait à plus de huit mètres du sol pour aller clouer une solive, placer des tuiles neuves ou combler une fissure sur un mur lézardé. Le jeune Algérien riait et lui disait de ne pas s'inquiéter.

« Je suis agile comme un acrobate, mademoiselle. Ne te fais pas de souci pour moi. J'ai toujours eu la baraka. »

Au cœur de l'hiver, la neige tomba à gros flocons et le froid s'intensifia brusquement. Les anciens ne s'étaient pas trompés. Les Pérez durent interrompre leurs travaux.

« Heureusement que nous avons rénové la toiture à temps ! se réjouit Maxime. Sinon, le poids de la neige aurait sans doute fait s'écrouler l'ancienne charpente ! »

Les pièces d'habitation manquaient néanmoins de confort et étaient difficiles à chauffer. Marthe avait beau faire un feu dans toutes les cheminées, elle ne parvenait pas à atteindre une température ambiante suffisante.

« On se gèle ! ronchonnait-elle. Dire que chez nous, là-bas, on n'avait même pas besoin de chauffage ! »

Maxime et ses fils devaient bien reconnaître l'évidence. Le matin, au réveil, l'eau avait gelé dans les canalisations. Plusieurs d'entre elles durent être changées, car les soudures n'avaient pas tenu.

« Cet été, nous installerons un vrai chauffage ! promit Maxime. Avec une chaudière et des radiateurs. Ainsi, l'hiver prochain, tu ne pourras plus te plaindre. »

Dès que le dégel s'amorça, les hommes se remirent à l'œuvre. Ils réparèrent les dégâts occasionnés par le froid et poursuivirent ce qu'ils avaient entrepris depuis l'automne.

De loin, l'on pouvait entendre à nouveau des bruits incessants de marteau, de scie ou de perceuse, mêlés aux ordres que Maxime donnait haut et fort. Dans les vignes, la pelle mécanique hurlait de tous ses chevaux et martelait la roche jusqu'à ce qu'elle se fende, répandant une onde de choc sourde et profonde, perceptible du village, et qui semblait résonner jusque dans les entrailles de la terre.

A la fin de l'été 1963, Maxime, Manuel et Tarek achevèrent les gros travaux à l'intérieur du mas. Le logement était devenu méconnaissable. Les vieux murs étaient doublés de contre-cloisons en brique plâtrée, les plafonds lissés à l'enduit, les carrelages polis et cirés. Il ne restait plus qu'à peindre et tapisser. De nouvelles portes faisaient communiquer les pièces à vivre entre elles. Des ouvertures avaient été pratiquées pour agrandir les volumes. Un escalier de bois montait aux chambres par l'intérieur, remplaçant l'ancien escalier de pierre extérieur. Une chaudière à bois et à charbon chauffait des radiateurs en fonte dans toutes les pièces. Et, comble du luxe : une vraie cuisine, dotée de tous les équipements modernes, avait été aménagée. Marthe avait exigé, en effet, une gazinière à la place du vieux fourneau, un réfrigérateur et une machine à laver le linge.

« Je ne vais pas continuer longtemps à faire la lessive à la main ! s'était-elle insurgée. Pourquoi pas aller au lavoir comme les paysannes du village ! Chez nous, j'avais une machine à laver automatique ; j'en veux une dans ma cuisine ! »

Maxime, qui commençait à compter ses économies avec inquiétude, avait consenti néanmoins aux exigences de sa femme. Mais il avait remis à plus tard l'achat d'un poste de télévision.

« Il y a plus urgent ! avait-il soutenu. Je dois envisager maintenant l'acquisition de matériel pour la vigne. »

Dans le village, tout le monde finissait par s'extasier devant les transformations de l'ancienne propriété d'Hector Portanier. Les plus curieux ne cessaient de s'étonner devant l'ampleur des travaux accomplis et les modifications apportées par les nouveaux propriétaires.

« Ils abattent un travail colossal !

— Ces pieds-noirs, comme ils sont courageux !

— Ils ont le mors aux dents ! reconnaissaient les plus admiratifs.

— Vont se casser la gueule à vouloir tout chambouler !

— Y réussiront pas ! Y sont trop ambitieux !

— Vont se briser les dents sur la caillasse ! » souhaitaient les malintentionnés.

Les Pérez, en effet, commençaient à susciter des jalousies. Leur entreprise n'avait pas encore réussi que d'aucuns, faute d'avoir eu le courage d'en faire autant, prédisaient déjà qu'elle échouerait. En s'acharnant contre une nature ingrate, en démontrant qu'à l'impossible nul n'est tenu, les Pérez mettaient à mal les bonnes vieilles habitudes de leurs concitoyens.

« Jusqu'où vont-ils aller ? se demanda un jour Philippe Chaptal, alors qu'il s'entretenait avec Edgar Dugas, le maire de la commune.

— J'en suis moi-même le premier surpris. Lorsque je les ai vus débarquer, l'automne dernier, avec leurs valises et leur camionnette, je n'aurais pas parié un seul centime sur leurs chances de réussite. De plus, quand j'ai appris qu'ils avaient racheté la propriété du vieux Portanier, et au prix qu'ils l'ont payée, alors là, je me suis dit qu'ils n'y connaissaient rien à la vigne et qu'ils ne feraient pas long feu dans la commune ! Comme quoi, tout le monde peut se tromper !

— C'est moi qui leur ai conseillé d'aller voir Hector. Pour qu'ils achètent de la caillasse à prix d'or et qu'on en soit vite débarrassés ! Tous ces Algériens…

— Ce sont des pieds-noirs ! rectifia le maire.

— C'est bien ce que je dis, c'est pareil ! Ces étrangers vont vouloir tout révolutionner si on les laisse s'établir. Ils réclameront des aides, obtiendront des prêts avec des facilités que nous autres, gens du pays, n'aurons jamais. Ils finiront par nous porter préjudice.

— Il est de notre devoir d'aider ces gens qui ont tout perdu et qui sont dans le besoin, monsieur Chaptal ! Et n'oubliez pas : ce sont des Français comme vous et moi !

— C'est vous qui le dites ! Vous êtes donc de leur côté ?

— Je ne veux exclure personne. Chacun a le droit de vivre et de réussir ce qu'il entreprend.

— Aussi vrai que je m'appelle Chaptal, monsieur le maire, je peux vous affirmer que je ne laisserai pas ces immigrés nuire aux intérêts de Valfleuri !

— Votre attitude à leur égard ne vous honore pas, Philippe. Vous avez tenté de les escroquer en influençant le vieil Hector. Mais je crois que vous ignorez à qui vous avez eu affaire. J'ai dans l'idée que nos rapatriés ne vont pas en rester là. Ils ont beaucoup de ressource, de l'honneur et de la fierté !

— Trop ! monsieur le maire. Beaucoup trop ! »

La réaction de Philippe Chaptal étonna le maire de Pérols. Mais, très vite, celui-ci dut malheureusement constater qu'elle ne représentait pas un cas isolé. La quasi-totalité des vignerons de sa commune portait le même jugement sur les Pérez.

« Des arrivistes ! Des fiers-à-bras ! Des grandes gueules ! »

Tels étaient les qualificatifs les plus usuels dont on les affublait dans les conversations de bistrot.

Il fallait reconnaître que Maxime, quand il allait boire son anisette au Café du commerce sur la place, ne se privait pas de vanter ses mérites et ceux de ses fils. En bon pied-noir qu'il était, il aimait se mettre en avant et taquiner ceux avec qui il partageait le verre de l'amitié.

« Popopopo, dis ! Heureusement que nous sommes venus, nous les pieds-noirs ! aimait-il plaisanter. Parce que, franchement, vous étiez en train de vous endormir sur vos lauriers !

— Tu n'es pas de Marseille ! lui répondait-on, mais, vaï, c'est tout comme !

— Eh ! Marseille, c'est bien la plus grande ville d'Algérie après Alger, non ? »

Rien ne le décourageait, Maxime. Et lorsque ses amis de comptoir se montraient très acerbes à son égard, il coupait court à la conversation et n'hésitait pas à leur rétorquer :

« Trêve de plaisanterie ! Il faut que j'y retourne. Mes fils m'attendent. Parce que, moi, mes fils, y rêvent pas de devenir fonctionnaires comme les vôtres ! Y sont encore plus courageux que leur pèr'. Le matin, à l'usine, l'après-midi dans les terres ! Y sont pas de la race des feignants ! »

Les remarques de Maxime, pimentées de son accent qu'il parvenait mal à maîtriser quand il s'emportait, suscitaient les sourires de ses collègues. Ceux-ci se moquaient gentiment de lui, mais ils ignoraient à quel point son envie de réussir lui donnait la force nécessaire pour abattre des montagnes.

En automne, lorsque Jean-François eut terminé de défoncer le sol calcaire du vignoble, ils se mirent tous, sans tarder, à l'encépagement. Sur les conseils d'un œnologue qu'il alla consulter dans les Costières, Maxime choisit des variétés de vigne qui n'étaient pas encore très répandues dans la région, sauf sur le domaine de Valfleuri d'Armand Chaptal : grenache, cinsault, alicante et mourvèdre. Puis, pour accélérer le travail et avoir fini avant que l'hiver ne s'impose à nouveau, il embaucha une équipe de tâcherons. Certes, il faudrait attendre quelques années pour apprécier les premières vendanges. Mais, dès à présent, les Pérez pouvaient s'enorgueillir d'avoir réussi leur premier pari : le mas montrait fière allure et s'érigeait au milieu de son vignoble entièrement restauré.

« Nous n'avons plus qu'à prendre patience ! s'exclama Maxime avant de mettre en terre le dernier cep en compagnie de toute sa famille réunie. Manon, je veux que ce soit toi qui le plantes, celui-là. Il nous portera chance. Et cette parcelle, je la baptise de ton nom. »

Un autre printemps s'écoula, puis un autre été dans toute sa splendeur. Maxime et ses fils poursuivirent leurs travaux d'aménagement dans le mas et dans les terres : amendement, engrais, clôtures… Le jour même du ban des vendanges, pour fêter le début de leur réussite, ils invitèrent la municipalité, la secrétaire de mairie et quelques rares amis de confiance à un plantureux repas.

Dans un discours improvisé, Maxime rappela que, deux ans auparavant, il débarquait à Pérols avec sa famille dans l'espoir de refaire surface après avoir tout perdu en Algérie.

« Je ne croyais pas que nous nous en sortirions si vite, confessa-t-il. Nous avons souvent rencontré de l'indifférence, de la méfiance, parfois même de l'hostilité chez ceux que nous avons croisés sur notre chemin. Mais je veux remercier, ici, monsieur le maire pour l'aide précieuse qu'il nous a apportée et la confiance qu'il nous a témoignée. Je n'ignore pas que certains nous considèrent comme des immigrés, pire, comme des étrangers. Mais je rappellerai que, partout en France, les étrangers ont souvent participé au développement de notre pays. L'Algérie, c'était notre patrie, notre pays à nous, au sens que vous donnez vous-mêmes à ce terme en parlant de votre région. Mais nous avions en nous un profond sentiment d'appartenance à la France, notre nation à tous. Aussi permettez-moi d'affirmer devant vous ce soir qu'il faut cesser de nous voir comme des rapatriés, car nous n'avons jamais quitté notre patrie. Nous vivions seulement dans une autre région de notre beau pays, sous d'autres cieux. Mais en France ! »

Maxime se tut. L'assemblée resta un long moment sans réaction, visiblement émue par les paroles de bon sens qu'elle venait d'entendre.

Alors, Maxime mit fin lui-même au silence et invita ses convives à sabler le champagne. Avant d'ouvrir la première bouteille, il dévoila un panneau dissimulé sous un grand drap multicolore.

« Lorsque vous entrerez dans mes terres, dit-il, vous y verrez inscrit le nom que ma fille Camille leur a donné : "Domaine des Rives Blanches". Certains constateront que le mot "futur" a disparu ! »

DEUXIÈME PARTIE

LE RETOUR À LA TERRE

11

L'arrivée du harki

Octobre 1964

Depuis la fin du conflit algérien, les tensions se relâchaient sur le sol métropolitain entre partisans de l'Algérie française et indépendantistes. Les principaux chefs de l'OAS avaient été arrêtés ou mis hors d'état de nuire. Les activistes du FLN n'avaient plus de raisons de s'en prendre à leurs ennemis naturels. La paix des guerriers semblait s'installer. Néanmoins, les rancunes demeuraient encore vives dans l'esprit de certains et les plaies étaient loin de se refermer dans le cœur de beaucoup.

Sur le sol français, toute une catégorie d'Algériens connaissait depuis deux ans des conditions d'existence particulièrement difficiles. Les « Français musulmans rapatriés », selon le terme officiel, désormais dénommés « harkis », subissaient à leur entrée en France des mesures discriminatoires dignes d'une autre époque par rapport aux pieds-noirs.

Du printemps 1962 à la fin 1964, ce que vécurent Sayed Laraoui et sa famille, Pierre Chaptal était loin de s'en douter, alors que, peu à peu, il avait repris ses marques parmi les siens au domaine de Valfleuri. Lorsqu'il avait souhaité bonne chance à son ancien compagnon d'armes, en l'abandonnant malgré lui sur le sol algérien, il n'ignorait pas le danger que ce dernier allait courir ainsi que tous ceux qui, d'une manière ou d'une autre, avaient choisi de combattre aux côtés des Français. Dans ses moments de solitude, il y songeait souvent. Et les scènes qu'il imaginait alors lui paraissaient toujours insupportables. Car il avait vu ce qui attendait ceux qui – considérés comme des traîtres – tombaient dans les mains des fellaghas.

Depuis ce mois de mars 1962, Pierre n'avait pas reçu de nouvelles de ce supplétif avec qui il avait noué des liens amicaux. Il souhaitait seulement qu'il ait eu l'opportunité et la chance d'embarquer sur un navire français. Après l'indépendance, un certain nombre d'Algériens avaient cherché à fuir l'Algérie sous la menace de groupes nationalistes qui leur reprochaient leur collusion avec la France pendant le conflit.

En compagnie de sa femme et de ses deux enfants, Sayed Laraoui s'était réfugié dans une caserne à Alger, après avoir été désarmé par les soldats de sa propre unité, selon les directives données au contingent. Beaucoup de ses camarades n'avaient pas eu cette chance et avaient été abandonnés aux mains des fellaghas, complètement démunis. Les réfugiés affluèrent de plus en plus chaque jour dans les casernes. En juin 1962, une partie d'entre eux fut alors évacuée vers la métropole par les autorités militaires. Mais Sayed dut encore patienter plusieurs mois avant de pouvoir partir, car la France accueillait en priorité les militaires d'active algériens engagés dans l'armée française[1], accompagnés de leurs familles.

En septembre, les premiers supplétifs furent à leur tour transférés vers les « centres d'hébergement », de « regroupement » ou de « transit », ouverts à la hâte par le gouvernement français, et qui étaient en réalité des camps dont le régime était fondé sur l'enfermement et l'assignation.

En décembre, alors qu'il craignait d'être expulsé de sa caserne, faute de places dans ces centres d'accueil, Sayed fut embarqué avec les siens sur un navire militaire, sans autres bagages que son sac de campagne et sa musette. Pour lui, sa femme et ses fils commençait une longue marche vers l'inconnu, vers un avenir incertain dont il ne connaissait pas les rivages. Contrairement aux pieds-noirs qui, accrochés au bastingage de leur paquebot, regardaient avec nostalgie s'éloigner les rives blanches de leur Algérie natale, lui et tant d'autres de ses semblables, du fond de la cale où ils avaient pris place, se virent privés de cette dernière image de leur pays qu'ils quittaient pour toujours.

Pierre Chaptal aidait aux vendanges dans les vignes familiales, comme il en avait pris l'habitude depuis son retour. Il aimait se mêler aux hommes et aux femmes qui, par tous les temps, accomplissaient le travail

1. Les FSNA : soldats français de souche nord-africaine.

éreintant du ramassage des grappes. Contrairement à son frère Philippe qui, lui, en patron du domaine, préférait superviser la récolte en demeurant dans le chai, il ne jugeait pas dégradant d'œuvrer au contact du personnel que son père embauchait pour la saison. Le soir, fourbu comme tous les vendangeurs, il ne manquait pas non plus de partager avec eux le plantureux repas que sa mère, Marie-Ange, ordonnait de préparer à ses cuisinières pour tous ceux qui vivaient sur le domaine pendant le temps des vendanges. Armand le laissait agir à sa guise, estimant qu'il n'était pas déshonorant pour un futur patron de mettre la main à la pâte.

« Ton frère a toujours été proche du personnel, le défendait-il devant Philippe qui ne tarissait pas de remontrances désobligeantes à l'égard de son cadet.

— Cette familiarité nuit à l'autorité dont un patron doit faire montre avec ses employés ! Comment veux-tu exercer ton ascendant sur des gens que tu fréquentes comme d'anciens camarades de classe ? Pierre va jusqu'à parler arabe avec les Algériens. On aura tout vu et tout entendu !

— Tes ressentiments envers les Algériens finiront par nous causer du tort. J'en emploie quelques-uns…

— Trop !

— … parce qu'ils ne font pas d'histoires quand je les paie de la main à la main.

— Je n'aime pas les bougnouls, tu le sais bien ! J'en ai assez vu en Algérie, tu pourrais le comprendre ! »

Les disputes entre le père et le fils étaient fréquentes à ce sujet. Certes, Armand faisait partie de ces Français qui se méfiaient des Algériens et n'appréciaient guère les pieds-noirs, mais lorsqu'il y trouvait son avantage, il savait étouffer ses scrupules et profiter de la situation. En l'occurrence, dans son personnel saisonnier, il embauchait volontiers des Maghrébins qui acceptaient, souvent sans rechigner, d'être moins bien rémunérés que les autres et sans être déclarés.

Pierre n'ignorait pas cette façon d'agir de son père et le lui avait reproché à maintes reprises.

« C'est une question d'honneur et d'honnêteté, père ! lui avait-il répliqué la première fois qu'il s'en était aperçu.

— Tu me jugeras quand je serai mort, fils ! Mais tant que je vivrai et travaillerai sur mon domaine, j'agirai comme je l'entends. Les Arabes, je les ai toujours payés au noir et sous certaines conditions. Ils ont toujours accepté sans rien dire. C'est cela ou rien ! »

Pierre savait qu'il était inutile de discuter de ce point avec son père. Au reste, il ne tenait pas à envenimer leurs relations, alors qu'il avait accepté de travailler sur le domaine. Mais il ne désespérait pas de le faire changer d'avis malgré les positions encore plus intransigeantes et xénophobes de son frère.

Les vendanges atteignaient leur terme. Le soleil d'octobre empourprait les pampres dégarnis et saupoudrait d'or les feuilles des arbres. L'air sentait encore les grappes chaudes et l'odeur de futaille, saturé de vapeurs d'alcool et de jus sucré en fermentation.

Dans toutes les vignes, les colles[1] s'activaient pour remplir les dernières cornues et les acheminer vers les pressoirs. L'excitation du travail achevé s'ajoutait à la

1. Equipes de vendangeurs.

fébrilité que créait dans les esprits l'approche de la fête de clôture des vendanges. Selon la tradition, le Dieu-le-veut réunissait la totalité des vendangeurs autour d'une grande table dressée en plein air, sous les étoiles. La tâche accomplie, la paie versée, chacun s'y défoulait dans l'espoir de revenir l'année suivante. Le vin coulait à flots, les chansons de corps de garde succédaient aux histoires grivoises. Tous se côtoyaient sans distinction de rang ni d'origine. On oubliait même la présence des patrons qui, par ailleurs, n'étaient pas les derniers à pousser la chansonnette.

Chez les Chaptal, le repas de clôture des vendanges n'était pas différent. Seul Philippe montrait de la distance et du mépris, surtout lorsqu'un ouvrier maghrébin prenait à son tour la parole pour raconter à sa manière une anecdote de son pays. Alors, sans vergogne, il tournait la tête et discutait haut et fort avec un voisin sans baisser le ton.

Ce soir-là, au beau milieu du repas, Pierre éprouva l'envie de s'écarter de la table où il avait pris place à côté de son frère. Celui-ci s'ingéniait à couper la parole à Ahmed Messaoui, l'ouvrier de son père.

« Tu es vraiment grossier ! » lui reprocha Pierre en se levant.

Il sortit précipitamment de la cour de la ferme où se déroulait le repas convivial et alla se changer les idées dans les vignes.

La nuit était claire, lustrée d'une lumière argentée que la pleine lune dispensait sur les coteaux. Les étoiles scintillaient, illuminant la voûte céleste de mille feux incandescents. Le vignoble était plongé dans un silence religieux qui contrastait avec l'animation qui y régnait encore quelques heures plus tôt.

Pierre se dirigea vers une petite capitelle[1] où il avait coutume de se réfugier pour être au calme, faire le vide dans son esprit et retrouver au fond de son âme les sensations fugaces de son séjour en Algérie.

Il s'assit sur le seuil du cabanon et se laissa emporter dans ses rêveries solitaires. Il fixa l'horizon d'un regard vague et se crut soudain revenu quelques années en arrière, quand, après une dure journée passée dans le bled à traquer d'introuvables terroristes du FLN, il décompressait en observant autour de lui les crêtes des montagnes kabyles qui lui rappelaient tant celles de ses Cévennes.

Dans les lointains, il distingua tout à coup quatre petits points sombres qui se détachaient dans la lumière de la lune, quatre ombres furtives qui cheminaient lentement dans sa direction. Il les regarda sans réagir d'abord, comme s'il s'agissait d'un mirage dans le désert. Puis les ombres prirent une apparence humaine. Un homme, une femme et deux enfants d'une dizaine d'années.

Alors, Pierre reprit ses esprits.

« Qui va là ? » demanda-t-il instinctivement, retrouvant une bonne vieille habitude de ses tours de garde à l'armée.

Personne ne répondit.

Pourtant, les silhouettes s'approchaient toujours.

« Qui êtes-vous ? répéta Pierre, sur ses gardes.

1. Abri de berger.

— Y a pas de danger, chef ! C'est que moi, Sayed, avec ma femme et mes gosses.

— Sayed !

— Tu m'as oublié, chef ! Sayed, Sayed Laraoui.

— C'est toi, Sayed ! »

La surprise de Pierre se lisait sur son visage. Sur le moment, il se crut revenu quelques années en arrière. Mais l'insistance de Sayed le ramena à la réalité.

« Tu t'en es donc sorti ! s'étonna-t-il, tout à sa joie. Comme j'en suis heureux ! Et tu as pu aussi emmener ta famille !

— Seulement ma femme et mes enfants. Pour mon père et ma mère, je n'ai rien pu faire. Ils n'ont pas voulu me suivre. Pourtant, ils étaient aussi menacés. A cause de moi.

— Ils sont restés au bled ?

— Oui. Mais les fellaghas les ont égorgés, pour se venger. Ils sont morts par ma faute.

— Ne dis pas cela, Sayed. Ne culpabilise pas. Ils sont morts à cause de la folie des hommes. Tout cela appartient au passé. Il ne faudra jamais oublier, mais il faut penser à l'avenir à présent.

— Nous ne savions plus où aller. Je me suis souvenu de ce que tu m'avais dit en me quittant. Tu m'avais donné ton adresse…

— Tu as bien fait. »

Pierre ne savait comment agir. L'arrivée à l'improviste de son ancien compagnon d'armes et de sa famille le mettait dans l'embarras. Dans l'immédiat, il ne pouvait le présenter à son père et à son frère en plein milieu du Dieu-le-veut.

Il proposa à Sayed de l'héberger dans une remise à l'écart de la ferme.

« Il n'y a aucun confort, reconnut-il, mais c'est seulement pour une nuit ou deux. Le temps que je trouve une solution.

— Nous avons l'habitude de dormir à la dure, chef ! Ne t'inquiète pas pour nous.

— Peut-être pourrai-je convaincre mon père de t'embaucher sur notre domaine, malgré mon frère qui s'y opposera sans aucun doute.

— Je ne veux pas te créer des ennuis, chef. Si notre présence te pose un problème et sème la zizanie parmi les tiens, nous repartirons dès demain matin.

— Il n'en est pas question. D'ailleurs, êtes-vous en règle ? Car je sais que les harkis rencontrent beaucoup de difficultés.

— En règle... pas tout à fait, chef ! avoua Sayed. Mais c'est une longue histoire.

— Tu me la raconteras plus tard. Pour l'instant, vous avez besoin de vous reposer et de manger quelque chose. Vous devez avoir faim. Je m'occupe de vous. »

Pierre laissa passer toute la matinée du lendemain, puis profita de l'absence de Philippe, occupé à surveiller la vinification dans le chai, pour affronter son père. Celui-ci paraissait de bonne humeur, comme c'était souvent le cas après le Dieu-le-veut. Constatant cette année encore que sa récolte avait été fructueuse et que la cuvée promettait d'être d'excellente qualité, il savourait à l'avance les fruits de son travail.

« Philippe n'aura aucun mal à écouler notre production ! se réjouissait-il. Notre domaine accroît sa notoriété et ce n'est pas terminé ! Finalement, ton frère a eu raison de viser haut. Les chais de Valfleuri comptent maintenant parmi les meilleurs de la région. Il faudra envisager d'embaucher quelques ouvriers permanents supplémentaires. Le travail regorge. »

Pierre estima le moment opportun pour intervenir en faveur de son ami.

« A ce propos, père, j'ai une proposition d'embauche à te soumettre. Un peu particulière. Mais qui me tient à cœur.

— Tu désires que j'engage quelqu'un que tu connais ?

— C'est exact. Un ancien compagnon d'armes avec qui j'étais très lié en Algérie.

— S'il est sérieux et courageux, pas d'objection ! Tu me l'envoies et je lui signe son contrat. »

Pierre marqua un moment de silence.

« Il y a un problème ? releva Armand.

— Pour moi, non. C'est à toi de voir.

— Parle, voyons !

— Il s'agit d'un ancien supplétif de l'armée. Un harki, si tu préfères.

— Un Algérien !

— Un Français musulman d'Algérie !

— C'est pareil, c'est un Arabe !

— C'est un gars très bien. Il m'a plusieurs fois sorti de mauvaises passes là-bas, quand nous étions attaqués par les fellaghas.

— Hum ! Ton frère ne va pas apprécier.

— C'est pourquoi je t'en parle en premier. C'est à toi de décider. Tu es encore le patron ici, non ? »

A ces mots, Armand sentit son âme de patriarche vibrer en lui.

« Pour sûr que je suis encore le maître à Valfleuri ! »

Puis, après un court moment d'hésitation, il ajouta :

« C'est bon ! Amène-le-moi demain. Il faut quand même que je le voie.

— Il n'est pas seul.

— … !

— Il est accompagné de sa femme et de ses enfants.

— Qu'ils viennent tous me voir ! »

Le lendemain, Armand prit seul la décision d'embaucher Sayed Laraoui, sans se douter que le protégé de son fils n'était pas tout à fait en règle avec les autorités administratives. Il lui trouva un logement dans la maison de vendangeurs occupée en partie par la famille Messaoui, trois pièces avec le minimum de commodités, dont le loyer serait déduit de son salaire.

« Ainsi, vous serez comme chez vous en Algérie, tous ensemble ! avait relevé Armand sans avoir l'air de plaisanter. Avec les Messaoui, vous devriez bien vous entendre. Ahmed, le père, te montrera le travail. Il est à mon service depuis longtemps. Il a l'habitude… Pour la paie, inutile de te dire que ce sera en liquide !

— Pas de problème, chef.

— Ne m'appelle pas chef ! Ici, on n'est pas à l'armée.

— D'accord, patron !

— Voilà qui est mieux. »

Sayed prit ses fonctions deux jours après son arrivée à Pérols. Philippe désapprouva aussitôt son père, mais ne parvint pas à le faire revenir sur sa décision.

« Si tu embauches trop d'Arabes, tu feras fuir les autres ouvriers agricoles ! lui opposa-t-il. Tu aurais dû envoyer ce bougnoul chez les Pérez !

— Ton frère m'a demandé une faveur. Je n'ai pas pu la lui refuser. En outre, cet Arabe m'a paru très convenable. »

Les Laraoui étaient installés depuis une semaine déjà lorsque Pierre se décida enfin à demander à Sayed de lui raconter en détail les péripéties de son arrivée en France et de ce qu'il avait vécu depuis leur séparation en mars 1962.

« Oh, chef ! c'est une longue histoire.

— Je t'écoute. Je me doute que cela n'a pas dû être facile tous les jours. »

Et Sayed de raconter ses mésaventures, entouré des siens qui avaient enduré les mêmes souffrances.

« Quand on nous a appris que nous allions être embarqués sur un navire, nous avons tous bondi de joie. Je me suis dit que nous étions sauvés et que nous allions enfin commencer une nouvelle vie dans un pays où la paix régnait. C'était en décembre. Quand nous avons débarqué, on nous a conduits à Rivesaltes en camions militaires. Il faisait froid. C'était déjà l'hiver.

— Oui, je me souviens de l'hiver 62-63, le premier hiver après mon retour. Il a fait très froid et il a beaucoup neigé.

— Avant nous, les militaires d'active engagés dans l'armée française étaient arrivés les premiers. Dans le camp, ils occupaient des baraquements en dur. C'était pas très confortable, mais c'était à l'abri des intempéries. Nous, les supplétifs, on nous a logés sous de grandes tentes kaki de l'armée. Des milliers de réfugiés[1] étaient déjà installés, certains depuis le mois de septembre. Les tentes s'étendaient à perte de vue. Un soldat nous a indiqué celle où nous allions loger avec d'autres familles. Une tente pour dix personnes. Nous étions regroupés par douar[2] d'origine. Vingt-cinq familles constituaient un village commandé par un capitaine et deux adjoints. Les conditions de vie étaient épouvantables. Dans les tentes, on crevait de froid, on ne s'éclairait qu'à la bougie. Il n'y avait pas de lits pour tout le monde ; les enfants ont pris les lits de camp, ma femme et moi, on a dormi sur des couvertures de l'armée à même le sol. Dehors, dans le camp, rien n'était encore prévu : pas de sanitaires, pas d'eau courante. Le vent glacial s'engouffrait dans les tentes. Certaines se sont effondrées sous le poids de la neige. Les premiers jours, on nous a donné du pain et du corned-beef pour tout repas… »

Pierre avait peine à croire ce qu'il entendait de la bouche de Sayed. Le récit de ce dernier lui laissait dans l'esprit des images d'une époque pas si lointaine, où le même camp de Rivesaltes avait servi, honteusement, à d'autres prisonniers, tout aussi pitoyables que les harkis

1. Camp de Rivesaltes : 12 000 personnes en décembre 1962 ; sera fermé en décembre 1964.

2. Au Maghreb, le terme « douar » désigne une commune rurale ou encore un quartier populaire d'une ville. Dans l'Algérie sous administration française, le douar était une division administrative de base regroupant plusieurs familles et formant ainsi une fraction d'une tribu.

qui avaient pris leur place après l'indépendance de l'Algérie.

« Ces conditions de vie ont duré longtemps ? » s'enquit-il, bouleversé.

Les yeux de Sayed se remplissaient de larmes. Sa voix trahissait son émotion et sa souffrance morale à l'évocation de tels souvenirs.

« Le plus humiliant, reprit-il, c'était d'être encore considérés comme des colonisés, alors que nous avions servi dans l'armée française. Les militaires et les gendarmes donnaient des ordres avec beaucoup d'arrogance et de mépris pour bon nombre d'entre eux. Il fallait leur obéir sans discuter, comme si nous étions des ennemis. Au fond, je crois qu'ils ne faisaient pas de différences entre nous, les supplétifs de l'armée, et les fellaghas que nous avons aidé à combattre. Nous baissions la tête pour leur parler. Nous les craignions. On sentait bien que nous étions devenus indésirables… Très vite, les autorités ont été débordées, car nous étions trop nombreux. Nous n'avions pas le droit de sortir du camp. D'ailleurs, tout autour, il y avait des barbelés et des guérites avec des soldats qui surveillaient. On était comme des prisonniers. Par la suite, à l'intérieur, on nous a installé un guichet de la Poste et un bureau d'état civil pour enregistrer les décès et les naissances. Et même une école pour les enfants.

— Une école !

— Oui. J'ai appris qu'il y a eu jusqu'à 1 300 élèves répartis dans 44 classes avec une cinquantaine d'instituteurs. Beaucoup étaient des appelés du contingent.

— Tu parles de naissances et de décès…

— Il y avait beaucoup de morts dans le camp : des vieillards, des nouveau-nés, des malades. Les mauvaises conditions de vie emportaient les plus fragiles. Pour les femmes enceintes, ils ont fini par installer une maternité sommaire ; puis un dispensaire pour les malades. Ils devaient craindre les épidémies ! Mais c'était pas suffisant. L'année suivante[1], on s'est retrouvés moins nombreux, car une partie des familles avait été emmenée vers d'autres camps. Celles qui sont restées, comme la nôtre, ont été relogées dans des baraques en dur, trois à quatre familles dans chaque. Les baraques étaient un peu chauffées, mais elles étaient délabrées.

— Elles datent de l'époque de la Retirade[2], quand on a dû accueillir dans l'urgence les républicains espagnols qui fuyaient Franco. Puis elles ont servi pendant la guerre pour interner les prisonniers politiques de Vichy ainsi que les juifs. Elles n'ont jamais été restaurées. Qui aurait pu dire qu'elles serviraient encore un jour ? »

Pierre restait tout ouïe, n'osant interrompre longtemps son ami qui, dans une grande dignité, poursuivait sa narration sans montrer une once de révolte dans ses propos ni un éclat de haine dans son regard. Pourtant, il en aurait le droit ! songeait-il en l'écoutant.

« Vous êtes restés à Rivesaltes jusqu'à votre arrivée ici à Pérols ? s'enquit-il.

---

1. 1963.

2. Retirade : retraite. Construit en 1938, le camp militaire Joffre reçut à partir de 1939 les réfugiés espagnols pourchassés par les militaires factieux et fascistes de Franco.

— Le camp de Rivesaltes servait en fait de centre de tri. Normalement, nous ne devions pas y demeurer longtemps. Mais comme nous étions trop nombreux, beaucoup de réfugiés y sont restés parfois plus d'un an. Les vieillards et les handicapés étaient redirigés vers un autre camp, car jugés irrécupérables[1] ou difficiles à reclasser. Ils partaient pour les camps de Bias[2] ou de Saint-Maurice-l'Ardoise[3].

— Et leurs familles ?

— Ils étaient séparés de leurs familles. »

Pierre n'éprouvait plus que de la honte à l'écoute de détails aussi infamants.

« Les autres, les plus valides, étaient reclassés dans des chantiers de forestage. Plusieurs ont été ouverts dans le Midi. C'est ainsi qu'après plus de douze mois passés à Rivesaltes, j'ai atterri dans l'un de ces camps, dans le Var. Les conditions de vie y étaient moins difficiles. Mais il fallait travailler dur pour garder son logement et son salaire.

— Comment étiez-vous logés cette fois ?

— Dans des préfabriqués de chantier. On était vingt-cinq familles par chantier. Très vite, j'ai compris qu'on nous considérait toujours comme des parias, des indésirables. Alors, j'ai décidé de tout quitter. De partir avec ma femme et mes enfants.

— Sans papiers, sans rien ?

---

1. Terme employé par les autorités administratives.
2. Dénommé « le mouroir de Bias », dans le Lot-et-Garonne.
3. Dans le Gard.

— J'ai préféré vivre libre plutôt qu'enchaîné comme un esclave. Je me suis enfui. Je me suis souvenu que tu m'avais laissé ton adresse, en cas de besoin.

— Tu as bien fait de venir te réfugier chez moi, Sayed. Tant que vous serez à Valfleuri, toi et les tiens, vous serez sous ma protection. Je saurai te faire respecter.

— Je ne demande que le droit de vivre, chef ! »

12

Les patriarches

1965

Pas plus que son fils Philippe, Armand Chaptal n'appréciait la réussite de son concurrent désormais déclaré, Maxime Pérez. Il l'observait depuis le premier jour de son installation. Au début avec un réel amusement, puis avec un certain dédain, tant l'arrogance et la fierté des pieds-noirs, selon lui, exacerbaient ses rancœurs. A écouter Philippe, il avait cru que son entreprise ne durerait guère plus d'un an ou deux, le temps qu'il se rende compte qu'il faisait fausse route à vouloir transformer la caillasse en bonne terre à vigne ; le temps aussi de dilapider en vain toute sa fortune.

Mais quand il s'aperçut que le vignoble de son rival resplendissait de vigueur au bout de deux ans seulement, il prit conscience que la bataille serait plus rude qu'il ne l'avait supposé pour évincer un intrus de sa chasse gardée. Il s'était juré, en effet, que nul autre que lui ne dominerait à Pérols le milieu viticole. Aidé et poussé en ce domaine par son aîné, plus ambitieux, plus combatif et plus retors que lui, il écrasait de sa superbe tous les autres viticulteurs de la commune, qui, pour la grande majorité, s'en remettaient à la coopérative. En outre, celle-ci ne brillait pas pour la qualité de ses vins, tous destinés à la consommation courante. Seuls les Chaptal arboraient un nom de domaine et se démenaient pour obtenir la reconnaissance du monde viticole par l'attribution d'une appellation. Mais celle-ci tardait à venir et Armand commençait à craindre que les Pérez ne finissent par le doubler sur le fil.

Aussi, sans jamais avoir rencontré Maxime ni l'un de ses fils, montrait-il à leur égard une animosité non dissimulée et ne cessait-il de les vouer aux gémonies. Philippe, lui, plus subtil que son père, plus calculateur, attendait son heure.

Il avait tissé suffisamment de relations depuis qu'il avait pris en main le domaine de Valfleuri pour ne pas s'inquiéter outre mesure de ces nouveaux venus, ces « Algériens », comme il les appelait avec mépris.

Au reste, force était de constater que son travail commençait à porter ses fruits. Le premier dans la commune, il avait entrepris d'embouteiller sa propre production qu'il déclinait différemment selon les assemblages que son œnologue attitré et son maître de chai avaient étudiés et affinés avec soin. Désormais, il proposait à sa clientèle trois produits de qualité, allant de 12° à 13°5 : Mas Pérols, Coteaux de Valfleuri et, celui qu'il considérait comme le fleuron de sa cave : Domaine de Valfleuri. Chaque vin était élaboré avec des cépages différents, et se distinguait par son étiquette et une bouteille spécifique portant en relief l'emblème de la maison Chaptal. Les représentants avaient réalisé un travail remarquable de démarchage auprès des grands négociants du pays, notamment la maison Nicolas, et s'intéressaient à présent aux supermarchés ainsi qu'aux premiers hypermarchés qui s'étaient récemment implantés en Bretagne et dans la région parisienne[1]. Certes, Philippe ne pouvait espérer acquérir la renommée des crus de Bourgogne et du Bordelais, mais, à défaut, il affirmait avec beaucoup de présomption qu'il parviendrait bientôt à entrer dans la famille des vins de qualité supérieure, les VDQS, et à se mesurer aux côtes-du-rhône voisins.

Pierre soutenait son enthousiasme qui ne pouvait être que bénéfique à sa réussite, il le reconnaissait volontiers. Finalement, il avait renoncé à se lancer dans le journalisme. Les quelques articles, qu'on lui avait permis de rédiger au *Midi libre*, l'avaient laissé sur sa faim. En deux ans et demi, on ne l'avait sollicité que cinq fois pour des faits divers peu captivants à son goût. En outre, on ne lui avait jamais donné l'espoir d'être un jour engagé à titre définitif, et il n'avait obtenu aucune autre proposition d'embauche des autres quotidiens qu'il avait contactés. Or, travailler occasionnellement comme pigiste ne l'intéressait pas, l'emploi étant trop aléatoire et trop mal rémunéré. Aussi avait-il annoncé à son père qu'il restait à Valfleuri au côté de son frère.

1. Super et hypermarchés : le premier supermarché fut ouvert en 1958 à Rueil-Malmaison, en région parisienne, le premier hypermarché dans la banlieue parisienne, à Sainte-Geneviève-des-Bois (Essonne), par Carrefour en 1963, puis à Landerneau (Finistère) par E. Leclerc, en 1964.

Philippe se raidit le jour où il prit cette décision, craignant sans doute de devoir partager son pouvoir décisionnel. Mais, plus diplomate que son aîné, et désireux de conserver une porte de sortie, Pierre l'avait aussitôt tranquillisé : il lui signifia qu'il se contenterait du travail administratif de l'entreprise familiale et qu'il ne s'opposerait pas aux directives que lui, Philippe, donnerait à l'avenir pour la bonne marche du domaine.

« Dans ce cas, lui avait déclaré ce dernier, je te laisse volontiers t'occuper de la compta et de la gestion du personnel. Ce sont des tâches fastidieuses qui ne m'attirent pas du tout. Je me garderai le commercial et le marketing. Père, quant à lui, continuera à superviser le travail dans les vignes, le vrai travail de vigneron. C'est ce qu'il est avant tout et ce qu'il sait faire de mieux ! »

Pierre savait que les relations avec son frère ne seraient pas toujours faciles. Beaucoup trop de différences les opposaient : leur caractère, leur façon de travailler, leur rapport à la vie et à autrui, leur sensibilité. D'ailleurs, leurs réactions envers ce qu'ils avaient connu et vécu en Algérie prouvaient à quel point ils divergeaient l'un de l'autre. Chaque fois que Philippe renchérissait sur les remarques de leur père à propos des Algériens et des pieds-noirs, il éprouvait l'envie de leur répondre vertement pour dénoncer leurs sentiments racistes et xénophobes. Il s'en gardait bien et s'efforçait de ne rien dire. Mais, plus il se taisait, plus il sentait monter en lui une sourde colère qui, craignait-il, finirait un jour par exploser malgré lui et par détruire l'apparente harmonie familiale qui régnait à Valfleuri. Sa sœur, Maryse, n'était-elle pas partie la première en claquant la porte, huit jours seulement après ses noces ? Armand, s'imposant en patriarche, lui avait signifié, en effet, que sa place était au sein de sa famille et qu'il donnerait à André, son futur gendre, une responsabilité dans son chai s'il acceptait de collaborer avec ses fils. Mais André ne tenait pas à vivre et à travailler sous la coupe de son beau-père.

« Ton père est trop autoritaire, avait-il expliqué à sa fiancée. Il veut tout régir, tout contrôler. Je ne pourrais jamais le supporter sans m'opposer à lui. »

A l'époque – l'année même du départ de Pierre pour l'Algérie –, Maryse n'avait pas dévoilé la décision qu'elle avait prise de refuser la proposition d'Armand et d'aller s'installer en Savoie, le pays de son futur époux. Agée de dix-neuf ans, trop jeune pour oser affronter son père, elle avait attendu le lendemain de son mariage pour annoncer la nouvelle. Armand était alors entré dans une terrible colère, avait menacé sa fille de la déshériter et honni son gendre. Sa réaction ne fit que précipiter le départ de Maryse qui, la mort dans l'âme, quitta les siens sans avoir dit au revoir à son père.

Depuis, leurs relations s'étaient améliorées. Marie-Ange Chaptal avait réussi à rapprocher le père et la fille lorsque celle-ci mit au monde son premier enfant, un fils. Armand, sans le montrer, s'était alors enorgueilli de ce que sa succession était assurée. Il effaça totalement son différend avec Maryse à la naissance de son second enfant, une petite fille qu'elle prénomma Armande.

Philippe s'était réjoui de ne pas avoir dû composer avec un beau-frère qui, au nom de son épouse, aurait pu freiner son appétence à devenir l'unique patron du domaine de Valfleuri. Maryse exclue par sa propre attitude, Pierre rêvant toujours sa vie dans l'espoir de donner corps un jour à ses rêves, il demeurait donc le seul en lice à pouvoir prétendre remplacer son père, lorsque ce dernier déciderait de passer définitivement la main.

Mais, en bon patriarche qu'il était dans l'âme, Armand Chaptal n'avait pas encore l'intention de se retirer des affaires.

Depuis leur installation à Pérols, les Pérez avaient suscité plus de curiosité et de jalousie que de sympathie. Beaucoup de paysans de la commune craignaient que leur réussite ne se réalise au détriment de leurs propres intérêts et ne les oblige à se remettre en question. Ils subissaient déjà la morgue des Chaptal dont le fils aîné les écrasait de sa suffisance et de son mépris. Ils redoutaient à présent de se heurter à l'ambition d'une famille pied-noire que rien ne semblait arrêter.

En réalité, les Chaptal, à eux seuls, ne nuisaient pas outre mesure au développement de leur cave coopérative. Son directeur, Jean-Paul Brignon, le plus important viticulteur de la commune après Armand Chaptal, rassurait constamment ses membres :

« Ils se sont lancés dans les vins coûteux qui n'intéressent pas nos consommateurs. Ceux-ci ont l'habitude de nous acheter leur vin au détail. Ils n'achèteront jamais du vin bouché pour leur quotidien. Nous ne touchons pas la même clientèle ! »

Le directeur de la coopérative ne se trompait pas. En faisant le choix d'une production de vins de qualité qui avait nécessité de lourds investissements, Philippe et Armand Chaptal s'adressaient à une clientèle plus fortunée et plus exigeante, celle des villes surtout. Et même s'ils n'avaient pas encore décroché l'appellation qu'ils espéraient obtenir, leur image de marque commençait à être très appréciée des amateurs de bons vins dits de cépage.

Au fond, à Pérols, tout se passait pour le mieux, comme dans le meilleur des mondes : à la cave coopérative, la clientèle locale, paysanne, habituée à un vin peu alcoolisé et bon marché ; au domaine de Valfleuri, la clientèle bourgeoise, amateur de bons crus. Il n'y avait donc pas vraiment de concurrence.

Mais l'arrivée des Pérez venait troubler cette entente apparente. D'abord, contrairement aux Chaptal – une ancienne famille aux racines depuis longtemps ancrées dans le terroir, ce qui était quand même rassurant aux yeux de certains ! –, c'étaient des étrangers, des immigrés qui se prétendaient français, mais qui ne connaissaient rien aux us et coutumes de la France profonde, encore moins de cette population des basses Cévennes proche des Languedociens, au passé inscrit dans une histoire marquée par des événements douloureux dont on commémorait toujours le souvenir. Ensuite, les Pérez n'avaient pas caché leur intention de vendre leur future production de vin de table au détail et de commercialiser leurs vins de cépage en bouteilles étiquetées. Ils avaient même contacté une entreprise des Bouches-du-Rhône qui fabriquait des cubitainers, afin de fournir à leurs clients un produit préemballé qui pourrait donc se conserver quelques mois. De cette sorte, avec ce nouvel emballage, ils pensaient élargir leur clientèle à tous ceux qui désiraient stocker leur vin chez eux sans être obligés de l'embouteiller immédiatement.

Les Pérez jouaient ainsi sur tous les tableaux et commençaient à inquiéter Armand Chaptal.

Par leur volonté d'innovation, ne mettaient-ils pas en péril le fragile équilibre consensuel qui s'était établi à Pérols entre la cave coopérative et le domaine de Valfleuri ? A l'instar de nombreux pieds-noirs installés dans la région, ils se montraient très audacieux et osaient réaliser ce que les autochtones rechignaient à entreprendre. Par ailleurs, ne marchaient-ils pas dans le pré carré des Chaptal en appelant leur vignoble « Domaine des Rives Blanches » ? N'avaient-ils pas choisi le terme « domaine » dans l'intention délibérée d'exercer une concurrence ouverte et déloyale à l'égard de Valfleuri ? Or, pour Philippe Chaptal, il n'y avait pas de place pour deux grands domaines dans la commune, voire dans toute la région de Saint-Hippolyte.

« Ils ne possèdent qu'une vingtaine d'hectares ! tentait de minimiser Armand pour se rassurer, quand son fils aîné ne cachait pas sa colère de s'être laissé berner, au fond, en envoyant Maxime Pérez chez le vieil Hector Portanier.

— Ils ont plus de ressources que je ne le pensais ! fulminait Philippe. Mais nous ne nous laisserons pas intimider ni dépouiller par ces moricauds ! »

A ces mots péjoratifs et vexatoires, Pierre ne put se retenir :

« Combien de fois faudra-t-il te répéter que ces gens sont aussi français que toi et moi ! Cesse donc de les considérer comme des étrangers venus voler ton bien ! De plus, tu salis ta propre image en les affublant de termes infamants.

— Tu les défends à présent ! Ces gens-là sont des rapaces. On aurait dû les laisser crever sur place en Algérie. Les fellouzes les auraient tous égorgés !

— Tu dépasses les bornes ! s'indigna Pierre. Je ne veux plus entendre de telles inepties. Ce que tu as vu en Algérie ne te donne pas le droit de tenir de tels propos, ni vis-à-vis des pieds-noirs, ni vis-à-vis des Algériens, dont certains, je te le rappelle, nous ont aidés à maintenir l'ordre.

— Maintenir l'ordre ! Comme tu es gentil, petit frère ! Je te rappelle à mon tour que la mission du contingent français était de pourchasser les terroristes du FLN par tous les moyens. Aurais-tu oublié la torture, le gaz et les autres méthodes que l'armée a employées pour les sortir de leurs trous ? Et ce que tu aurais subi toi-même si tu avais été fait prisonnier par les fellaghas ? Nous avons été envoyés là-bas pour faire la guerre, mon vieux, pas pour le maintien de l'ordre ni pour une balade de santé ! Les Algériens étaient devenus nos ennemis. Alors, ne me parle plus d'eux avec indulgence. Moi, je ne fais aucune différence, je les mets tous dans le même sac : fellaghas, pieds-noirs, harkis et tous les autres ; ce sont tous des Algériens, des Arabes ! A cause d'eux, nous avons dû faire la guerre et certains de nos camarades y ont laissé leur peau. »

Pierre n'aimait pas polémiquer avec son frère sur ce sujet brûlant que même l'actualité n'osait encore aborder et dont les historiens hésiteraient pendant longtemps à ouvrir les dossiers. Il était revenu d'Algérie avec la ferme conviction qu'il avait participé à une sale guerre, une guerre inutile, la guerre de trop, persuadé que, dans le contexte colonial de l'après-Seconde Guerre mondiale, l'indépendance était inéluctable et que son pays avait trop tardé à l'accorder au peuple algérien. Au reste, l'Algérie demeurait le seul cas de guerre d'indépendance que la France avait menée en Afrique. Ce qui avait été octroyé aux autres peuples africains de l'empire français ne pouvait-il pas l'être à l'Algérie ? Pourquoi s'était-on ainsi acharné en sacrifiant les populations civiles de toutes origines ? Non, décidément, Pierre ne comprenait pas que les enjeux politiques, et économiques surtout, puissent l'emporter sur la paix et la vie des peuples !

Il coupa court à la discussion et laissa Philippe à ses considérations racistes qui lui faisaient honte. Dans ces moments-là, il regrettait d'avoir accepté de collaborer au domaine de Valfleuri, et se mettait à nouveau à rêver aux reportages qui lui auraient permis de témoigner de la réalité du monde !

De son côté, Maxime avait retrouvé toute sa confiance en l'avenir. Il se sentait redevenu ce qu'il était jadis à Rio Salado : le maître de son domaine. Certes, les Rives Blanches n'étaient pas aussi étendues ; le mas, bien que de caractère, n'offrait pas les mêmes commodités que la belle maison coloniale aux façades éblouissantes de blancheur que ses ancêtres avaient aménagée de génération en génération. A Pérols, tout paraissait plus modeste. Même le personnel engagé par ses soins ne pouvait être comparé avec la trentaine d'ouvriers agricoles à son service en Algérie. Aux Rives Blanches, Maxime n'avait embauché, pour le moment, que deux employés : Tarek Boutif, qu'il avait conservé pour le travail des vignes, et un jeune homme d'une vingtaine d'années, René Carrel, qu'il avait pompeusement nommé maître de chai, pour ses réelles compétences en matière de vinification. En réalité, les deux hommes accomplissaient toutes les tâches quotidiennes dans les terres et à la cave, et veillaient à ce que tout soit prêt à temps selon le calendrier saisonnier. Manuel et Jean-François, toujours employés à l'usine Perrier de Vergèze pour apporter chaque mois de l'argent frais, les secondaient l'après-midi.

Maxime avait ainsi renoué avec la superbe de ses beaux jours, ceux qui avaient fait sa gloire, celle de son père et de son grand-père avant lui, à l'époque heureuse des colonies ! Conforté par le prêt bancaire qu'il avait obtenu au Crédit Agricole à un taux très intéressant, il entrevoyait désormais l'avenir avec sérénité.

« Tu es à nouveau le patriarche que tu étais à Rio Salado ! aimait le chiner Marthe. Entouré de ta famille, de tes employés, bien considéré par la municipalité… tu es redevenu quelqu'un !

— Cela ne me déplaît pas, à vrai dire, qu'on me considère ainsi ! Mais loin de moi toute intention de domination ! J'attends avec impatience les vendanges de cette année. Si elles se montrent généreuses et de qualité, elles augureront une période de réussite qui, je l'espère, n'en restera pas à ce stade.

— Que veux-tu dire ?

— J'aimerais ne pas me contenter de ce premier vignoble. Pour l'instant, ce n'est qu'un souhait. Mais, si tout se réalise comme je l'espère, nous pourrions par la suite envisager de nous étendre. »

Maxime ne dévoila pas davantage ses projets. Il devait d'abord s'assurer que les efforts et les investissements qu'il avait réalisés depuis maintenant trois ans allaient porter leurs fruits.

Fier de ce qu'il avait entrepris, dans des conditions assurément peu favorables, il ne dissimulait pas dans le village l'objet de sa satisfaction. Le maire lui-même, Edgar Dugas – qui avait été brillamment réélu aux élections municipales de mars –, ne cessait de l'encenser devant ses administrés, le citant fréquemment en exemple pour mieux stimuler leur ardeur lorsque, par atavisme le plus souvent, même les plus jeunes d'entre eux se montraient peu enclins à déroger à leurs habitudes.

« Les Pérez ont mille fois raison de ne pas baisser les bras, leur assénait-il. Il faut vous secouer ! Vous cultivez vos vignes comme l'ont toujours fait vos pères. Regardez donc autour de vous ! Certains ont déjà pris des initiatives qui rendront vos méthodes de travail obsolètes dans moins de dix ans. Vous devez vous adapter à l'évolution des attentes de la clientèle, voire les devancer. Vous devez accroître votre domaine de compétence pour être mieux armés face aux futures crises viticoles et pouvoir les surmonter.

Que ferez-vous demain si, avec l'augmentation du niveau de vie, les consommateurs boudent votre vin de table et réclament davantage de vins de qualité ? Si vous ne prenez pas les devants, vous n'aurez plus qu'à arracher vos vignes. Il sera trop tard. Car d'autres, plus entreprenants, auront détourné votre clientèle. »

Les séances publiques du conseil municipal étaient parfois houleuses lorsque l'édile invectivait ainsi les viticulteurs de sa commune venus assister aux délibérations.

« Les Pérez ! Les Chaptal ! Tu n'as que leurs noms à la bouche, s'indignaient ses propres amis.

— Eux, ils ont compris qu'il fallait changer de cap !

— Les pieds-noirs ont voulu concurrencer les Chaptal. C'est eux les seuls responsables de tout ce chamboulement. Avant leur arrivée, on était bien tranquilles. On n'avait aucune difficulté à écouler notre production. On vivait bien et en bonne entente avec les Chaptal ! »

Lors d'une séance pendant laquelle devait être discutée la date de levée du ban des vendanges, Armand et Maxime se rencontrèrent pour la première fois. Ils n'eurent pas besoin de se présenter pour se reconnaître. Ils se repérèrent au premier regard, mais ne firent aucun pas l'un vers l'autre pour engager la conversation. Alors, Edgar Dugas crut judicieux de convier les deux patriarches à faire réellement connaissance. Ceux-ci se toisèrent, se saluèrent d'un simple hochement de tête, prirent aussitôt place dans l'assistance, sans échanger un mot. Autour d'eux, les autres viticulteurs, venus assister aux débats, maintenaient un silence inhabituel.

Pendant les délibérations, tous les yeux étaient braqués sur eux. Chacun examinait avec une curiosité non feinte la réaction des deux hommes. Plus d'un se prêta au jeu de la comparaison.

Le Cévenol arborait une belle chevelure drue et argentée, et une épaisse moustache qui lui barrait le visage. Ses larges oreilles, ses lèvres charnues, sa forte barbe rasée de près lui conféraient une fière allure de paysan aisé, à la mine austère, plus respecté pour l'autorité qui émanait de sa personne que pour la richesse du patrimoine qu'il représentait. Son habit sobre, taillé dans un velours à grosses côtes, sa chemise à carreaux de coton empesé, d'une propreté irréprochable et au col fermé par une cravate assortie, lui donnaient l'air d'un hobereau vivant sur ses terres, entouré de sa parentèle et de sa domesticité. Il se dégageait d'Armand Chaptal une assurance qui inspirait à la fois le respect et la crainte.

Le pied-noir, quant à lui, montrait sur son visage une agréable bonhomie. Ses yeux rieurs, son air jovial, ses traits moins marqués le rendaient plus sympathique, plus abordable. Sa chevelure de jais, son teint hâlé, son regard noir et perçant, piqueté d'un zeste de malice, ne pouvaient cacher ses origines hispaniques… arabes ! pensaient les mauvais esprits. Son léger embonpoint et sa façon gourmande de regarder les femmes dans l'assistance laissèrent les maris jaloux sur leurs gardes. Un coureur de jupons ! se dirent-ils comme par transmission de pensée. Ces Méditerranéens, tous les mêmes !

Maxime ne dissimulait pas sa fierté d'être devenu en si peu de temps un homme respectable et respecté dans une communauté villageoise où, l'avait-on prévenu – et il s'en souvenait encore –, il lui serait difficile de se faire admettre à défaut d'y être intégré. L'essentiel, pensait-il, non sans jubilation, c'est qu'on me reconnaisse à ma juste valeur.

Lorsque les délibérations furent terminées et que le maire invita le public à poser ses questions, personne, ce soir-là, ne prit la parole. Etonné, Edgar Dugas leva la séance, puis s'approcha des deux patriarches et les convia à boire le verre de l'amitié au Café du commerce juste en face de la mairie. Les deux viticulteurs hésitèrent. Alors, le maire les rapprocha tous les deux en les tirant par la manche et leur dit en se moquant gentiment :

« Allons, mes amis, vous êtes condamnés à vous entendre ! L'avenir de notre commune dépend un peu de vous, à présent. »

13
La rebelle

Camille allait fêter ses dix-huit ans le jour même fixé pour le second tour des élections présidentielles, le 19 décembre de cette année 1965. Elle s'y préparait activement, voulant marquer l'événement avec solennité. Certes, à l'époque, avoir dix-huit ans ne donnait pas le droit de vote aux jeunes avides de participer à la vie citoyenne de leur pays. Mais, pour tous les nouveaux bacheliers – et c'était son cas –, cet anniversaire signifiait l'entrée à l'université et, d'une certaine manière, la première étape vers l'émancipation.

Camille n'était pas en reste pour affirmer son désir d'indépendance. Au lycée déjà, elle s'était fait remarquer comme une jeune fille libérée, volontaire et sans a priori. Ne se dissimulant sous aucune forme de timidité, elle osait affronter les remarques – pas toujours agréables – de ses camarades et n'hésitait jamais à soutenir ses opinions devant ses professeurs lorsque son avis différait du leur. Sans jamais se montrer insolente ni irrévérencieuse, elle savait défendre ses idées, mais aussi partager celles des autres quand elle reconnaissait ne pas avoir raison.

De ses origines, il n'en avait plus été question au bout de quelques mois, tous – élèves et professeurs – ayant vite compris qu'en l'émoustillant sur ce sujet, ils ne parviendraient pas à rabattre sa verve, tant sa fierté d'appartenir à la communauté pied-noire coulait dans ses veines et aiguisait ses reparties. Elle ne chercha pas à masquer son accent et, si elle soigna son langage en évitant l'usage d'expressions pataouètes, elle n'accepta jamais de paraître différente de ce qu'elle était au fond d'elle-même : une jeune fille libre et directe, au franc-parler et aux sentiments sincères, d'une grande gentillesse, mais aussi déterminée que généreuse envers les autres. Elle abhorrait les injustices, décriait les malversations dont ses camarades pouvaient être victimes, militait avant l'heure pour une réelle égalité entre filles et garçons au lycée, entre les femmes et les hommes dans la société.

« Si tu continues, tu deviendras une vraie égérie ! » la taquinaient parfois ses frères lorsqu'elle se montrait un peu trop enthousiaste.

L'année de ses dix-huit ans s'avérait particulièrement exaltante. Selon son habitude, Camille se tenait toujours informée des faits de l'actualité plus par la lecture des journaux que par la télévision, que son père avait finalement accepté d'acheter à sa mère. La mort du grand Winston Churchill, celle de Le Corbusier, l'intensification du conflit vietnamien, les premiers vols américains et russes dans l'espace, l'ouverture du tunnel du Mont-Blanc, elle n'avait manqué aucun grand événement de l'année. Mais elle portait un plus grand intérêt aux affaires politiques du monde. Aussi suivit-elle de près la prise de pouvoir par Boumediene à Alger, en juin, qui marqua la chute précipitée de Ben Bella, et elle se passionnait déjà pour la campagne présidentielle en France, annoncée officiellement le 19 novembre.

Montrant des idées bien arrêtées, la jeune Pérez ne cachait pas son penchant pour le candidat du centre, Jean Lecanuet. Celui-ci incarnait à ses yeux une sorte de Kennedy français, tant par l'âge que par le discours novateur qui sortait assurément des sentiers battus par rapport aux caciques de la droite et de la gauche.

Maxime, qui n'avait pas encore digéré ses ressentiments envers le général de Gaulle, hésitait entre s'abstenir et donner sa voix au candidat unique de la gauche, François Mitterrand.

« Même si ce Tixier-Vignancour essaie de rallier tous les déçus du gaullisme, je ne vais pas voter pour l'extrême droite ! s'exclamait-il. Je sais qu'un certain nombre de pieds-noirs en sont tentés. Mais il ne faut pas tomber dans le piège !

— Avec Mitterrand, c'est le retour de la vieille SFIO ! lui opposait Camille, bien instruite en la matière par l'intérêt qu'elle avait toujours porté à ses cours d'histoire.

— François Mitterrand fédère la gauche socialiste unifiée et une partie des radicaux, et il a le soutien de la CGT ! » objecta Manuel qui, comme son père, ne souhaitait pas un second mandat du président sortant.

Aux yeux de Camille, de Gaulle et Mitterrand représentaient la vieille France, celle qui s'était illustrée par son incapacité à gérer le pays sous les républiques précédentes, même si elle n'ignorait pas ce que le Général avait apporté de positif dans son premier septennat. Pour elle, il fallait aux affaires un homme jeune, nouveau, qui se situerait au-dessus des partis traditionnels.

« Je regrette bien de ne pouvoir voter ! avoua-t-elle la veille du scrutin. Car j'aurais donné ma voix au seul candidat qui incarne la jeunesse : Jean Lecanuet. »

Au lendemain du second tour, quand elle prit connaissance des résultats – de Gaulle élu avec 55 pour cent des suffrages exprimés contre 45 à François Mitterrand –, elle reconnut :

« De Gaulle est en sursis ! C'est Jean Lecanuet qui l'a lui-même déclaré. Je crois que les jeunes de mon âge ne resteront pas passifs pendant sept ans de plus ! De Gaulle incarne le passé. On ne bâtit pas l'avenir sur les souvenirs ! »

Camille n'imaginait pas, ce soir-là, combien ses propos allaient être confirmés quelques années plus tard.

Les vacances de Noël avaient commencé dans la grisaille. Les collines avaient revêtu leurs couleurs hivernales. Les chênes pubescents portaient une robe rousse qui frissonnait sous les caresses musclées du vent du nord. Les taillis exhalaient des odeurs âcres de mousse, de lichen et de champignons oubliés, tandis que, dans les vignes, les grappillons abandonnés et desséchés par le froid véhiculaient des fragrances de moût à maturité. Les sarments, dépouillés de leurs feuilles, s'entremêlaient comme des lianes envelop-pantes, mais avaient perdu toute vigueur. Appauvris de leur sève, ils s'arc-boutaient sous leur propre poids dans l'attente de la taille de mars qui leur redonnerait puissance et robustesse.

Camille aimait se promener dans les vignes quand celles-ci lui paraissaient désertes. A l'affût du plus petit animal sauvage, elle retenait son souffle et arrêtait ses pas dès qu'elle apercevait un oiseau se percher sur un pampre ou un lapin de garenne filer droit devant elle entre les ceps. Elle allait à la rencontre des ouvriers de son père lorsque ceux-ci chaussaient le pied des souches, répandaient de l'engrais ou vérifiaient l'état des clôtures ou des fils releveurs sur lesquels les sarments s'accrocheraient au début du printemps. Elle leur parlait de tout et de rien, de la couleur du ciel, de leur travail, des dernières vendanges, de l'Algérie avec Tarek Boutif.

Ce dernier lui ouvrait rarement ses pensées à propos de ce qui se passait dans son pays d'origine, et n'évoquait jamais le drame qu'il avait vécu à Paris quelques années plus tôt. Camille n'ignorait rien des causes qui l'avaient décidé à fuir la capitale et connaissait dans le détail ce qui s'y était déroulé – en tout cas, par ce qu'en avaient relaté les journaux de l'époque. Elle comprenait sa retenue, ses hésitations, ses scrupules à dévoiler son opinion à propos d'une tragédie qu'elle considérait comme un véritable scandale. Elle-même gardait en mémoire les scènes dramatiques qui avaient précédé son départ d'Algérie, telle la fusillade de la rue d'Isly à Alger en mars 1962[1]. Ce jour-là, de

1. Fusillade de la rue d'Isly : Alger, 26 mars 1962, 46 morts et 200 blessés parmi une foule d'Européens et de musulmans venue manifester contre le bouclage par l'armée du quartier de Bab El Oued.

nombreux reporters de radio avaient couvert l'événement en direct. Comme toute la France, Camille était restée accrochée à son poste en compagnie de ses parents et avait entendu la supplique désespérée d'un lieutenant qui s'écriait en vain : « Au nom de la France, halte au feu ! » Elle n'avait pas quinze ans à l'époque, mais cette tragédie, ainsi que celle d'Oran quelques mois plus tard, l'avait marquée à tout jamais. Aussi, pas plus que son père, ne pouvait-elle donner son assentiment à un régime qui avait trop souvent sacrifié des innocents au nom de la raison d'Etat.

« Rien ne peut justifier qu'on laisse massacrer de pauvres gens alors qu'on a les moyens d'intervenir ! » s'indignait-elle quand elle prenait connaissance de l'actualité dans les journaux.

Des quatre enfants Pérez, Camille se montrait la plus farouche à défendre les droits des peuples opprimés et des hommes maltraités. Sa jeunesse, son idéal de justice, ses espérances l'amenaient à adhérer à toutes les grandes causes humanitaires que le XXe siècle révélait au grand jour après les terribles cataclysmes qui l'avaient secoué dans sa première moitié. Même les causes perdues !

Jean-François devait souvent tempérer son ardeur pour lui éviter de se laisser impressionner par les démagogues de tout acabit.

« Tu es jeune, Camille. Prends garde de ne pas aller trop loin sur les chemins dangereux de la contestation ! lui conseillait-il.

— Jeunesse n'est pas synonyme d'insouciance ni d'inconscience, lui répliquait-elle en l'enlaçant et en l'embrassant tendrement.

— Tu es une charmeuse ! se défendait-il. Avec toi, les garçons ne doivent pas souvent avoir le dernier mot !

— Que crois-tu ? Je ne joue jamais de mes charmes pour parvenir à mes fins. Lorsque je défends mes opinions, mon seul glaive est ma parole. Quant aux garçons… je t'avoue que, jusqu'à présent… je n'ai pas eu la tête à ça !

— Tu ne vas pas me dire qu'au lycée tu n'as pas un petit amoureux !

— Non, je te le jure. Tu sais, en classe prépa, on n'a pas le temps de penser aux amourettes. »

Depuis la rentrée de septembre, Camille suivait une classe d'hypokhâgne au lycée Joffre de Montpellier. Elle avait brillamment réussi son bac de philosophie à Alès et pensait présenter l'Ecole normale supérieure ou une école de journalisme après deux ans de lettres supérieures.

« Tu es trop sérieuse ! plaisanta un soir Jean-François, tandis qu'ils se chamaillaient gentiment sur ce sujet.

— Tu n'as rien à dire ! lui répliqua-t-elle. A vingt-sept ans, tu n'es toujours pas marié !

— Alors là, petite sœur, je vais te surprendre.

— Me surprendre ! Comment… tu veux dire que… il y a anguille sous roche ?

— Oui. Et tu es la première à qui j'en fais la confidence : je vais bientôt me marier.

— Te marier ! Et tu ne l'as pas encore annoncé aux parents !

— J'allais le faire. Mais tu m'as pris de court.

— Et qui est l'élue de ton cœur ?

— Devine.

— Je la connais ?

— Un peu.

— Dis-moi vite, je brûle d'envie de savoir. Je donne ma langue au chat.

— Eh bien… il s'agit de Catherine Dugas.

— La fille du maire ?

— Exact. Cela fait plus de six mois que nous nous sommes… enfin, tu me comprends. Nous avons décidé de nous marier au printemps. »

Lorsque Jean-François fit part de sa décision à ses parents, Maxime, le premier, se jeta dans ses bras.

« Te marier, mon fils ! C'est la meilleure nouvelle de l'année. Après ces élections qui m'ont endeuillé l'esprit, tu me remets du baume au cœur. Viens là que je t'embrasse ! »

Marthe versait des larmes de joie.

« Ne pleure pas, maman ! Ton rimmel fout le camp ! plaisanta Jean-François.

— Que veux-tu, mon petit, c'est l'émotion… Hé, j'aurais préféré que tu épouses une fille de chez nous ; mais si tu l'aimes, cette petite, alors… elle sera ici comme notre fille. Tu peux le lui dire. Et n'attends pas le pèlerinage de Santa Cruz[1] pour nous la présenter ! Dis, amène-la-nous avec son père et sa mère. Que je leur fasse goûter la paella et la mona[2] de chez nous ! Ça les convaincra que leur fille a trouvé le meilleur parti de toute la région. »

---

1. Ce pèlerinage se tient tous les jeudis de l'Ascension sur la colline Notre-Dame du Mas de Mingue à Nîmes, en souvenir d'une célèbre procession qui se déroulait sur les hauteurs d'Oran.

2. Brioche typiquement oranaise.

Entre Noël et nouvel an, les Dugas furent donc invités aux Rives Blanches pour un repas de présentation des deux familles. Si Maxime et Edgar se connaissaient déjà, leurs épouses ne s'étaient encore jamais rencontrées.

« Je reconnais, dit Marthe, que je ne sors pas beaucoup. Hormis pour aller à Nîmes de temps en temps me promener avec ma fille... mais c'est si rare !

— Vous restez donc beaucoup en famille ? s'étonna Irène, l'épouse du maire, une femme de quarante-cinq ans environ, au port plutôt altier qui dénotait son origine bourgeoise.

— Hé, chez nous, comme on dit, on est très famille ! On aime réunir toute la smala à chaque grande occasion.

— Cela ne vous manque pas depuis que vous avez dû quitter l'Algérie ?

— Ma pauvre, m'en parlez pas ! Heureusement, nous avons fait la connaissance de quelques familles pieds-noires installées à Saint-Hippolyte et à Quissac ! Nous nous réunissons régulièrement pour les anniversaires ou les fêtes du calendrier. Ça nous fait chaud au cœur d'évoquer ensemble le pays. Ils sont devenus des amis, notre nouvelle famille. »

Tandis que Marthe saoulait Irène Dugas de ses paroles, leurs maris s'entretenaient des projets de la commune et des difficultés que rencontrait la municipalité à faire accepter aux concitoyens l'idée qu'il fallait s'endetter pour avoir les moyens de se moderniser.

« Chaque année, la liste d'opposition nous attend au tournant à l'occasion de la présentation du budget, expliquait Edgar Dugas à Maxime et à ses fils. Elle ne cesse de me reprocher l'augmentation des impôts locaux. En réalité, elle ignore ou feint d'ignorer le coût de l'inflation et les retombées futures des investissements que nous réalisons. Ainsi, mon projet de construire une nouvelle école pour obtenir deux salles de classe supplémentaires attirera dans la commune de nouvelles familles avec des enfants. Donc cela fera une rentrée d'impôts supplémentaire !

— Je reconnais que, sans emprunter, on est vite réduit à l'impuissance, releva Maxime. Si je n'avais pas moi-même obtenu un prêt au Crédit Agricole, je n'aurais pas pu commencer le chantier que j'ai accompli. Et c'est seulement l'année prochaine que je vais profiter pleinement des fruits de mes efforts.

— Allez donc convaincre nos vieux paysans qu'il faut investir aujourd'hui pour récolter demain et que seul l'emprunt permet de réaliser de grands projets ! Beaucoup trop vivent sur leurs acquis et demeurent persuadés que l'agriculture de leurs pères perdurera encore pendant des lustres. La politique agricole du Marché commun, c'est tout juste s'ils en ont entendu parler ! »

Au sujet de l'avenir, les deux hommes se montraient en parfait accord. Aussi Edgar, avant de changer de sujet de conversation, se permit-il de proposer à Maxime :

« Je compte sur votre soutien aux prochaines municipales.

— Je peux vous l'avouer, en mars dernier, ma voix vous a été tout acquise, n'en doutez pas !

— Je comptais aussi sur votre engagement personnel pour les prochaines élections.

— Vous aimeriez m'avoir sur votre liste dans six ans ?

— Pourquoi pas ? Il faut savoir s'entourer de gens entreprenants. Vous en êtes l'incarnation.

— Je n'ai pas que des amis dans la commune ! Les Chaptal ne m'apprécient guère. Or, ils sont très influents. Vous risquez de vous les mettre à dos et de fâcher certains de vos électeurs en inscrivant mon nom sur votre liste.

— Mais… j'avais l'intention d'entreprendre la même démarche auprès d'Armand Chaptal !

— Vous croyez sincèrement qu'il acceptera de paraître sur la même liste que son principal concurrent !

— Je vous l'ai dit le jour où vous vous êtes rencontrés, souvenez-vous : vous êtes condamnés à vous entendre pour le bien de la commune.

— En ce qui me concerne, Edgar… vous permettez que je vous appelle Edgar ?

— Je vous en prie, Maxime.

— Donc, en ce qui me concerne, je n'y vois aucun obstacle. Après tout, nous sommes concurrents sur le plan viticole, mais nous avons peut-être les mêmes idées politiques. »

Edgar Dugas se cabra.

« En ce domaine, je crains que vous ne vous trompiez, Maxime. Armand Chaptal est un gaulliste de la première heure. Et son fils aîné, Philippe, ne cache pas ses sympathies pour l'extrême droite. Il passait même pour un partisan de l'OAS il n'y a pas encore longtemps.

— Popopopo dis ! ne put se retenir Maxime. Effectivement ! Sur ce terrain, on ne s'entendra jamais.

— Vous connaissez ma position ? Dans les affaires municipales, je ne fais pas de politique.

— C'est tout à votre honneur, mais saurez-vous faire taire les dissensions qui opposeront fatalement vos conseillers un jour ou l'autre, à l'approche des échéances électorales nationales, par exemple ? La plupart soutiendront Chaptal qui a une grande influence dans la commune. Moi, je serai toujours l'intrus, l'étranger… l'Algérien comme ils disent. Je ne l'ignore pas, on m'appelle comme ça au Café du commerce. »

Le maire de Pérols ne pouvait promettre à Maxime qu'il parviendrait à mélanger l'huile et l'eau.

« Entre nous, reconnut Maxime, c'est incompatible. Chaptal est gaulliste, moi pas. Mais vous pouvez essayer et je veux bien vous aider. »

Camille avait entendu les dernières bribes de la conversation des deux hommes. Elle osa ajouter :

« Si vous me permettez, je crois que vous faites fausse route tous les deux : le problème n'est pas de savoir s'il faut soutenir ou non de Gaulle. L'avenir, c'est la jeunesse du pays qui le décidera. Et ça se fera sans de Gaulle, sans Mitterrand, sans aucun de ces hommes politiques qui n'ont qu'un objectif : se maintenir au pouvoir en acceptant tacitement l'alternance. Un jour prochain, la jeunesse montrera la voie à suivre. Elle n'a pas besoin d'être guidée pour savoir comment choisir son destin.

— Ne faites pas attention à Camille, Edgar ! crut bon d'avertir Maxime. Depuis que sa conscience politique s'est éveillée, c'est une rebelle ! Mais je l'aime comme ça. Hé, c'est ma fille ! »

Camille sourit, heureuse de la repartie de son père. Elle se jeta dans ses bras et convia les deux hommes à prendre place à la table dressée dans la salle à manger. Marthe les attendait avec impatience pour servir sa fameuse paella valenciana dont elle tenait jalousement la recette de sa grand-mère.

Jean-François et Catherine semblaient absents, l'esprit et le cœur ailleurs. Manuel s'assit à côté de Camille, et Manon, maintenant âgée de onze ans, se rapprocha du jeune Alexandre, le fils cadet des Dugas. Pour l'occasion, les Pérez s'étaient entourés de leurs amis : la famille Schüler, des pieds-noirs algérois d'origine alsacienne, et la famille Espinal, originaire de Constantine.

Maxime tint à commencer le repas en invitant Jean-François et Catherine à se lever, afin de montrer sa joie d'accueillir la jeune fille au sein de sa famille. Il se défendit de vouloir prononcer un discours, mais, poussé par l'assistance, finit par se laisser convaincre.

« Mes amis, puisque vous m'y invitez si gentiment, je vais vous dire deux mots… »

Marthe, inquiète, lorgnait du côté de sa paella qui mijotait sur le gaz.

« Il ne s'agit pas aujourd'hui d'un repas de fiançailles entre nos deux enfants, mais d'une simple réunion familiale et amicale au cours de laquelle mon fils Jean-François désire vous présenter celle qu'il a choisi d'épouser : Catherine, la fille de mon ami Edgar Dugas. Je voudrais aussi profiter de l'occasion qui m'est donnée pour remercier Edgar de la confiance qu'il m'a accordée depuis notre arrivée dans sa commune, il y a un peu plus de trois ans. J'ai souvent coutume d'affirmer en plaisantant : "Heureusement que nous sommes arrivés, nous les pieds-noirs ! Vous étiez en train de vous endormir sur vos lauriers !" En fait, je dois reconnaître que nous ne serions pas parvenus à refaire surface si nous n'avions pas rencontré sur notre chemin des hommes comme Edgar Dugas qui nous ont accordé sans retenue toute leur confiance et leur aide dans nos démarches administratives. Leur soutien nous a encouragés à ne jamais baisser les bras. Mais je veux aussi remercier ceux grâce à qui le domaine des Rives Blanches a pu voir le jour : mes fils, Manuel et Jean-François, qui, tout en travaillant à l'usine Perrier, ont fait preuve d'une persévérance exceptionnelle, d'une fierté sans arrogance à vouloir prouver que la fatalité ne nous avait pas abattus. Ils n'auraient pu atteindre leur but sans le soutien de leur mère, ma femme, Marthe, qui n'a cessé de les entourer de son amour indéfectible. Les encouragements de leurs sœurs, Camille et Manon, mes filles qu'ils adorent tant, ne leur ont jamais manqué… »

Tous avaient la larme à l'œil. Maxime lui-même commençait à s'émouvoir et à laisser percevoir des trémolos dans sa voix. Il se racla plusieurs fois la gorge, balbutia, se reprit :

« … bref, conclut-il. Je voulais vous dire combien je suis fier d'être entouré d'une si belle famille et heureux d'accueillir aujourd'hui sous mon toit une jeune fille par qui la descendance des Pérez sera bientôt assurée. Catherine, tu es maintenant notre fille, dès lors que ton intention est d'unir ta destinée à celle de notre fils. »

Maxime venait à peine d'achever son discours que quelqu'un tambourina fortement à la porte du hall d'entrée.

« Patron, patron ! »

Tous se regardèrent, étonnés d'un si grand vacarme.

Manuel réagit le premier et alla ouvrir.

Derrière la porte, Tarek Boutif semblait terrorisé.

« Le feu, patron ! Le feu ! Le hangar à matériel est en flammes. Je n'ai pas réussi à sortir le tracteur.

— J'y vais ! » fit le jeune Pérez.

Tous se précipitèrent à l'extérieur, inquiets.

« Ça recommence ! gémit Marthe dont les souvenirs du drame qui l'avait chassée de Rio Salado peuplaient encore ses nuits de cauchemars. Décidément, ici non plus on ne veut plus de nous ! »

Ses amies l'entourèrent aussitôt, alors que les hommes s'étaient précipités sur les lieux de l'incendie.

Manuel parvint à sortir le tracteur du hangar pendant que Jean-François mettait à l'abri les petits engins motorisés.

Impuissants à étouffer les flammes dévastatrices, ils attendirent l'arrivée des pompiers de Saint-Hippolyte prévenus par téléphone par Edgar Dugas.

« Je n'aurais pas dû stocker de la paille dans ce hangar, reconnut Maxime. Il y avait trop de produits inflammables et de moteurs à essence à proximité. Un court-circuit est si vite arrivé ! C'est sans doute ce qui s'est passé.

— Papa ! le coupa Jean-François. Regarde : ce n'est pas un accident. J'ai trouvé ce briquet un peu à l'écart. Il n'appartient à aucun de nous. Quelqu'un a mis le feu intentionnellement.

— En es-tu sûr ?

— Ça ne laisse aucun doute. Il y a des traces d'essence à l'extérieur. Celui qui a commis cet acte criminel a déguerpi en emportant son bidon d'essence, mais il en a renversé derrière lui en filant.

— Il faut appeler les gendarmes ! »

Le repas se termina dans la consternation et la résurgence des mauvais souvenirs.

« S'il le faut, nous nous battrons ! » déclara Camille, révoltée contre l'injustice qui s'abattait à nouveau sur sa famille.

14

Première rencontre

1966

L'année nouvelle commençait dans l'inquiétude. Qui donc pouvait avoir intérêt à s'en prendre aussi ouvertement aux Pérez ?

Aux Rives Blanches, ceux-ci ruminaient tous la même pensée, mais personne n'osait l'avouer de peur de jeter le premier le discrédit sur quelqu'un sans pouvoir avancer une preuve irréfutable. Aux gendarmes, qui entamèrent leur enquête le lendemain de l'incident, chacun fournit une réponse identique :

« Non, je ne vois pas qui a pu accomplir un tel acte. »

« Vous êtes pied-noir, releva le commandant Lapierre en s'adressant à Maxime. Les Arabes ne doivent pas beaucoup vous apprécier !

— Je ne vois pas pourquoi ! Personnellement, en Algérie, nous vivions en excellents termes eux et moi.

— En Algérie ! Mais, ici, vous êtes en France. Ceux qui vivent parmi nous ne vous connaissent que sous l'angle d'un ancien colonisateur. Qui plus est, plutôt aisé si je m'en réfère à la facilité avec laquelle vous êtes parvenu à la tête de ce domaine.

— J'emploie depuis trois ans un jeune Algérien. Demandez-lui ce qu'il pense de moi.

— Je ne vous ai pas attendu. Mes hommes l'ont déjà conduit au poste et sont en train de le questionner.

— Vous le soupçonnez ? C'est impossible ! C'est lui, en personne, qui est venu nous avertir.

— Cela ne veut rien dire. Il a pu commettre son forfait et accourir ensuite vous prévenir… pour donner le change. On rencontre des pompiers pyromanes tous les jours ! »

Maxime ne pouvait croire ce que le chef de la gendarmerie de Saint-Hippolyte lui affirmait. Jusqu'à présent, Tarek ne s'était jamais fait remarquer autrement que par son excellent travail et par sa profonde probité. Jamais il ne l'avait pris en faute.

Du coup, les suspicions qu'il nourrissait à l'égard des Chaptal devinrent moins évidentes dans son esprit. Il décida de s'en ouvrir à ses fils.

« Le commandant de gendarmerie vous a parlé, je suppose, et vous a expliqué qu'il soupçonnait Tarek !

— Il n'a aucune preuve contre lui, affirma Jean-François. Il ne pourra pas le garder à vue longtemps.

— C'est un Algérien ! ajouta Manuel. Un coupable tout trouvé. »

Maxime se sentait mal à l'aise.

« Et si c'étaient les Chaptal ! finit-il par avancer. Ou quelqu'un qui aurait agi en leur nom.

— Je crois que nous l'avons tous pensé ! fit Manuel.

— Ils ont peut-être voulu nous donner un avertissement, poursuivit Jean-François. Comme par hasard, le jour même où nous scellions notre alliance avec Edgar Dugas, mon futur beau-père ! Il est vrai que nous commençons à leur porter ombrage et que mon mariage peut passer pour une collusion implicite de notre part avec la municipalité en place. Or chacun sait que Philippe Chaptal a des idées pour le moins à droite. »

Les trois hommes ne cessaient de se poser de multiples questions, cherchant en vain à percer le mystère qui se cachait sous l'acte criminel dont ils étaient victimes.

« Heureusement, reconnut Maxime, il n'y a pas eu trop de dégâts : du foin et un toit endommagé. On s'en sort plutôt bien ! »

Quarante-huit heures plus tard, Tarek Boutif fut relâché, faute de preuves de sa culpabilité. L'alibi qu'il avait fourni avait été vérifié : pendant les heures précédant l'incendie, jusqu'à son déclenchement, il travaillait dans le chai en compagnie de René Carrel. Celui-ci n'avait pas hésité à témoigner en sa faveur, malgré les doutes des gendarmes qui le soupçonnaient de le protéger.

L'enquête devait suivre son cours par l'interrogatoire de tous ceux qui avaient été vus aux abords des Rives Blanches ce soir-là. Mais, à aucun moment, les Chaptal ne furent inquiétés.

Camille avait été outrée par les soupçons qui avaient pesé sur Tarek. Elle portait un jugement sévère sur les gendarmes qu'elle taxait de racisme et de xénophobie.

« Si on le leur demandait, avait-elle explosé le soir de la mise en garde à vue de Tarek, ils interneraient tous les Arabes dans des camps ! D'ailleurs, certains de leurs collègues ont été gardes-chiourme à Rivesaltes et à l'Ardoise, et empêchaient les harkis de s'envoler dans la nature comme s'il s'agissait de prisonniers ! C'était comme à l'époque de Vichy !

— Modère tes propos ! dut la calmer Jean-François. Si l'injustice est inadmissible, les amalgames de ce genre le sont aussi.

— Excuse-moi ! Mes paroles dépassent mes pensées. »

L'affaire finit par se tasser. Le coupable n'ayant pu être découvert, le commandant de gendarmerie classa le dossier sans en avoir référé au procureur, puisque Maxime avait refusé de porter plainte.

« Après tout, les traces d'essence ne sont pas une preuve formelle, reconnut-il. Il se peut qu'un de nos engins ait eu une fuite. Quant au briquet, il a pu tomber de la poche d'un visiteur. Plusieurs personnes sont venues visiter nos installations dans la semaine.

— Tu as raison, finit par admettre Jean-François. Il s'agissait peut-être d'un court-circuit. »

Les premières semaines de janvier apportèrent un froid glacial. Quand le vent soufflait du nord et rinçait le ciel de son humidité, il découvrait dans les lointains les crêtes du mont Lozère qui, tel un môle inexpugnable, barrait l'horizon de sa masse titanesque. La neige étincelait sur ses pentes et ses sommets, et lançait dans l'azur céleste enluminé par le soleil mille paillettes d'argent.

Camille aimait les contrastes violents de l'hiver, lorsque l'air vif et sec percutait ses narines et s'infiltrait dans ses poumons comme des lames d'acier. Ça ravigote ! se disait-elle en forçant l'allure dans les vignes qu'elle parcourait d'un bon pas, chaque fois qu'elle rentrait aux Rives Blanches pour un week-end.

Elle choisissait toujours le même itinéraire, en coupant par les sentiers à travers les terres de son père. Elle pouvait marcher des heures sans apercevoir âme qui vive. Après avoir été plongée dans la foule grouillante de Montpellier plusieurs semaines d'affilée, elle appréciait la solitude des grands espaces et n'hésitait pas à s'éloigner du vignoble pour se perdre dans la garrigue et grimper dans les montagnes toutes proches.

Au cours de l'une de ses escapades, elle avait découvert, perchée au-dessus du Vidourle, une grotte qui, d'après ce qu'elle savait de l'histoire locale, avait servi de refuge à des camisards en révolte à l'époque du Roi-Soleil, puis à des résistants pendant l'Occupation. La caverne était accessible au prix d'une courte mais périlleuse ascension à travers buissons et chênes verts, et offrait une vue magnifique sur la région : d'un côté, dans les lointains, le pic Saint-Loup et le mont Hortus se dressaient tels des sémaphores surveillant un océan de vignes ; de l'autre, encore plus loin, le mont Lozère et le massif ardéchois du Tanargue fermaient l'horizon. Tournant le dos aux contreforts cévenols, dominant du regard toute l'étendue de la plaine languedocienne, Camille avait alors l'impression d'atteindre l'inaccessible et de devenir intouchable. Elle s'attardait parfois jusqu'à la tombée de la nuit et, seul, le froid la faisait redescendre au plus vite, avant que l'obscurité ne la retienne dans ses rets.

Un jour de fin janvier, elle décida d'y passer toute la journée. Le temps se prêtait à la promenade. Le ciel rayonnait de luminosité. Elle prévint ses parents de ne pas se faire de souci, enfourna un repas succinct dans son sac à dos et prit le chemin de la grotte pour y parvenir avant midi. Elle n'avait pas manqué d'emporter un livre, car, même quand le froid sévissait, elle adorait lire pendant des heures dans la solitude. J'allumerai du feu, avait-elle songé en se munissant d'une boîte d'allumettes.

Dans les vignes, elle rencontra Tarek et René qui consolidaient des tuteurs, leur fit un brin de conversation et les avertit qu'elle allait se promener dans la montagne.

La température ambiante ne l'incitait pas à traîner en chemin. Bien que chaudement vêtue, elle sentait ses muscles s'engourdir dès qu'elle faisait une halte.

La grotte n'était visible qu'au moment où l'on y accédait. Mais on la devinait de loin par l'échancrure qu'elle formait dans l'épais manteau végétal qui l'entourait comme un écrin de verdure.

Arrivée à mi-pente, Camille reprit son souffle et embrassa l'horizon du regard. Au moment de se remettre en route, elle fixa l'emplacement de la caverne et, à sa grande surprise, aperçut de la fumée s'en dégager. Intriguée, elle sortit la paire de jumelles qu'elle avait emportée, régla les oculaires, observa attentivement. Elle ne parvint à discerner que de légères volutes bleutées. Rien d'autre.

Elle hésita à poursuivre son chemin, craignant que son refuge ne fût occupé. Sûr, se dit-elle, il y a quelqu'un !

Elle n'avait jamais découvert de traces de feu dans la grotte, ni cendres ni suie sur les parois, pas même des restes de nourriture abandonnés par des animaux sauvages qui auraient pu s'y réfugier.

Que faire ? se demanda-t-elle.

Sa curiosité était plus forte que sa crainte.

Elle poursuivit son chemin, non sans avoir ramassé au préalable un solide bâton au cas où il lui faudrait se défendre. En vérité, elle craignait plus les chiens errants que les mauvaises rencontres. Au lycée, à Alès, elle avait repris ses entraînements de judo au sein de l'Association sportive, et avait acquis la ceinture noire premier dan. Elle savait repousser le danger et n'aurait pas hésité à faire usage de ses connaissances en arts martiaux pour intimider un importun et le faire déguerpir.

Elle s'avança prudemment, retenant sa respiration. La fumée s'étiolait et se dissipait dans l'air glacial. Une odeur suave de viande grillée se mêlait aux parfums endormis de la garrigue environnante.

« Il y a quelqu'un ? » demanda-t-elle en forçant la voix, avant de s'approcher davantage et de se découvrir.

Elle entendit aussitôt un léger remue-ménage au fond de la grotte. Assurément elle avait surpris son occupant. Celui-ci tarda à répondre.

Camille répéta :

« Il y a quelqu'un ? Je… je ne voudrais pas vous déranger. »

Le silence l'intrigua. Elle déposa son sac à dos à ses pieds, saisit son bâton à deux mains et, d'un mouvement brusque, se positionna face à l'entrée juste devant le feu, jambes écartées. Les flammes lui réchauffèrent le visage. La fumée l'empêcha de voir qui se trouvait à l'intérieur.

« Mais quel est ce vacarme ? fit une voix au fond du trou noir.

— Vous pourriez répondre quand on vous parle ! répliqua Camille, toujours sur ses gardes.

— Je m'étais endormi ! Mais qui êtes-vous donc ?

— Et vous, qui êtes-vous ? »

Une silhouette sortit de l'obscurité.

Camille aperçut un homme d'une vingtaine d'années qu'elle ne connaissait pas et qui, au premier abord, ne lui donna pas une mauvaise impression.

« Je me présente, répondit l'inconnu : Pierre Chaptal. Excusez-moi, mais je ne vous ai pas entendue arriver. »

Surprise, Camille hésita. C'était la première fois qu'elle se trouvait en face d'un Chaptal.

Devant sa confusion, Pierre poursuivit :

« Je vois que vous aviez la même intention que moi : passer un moment dans cette grotte. Avant de m'assoupir, j'avais grillé des côtelettes d'agneau et des saucisses sur le feu. Si ça vous dit… on peut partager ! »

Camille ne disait mot. Ce que Pierre prit pour de la timidité. Il enchaîna :

« Je m'excuse ; je vous ai fait peur, je crois !

— Euh… non, pas précisément.

— Votre bâton…

— C'était par prudence !

— Vous ne m'avez toujours pas dit qui vous êtes ! J'avoue que l'endroit est un peu bizarre pour des présentations, mais…

— Je suis Camille Pérez !

— Pérez !

— La fille de Maxime Pérez, du domaine des Rives Blanches. Et vous, vous êtes l'un des fils…

— Un fils Chaptal, oui, du domaine de Valfleuri. »

Camille semblait troublée. A vrai dire, elle n'avait jamais imaginé se retrouver seule en présence de l'un des Chaptal. Elle avait tellement entendu parler d'eux en termes peu élogieux qu'elle n'éprouvait aucune envie de les rencontrer. Si le hasard me place un jour sur leur chemin, avait-elle songé, je feindrai de les ignorer.

Elle savait parfaitement ce qu'ils représentaient dans la commune : une vieille famille enracinée, respectée, car ils imposaient une sorte d'allégeance à tous ceux qui tentaient d'obtenir leurs faveurs. Des hobereaux d'une autre époque ! les avait-elle qualifiés sans les avoir jamais abordés. Elle ne connaissait rien de leur passé, mais les ambitions qu'ils affichaient lui avaient suffi pour comprendre leur désir de domination. De plus, elle avait entendu son père et ses frères s'entretenir à leur sujet, à propos de leurs tentatives de faire pression sur la cave coopérative. Maxime, en effet, avait été informé que Philippe Chaptal avait finalement décidé de briguer la place de directeur pour remplacer l'actuel titulaire. Ce dernier avait annoncé son intention de mettre un terme à son mandat. Les bruits avaient aussitôt couru que les Chaptal désiraient exercer leur emprise sur les viticulteurs de la commune pour mieux dominer le marché et écraser les Pérez.

Aussi Camille se faisait-elle une piètre image de cette famille qu'elle ne tenait pas à connaître. Dans son esprit, le père et les deux fils devaient se ressembler : des êtres hautains, peu sympathiques, méprisants et arrogants, qui devaient se prendre pour les maîtres du monde !

D'emblée, elle se cabra lorsqu'elle prit conscience qu'elle se trouvait en face de l'un d'eux. Sa surprise se lut sur son visage. Mais contrairement à la réaction qu'elle aurait dû avoir en pareille circonstance, elle se montra tout intimidée. Pierre lui parut si différent de l'image qu'elle s'était forgée des Chaptal qu'elle se sentit incapable de maîtriser son émotion.

Devant son silence, le jeune homme reprit le premier la parole.

« J'espère que je ne vous ai pas effrayée ! Vous êtes si pâle tout à coup !

— Euh… non, un peu surprise. Je ne pensais pas trouver quelqu'un dans cette grotte.

— Ce n'est donc pas la première fois que vous y venez ?

— Non… Cela fait deux ou trois fois. »

Pierre devina l'embarras de Camille. Il voulut briser tout malentendu et lui déclara :

« Vous ne vous attendiez pas à vous retrouver si brutalement devant un Chaptal, n'est-ce pas ? Je comprends votre gêne. Votre famille et la mienne sont… rivales. Et je suppose que, chez vous, on se méfie de nous… »

Camille ne savait que répondre. Elle qui n'était jamais à court d'arguments lorsqu'elle défendait ses opinions ou se sentait mise en cause, elle éprouvait soudain devant Pierre Chaptal un sentiment étrange.

« Vous ne dites rien ! continua celui-ci. Si je vous avouais que, chez moi, on prend votre famille très au sérieux, et que mon père et mon frère commencent à craindre qu'elle nuise à leurs intérêts, que me répondriez-vous ? »

Camille releva les yeux, dévisagea son interlocuteur, étonnée par les propos qu'elle venait d'entendre. Elle découvrit un jeune homme courtois, très éloigné du portrait qu'elle s'était imaginé. Son visage avenant, son sourire plein de douceur, le timbre de sa voix, son allure décontractée et sa manière de s'adresser à elle lui inspirèrent confiance et lui firent oublier à qui elle avait affaire.

« Tranquillisez-vous, ajouta Pierre pour détendre l'atmosphère qu'il sentait crispée, je ne suis pas le fils de l'ogre ! Et… pour tout vous dire… je n'apprécie pas l'attitude des miens à l'égard des vôtres… Mais ce serait trop long à vous expliquer. On vient à peine de se rencontrer. Faisons plus ample connaissance, si vous le désirez. »

Camille ne se livrait toujours pas. Elle semblait subjuguée par la personne de Pierre. Il lui paraissait si beau, si gentil, si affable qu'elle en oubliait tout ce qu'on avait pu dire chez elle à propos de sa famille.

« Je… je veux bien partager vos grillades ! finit-elle par répondre en s'y prenant à deux fois. J'ai une faim de loup et je n'ai emporté qu'un maigre sandwich ! »

Pierre s'avança enfin au-devant d'elle, ramassa son sac, plaisanta :

« Le bâton... c'était pour les loups, je suppose ! »

Camille rit de bon cœur.

« Vous ne pensez pas si bien dire ! Méfiez-vous, je suis ceinture noire de judo.

— Je me disais aussi que votre long silence n'était pas de la timidité, mais un moment de concentration avant la riposte !

— Vous vous trompez. Vous m'intimidez beaucoup en vérité. Et si j'écoutais les conseils de mon grand frère, je devrais prendre garde.

— Et que dit ce grand frère ?

— Qu'il faut se méfier des inconnus.

— Nous ne sommes pas tout à fait des inconnus l'un pour l'autre ! »

Lorsque Camille rentra chez elle en fin d'après-midi, peu avant que le soleil ne tire sa révérence, elle ne parvint pas à cacher très longtemps à sa mère la rencontre qui l'avait tant troublée. Elle semblait encore sous le coup de l'émotion et du charme, comme si Pierre avait transpercé soudain la carapace de certitudes dont elle se protégeait pour mieux affronter la réalité et, en l'occurrence, cette affirmation, assénée par son père et ses frères, que les Chaptal n'étaient pas des hommes fréquentables, au regard de l'attitude qu'ils adoptaient dans la commune vis-à-vis des autres viticulteurs.

En mère intuitive, Marthe perçut très vite que quelque chose perturbait sa fille. A sa façon anormale de traîner dans la cuisine, de rêvasser les yeux alanguis, de regarder nonchalamment par la fenêtre dans l'espoir de voir surgir, sans doute, l'être qu'elle attendait, elle comprit que Camille possédait quelque secret.

« Ma fille, je suis encore ta mère ! Tu peux me dire ce que tu as sur le cœur. Qu'as-tu subitement ? Tu me parais tracassée. A moins que tu ne sois amoureuse ! Eh, c'est de ton âge !

— Oh, je n'ai rien, maman ; je vais bien.

— Popopopo, tu mens très mal ! Allez, parle-moi. Je serai une tombe si tu me le demandes. »

Et Camille de raconter sa rencontre à la grotte.

« Bon, d'accord, tu as fait la connaissance du fils cadet d'Armand Chaptal. T'a-t-il manqué de respect ?

— Non ! s'insurgea Camille en insistant sur le mot. Pas du tout ! Pourquoi voudrais-tu qu'il m'ait manqué de respect ? Il s'est montré très correct envers moi. Il m'a même expliqué qu'il se sentait détaché du domaine de son père et qu'il n'approuvait pas son attitude ni celle de son frère à notre égard.

— Il t'a donc fait bonne impression !

— Plutôt. Plus jeune, il rêvait de devenir journaliste. Sur ce point, nous nous ressemblons.

— Parce que tu veux faire du journalisme, à présent ! Si je comprends bien, il t'a ensorcelée !

— Pas du tout, maman ! Nous avons seulement échangé nos points de vue. Il n'y a pas de mal à cela. Et il se trouve que nous partageons certaines idées.

— Méfie-toi, ma fille ! Ces Chaptal sont des renards. Et celui-là, avec ses airs enjôleurs, t'a sans doute tendu un piège pour mieux t'apprivoiser et semer la discorde dans ta propre famille.

— Tu vois le mal partout !

— Parles-en à ton père. Tu verras ce qu'il t'en dira.

— Mais il ne s'est rien passé entre ce garçon et moi. Je ne vois pas pourquoi j'irais parler à papa. Et puis, mince ! J'ai dix-huit ans, je ne suis plus une gamine ! Je peux fréquenter qui je veux ! »

Camille sentit la colère monter. Juger autrui sur des a priori la rendait toujours irascible. C'était précisément ce qu'elle reprochait à tous ceux qui incriminaient les pieds-noirs ou les Arabes en leur jetant l'opprobre chaque fois qu'un événement tournait mal.

« Lui, au moins, ne m'a pas draguée à l'instant même où il m'a vue, plaida-t-elle en faveur de Pierre. Il s'est même montré très respectueux et m'a raccompagnée jusqu'aux abords des Rives Blanches pour s'assurer que je ne ferais pas de mauvaises rencontres.

— Des mauvaises rencontres ! A Pérols ! On aura tout vu ! Tu es vraiment naïve, ma fille ! »

Camille mit fin la première à la conversation. Elle tourna les talons et alla se réfugier dans sa chambre.

C'était la première fois qu'un garçon la bouleversait à ce point. Et sa mère semblait déjà s'en inquiéter ! Elle se sentit soudain envahie par la tristesse.

« De toute façon, ajouta-t-elle du haut de l'escalier, demain, il part à Paris. On lui a fait une proposition d'embauche dans un journal national. On ne se verra plus ! »

15

Coup de tonnerre

Pierre Chaptal hésitait. Alors qu'il avait promis à son père de rester à Valfleuri, une opportunité d'intégrer un grand quotidien de la presse nationale se présentait maintenant à lui. A vrai dire, il ne l'espérait plus et en avait remisé l'idée aux oubliettes. Aussi avait-il été extrêmement surpris, lorsqu'il avait reçu l'invitation du *Quotidien du soir* de se rendre dans ses bureaux à Paris pour un entretien d'embauche. Avant de prendre sa décision, il avait éprouvé le besoin de s'isoler et s'était perdu dans les collines où il avait trouvé refuge dans une grotte qu'il connaissait depuis sa tendre enfance.

C'est au cours de cette courte retraite qu'il avait rencontré Camille Pérez.

Mis rapidement en confiance, il n'avait pas caché à la jeune fille qu'il s'apprêtait à partir à Paris dans l'espoir de commencer une carrière de journaliste. Camille lui avait alors avoué qu'elle aussi en avait envisagé l'éventualité quand elle avait entrepris ses études de lettres supérieures.

Cette rencontre fortuite avait bouleversé Pierre à un moment où il se sentait en proie au doute. Camille avait réveillé en lui des sentiments qu'il n'avait plus éprouvés depuis longtemps. Elle avait aussitôt exercé sur lui une attirance qu'il ne parvenait pas à contrôler. Son esprit était troublé, ses pensées confuses, son cœur pris dans un étau.

« Alors, que décides-tu ? lui demanda son père, le soir même de son escapade. Tu pars à Paris ou tu restes pour continuer à travailler avec ton frère et moi ? »

Pierre se montrait indécis, d'autant plus maintenant qu'il aurait aimé revoir Camille afin de faire plus ample connaissance.

Marie-Ange, plus subtile qu'Armand, s'aperçut aussitôt du trouble de son fils. Elle s'approcha de lui, lui posa tendrement la main sur l'épaule, lui murmura à l'oreille :

« Quelqu'un te retient ici, mon grand ? »

Pierre lui sourit. Il savait que sa mère avait compris.

« Il est trop tôt pour que je le sache vraiment, reconnut-il.

— Dans ce cas, pars ! L'éloignement révélera au grand jour ce qui est tapi au fond de ton cœur. Tu y verras plus clair et tu sauras alors ce que tu dois décider.

— Puis-je savoir ce que vous complotez tous les deux ? » s'interposa Armand.

Pierre regarda sa mère d'un air complice et annonça :

« Je pars à Paris. Pour savoir ce qu'on me propose exactement. Après seulement, je prendrai ma décision.

— Tu nous abandonnes donc, alors que ta place est auprès de nous !

— Père, rien n'est encore définitif. De plus, je n'ai jamais fait mystère de mes intentions. Je te téléphonerai pour te tenir au courant dès que j'en saurai un peu plus. »

Bravant la mauvaise humeur paternelle, Pierre prit le premier train pour Paris le lendemain, non sans avoir l'esprit occupé par les souvenirs de sa rencontre avec Camille.

De son côté, celle-ci ne pouvait s'empêcher de penser à lui.

Le jeune Chaptal l'avait aussi beaucoup impressionnée par sa gentillesse, sa simplicité et son regard. Oui, se disait-elle comme pour mieux se convaincre, il a quelque chose dans les yeux qui exprime une grande sensibilité. C'est un garçon généreux et porté vers les autres.

Pourtant, elle n'ignorait pas ce qu'on colportait sur les Chaptal, sans distinction. Mais Pierre ne collait pas au portrait peu élogieux qu'on dressait d'eux. Avec pudeur, il lui avait raconté son enfance à Pérols, ne lui avait pas dissimulé les différends qui l'opposaient souvent à son frère, mais n'avait pas non plus minimisé le respect et l'admiration qu'il éprouvait pour son père, « un homme autoritaire », certes, d'après ses propres termes, « mais qui a le grand mérite de s'être élevé seul au rang qu'il a acquis aujourd'hui ». Pour sa mère, il n'avait eu que des termes tendres, affectueux, « une femme comme beaucoup d'autres », avait-il reconnu, « qui vit dans l'ombre de son mari, mais qui lui est entièrement dévouée par amour et par reconnaissance ».

Mais ce qui toucha le plus Camille, dans les confidences de Pierre, fut le récit de son séjour en Algérie. Le jeune homme lui parut alors affecté au plus profond de son être par ce qu'il y avait vécu. Un lien s'était créé entre lui et cette terre étrangère, un lien qui l'unissait à ceux qu'il y avait côtoyés et souvent combattus.

Camille avait très vite compris qu'il n'éprouvait aucun ressentiment envers les musulmans ni les pieds-noirs. Ce qui la mit en confiance.

« On ne nous aime pas beaucoup ! lui avait-elle avoué. Aux yeux de la plupart des gens, nous sommes tous des Algériens, voire des Arabes !

— Je n'approuve pas cette façon discriminatoire de parler des autres, lui avait-il répondu. Aujourd'hui, les Algériens sont les nouveaux boucs émissaires. Hier, c'étaient les juifs. Qui seront ceux de demain ? »

Camille se sentit très vite en concordance avec les idées de Pierre et devina qu'il s'opposait, comme elle, à tout ce qui entravait la liberté des hommes.

« Nous, les pieds-noirs, nous ne pouvions plus demeurer en Algérie en nous arc-boutant sur nos droits particuliers, reconnut-elle. Nous sommes tous plus ou moins les descendants de colons, de commerçants ou de fonctionnaires qui se sont installés sur le territoire des Algériens musulmans au siècle dernier. Même si nous sommes nés sur cette terre, cela ne nous donnait pas le droit de nous y maintenir par la force et de la considérer comme notre propriété.

— Peu de pieds-noirs pensent comme vous, c'est tout à votre honneur !

— Je sais. J'en suis consciente. C'est aussi ce qui m'oppose à ma famille. Sauf à mon frère aîné,

Jean-François, qui a approuvé l'indépendance de l'Algérie. Mais Dieu merci ! nous ne nous disputons pas pour nos idées. Chez nous, nous sommes très tolérants. Chacun a le droit de penser ce qu'il veut et de s'exprimer à condition qu'il n'empêche pas les autres d'en faire autant.

— C'est l'expérience de la liberté !

— En permanence.

— Chez moi, je le confesse, c'est plus conflictuel. Mon père est très gaulliste et s'est rangé à la politique du Général sur l'Algérie. Pas de gaieté de cœur, je dois le reconnaître ! Pour autant, il n'aime pas beaucoup les Arabes et tous ceux qui viennent d'Afrique du Nord.

— Ça, à la maison, nous le savons ! Mon père nous l'avait dit dès qu'il a eu affaire à votre frère la première fois.

— Oui, mon frère, c'est pire ! Il s'est toujours montré partisan des thèses de l'OAS. Il en veut beaucoup à de Gaulle d'avoir abandonné l'Algérie alors qu'il s'est battu pour elle. Il en veut pêle-mêle aux musulmans, aux pieds-noirs, aux Français partisans de l'indépendance…

— Je comprends les différends qui vous opposent. Ce doit être épique parfois ! »

Camille se rappelait avec délectation cette conversation avec Pierre. Ils étaient assis côte à côte, dans la grotte, à même le sol, se réchauffant autour des braises encore incandescentes après avoir englouti de bon appétit les grillades que Pierre avait préparées. Leurs épaules se touchaient presque. Elle avait senti son cœur battre à l'unisson avec le sien. Ils n'avaient éprouvé ni l'un ni l'autre le besoin de s'avouer par des mots

– toujours maladroits dans ces cas-là – ce qu'ils étaient en train de ressentir l'un pour l'autre. Ils n'avaient esquissé aucun geste qui aurait pu être mal interprété. Ils s'étaient contentés d'échanger leurs opinions, de s'écouter, de se regarder. Dans leurs yeux, ils avaient lu, chacun de la même manière, qu'ils s'étaient trouvés après avoir été guidés inconsciemment par un heureux hasard, comme s'il avait été écrit que ce jour-là leurs chemins devaient se croiser, alors que tout semblait les écarter.

Pierre n'était pas allé à Paris depuis son retour d'Algérie. Lors de sa démobilisation en mars 1962, avant de rentrer chez lui à Pérols, il s'était attardé dans la capitale pendant quelques jours, voulant profiter de sa liberté retrouvée pour en découvrir les joyaux. Il fut alors très étonné par l'atmosphère tendue qui y régnait. Les accords d'Evian étaient sur le point d'être signés et l'OAS ne désarmait pas. Sur les murs des immeubles, il pouvait lire, écrit à la peinture blanche et en lettres capitales : « OAS vaincra ». Assurément, avait-il pensé à l'époque, la paix ne sera pas facile à établir. Il avait débarqué à Paris alors que les attentats de l'extrême droite et de l'OAS redoublaient de vigueur contre des policiers, des personnalités politiques[1], des institutions telle la Banque commerciale pour l'Europe du Nord.

1. Le 7 février 1962, attentats contre Serge Bromberger et André Malraux.

Depuis, quatre années s'étaient écoulées, qui virent successivement la chute de l'OAS et les derniers actes de représailles du FLN. L'arrestation de Gilles Buscia en novembre 1965 avait marqué la fin des opérations de l'Organisation de l'armée secrète et le retour au calme dans un pays meurtri par les luttes sanglantes et fratricides.

Aussi, en ce mois de janvier 1966, la capitale lui apparaissait sous un autre visage. Les illuminations des fêtes passées égayaient encore les grandes avenues et les vitrines des magasins. Malgré le froid, les Parisiens s'activaient, les rues grouillaient de monde, les bouches de métro ne désemplissaient pas, les cafés étaient très animés. La guerre d'Algérie semblait bien loin dans l'esprit des Français.

Le lendemain de son arrivée, il se rendit au siège du *Quotidien du soir* sans perdre un instant. Une secrétaire lui demanda de patienter dans un bureau luxueux, puis l'introduisit dans celui du directeur du personnel. Ce dernier, un homme d'une quarantaine d'années, au visage jovial et à l'accent méridional, le mit immédiatement à l'aise.

« Vous m'êtes recommandé par mon ami Martial Aubert qui est toujours journaliste au *Midi libre*. Il n'a pas pu vous faire entrer dans son propre journal… Remarquez, l'avenir d'un jeune dans un journal de province n'offre pas de grandes perspectives !

— Je m'en serais contenté ! avoua Pierre, humblement.

— Au *Quotidien du soir*, votre carrière sera plus prometteuse. Si vous vous montrez entreprenant, habile et perspicace. Un journal a besoin de scoops pour rebondir…

— Qu'attendez-vous de moi ? Devrai-je m'installer à Paris ?

— Y verriez-vous une objection ?

— Aucune. Un journaliste doit être disponible et se trouver là où se fait l'actualité.

— Très bien ! Je vous approuve entièrement. Mais en ce qui vous concerne, vous retournerez chez vous.

— Dois-je comprendre que vous m'avez fait venir à Paris pour me signifier que vous ne m'embauchez pas ? » s'étonna Pierre, désappointé.

Il se retint de se lever de sa chaise et de s'en aller sur-le-champ.

« Je n'ai rien dit de tel, jeune homme ! Ne vous emportez pas si vite ! Vous avez du tempérament. J'aime ça.

— Alors ?

— J'ai l'intention de vous confier notre nouvelle agence de Montpellier. Nous venons de l'ouvrir. Il nous faut quelqu'un de sérieux pour couvrir tout le Midi, de Nice à Perpignan. Nos rédacteurs de province seront sous votre responsabilité. Notre journal est établi à Paris, mais il a vocation d'être le quotidien de tous les Français, une sorte de journal des régions ; chacune d'elles faisant l'objet d'une édition hebdomadaire particulière. Bien sûr, l'actualité nationale et internationale demeure pour nous l'essentiel. Mais pour nos rubriques régionales, nous désirons être au plus près de nos lecteurs.

— Je comprends… Aurai-je également la liberté de rédiger des articles ?

— Bien sûr ! Vous coordonnerez l'actualité de tout le Midi méditerranéen, vous superviserez les articles de vos rédacteurs, mais vous aurez aussi toute liberté de nous faire parvenir les vôtres, qui paraîtront chaque samedi dans le cahier hebdomadaire spécial régions. »

Pierre jubilait. En arrivant dans les locaux du *Quotidien du soir*, il avait craint qu'on ne lui proposât comme premier emploi un poste subalterne au fond d'un bureau obscur. La perspective de travailler à Montpellier, dans sa propre région, l'enthousiasma aussitôt et il ne put s'empêcher, sur le coup, de penser à Camille.

« Je suppose que vous serez heureux de ne pas quitter le Midi ! releva le directeur du personnel.

— En réalité, je m'attendais à travailler à Paris.

— Déçu ?

— Au contraire !

— Alors, je vous prends à l'essai pour trois mois. Si vous me donnez satisfaction, je vous garde comme chef d'agence.

— Je vous remercie beaucoup, monsieur. Je ne m'attendais pas à cela !

— Ce n'est pas moi que vous devez remercier, mais mon ami Martial Aubert. »

Pierre séjourna encore quelque temps à Paris, afin d'enregistrer toutes les recommandations et les directives concernant son nouvel emploi. Comme il le lui avait promis, il avertit immédiatement son père de sa décision et lui précisa qu'il rentrerait dès que possible à Valfleuri.

De son côté, Philippe Chaptal fulminait de ne pas avoir été consulté à propos d'un nouvel employé maghrébin engagé par son père. Pour lui, l'installation d'une nouvelle famille algérienne sur le domaine ne pouvait que nuire à l'image qu'il voulait montrer à sa clientèle. Il ne cachait à personne son inclination à embaucher dans ses vignes des travailleurs nés dans la région, « de vrais Français de souche », selon ses propres mots. En public, il ne se privait pas d'affirmer que les étrangers étaient trop nombreux et qu'il fallait appliquer la préférence nationale en matière d'emploi.

« Notre région a assez accueilli d'étrangers, clamait-il. Nous sommes entourés d'Italiens, d'Espagnols, de Portugais. Il ne faut pas maintenant se laisser envahir par les Arabes ! Puisqu'ils ont leur pays à présent, ils n'ont qu'à rentrer chez eux. »

Ce que Philippe disait tout haut au Café du commerce, beaucoup le pensaient tout bas, et peu de ses amis de comptoir osaient le contredire. Seul Edgar Dugas, le maire, s'indignait de ces propos discriminatoires et tentait, toujours habilement, de lui faire entendre raison.

Les rapports qu'entretenait Philippe avec ses employés maghrébins étaient toujours très tendus.

Un jour, il s'en prit à Sayed Laraoui, le protégé de son frère.

« Je te préviens, l'avertit-il sur un ton méprisant, à la première incartade, je te fous à la porte ! Mon père t'a embauché sans prendre mon avis, je ne demanderai pas le sien pour te renvoyer d'où tu viens. »

Blessé jusqu'au plus profond de sa fierté, Sayed ne baissa pas le regard face à son patron. Celui-ci prit cette attitude pour de l'arrogance.

« Je vois que tu n'as pas froid aux yeux ! Tu es bien comme tous ceux de ta race : un Arabe fier et insoumis. Sache que dans le bled, de tes semblables j'en ai maté plus d'un. Et des plus coriaces que toi !

— Patron, je ne demande qu'un peu de respect et à travailler en paix. Tu m'accuses déjà de ce que je n'ai pas fait !

— Un homme averti en vaut deux. »

A vrai dire, Philippe Chaptal désirait montrer à Armand qu'il entendait être le seul à présent à prendre les grandes décisions sur le domaine. Il s'était mis en tête de purger son personnel de tous ses éléments maghrébins afin de faire place nette. Sayed lui fournissait une bonne occasion de mettre son plan à exécution. Il voulait l'amener à la faute et prouver ainsi à son père qu'il avait commis une erreur en l'embauchant.

Il confia aussitôt à son ouvrier les travaux les plus pénibles et les plus dangereux, comme le nettoyage des cuves ou l'arrachage des vieilles souches dans les parcelles à encépager. Sayed s'acquittait de sa tâche sans sourciller. Les autres employés du domaine ne s'indignaient pas des mesures vexatoires dont il était l'objet, craignant de se heurter à leur tour aux remontrances de leur jeune patron. Seul Omar Messaoui incitait Sayed à relever la tête.

Omar n'avait pas les mêmes opinions que son père Ahmed. Plus impulsif, il avait vécu les dernières années du conflit algérien dans l'espoir de voir son pays obtenir l'indépendance. Chez lui, il ne cachait pas son soutien au FLN. Et, s'il n'avait pas choisi de rentrer en Algérie après 1962, c'était seulement pour demeurer auprès des siens et parce que, à Valfleuri, il était assuré d'un travail.

Néanmoins, il vouait à ses confrères harkis une hostilité qu'il ne dissimulait pas.

« Vous êtes tous des traîtres », avait-il déclaré à Sayed dès leur première rencontre.

Ce dernier lui avait répondu :

« Alors, pourquoi acceptes-tu de travailler pour un Français ? Tu devrais rentrer au pays ! »

Assurément, les deux hommes ne s'aimaient pas. Mais Omar tentait par tous les moyens de s'opposer à Philippe Chaptal en qui il voyait son pire ennemi, et, de ce fait, il poussait Sayed à se rebeller en le gagnant à sa cause.

« Tu peux encore te racheter, lui dit-il. En luttant contre de tels individus qui veulent notre perte et bafouent notre honneur. Nos frères musulmans, qui ont fait le choix de vivre en France, doivent se faire respecter et acquérir autant de droits et de libertés que tous les Français. C'est pour cela que je reste ici. »

Mais Sayed se méfiait de son collègue dont il jugeait les positions trop extrémistes. Il feignit de l'écouter, évita de le contredire, chercha un consensus afin de ne pas avoir à s'opposer de front à Philippe Chaptal.

Celui-ci, toutefois, continuait à le harceler pour le pousser à la faute. Sayed courbait le dos et obéissait dans le secret espoir que son patron finirait par se lasser. Il exécutait sa tâche consciencieusement et s'efforçait même de devancer les ordres. Philippe devait reconnaître au fond de lui que la recrue de son père montrait beaucoup plus d'ardeur au travail que la plupart des autres employés du domaine. En outre, ceux-ci regardaient Sayed d'un mauvais œil.

« Il en fait trop ! se disaient-ils entre eux. Il finira par nous déconsidérer et nous faire passer pour des flemmards ! »

Philippe avait beau s'acharner sur Sayed, ce dernier ne bronchait pas. Ce qui avait la faculté de l'exaspérer !

Un soir, alors que Sayed nettoyait seul une dernière cuve dans le chai et que tous ses compagnons avaient terminé leur journée, Philippe s'approcha de lui, bien décidé à l'acculer à la faute. Il commença par l'invectiver sans motif, usant à dessein de termes irrespectueux. Il finira par craquer, pensait-il, et je le renverrai sur-le-champ pour rébellion contre son patron ! Il sera le premier de la liste.

« Alors, l'Arabe, tu es toujours le dernier à finir ton travail ! Tu flemmardes !

— Non, patron, au contraire. Je prends de l'avance. J'ai terminé pour aujourd'hui. Alors, je me suis dit que je pourrais faire une heure de plus ce soir pour être moins précipité demain…

— T'as pas à prendre des initiatives. Un bougnoul, ça doit seulement obéir aux ordres !

— Mais, patron…

— Ferme-la quand je te parle ! Je t'ai déjà dit de ne faire que ce que je t'ordonne.

— Je croyais bien faire, patron… »

Philippe ne parvenait pas à susciter la moindre réaction hostile chez son ouvrier. Celui-ci demeurait de marbre – du moins en apparence.

Philippe s'approcha de la cuve d'où Sayed venait de sortir, grimpa à l'échelle pour en examiner le fond, fit mine de s'insurger :

« T'appelles ça du boulot ! C'est du travail d'Arabe que tu m'as fait là ! Cette cuve est une vraie porcherie. »

Surpris, Sayed hésita un instant, puis répondit :

« Patron, la cuve est parfaitement nettoyée. Il ne reste rien au fond. Tu as mal regardé.

— Tu oses me contredire ! »

Le ton finit par monter. Les insultes de Philippe commençaient à atteindre leur but. Sayed sentait naître en lui une sourde colère.

« Tu es injuste, patron ! Tu es toujours à m'accuser de tous les maux alors que je fais parfaitement mon travail. Tu n'arrêtes pas de m'insulter. Que suis-je pour toi ? Ton esclave !

— Un bicot de trop ! Un flemmard de bougnoul… »

Sayed s'approcha de Philippe, le regard noir. Celui-ci crut qu'il allait lever la main sur lui. Il n'attendait que cet instant pour pouvoir lui signifier son renvoi.

Mais Sayed lui dit, avec calme :

« Tu ne me pousseras pas à bout, patron. »

Alors, fou de rage, Philippe ne se contint plus. Il saisit son ouvrier par les épaules pour l'obliger à réagir, à se rebeller, le secoua violemment en continuant à l'invectiver.

Sayed ne lui opposa aucune résistance, se contentant de crier :

« Arrête, patron ! Arrête ! »

Philippe le repoussa d'une forte bourrade en vociférant :

« Je t'aurai, je t'aurai ! Tu finiras par craquer ! »

Sayed perdit l'équilibre et tomba en arrière. Sa tête heurta la cuve. Il s'effondra sur le coup, inanimé.

Philippe resta bouche bée quelques secondes, puis commença à s'inquiéter.

« Allez, l'Arabe, relève-toi ! Fais pas semblant ! »

Sayed demeurait immobile, les yeux grands ouverts.

Philippe lui saisit le poignet, lui prit le pouls, blêmit. Il posa une oreille sur sa poitrine, écouta les battements de son cœur.

« Merde ! Il est mort, ce con ! »

Il regarda autour de lui. Le chai était plongé dans le silence. A cette heure tardive, tous les ouvriers étaient rentrés chez eux. Personne n'avait assisté à la rixe mortelle. Pas de témoin, pensa aussitôt Philippe.

Alors, sans perdre son sang-froid, il chargea Sayed sur ses épaules et alla le déposer à l'arrière de sa fourgonnette garée juste devant la porte du chai. Il prit la précaution de vérifier qu'aucune trace de sang ne pouvait le trahir. Un accident ! se convainquit-il en s'éloignant du lieu du drame. C'est un accident !

Dehors, la nuit était tombée depuis longtemps. Un vent glacial soufflait en lames d'acier sur les vignes. Tout paraissait calme. Personne ne se trouvait à l'extérieur.

Philippe quitta rapidement le domaine en empruntant une petite route non carrossable qui s'enfonçait dans les collines et roula pendant quelques kilomètres. Il arrêta sa fourgonnette dans un endroit reculé qui faisait office de décharge. Avec précaution, il tira Sayed hors du véhicule et le déposa dans un fossé en bordure du chemin. Ensuite, il foula aux pieds les herbes folles qui poussaient autour afin de faire croire à une altercation entre plusieurs individus. Puis il se pencha au-dessus de sa victime.

De l'étui qu'il portait à la ceinture, il dégaina le couteau qui ne le quittait jamais depuis son retour d'Algérie et s'agenouilla près du corps.

« Il est encore chaud ! » marmonna-t-il entre ses dents.

En ouvrant la lame du cran d'arrêt, il se blessa légèrement au pouce. Il n'y prêta pas attention et poursuivit sa tâche. Une fois celle-ci accomplie, il se ravisa. Il sortit une pelle de sa fourgonnette et creusa un trou profond dans la décharge pour y enfouir le corps de sa victime. Puis il remit tout en état pour effacer les traces de son forfait et rentra à Valfleuri comme si de rien n'était.

Il demanda aussitôt à voir son père.

Armand se reposait dans son salon et regardait les informations du journal télévisé.

« Tu rentres bien tard ! remarqua-t-il. Tiens, tu t'es blessé ?

— Ce n'est rien. J'ai à te parler, père.

— Ça peut attendre demain. Nous allons passer à table.

— Non, tout de suite ! Dans ton bureau. »

Armand ronchonna, mais s'exécuta.

« Alors, qu'y a-t-il de si urgent ?

— Un problème, père !

— Un problème ! Quel problème ? D'habitude, tu règles tes problèmes sans moi !

— Je me suis engueulé avec Sayed… Il est mort.

— Mort !

— C'est un accident. »

Et Philippe de raconter à son père – en déformant légèrement la vérité – les circonstances du drame.

« Qu'as-tu fait du corps ? demanda Armand, sans se départir de son calme.

— Je l'ai transporté à quelques kilomètres d'ici et abandonné dans la décharge.

— Tu n'as pas laissé de traces derrière toi ?

— Non, aucune. J'ai tout vérifié.

— Hum ! Sale affaire ! Il faut te trouver un alibi, et vite !

— La police ne me soupçonnera pas. Il n'y avait aucun témoin.

— On ne sait jamais. Tu vas quitter Valfleuri sur-le-champ. Emporte une valise. J'affirmerai que je t'ai envoyé en tournée en fin d'après-midi. Je me débrouillerai pour brouiller les pistes. Prends une chambre d'hôtel chez l'un de nos clients à une heure d'ici, puis, demain matin, poursuis ta route. Ne reviens que dans trois ou quatre jours. Je te couvrirai. Rien ne doit sortir de ce bureau. Tu m'as compris ? Et garde ton sang-froid ! »

Philippe obéit aux ordres de son père et s'éclipsa aussitôt dans la profondeur de la nuit.

16

Suspicions

Le lendemain matin, Armand Chaptal feignit de s'étonner auprès de ses ouvriers de ne pas apercevoir Sayed Laraoui parmi eux. Il s'emporta pour la forme, laissant croire qu'il regrettait finalement de l'avoir embauché. Il questionna ceux qui faisaient équipe avec lui, notamment Ahmed et Omar Messaoui. Aucun d'eux ne l'avait vu rentrer la veille au soir.

« Il est resté faire des heures supplémentaires, patron, expliqua Ahmed. Il voulait prendre de l'avance sur le travail d'aujourd'hui. Mon équipe et moi sommes rentrés vers 18 heures. Il faisait déjà nuit. Nous l'avons laissé seul au chai.

— Et sa femme ?

— Pas vue non plus, ce matin. »

Armand grimpa à l'étage du vieux mas où habitait la famille de Sayed et, sans prendre la peine de frapper à la porte, entra dans le logement de son ouvrier. Il surprit sa femme, Aïcha, en pleine lessive.

« Où est ton mari ? lui demanda-t-il. Il n'a pas pris son poste ce matin. »

Etonnée, Aïcha se couvrit rapidement la tête de son foulard et baragouina dans un mauvais français :

« Sayed, pas vu. Pas rentré hier soir. Croyais qu'il devait travailler toute la nuit dans la cave avec monsieur Philippe.

— Mon fils est parti en tournée hier après-midi, mentit Armand. Ils n'ont pas travaillé ensemble. Où est-il donc, ton foutu mari ?

— Moi, pas savoir. Mais peut-être Omar sait.

— Personne ne l'a vu rentrer ! S'il revient, dis-lui de venir au bureau immédiatement. Je vais lui passer quelque chose ! »

Armand fit mine de contenir sa colère et s'éloigna sans ajouter un mot.

Le lendemain matin, il crut judicieux de prendre les devants et alla sans plus tarder signaler la disparition de son ouvrier à la gendarmerie.

Le commandant de Saint-Hippolyte n'ignorait pas que le patron de Valfleuri embauchait du personnel de manière peu réglementaire au regard de la législation. Une fois de plus, il ferma les yeux et enregistra sa déposition sans le mettre en porte-à-faux.

« Etes-vous certain qu'il s'agit d'une disparition ? s'étonna-t-il. Votre ouvrier a peut-être simplement décidé de s'en aller sans laisser d'adresse. D'ailleurs, dans sa situation, il devait craindre de ne pouvoir justifier son identité. Avez-vous vérifié d'où il venait avant de l'engager ?

— Pour tout vous dire, commandant, je ne cherche pas d'où viennent mes ouvriers quand je les embauche.

Surtout les Arabes ! Pourvu qu'ils bossent sans créer de problèmes, c'est tout ce que je leur demande !

— Vous avez tort ! Parmi eux, bon nombre sont en situation illégale. Des réfugiés clandestins, des harkis qui se sont volatilisés dans la nature, et même d'anciens terroristes qui se cachent pour échapper à la justice. La guerre d'Algérie n'est pas loin. Parmi les Algériens qui vivent en France, il y a encore beaucoup d'ex-FLN qui ont participé à des attentats.

— Sayed m'a été recommandé par mon fils, Pierre. C'est un harki qui a combattu à ses côtés et qui lui a sauvé la vie en Algérie. »

Armand ne tenait pas à s'étendre sur le cas de Sayed Laraoui, de peur de devoir parler de l'aversion de Philippe à l'égard des Algériens. Il désirait seulement prouver sa bonne foi au commandant de gendarmerie afin d'éloigner ses soupçons avant même que le corps de Sayed ne fût retrouvé. Car il ne tarderait pas à l'être, il en était persuadé.

« Quoi qu'il en soit, poursuivit-il pour mettre un terme à la discussion, si vous lui mettez la main dessus, commandant, avertissez-le de venir rechercher sa femme et ses gosses pour qu'il déguerpisse le plus vite possible de Valfleuri. Je n'ai que faire d'ouvriers aussi peu fiables !

— Qu'est-ce qui vous certifie qu'il reviendra ?

— Que voulez-vous dire ?

— Rien… j'ai seulement le pressentiment que votre lascar est dans de sales draps. »

Le commandant de gendarmerie lança aussitôt ses hommes dans une opération de ratissage. Ils passèrent toute la région au peigne fin, visitèrent les mas abandonnés, les cabanons dans les vignes, les grottes et autres refuges notoires. Ils dressèrent des barrages sur les routes, utilisèrent leurs meilleurs limiers. Mais jamais ils n'eurent l'idée de fouiller la décharge en bordure de Valfleuri.

Au bout de cinq jours de vaines recherches, le commandant Lapierre décida d'arrêter les recherches et alla prévenir Armand en personne, chez lui.

« Je ne peux poursuivre plus longtemps, lui expliqua-t-il. Après tout, votre homme n'a encore rien fait de mal. S'il a décidé de tout plaquer, femme, enfants et travail, c'est son choix. Il est libre. La seule chose qu'il risque, c'est de devoir justifier sa situation administrative s'il se fait arrêter.

— En ce qui me concerne, je ne désirais que vous signaler sa disparition, commandant. »

Les deux hommes s'apprêtaient à se séparer lorsqu'un jeune gendarme les interrompit, l'air tout affolé.

« Mon commandant, les hommes ont découvert un cadavre dans une décharge sauvage.

— Dans une décharge !

— C'est en la longeant qu'ils ont réalisé qu'ils ne l'avaient pas encore inspectée.

— C'est loin ?

— A deux kilomètres environ.

— Elle se situe en bordure de mes terres, précisa Armand. Il y a longtemps qu'elle est abandonnée. »

Le commandant demanda aussitôt à ses hommes de l'y conduire.

Sur place, une escouade de huit gendarmes accompagnés de deux chiens bergers allemands entourait une excavation pratiquée dans les immondices. Au centre de celle-ci gisait le corps d'un homme, méconnaissable.

Le commandant ordonna de l'exhumer délicatement, puis de faire venir sur-le-champ le médecin légiste et les pompiers.

« Ne touchez à rien ! » poursuivit-il.

Puis, s'adressant à Armand Chaptal qui l'avait suivi :

« C'est votre homme ? »

Armand hésita.

« On dirait. »

Le visage de la victime était boursouflé, comme si son corps s'était gonflé d'eau. Ses yeux étaient crevés et sortaient de leurs orbites, seulement retenus par les nerfs optiques. Le sang s'était répandu et coagulé sur les joues, dans la bouche, jusque dans le cou. Une large entaille s'étirait d'une oreille à l'autre, laissant la gorge béante. Enfin, le malheureux avait été émasculé. Son pantalon avait été déchiré avec sauvagerie et ses parties génitales, arrachées, demeuraient encore coincées entre ses lèvres bleuies.

« Quelle horreur ! » s'exclama Armand, révulsé.

Sur le moment, il ne prit pas réellement conscience de la scène qui s'était déroulée entre son fils et son ouvrier.

« Comment peut-on faire des choses pareilles ! ajouta-t-il de bonne foi.

— C'est pas très joli tout ça ! releva le commandant. A vue de nez, ça ressemble bien à un règlement de comptes entre Arabes. Il n'y a qu'eux pour commettre de telles atrocités.

— Vous pensez…

— Je ne pense rien. Je constate. Mais le médecin légiste nous fournira en détail les circonstances de la mort. »

Dans les jours qui suivirent, les événements se précipitèrent, car les faits se précisèrent. Le corps de Sayed Laraoui fut formellement identifié. A l'autopsie, vu l'état de décomposition des chairs, sa mort fut datée de six jours. Le légiste affirma au commandant de gendarmerie que celle-ci était survenue en deux temps :

« D'abord, la victime a reçu un coup à l'arrière de la tête, comme l'atteste l'enfoncement de la boîte crânienne. Ce choc n'a pas entraîné la mort immédiatement. Notre homme a donc d'abord été assommé. Dans quelles circonstances ? Seule votre enquête pourra le déterminer. Mais, en tout cas, pas par un instrument contondant. Je pencherais plutôt pour une chute ou un heurt violent contre une paroi. Quelque chose de lisse, pas une paroi rugueuse car il n'y a pas d'éraflures sur le cuir chevelu. Il a dû perdre connaissance sur le coup. L'analyse du cerveau indique qu'il serait mort de toute façon d'une hémorragie cérébrale dans les minutes suivantes si son agresseur ne l'avait égorgé sans attendre qu'il trépasse.

— L'assassin a donc achevé sa victime une fois celle-ci inconsciente ?

— On peut l'affirmer. L'homme n'était pas encore mort quand il a été égorgé, puis éborgné et émasculé. Du beau travail, en vérité ! L'agresseur devait lui vouer une sacrée haine pour agir ainsi !

— Quand je commandais dans le bled en Algérie, c'est ce que les fellaghas faisaient à leurs congénères qui ne se ralliaient pas à leur cause.

— Mais, commandant, s'étonna le médecin légiste, nous ne sommes pas en Algérie et les Algériens ne sont plus en guerre ! Nous sommes en 1966 !

— Qui sait ? Certains n'ont peut-être pas encore déposé les armes. »

Philippe Chaptal rentra de sa prétendue tournée commerciale une fois calmée l'agitation autour du meurtre de Sayed Laraoui. En tant que responsable de son personnel, et sur les conseils de son père, il se rendit aussitôt à la gendarmerie afin de se mettre au service des autorités compétentes.

« Si je peux vous être utile en quoi que ce soit, commandant, déclara-t-il, n'hésitez pas. Néanmoins, en ce qui concerne Sayed, le pauvre, je n'ai guère de renseignements précis à vous communiquer. Comme vous le savez, c'est mon père qui l'a embauché personnellement. Je lui ai pourtant répété de ne pas prendre de nouveaux ouvriers sans leur demander leurs papiers. Mais que voulez-vous… on ne le changera plus !… Je compte sur vous pour ne pas l'inquiéter avec ce petit détail.

— Pour l'instant, monsieur Chaptal, j'ai plus important à faire que de m'occuper du travail au noir auquel vous et votre père avez souvent recours. Nous savons que ce Sayed Laraoui a transité par le camp de Rivesaltes, puis par un chantier de forestage dans le Var, juste après l'indépendance de l'Algérie. Puis nous perdons sa trace. Il s'est volatilisé avec sa famille. Avec les sans-papiers, c'est toujours difficile de savoir exactement ce qu'ils font et de connaître ceux qu'ils fréquentent. Mais nous saurons très vite.

— Votre enquête a-t-elle progressé ?

— Je crois que ce sera vite bouclé.

— Vous avez des soupçons ? »

Philippe ne se sentait pas à l'aise. Le commandant de gendarmerie passait pour un homme intègre, compétent et perspicace. Méticuleux, il ne négligeait aucun détail, poussant toujours à fond ses investigations. Esprit tenace, il ne lâchait un suspect qu'après l'avoir complètement mis à nu devant les faits avérés.

« Le procureur de la République a saisi le juge d'instruction. J'ai transmis à ce dernier les premiers éléments de mon enquête. Nous pensons la même chose : à première vue, il s'agirait d'un règlement de comptes entre Algériens.

— Entre Algériens ! »

Philippe fit mine de s'en étonner, alors qu'il avait tout mis en œuvre pour laisser supposer que Sayed avait été la proie d'un ancien membre du FLN venu l'abattre selon la méthode des fellaghas dans le bled. Il avait cru que son ouvrier était mort sur le coup après avoir heurté la cuve. Sans se départir de son sang-froid, il avait alors pratiqué les exactions sur son corps pour faire songer, effectivement, à un règlement de comptes entre Arabes d'obédience opposée.

« Tout laisse supposer que votre Sayed a fini par payer sa collaboration avec la France pendant le conflit algérien. C'était un harki et on l'a retrouvé dans le même état que tous ceux qui se faisaient prendre par les fellaghas au moment de l'indépendance.

— Je connais. J'ai fait l'Algérie. Ces musulmans ne se faisaient pas de cadeaux ! »

Philippe parlait calmement, s'efforçant de ne pas trahir ce qu'il ressentait à l'évocation d'une époque où il n'était pas le dernier, dans le bled, au cours d'opérations de ratissage, à répondre à la violence des fellaghas par une autre forme de violence tout aussi acharnée et déshumanisée. Il alla jusqu'à plaindre sa victime.

« Le pauvre Sayed ! Il n'a pas eu de chance. A peine commençait-il à s'en sortir que la fatalité l'a rattrapé… Et vous pensez à quelqu'un de précis, commandant ?

— L'enquête ne devrait pas tarder à nous dévoiler l'assassin.

— Sauf si ce dernier est un inconnu, non fiché. Je suppose que les Renseignements généraux ne connaissent pas tous les anciens FLN restés sur notre territoire !

— Effectivement. »

Le commandant demeurait laconique. Philippe comprit qu'il ne lui en dirait pas davantage. Il prit congé sans omettre d'ajouter :

« Surtout, n'hésitez pas ! Mes hommes sont à votre disposition. Si vous devez les interroger, ils sont à vous. En ce moment, ils ne sont pas surchargés de travail. C'est la saison creuse. »

La vie reprit son cours sur le domaine de Valfleuri. De temps en temps, les gendarmes venaient interroger un ouvrier ou un membre de sa famille. Dans le village, on ne parlait plus que de « l'Affaire ». Les langues se déliaient. Les hypothèses s'échafaudaient et se multipliaient au gré de l'imagination du dernier à prendre la parole. Chacun avait l'intime conviction que la vérité n'allait pas surgir facilement s'il s'agissait d'un crime d'ordre politique entre partisans et adversaires de l'Algérie indépendante. Quatre ans seulement après les accords d'Evian, les rancunes étaient encore tenaces et le pardon entre belligérants loin de triompher.

Deux semaines s'étaient écoulées lorsque Pierre Chaptal rentra de Paris. Il débarqua à Valfleuri en pleine affaire Laraoui. Ni son père ni son frère ne l'avaient mis au courant. Aussi, dans un premier temps, fut-il anéanti d'apprendre la mort tragique de son ancien compagnon d'armes. Il se reprocha aussitôt de l'avoir accueilli.

« Si je n'avais pas insisté pour que tu l'embauches, père, avoua-t-il à Armand, il serait encore vivant aujourd'hui. »

Armand, qui mentait aussi bien que son fils aîné, lui répondit :

« Qui sait si son assassin ne le traquait pas depuis longtemps ? Avant même qu'il n'arrive chez nous. »

Le premier effroi passé, Pierre se jura d'aider la police à retrouver l'assassin de son protégé.

« D'abord, ce n'est pas la police qui mène l'enquête, précisa Armand, mais la gendarmerie. Ensuite, je ne vois pas ce que tu pourrais entreprendre pour aider à découvrir la vérité.

— Je vais mener ma propre enquête. En plus, ça alimentera ma chronique. Tu vois, à peine arrivé, j'ai déjà du pain sur la planche. »

Pierre retrouvait subitement son enthousiasme. Certes, ce drame l'affectait profondément. Mais il voyait en lui l'occasion de montrer à ses supérieurs ses compétences journalistiques.

« Rien de tel qu'une sombre affaire judiciaire pour tenir les lecteurs en haleine. Et celle-ci ne fait que commencer. Avant que l'assassin ne soit débusqué, confondu, inculpé, jugé et condamné, il y en a pour plus d'un an. Sans compter les rebondissements éventuels…

— Un conseil, fils : ne t'en mêle pas ! Cela vaut mieux. N'oublie pas que Valfleuri est au centre de cette histoire. La décharge nous appartient et Sayed était l'un de nos employés. Nous ne devons pas être mêlés de près ou de loin à cette affaire. Il y va de la notoriété du domaine. »

Armand Chaptal avait retrouvé son air grave de patriarche. L'autorité se dégageait de ses paroles. Celles-ci sonnaient comme des ordres. Pourtant, Pierre répliqua :

« Nous n'avons rien à craindre de la vérité. Un de nos employés a été victime de la folie meurtrière d'un homme, cela n'entache en rien la notoriété de Valfleuri !

— Réfléchis donc un peu plus loin que le bout de ta feuille de chou ! s'emporta Armand. Ton canard, c'est ton nouveau boulot ! Mais ne viens pas nous le flanquer au travers de la bonne marche de nos affaires. Cette histoire est un différend politique qui risque de raviver des rancœurs dont nous nous passerions volontiers. Je n'en ai pas besoin sur mes terres, tu m'entends !

— Qui te certifie, père, que c'est une affaire politique ? Ce n'est peut-être qu'un crime crapuleux !

— C'est une rixe entre Arabes qui a mal tourné. Tout le monde l'affirme. Le commandant de gendarmerie en est lui-même persuadé. D'ailleurs, l'assassin a signé son crime. »

Pierre sentait son père particulièrement troublé par cette tragédie. Il mit sa réaction sur le compte de l'émotion et n'insista pas.

Armand crut l'avoir rendu à la raison et lui demanda :

« Où comptes-tu t'installer pour ton nouveau travail ? A Montpellier ?

— Pour l'instant, je reste à Valfleuri – si tu n'y vois pas d'inconvénient. Montpellier n'est qu'à une heure de route de Pérols. Je ferai le trajet plusieurs fois par semaine. C'est entendu avec mes chefs de la rédaction parisienne. Par contre, je vais me faire installer une ligne téléphonique personnelle pour ne pas mobiliser celle du domaine.

— Tu vas travailler ici ?

— Pour écrire mes articles, oui. Pour le reste, j'irai à Montpellier.

— Alors, à temps perdu, tu pourras encore collaborer avec ton frère et moi ?

— Promis, je ne vous abandonne pas. »

Armand se détendit. Garder son fils auprès de lui, sentir les siens autour de lui lui était indispensable pour trouver la force de surmonter les épreuves. De plus, ainsi Pierre n'échapperait pas à sa vigilance. Il saurait le recadrer si ses velléités d'enquêteur le reprenaient et venaient à le mettre sur la piste de l'évidence.

La mort de Sayed Laraoui devait demeurer un secret entre Philippe et lui. Personne, y compris son proche entourage, ne devait savoir la vérité. Lui, le patriarche de Pérols, saurait enfouir à tout jamais la réalité des faits dans les profondeurs de son silence. Dût-il salir son honneur pour sauver celui de Valfleuri.

Quelques jours après le retour de Pierre, les gendarmes débarquèrent à Valfleuri avec leur fourgon cellulaire. Sous les yeux médusés de ses collègues et des membres de sa famille, Omar Messaoui fut embarqué sans ménagement. Tiré du lit au sortir de la nuit, il protesta violemment, se défendit, clama son innocence, tenta de fuir. Mais les gendarmes eurent vite fait de le maîtriser. Ils lui passèrent les menottes et l'emmenèrent sans fournir d'autre explication que le mandat d'amener signé par le procureur.

Ahmed alla aussitôt prévenir Armand Chaptal. Tôt levé, celui-ci se trouvait déjà dans son chai à surveiller la fermentation du vin dans ses cuves pleines à craquer des dernières vendanges.

« Patron, patron ! s'époumona Ahmed.

— Eh bien, que se passe-t-il ?

— Les gendarmes… ils ont emmené mon fils, Omar.

— Omar ! Pourquoi ?

— Ils ont rien dit. Omar est innocent. Il a rien fait ! »

Armand s'attendait à ce que l'enquête préliminaire aboutisse à une telle conclusion. Certes, il n'avait pas prévu que les soupçons se porteraient sur le fils Messaoui. D'autres Algériens travaillant sur son domaine ou pour d'autres viticulteurs auraient pu tout aussi bien être suspectés. A vrai dire, cette arrestation le chagrinait. Une fois de plus, l'affaire éclaboussait Valfleuri. Il eût préféré que le prétendu coupable fût découvert ailleurs afin d'éloigner les enquêteurs. Car l'enquête judiciaire ne se terminerait pas sitôt l'inculpé mis sous les verrous. Le juge d'instruction allait poursuivre ses investigations, demander une reconstitution des faits sur les lieux mêmes du crime. La défense lancerait sa contre-enquête. Bref, Valfleuri se trouverait plongé pour longtemps au centre d'une grosse affaire judiciaire qui pourrait nuire à son renom.

« Tout cela n'est pas bon pour nous ! reconnut-il devant Philippe. Tu nous as vraiment mis dans de sales draps.

— Je n'avais pas l'intention de le tuer, père ! Je l'ai seulement poussé à bout pour qu'il me donne l'occasion de le renvoyer.

— Tu n'avais pas à t'en mêler ! J'avais embauché ce harki pour faire plaisir à ton frère. Voilà où nous mènent tes conneries !

— Ni les gendarmes ni le juge ne soupçonnent la vérité. Dès que le procès sera terminé, on ne parlera plus de cette histoire qui ne touche que des Arabes entre eux !

— Tu te dédouanes bien vite de tes responsabilités ! Et ta conscience, Philippe ? Etais-tu obligé de faire preuve de tant de sadisme pour éloigner de toi tout soupçon ?

— J'ignorais qu'il n'était pas mort quand je l'ai... enfin, tu me comprends. Je l'avais examiné. Il ne bougeait plus, il ne respirait plus. C'était le meilleur moyen pour faire croire à un règlement de comptes entre Arabes.

— As-tu songé à ce qu'encourt Omar s'il est reconnu coupable ? C'est l'échafaud qui l'attend.

— Que tu crois ! Un meurtre entre Arabes, ça n'intéresse pas la justice française. De plus, une telle peine porterait préjudice aux relations entre la France et l'Algérie.

— Je vois que tu as pensé à tout !

— Il écopera de quelques années de prison, puis il sera relâché pour bonne conduite… Et puis, on ne va pas maintenant s'apitoyer sur le sort de ces bougnouls qui nous ont pourri la vie, alors qu'ils ont obtenu leur foutue indépendance ! »

Rouge de colère, Philippe tourna les talons et quitta le bureau de son père précipitamment, en claquant la porte.

Assurément, Armand paraissait plus tourmenté que son fils.

« Toute cette histoire va profiter aux Pérez ! » ronchonnait-il devant sa femme.

Le soir, au moment de se mettre au lit, il ne pouvait s'empêcher de songer à la suite des événements : la comparution devant le tribunal comme témoin, les assises ! Les yeux braqués sur lui. Les journalistes. Le qu'en-dira-t-on lorsqu'on apprendrait que la plupart de ses ouvriers maghrébins étaient payés au noir…

« Tu en as vu d'autres dans ta vie ! l'encourageait Marie-Ange. Souviens-toi, pendant la guerre, quand tu cachais des résistants au péril de ta vie, et que tu devais mentir aux miliciens qui te soupçonnaient. Jamais tu n'as failli à ton devoir. Tu as toujours su tracer ton chemin droit devant toi, pour faire honneur à tes ancêtres qui ont planté nos vignes au moment de la grande crise du phylloxéra. Alors, ce n'est pas aujourd'hui qu'un petit malheur va t'abattre ! Certes, la mort de ton ouvrier est une tragédie. Mais… tu n'y es pour rien… »

Plongé dans le mensonge pour défendre son fils, Armand Chaptal sentait la honte l'envahir. Il était prêt à tout dévoiler à sa femme. Celle-ci le comprendrait, partagerait avec lui son terrible secret qui serait ainsi moins lourd à porter. Sur le coup, il en voulut à Philippe et faillit se trahir.

« Philippe ne fait que des conneries ! lâcha-t-il.

— Philippe ! Pourquoi Philippe ? Qu'a-t-il à voir dans cette histoire ?

— Euh… rien ! Je voulais dire Pierre. Tout cela ne serait pas arrivé s'il ne m'avait pas demandé d'embaucher son harki.

— Ne reviens pas sans cesse sur le passé. Ce qui est fait est fait. Et Pierre n'y est pour rien non plus. Allez, demain sera un autre jour ! »

Ce soir-là, Armand Chaptal ne s'endormit pas la conscience tranquille.

Le couperet de la guillotine hanta sa nuit. Mais, dans son cauchemar, c'était le sang de Philippe qui coulait dans la sciure.

17

Un nouvel horizon

A peine rentré à Pérols, Pierre Chaptal n'eut de cesse de retrouver Camille Pérez. Mais il ne savait pas comment la contacter ni la rencontrer. Il ignorait si elle avait entendu parler de ce que les journaux appelaient déjà, depuis l'arrestation d'Omar, « L'affaire Laraoui ».

En vérité, les Pérez se tenaient éloignés de cette tragédie qu'ils considéraient comme un navrant fait divers, et évitaient de s'exprimer sur le sujet. Lorsqu'il s'agissait de l'Algérie, pieds-noirs et Algériens étaient encore trop souvent confondus et l'amalgame leur était souvent préjudiciable. En outre, Camille se trouvait à Montpellier et poursuivait ses études sans trop se préoccuper de ce qui défrayait la chronique locale.

Ce ne fut qu'à l'occasion d'un week-end en famille qu'elle apprit ce qui s'était passé. Elle s'en étonna :

« Un meurtre chez les Chaptal ! Un règlement de comptes entre Algériens ! J'ai peine à le croire. La France n'est pas l'Algérie !

— La tragédie de l'indépendance est encore très proche ! releva Jean-François.

— Cette histoire m'intéresse. Je vais me renseigner.

— Ne te mêle pas de ce qui ne te regarde pas ! la prévint Maxime. Ce drame risque de rejaillir de près ou de loin sur tous ceux qui ont un lien avec l'Algérie. Les gens d'ici auront vite fait d'assimiler les Algériens aux pieds-noirs et de nous discréditer. Cette affaire touche Valfleuri. Elle ne nous concerne pas. Je n'éprouve aucune animosité envers les Chaptal. Ils ne sont pour moi que de gros concurrents. Mais laissons-les se débrouiller. »

Camille sourit intérieurement, jugeant son père trop méfiant.

Curieuse d'en savoir davantage sur ce qui s'était réellement déroulé en son absence, elle se rendit au village où, pensait-elle à juste titre, elle trouverait sans problème quelques langues bien déliées qui pourraient la renseigner. Elle s'installa à la terrasse du Café du commerce malgré le froid qui sévissait. Onze heures venaient de sonner au clocher de l'église. Elle commanda un café.

« Vous devriez rentrer, jeune fille ! lui proposa le cafetier. Vous allez vous transformer en statue de glace. Vous seriez mieux dedans. »

En vérité, Camille n'avait pas osé entrer seule dans le café. Certes, à Montpellier, avec ses amis étudiants, elle n'aurait pas hésité. Mais Pérols n'était qu'un petit village et les commentaires allaient bon train. Les mentalités n'étaient pas aussi évoluées qu'à la grande ville.

Elle réfléchit.

Le cafetier insista.

« Vous profiteriez de l'animation, plaisanta-t-il. A l'intérieur, il y a le fils Chaptal qui interroge les clients. Le plus jeune des deux… le journaliste. Il mène son enquête pour son journal à propos du meurtre. Vous savez… celui de l'Algérien qu'on a retrouvé dans la décharge de son père. »

Camille fut saisie par la brutalité de ces propos.

« Vous voulez dire… Pierre Chaptal ?

— Exact. La victime était son ami, paraît-il. »

Camille jeta un regard attentif à travers la vitrine du café, aperçut le jeune Chaptal entouré d'une demi-douzaine de clients. Elle se décida à entrer.

Pierre ne la vit pas immédiatement. Il poursuivait sa discussion, un stylo à la main.

« Vous affirmez qu'Omar Messaoui et Sayed Laraoui ne s'entendaient pas ! demandait-il à ses interlocuteurs.

— Tout le monde s'en rendait compte à Valfleuri. Les deux Arabes ne devaient pas être du même bord.

— Sayed était un harki. Mais Omar n'a jamais montré d'attirance pour les thèses du FLN à l'époque du conflit, en tout cas pas ouvertement. Je connais bien son père. Il aime la France. Il s'est battu pour nous en 40. Sa famille est bien intégrée. »

Pierre était entouré d'ouvriers agricoles au service de son père. Il leur avait donné rendez-vous en dehors du domaine afin de se sentir plus libre de leur parler. Apparemment leurs opinions confirmaient les soupçons des gendarmes et du juge d'instruction.

« Ça ne fait aucun doute, poursuivit l'un d'eux. Y a que les Arabes pour s'égorger entre eux !

— Vous condamnez un peu vite ! coupa Camille en s'immisçant brutalement dans la conversation. Et que faites-vous de la présomption d'innocence ? »

La discussion entre hommes s'interrompit.

N'ayant pas vu la jeune fille s'approcher, Pierre releva les yeux, surpris.

« Camille ! fit-il, troublé.

— Je... je ne pensais pas vous trouver ici. Je vous croyais à Paris.

— Si vous permettez, messieurs, nous reprendrons cette conversation plus tard. »

Pierre se dégagea de la table où il était assis et, sans réfléchir, embrassa Camille sur les joues comme une vieille connaissance.

« Je suis heureux de vous revoir. Vraiment. Je ne savais comment vous contacter. »

Pierre l'invita à prendre place au fond du café, à une table moins exposée aux regards des curieux. Mais il ne put empêcher ces derniers de poursuivre leurs commentaires.

« La petite Pérez et le fils Chaptal ! Vous avez vu ! »

Les deux jeunes gens oublièrent rapidement qu'ils étaient l'objet de leurs réflexions et renouèrent aussitôt le lien qu'ils avaient commencé à tisser quelques semaines auparavant.

Pierre annonça à Camille la décision qu'il avait prise concernant *Le Quotidien du soir* et lui expliqua en détail son nouveau travail à la tête de l'agence régionale. Il ne lui cacha pas sa joie de la retrouver et de pouvoir la rencontrer à Montpellier lorsqu'ils y seraient présents tous les deux. Camille sembla aussi se réjouir et reconnut avoir craint jusqu'à ce jour que le destin ne les ait définitivement séparés.

« M'aiderais-tu à mener mon enquête sur le meurtre de Sayed Laraoui ? lui demanda-t-il en la tutoyant. Ce serait pour toi comme pour moi une bonne entrée en matière et une excellente première expérience journalistique.

— Je ne vois pas comment je pourrais t'être utile !

— Tu pourrais m'aider à rédiger mes articles. J'ai toute latitude pour engager les pigistes de mon choix. Tu seras payée pour le travail que tu fourniras. Nous pourrions nous répartir les tâches : à moi, qui ai plus de temps, l'enquête sur le terrain, les investigations, à toi les comptes rendus. Ça te va ? »

Camille était ravie. Elle accepta avec joie. Pierre lui ouvrait la porte de ce qu'elle espérait au fond d'elle-même : faire ses premières armes dans un journal.

Elle se rapprocha subrepticement de lui.

Il lui prit la main.

Leurs lèvres se frôlèrent. Autour d'eux, les curieux s'évanouirent comme par enchantement. Rien ne paraissait plus pouvoir les séparer.

Manuel, le frère de Camille, entra alors dans le café et les aperçut. Il sourit et fit comme s'il ne les avait pas vus.

Tandis qu'Armand Chaptal s'inquiétait des retombées de l'affaire Laraoui sur la bonne marche de son entreprise, Maxime Pérez, lui, poursuivait son destin sans se préoccuper de ce que pouvaient penser les envieux.

Grâce à sa première récolte, il pouvait compter sur une rentrée d'argent substantielle qu'il souhaitait investir dans la terre. Comme il l'avait confié aux siens à demi-mot, il visait déjà à agrandir le domaine des Rives Blanches en acquérant de nouveaux hectares. Discrètement, il avait mis son ami Dugas dans la confidence, lui demandant de ne pas dévoiler ses intentions.

« Si l'on apprend trop tôt que je désire acheter, les spéculateurs ne se gêneront pas pour faire grimper le prix de l'hectare !

— Je connais des petits paysans parvenus à l'âge de la retraite, qui seraient prêts à vous céder leurs vignes à bon prix, lui confia le maire de Pérols. Je leur en toucherai deux mots. Vous irez les voir de ma part. »

L'affaire fut aussitôt conclue.

Maxime partit inspecter les vignobles à vendre. Cette fois, il n'était pas question pour lui d'acheter les yeux fermés ni dans la précipitation. Les vignes du vieil Hector Portanier lui avaient trop coûté, tant en argent qu'en sueur, pour qu'il réitère la même erreur.

Il porta son choix sur une petite propriété de dix hectares plantés en aramon, sur le territoire de Corconne, la commune voisine. Le terroir offrait toutes les qualités pour assurer de bons rendements. La distance par rapport aux Rives Blanches ne présentait pas de handicap particulier. Et surtout le prix qu'en demandait le propriétaire n'était pas exorbitant.

Maxime en parla à ses fils qui, cette fois, se rendirent sur place pour étudier l'offre avant que leur père ne signe le compromis de vente. Tous les trois se rangèrent au même avis : c'était une excellente affaire.

Ravi de se débarrasser de son bien, le vigneron proposa en plus aux Pérez de leur procurer huit hectares supplémentaires en fermage, situés dans le prolongement de ses propres terres.

Ainsi, avant le printemps, les Rives Blanches s'enrichiraient de dix-huit hectares de bonnes vignes et s'étendraient sur deux communes limitrophes. La proximité du pic Saint-Loup, dont certaines caves commençaient à être renommées pour la qualité de leur production – et ce n'était qu'un timide commencement –, rassura Maxime qui se voyait dans un proche avenir à la tête d'un immense domaine. Avec ses fils, Jean-François et Manuel, il avait déjà élaboré sa stratégie pour renforcer la puissance et la notoriété des Rives Blanches : réinvestir en permanence et au maximum les bénéfices tirés des futures vendanges dans de nouvelles acquisitions foncières ; aller au-devant des attentes des consommateurs afin de leur proposer les premiers des vins novateurs conformes au goût du moment ; enfin, se tenir toujours prêts à surmonter les crises pour ne pas sombrer devant les premières difficultés.

« Il faudra progressivement reconsidérer l'encépagement, l'avertit Jean-François. Agir comme nous l'avons fait lors de notre installation à Pérols, afin d'obtenir des assemblages de grande qualité. Nos vins doivent absolument se démarquer de la concurrence. Surtout si nous voulons montrer notre différence avec ceux du domaine de Valfleuri. »

Maxime était serein car il pouvait compter sur ses fils. Mais il n'ignorait pas que son principal rival avait pris sur lui une avance considérable. Ses méthodes – depuis que Philippe Chaptal dirigeait le chai –, son réseau de clientèle, son personnel abondant et encadré par des techniciens compétents lui assuraient sans contestation possible une place enviée par bon nombre de grands viticulteurs, jusque dans les Côtes du Rhône gardoises.

« Les Chaptal ont une influence considérable sur l'ensemble de la sphère viticole de la région, reconnaissait Maxime sans aucune jalousie. Mais je leur montrerai ce que nous, les pieds-noirs, sommes capables de réaliser en repartant de zéro ! »

L'époque semblait propice à l'entreprise. La politique du général de Gaulle fondée sur la modernisation et l'indépendance énergétique se révélait prometteuse. Le pouvoir d'achat augmentait d'année en année, comme en attestait le bond en avant de certains secteurs industriels tels que celui des biens de consommation. Le plein-emploi était assuré grâce à l'essor des activités de pointe – chimie, aéronautique, automobile –, et procurait la paix sociale. L'agriculture elle-même, à travers le Marché commun et la Politique agricole commune, profitait de la bonne conjoncture économique et des aspirations des Français à vouloir toujours consommer plus et mieux.

« La viticulture doit en profiter pour faire peau neuve, affirmait Jean-François, le plus convaincu des Pérez que l'avenir du Languedoc viticole passerait obligatoirement par un changement radical des habitudes, des mentalités et des objectifs de production.

— Je croirais entendre un chef d'entreprise ! le taquinait Maxime.

— Une exploitation viticole ne se gère pas autrement qu'une entreprise industrielle ! Seule l'éthique peut les différencier. En ce qui me concerne, j'aimerais que nous gardions le sens de la mesure et du travail artisanal, dans les règles de l'art. »

Les Pérez aimaient imaginer leur avenir en discutant le soir à la veillée. C'était pour eux l'occasion de se remémorer l'époque pas si lointaine où, à Rio Salado, ils coulaient des jours heureux. Quatre ans après le drame qu'ils avaient traversé, un nouvel horizon semblait s'ouvrir devant eux, plus prometteur que jamais.

« J'ai l'impression de vivre un véritable retour à la terre », confessait Maxime devant Marthe qui, de tous, souffrait le plus du terrible déchirement de l'exode.

Pour faire face au surcroît de travail qu'entraînait l'extension de leur domaine, Jean-François et Manuel cessèrent définitivement d'aller travailler à l'usine Perrier de Vergèze. Eux aussi éprouvaient un grand besoin de retour aux sources. La vigne était leur véritable univers. Elle faisait couler dans leurs veines le sang de la terre qui les nourrissait depuis leur naissance. Aussi fut-ce sans aucun regret qu'ils abandonnèrent le travail à la chaîne, le bruit des machines, les cadences infernales et la chaleur étouffante des ateliers. Sans prendre exemple sur leurs voisins et concurrents, les Chaptal, dont ils ignoraient l'organigramme des postes à l'intérieur de l'exploitation, d'un commun accord ils se répartirent les rôles selon leurs compétences et leur inclination.

Plus terrien que son frère, plus apte aux tâches manuelles, Jean-François choisit de se consacrer aux vignes, à l'encépagement, à la taille, au traitement, à la lutte contre les maladies, au calendrier saisonnier en général.

« Je suis un homme de terrain ! aimait-il affirmer. Mes racines sont engluées dans la terre. Je travaillerai donc avec nos ouvriers : dans les vignes. »

Manuel, plus intellectuel, moins attaché aussi à ce que représente l'âme du terroir, accepta volontiers de se charger du domaine commercial, de contacter les meilleurs négociants et de recruter un vendeur pour faire connaître les Rives Blanches dans le monde très concurrentiel des vins et spiritueux. La proximité de Valfleuri ne le tracassait pas. Certes, les Chaptal avaient déjà pignon sur rue et affichaient sur le marché des crus réputés. Mais Manuel comptait sur la nouveauté, sur une production limitée, très reconnaissable, sur une recherche de clientèle bien ciblée. Il se montrait partisan de produire en quantité raisonnable, de différencier le plus possible les crus en fonction de cépages novateurs et d'assemblages pertinents afin d'obtenir des vins fins, très spécifiques, que les connaisseurs sauraient immédiatement distinguer des autres.

Maxime, quant à lui, décida de ne s'occuper que de la cave, de la vinification, de la mise en bouteilles et en cubitainers. Pour cela, il garda auprès de lui ses deux recrues des premiers jours : Tarek Boutif, qu'il promut à la seule fonction de caviste, et René Carrel, définitivement nommé maître de chai. Un commis fut embauché pour les seconder, ainsi que cinq ouvriers agricoles supplémentaires pour accomplir le travail dans les vignes sous les ordres de Jean-François. Manuel décréta qu'une secrétaire-comptable serait aussi nécessaire dans les bureaux pour assurer la permanence administrative et financière.

« Peut-être qu'un jour Camille acceptera de travailler avec nous ! osa espérer Maxime. Ainsi que Manon, plus tard. Les Rives Blanches sont une affaire familiale. Tous les membres de la famille devraient y collaborer. »

Camille faisait la sourde oreille lorsqu'elle entendait les allusions de son père. En vérité, elle n'avait nullement l'intention, une fois son cursus universitaire terminé, d'intégrer le giron familial pour prendre à son tour la place que lui destinait Maxime. Ses idées non conformistes l'éloignaient de cette emprise. A ses yeux, la liberté gagnée au prix de ses études, et qu'elle obtiendrait légalement par sa majorité, était incompatible avec le travail en famille. Certes, elle ne reprochait pas à ses frères de ne pas s'émanciper de la tutelle paternelle, mais, au fond d'elle-même, elle ne les enviait pas.

« Au risque de te décevoir, papa, je préfère te dire sans détour que je n'accepterai jamais de sacrifier ma vie pour travailler aux Rives Blanches. Je poursuis des études pour m'affranchir, pour devenir une femme libre ! »

Camille était consciente d'attrister ses parents en affichant de telles idées. Mais elle ne voulait pas les bercer d'illusions. Plus tard, elle exercerait le métier de son choix ; elle épouserait l'homme de sa vie… ou elle vivrait seule, sans mari et sans enfants si tel devait être son destin ou son désir.

« Je veux décider seule de ma vie, papa !

— Ma fille, tu feras ce que tu veux pour ton plus grand bien. Tu épouseras qui tu voudras, un Blanc, un Noir ; tiens, même un Arabe si tu préfères ! Pourvu que tu sois heureuse, pour moi c'est l'essentiel.

— Popopopo dis ! Un Arabe ! le reprit Marthe. Je ne dis pas non. Mais un bon ! Pas un de ceux qui voulaient nous égorger ! »

Marthe avait le don de créer l'hilarité dans les conversations les plus sérieuses. Elle ne se rendait pas toujours compte que ses reparties passaient souvent pour des galéjades.

« Hé, quoi ? Qu'est-ce que j'ai encore dit de bizarre ? renchérit-elle. C'est pas vrai, dis, Maxou, que tu ne donneras pas ta fille à marier à un fellagha qui aurait du sang de pied-noir sur les mains !

— Maman, sourit Camille, ne t'inquiète donc pas ! Je ne suis pas encore partie de la maison et ce n'est pas demain que je me marierai ! »

Manuel poussa son frère du coude, lui décocha un clin d'œil et ajouta d'un air moqueur :

« Pourtant, je t'ai aperçue en galante compagnie le week-end dernier ! »

Camille rougit, fit mine de s'étonner.

« En galante compagnie, ça m'étonnerait !

— Parfaitement, au Café du commerce !

— Tu fréquentes les cafés à présent ! releva Marthe. Une jeune fille bien élevée comme toi !

— Maman, à Montpellier, entre étudiants, on s'y retrouve souvent ! On ne fait rien de mal.

— Tu te dévergondes !

— Ta mère a raison, appuya Maxime. Montpellier, c'est la grande ville. Ici, c'est différent. Qu'as-tu besoin de fréquenter le Café du commerce de Pérols où il n'y a que des paysans pour seuls clients ?

— Avec qui étais-tu ? » insista Marthe, chagrinée.

Camille lança à son frère un regard d'acier.

« Décidément, dans le village, tout se sait ! J'étais en compagnie de Pierre Chaptal, si vous voulez le savoir.

— Pierre Chaptal, encore lui ! s'étonna Marthe.

— Pourquoi ? fit Maxime. Vous vous êtes déjà rencontrés ?

— Bon ! s'énerva Camille. Je préfère m'en aller. Papa, maman t'expliquera. Elle est au courant. Quant à toi, poursuivit-elle à l'adresse de Manuel, tu ne perds rien pour attendre ! »

Au fond d'elle-même, Camille se sentait soulagée. Elle n'était pas mécontente que ses parents fussent au courant de sa liaison avec Pierre. Le jeune homme avait su éveiller en elle des sentiments qui lui étaient encore inconnus et qui la troublaient profondément, elle le reconnaissait volontiers. Elle ne cessait de penser à lui depuis leur première rencontre, et n'éprouvait qu'une envie : le retrouver à Montpellier après ses heures de cours.

« Je compte sur toi pour garder la tête sur les épaules ! lui conseilla finalement Maxime, lorsqu'elle s'apprêta le dimanche soir à regagner Montpellier. Pense à tes études !

— Tu me connais donc si mal, papa ! Je sais où je vais. Et si Pierre ne m'est pas indifférent, il ne m'a pas détournée de l'objectif que je me suis fixé. »

Ce soir-là, Camille quitta les siens l'esprit tranquillisé. Tout semblait s'éclaircir dans le ciel de sa vie, comme si l'amour qu'elle ressentait pour Pierre Chaptal lui avait soudain ouvert de nouvelles perspectives.

Néanmoins, très vite, elle commença à avoir quelques craintes. Comment les parents de Pierre prendront-ils notre relation ? se demandait-elle. Leur a-t-il parlé de moi ? Son père et son frère n'aiment pas les pieds-noirs. Ils nous considèrent comme des étrangers !

Camille se doutait qu'après l'euphorie exaltante des premiers instants de bonheur, il lui faudrait revenir à une réalité moins idyllique et affronter la tempête. Les Chaptal refuseraient sans nul doute la liaison de leur fils avec une pied-noire, qui plus est la fille de leur principal rival et concurrent !

A certains égards, pensait-elle, n'ai-je pas inconsciemment cherché à lier nos deux familles pour qu'elles s'opposent plus ouvertement sur un autre terrain que celui de la vigne ? De l'issue de cet affrontement dépend peut-être l'avenir des Rives Blanches !

Peu à peu, Camille sentit peser sur ses épaules une lourde responsabilité. Devait-elle poursuivre son histoire avec Pierre, au risque de nuire à sa propre famille ? Renoncer à cet amour naissant qui lui ouvrait un si bel horizon ? N'était-elle pas le grain de sable dans l'engrenage qui détruirait le rêve de son père de renouer les fils de son destin rompus à cause de la folie des hommes ?

Le doute l'envahit. L'horizon devant elle s'obscurcit. Un voile se déposa sur son nouveau bonheur.

TROISIÈME PARTIE

L'AFFRONTEMENT

18

Contrariétés

Printemps 1966

Armand Chaptal ne décolérait pas. Les événements semblaient s'acharner contre lui. Plus rien ne tournait rond sous son toit.

Comme il le craignait depuis le début, l'affaire Laraoui éclaboussait son domaine. Les allées et venues des gendarmes et du juge d'instruction n'étaient pas passées inaperçues. Le périmètre du lieu du crime, où le corps de la victime avait été découvert, avait été aussitôt interdit au public, la décharge fouillée dans tous les recoins pour mettre en évidence le moindre indice. Cette agitation avait attisé la curiosité des voisins et attiré les journalistes des quotidiens locaux avides de rebondissements. Toute une faune traversait maintenant les terres de Valfleuri sans respecter les panneaux indiquant pourtant : *Propriété privée*. Certains voulurent constater sur place ce qu'ils avaient lu dans les journaux ou entendu aux actualités télévisées régionales. D'autres se firent photographier sur le lieu du crime. Quelques-uns tentèrent même de contacter le personnel du domaine pour le questionner et déceler une vérité cachée que les enquêteurs n'auraient pas découverte. Quand Armand rencontrait un attroupement, il entrait en furie :

« Foutez le camp ! leur criait-il. Sinon je vous lâche les chiens ! »

Un soir, il entendit du bruit sous les fenêtres de sa chambre. Il se leva sans ménager le sommeil de sa femme, alla décrocher son fusil de chasse du râtelier installé dans la montée d'escalier, ouvrit la fenêtre, arma et tira en l'air deux coups successifs.

« La prochaine balle, c'est dans les fesses que vous l'aurez ! s'énerva-t-il.

— Calme-toi, voyons ! lui souffla Marie-Ange. N'aggrave pas la situation en commettant des actes punis par la loi. Tu n'as rien à gagner à faire la police toi-même. »

Depuis deux mois, l'enquête suivait son cours mais paraissait piétiner. Placé en détention préventive[1] et incarcéré à la prison de Montpellier, Omar Messaoui attendait la fin de l'instruction pour être déféré devant le tribunal et être jugé. Trop de preuves s'étaient déjà accumulées contre lui pour qu'il puisse espérer être relaxé. Aux yeux du procureur et de l'opinion, il ne faisait aucun doute qu'il était le coupable avéré. Les atrocités perpétrées sur le corps de la victime

1. Détention provisoire depuis 1970.

l'accusaient. De plus, pour l'heure présumée du crime, il n'avait pu justifier d'aucun alibi qui aurait pu le disculper. Enfin, ce qui l'accablait définitivement, semblait-il, était les traces de sang qu'on avait trouvées sur ses vêtements de travail et qui correspondaient, d'après les analyses, à celui de la victime. Omar avait beau clamer son innocence, affirmer qu'il ne s'était pas disputé avec Sayed et que, par conséquent, il ne comprenait pas la présence du sang sur ses habits, il n'était pas parvenu à convaincre les gendarmes en charge de l'enquête.

Armand Chaptal s'inquiétait, car le procès tardait. Pour lui, plus vite Omar serait jugé, plus vite il serait débarrassé de sa crainte de voir l'affaire rebondir et prendre une tournure qui pourrait lui être préjudiciable. En réalité, le juge Lambert, en magistrat scrupuleux, peaufinait ses investigations pour ne rien laisser au hasard. Quant à l'avocat de la défense, il avait lancé ses propres limiers pour tenter de déceler une faille dans l'acte d'accusation. Tout un monde judiciaire gravitait ainsi autour de Valfleuri qui se trouvait régulièrement, à chaque nouvel indice à charge ou à décharge de l'accusé, plongé au cœur de « l'Affaire ».

Un commissaire de la PJ venait d'être chargé d'appuyer la gendarmerie dont les conclusions avaient été estimées insuffisantes par le juge d'instruction. Celui-ci était revenu sur sa position et avait donc demandé au procureur un complément d'enquête pour pouvoir établir sans doute possible la culpabilité d'Omar Messaoui.

Le commissaire Ménard, envoyé de Montpellier, avait installé ses quartiers dans la seule auberge de Pérols, juste en face du Café du commerce. Il passait pour un fin limier et un excellent policier. Taciturne, peu expansif, il se montrait très discret et ne brutalisait jamais verbalement ceux qu'il interrogeait. Usant volontiers de psychologie, il aimait percer la personnalité des témoins dont il se méfiait systématiquement.

« Un témoin ne dit jamais la vérité ! aimait-il proclamer. Car la vérité est subjective. Chacun la voit ou la ressent à travers son propre vécu et la traduit avec ses propres mots. La vérité est plurielle. »

Il n'hésitait jamais à prendre le contre-pied des affirmations qu'il entendait et cherchait toujours à savoir si le plus honnête témoin ne dissimulait pas, même inconsciemment, quelque secret bien gardé.

Lorsque Armand Chaptal apprit qu'il était chargé de l'enquête, il commença à redouter le pire. Il connaissait la renommée du commissaire Ménard, qu'on appelait dans son milieu : le bouledogue, car il ne lâchait jamais prise quand il était convaincu de la culpabilité d'un suspect. Il prévint Philippe :

« Tu as intérêt à faire attention à ce que tu lui diras. Ne te contredis jamais, sinon, au moindre doute, il s'acharnera sur toi pour te désosser.

— Mon alibi est en béton, père. J'ai des témoins qui affirment m'avoir vu à l'heure présumée de la mort de Sayed. Personne ne sait que je suis parti en tournée en fin de soirée et non au milieu de l'après-midi comme nous l'avons tous les deux déclaré au juge d'instruction.

— Tout cela m'intrigue. Les gendarmes ont mené une enquête qui accusait Omar. Je croyais que c'était une affaire réglée. Je me demande bien pourquoi le juge d'instruction est revenu sur sa position alors que tout prouve la culpabilité d'Omar. Du coup, on a ce commissaire Ménard sur le dos !

— Nous sommes influents dans la région. Ce petit flic n'osera pas nous chercher des ennuis.

— Tu as raison. Je vais avertir mon ami le député et lui demander d'intervenir en haut lieu pour calmer les ardeurs de ce policier avant qu'il ne décide de remuer toute la terre de notre vignoble par excès de zèle. »

Lorsque Pierre annonça à son père qu'il menait également son enquête au nom de son journal, Armand, qui croyait l'avoir convaincu de se tenir tranquille, faillit suffoquer. C'en était trop ! Son propre fils, sous son propre toit, allait saccager ce qu'il avait mis toute une vie à établir et risquer par ses investigations de dévoiler une vérité que personne ne devait jamais connaître ! Non, cela n'était pas possible !

« Quelle mouche t'a donc piqué ? lui demanda-t-il, fou de rage. Cette sombre histoire ne te concerne pas ! Elle ne *nous* concerne pas ! Je te l'ai déjà dit. Laisse donc la police conduire son enquête sans t'en préoccuper. Qu'est-ce que tu cherches, à fouiller dans cette dispute entre Arabes ? Le scoop qui te donnera le prix Albert-Londres !

— Père, ne t'énerve pas ! Je ne cherche qu'à relater les faits tels qu'ils sont. Pour cela, j'ai besoin d'objectivité et de pouvoir me détacher de ce que l'enquête officielle accrédite au fur et à mesure de son avancée. Dans de nombreuses affaires, ce sont souvent les journaux qui ont permis de rétablir la vérité quand celle-ci n'était pas évidente. Tiens, prends l'affaire Dreyfus ! Si Zola n'avait pas pris les choses en main en écrivant dans *L'Aurore*...

— Tu te prends pour Zola, maintenant ! Tu es un peu prétentieux, mon fils !

— Ecoute, père, je fais mes débuts dans ce journal. C'est pour moi une excellente occasion de prouver ce dont je suis capable. De plus, Sayed m'était très cher, tu ne l'ignores pas. Il m'a sauvé la vie en Algérie. Maintenant qu'il est mort, je lui dois bien de m'occuper de sa mémoire. »

Armand était trop atterré pour réagir.

« Fais ce que tu voudras ! Mais ne viens pas mener ton enquête sur mes terres. Ici, tu es chez moi. Et c'est encore moi le maître ! »

Pierre ne comprenait pas pourquoi son père semblait si contrarié. Quelle que soit l'issue de cette histoire, pensait-il, l'image et la grandeur de Valfleuri ne pouvaient en être affectées !

*
* *

Le printemps s'était déjà bien installé et, avec lui, sa palette de couleurs qui redonnaient vie à la nature endormie. Les vignes reverdissaient, les jeunes sarments bourgeonnaient. La garrigue avoisinante s'embaumait de mille parfums parmi lesquels cistes, lavande sauvage et romarin se mêlaient en de subtiles fragrances.

Aux Rives Blanches, le personnel s'activait pour ne pas laisser la maladie affecter le moindre cep. Pour cette première année, Jean-François avait décidé de ne pas toucher aux hectares fraîchement acquis. Mais, dès les vendanges terminées, il procéderait à un nouvel encépagement sur la moitié de la superficie. Son but : donner à ce second vignoble un caractère spécifique en le destinant à l'élaboration d'un vin frais, aux notes fruitées, apprécié l'été par les touristes.

« Un rosé de qualité à l'image de celui de Tavel ou des rosés de Provence », avait-il proposé à son père.

Jean-François pensait, à juste titre, que la région allait de plus en plus s'ouvrir au tourisme, grâce aux grands projets d'aménagement de la côte languedocienne. Selon les vœux formulés par les responsables politiques régionaux, celle-ci devait devenir, dans les années futures, une seconde Côte d'Azur. Tout le littoral, depuis Le Grau-du-Roi jusqu'à Palavas, connaîtrait bientôt un essor considérable qui ne manquerait pas de profiter à l'arrière-pays.

« Les Français viendront de plus en plus nombreux en vacances sur la côte du Languedoc, affirmait Jean-François. La Grande-Motte devrait en être le phare. Les travaux de creusement du port et de l'étang du Ponant ont déjà commencé. Bientôt, des immeubles en forme de pyramide vont surgir de terre. A leur tour, les Cévennes finiront par être touchées par l'afflux des touristes. A nous de nous tenir prêts à les accueillir et à leur proposer des vins attrayants qui ressemblent à leurs vacances : ensoleillés, fruités, pas trop alcoolisés mais d'une qualité irréprochable, et conditionnés dans une bouteille reconnaissable entre toutes.

— Avec quel cépage penses-tu élaborer ton nouveau nectar ? demanda Maxime, fier de constater que ses fils prenaient leur travail à cœur.

— Je crois que le cinsault devrait produire de bons résultats. Au nez, il donne des arômes subtils de fruits rouges et de fleurs. Un tel vin accompagnera très bien les salades, les poissons, les fruits de mer, les légumes de soleil, bref une gastronomie que recherchent les vacanciers. De plus, c'est un cépage très résistant à la sécheresse. Il conviendra parfaitement à nos nouvelles vignes, car il aime les coteaux caillouteux, secs et bien exposés. En assemblage avec le grenache ou la syrah, il devrait donner un vin original. »

Jean-François était des trois Pérez celui qui se montrait le plus entreprenant au regard de l'innovation. Maxime, lui, demeurait plus attaché à ce qu'il connaissait, à ce qu'il avait pratiqué en Algérie. Il ne refusait pas d'aller de l'avant – ce qu'il avait entrepris depuis son retour en métropole le prouvait –, mais il lui manquait cet esprit novateur qui démarquait ses fils. Ceux-ci, sans jamais s'opposer à leur père, savaient intelligemment lui montrer que la réussite de toute entreprise ne reposait pas uniquement sur le travail mais aussi sur l'audace.

« Qui n'ose rien n'obtient rien ! » aimait lui rappeler Jean-François.

Aussi celui-ci poussait-il son père à s'engager toujours davantage dans des orientations que peu de viticulteurs encore, dans le Languedoc, choisissaient de suivre, plus par atavisme que par ignorance.

*

* *

Le mariage de Jean-François et de Catherine se préparait. Edgar Dugas se faisait un immense plaisir de marier lui-même sa propre fille. Pour rien au monde, il n'aurait délégué cette charge à l'un de ses adjoints.

« Ça n'arrive pas souvent qu'un père marie sa fille ! » affirmait-il non sans fierté.

Les deux futurs époux avaient décidé de s'unir juste après Pâques et finissaient de mettre au point avec leurs parents la liste de leurs invités.

Malgré certaines réticences de son entourage, Edgar Dugas avait convié Armand Chaptal et sa famille au vin d'honneur. Maxime ne s'y était pas opposé. Il savait que son ami, en tant que maire, ne devait écarter personne. Or les Chaptal étaient des gens trop influents dans la commune pour qu'il puisse effectivement se permettre de les ignorer.

« Je sais ce qui vous oppose, avait reconnu Edgar, mais je ne peux agir autrement. »

Edgar Dugas ignorait que Camille fréquentait Pierre. La jeune Pérez se montrait très discrète et ne s'affichait jamais délibérément en public avec le fils Chaptal.

« Vous ne pensez pas si bien dire ! releva Maxime. Entre les Chaptal et nous, ce n'est pas l'entente cordiale ! Surtout depuis que nos enfants s'y mettent pour attiser les braises !

— Vos enfants ! s'étonna Edgar.

— Oui. Camille et Pierre… Vous l'ignoriez ?

— Que voulez-vous dire ?

— Vous m'avez compris : ma fille s'est amourachée du fils Chaptal. Je ne sais comment réagit Armand Chaptal, mais il ne doit pas beaucoup apprécier l'attitude de son fils ! (Maxime ignorait que les Chaptal n'étaient encore au courant de rien.)

— Et vous-même ?

— Oh, moi ! J'ai fait la leçon à ma fille. Mais elle agit comme bon lui semble ! Je lui fais confiance. »

Camille n'avait pas averti ses parents qu'elle allait aider Pierre à mener son enquête pour son journal à propos de l'affaire Laraoui. Au reste, les Pérez se désintéressaient de cette sombre histoire qu'ils s'efforçaient de considérer comme un navrant fait divers, même s'ils ne pouvaient rester indifférents à la sauvagerie avec laquelle la victime avait été achevée. Lorsqu'il leur arrivait d'en parler entre eux, ils reconnaissaient volontiers qu'un détail les intriguait. C'est Manuel qui en avait le premier relevé l'étrangeté :

« Je ne comprends pas pourquoi l'assassin présumé a conservé ses vêtements de travail maculés de sang, sans tenter de les faire disparaître ou de les nettoyer ! Cette preuve l'accable. »

Camille avait enregistré la remarque de son frère et averti Pierre pour lui demander aussitôt son avis.

« Une erreur de sa part, sans doute ! commenta celui-ci. Par habitude, il est allé se déshabiller dans le vestiaire et, dans la précipitation, il a déposé ses habits dans son casier, alors qu'ils étaient tachés. Il a dû perdre son sang-froid !

— Ça ne me paraît pas plausible. N'importe quel meurtrier aurait effacé les traces de sang qui l'accuseraient immédiatement. De plus, je te signale que l'arme du crime n'a toujours pas été retrouvée. »

Pierre prenait note de toutes les remarques, imaginait tous les scénarios, cherchait d'autres explications que la simple rivalité entre partisans de l'indépendance et harkis. Mais il devait reconnaître que sa propre enquête n'aboutissait à rien de nouveau.

« Omar paraît être le coupable idéal ! Tout l'accuse, se rendait-il à l'évidence.

— Tu sembles le déplorer comme si tu étais certain qu'il est innocent !

— Je connais Omar. Ce n'est pas un violent. Certes, il ne cachait pas sa fierté d'être algérien ni sa sympathie pour l'indépendance de son pays d'origine. Mais de là à le faire passer pour un terroriste prêt à égorger tous ses frères qui n'avaient pas les mêmes idées que lui !

— Tu le défends, mais Sayed était ton ami !

— Ça ne fait pas d'Omar un assassin. »

Camille ne voyait pas les heures s'écouler quand elle se trouvait aux côtés de Pierre. Mais elle lui reprochait, sans le lui avouer, de passer trop de temps en sa présence à réfléchir à ses investigations. Elle finit par détourner la conversation :

« Sais-tu que nous allons nous retrouver au mariage de mon frère ? lui annonça-t-elle.

— Au mariage de Jean-François ! s'étonna Pierre.

— Tu ignores que le maire a invité ta famille aux noces de sa fille ? »

Pierre se mit à rire.

« Les Chaptal au mariage d'un Pérez ! C'est impossible !

— C'est ce que j'ai affirmé à mon père. Mais lui n'est pas de cet avis. En réalité, Edgar Dugas se doit d'inviter, au moins à la cérémonie et au vin d'honneur, toutes les grandes familles de sa commune. Tes parents en font partie. N'oublie pas qu'il est le maire.

— Ça m'étonnerait que mon père se déplace ! De son point de vue, ce serait de la provocation.

— En fait, sait-il que nous nous fréquentons ?

— Je ne le lui ai pas encore annoncé. Le connaissant, s'il l'avait appris, je crois qu'il m'aurait dit quelque chose ! Tes parents, eux, sont-ils au courant ?

— Oui. Mon frère Manuel nous a aperçus le jour même où nous nous sommes revus au Café du commerce. Je n'ai pas voulu mentir.

— Et alors ?

— Mon père en a été contrarié et m'a mise en garde, mais il m'a laissée libre de mon choix.

— Le mien sera plus que contrarié, lorsqu'il apprendra la vérité ! »

Le mariage eut lieu le samedi après Pâques. La petite mairie de Pérols était noire de monde. Les invités proches des deux familles avaient pris place dans la salle des mariages, les autres, ainsi que les simples connaissances, attendaient sur le perron et obstruaient la circulation du centre du village.

Edgar Dugas officia lui-même à la cérémonie civile et prononça un discours-fleuve dans lequel il plaça la famille Pérez au cœur de toute sa considération.

« C'est grâce à des gens comme vous, conclut-il, en fixant Maxime et Marthe du regard, que nos villages ont retrouvé leur vitalité. Et je suis fier, j'ose le confesser, que ma fille Catherine entre dans une famille qui a le sang de la terre dans les veines… »

L'assistance connaissait les idées de l'édile. Aussi personne ne s'étonna lorsqu'il parla de l'union des vieilles familles du terroir avec les nouveaux arrivants, de l'esprit d'ouverture et de tolérance dont chacun devait faire preuve pour affronter les grands défis du siècle.

« Nous vivons une période de profondes mutations, ajouta-t-il. Nos enfants incarnent l'espoir d'un monde meilleur, celui que nous portons dans nos cœurs et que nos petits-enfants verront triompher à l'aube du prochain siècle. »

Maxime ne parvenait pas à cacher sa joie. Lorsqu'il sortit de la mairie au bras de Marthe, ses yeux pétillaient de bonheur, son visage, radieux, trahissait sa fierté.

Quelques instants plus tard, quand Catherine entra dans l'église, au bras de son père, il se sentit plus fébrile que le jeune marié. Assis derrière son fils face à l'autel, il serra la main de sa femme dans la sienne, lui sourit, lui chuchota :

« C'est le plus beau jour de notre vie depuis que nous avons dû quitter le pays ! »

Marthe s'essuya les joues.

Le souvenir de l'Algérie lui tirait toujours des larmes.

Les Pérez ne furent pas étonnés de l'absence des Chaptal au vin d'honneur. En réalité, ils ne souhaitaient guère leur venue, Maxime en particulier qui aurait été obligé de remercier Armand d'avoir honoré les jeunes mariés de sa présence. Sur le coup, il en fut soulagé.

Marthe, qui n'avait jamais la langue dans sa poche, ne put s'empêcher de relever devant Edgar Dugas qui manifestait sa déception :

« Eh, tous les mêmes, ces gros bonnets ! Ils n'aiment pas ceux qui marchent sur leurs plates-bandes. C'était couru qu'ils ne viendraient pas. Ils sont jaloux de notre réussite. »

C'est alors que, fendant la foule en direction de ses parents, Camille, suivie de Pierre Chaptal, interrompit sa mère :

« Papa, maman, je vous présente Pierre. Je vous ai déjà parlé de lui, n'est-ce pas ? »

Surpris, les parents de la jeune fille ne surent que dire sur le moment.

Alors, Pierre rompit le premier le silence :

« Mes parents ne sont pas venus. Je vous prie de bien vouloir les excuser. Je tiens à les représenter pour vous féliciter et pour présenter tous mes vœux de bonheur aux jeunes mariés. »

Edgar Dugas salua le fils Chaptal et, très courtois, l'emmena auprès de Catherine et Jean-François qui invitaient les convives à se rafraîchir et à se restaurer.

Camille ne put s'empêcher de remarquer devant ses parents :

« Alors, comment le trouvez-vous ?

— Oh, il est mignon ! répliqua Manon qui, à douze ans, avait déjà beaucoup de repartie.

— Il ne ressemble pas à son père ! » se contenta de répondre Maxime, visiblement contrarié.

Seul Manuel semblait se réjouir de la situation. Il décocha un sourire de connivence à sa sœur et lui murmura à l'oreille :

« Tu as bien fait de mettre les pieds dans le plat. Les parents ne sont pas au bout de leurs surprises ! »

Intriguée, Camille fronça les sourcils.

« Que veux-tu dire ?

— Moi aussi, je vais bientôt les étonner.

— Explique-moi ! Ne me fais pas languir !

— Je ne peux t'en dire plus pour l'instant. »

Manuel demeura mystérieux, mais promit à sa sœur de la mettre au courant avant la fin du repas.

Celui-ci se déroula sans incident au domaine des Rives Blanches dont le cadre se prêtait mieux à une grande fête champêtre. De longues tables avaient été dressées sur des tréteaux à l'ombre des ormes, entre le mas et les premières vignes. Pour l'occasion, Marthe avait embauché une noria de jeunes filles afin d'assurer le service. Parmi elles, les filles du personnel, ainsi que trois jeunes Maghrébines dont les parents travaillaient sur le domaine de Valfleuri. Marthe ignorait ce détail, n'ayant pas demandé d'où elles venaient quand elles s'étaient présentées.

L'une d'elles s'appelait Yasmina. Elle était la sœur d'Omar Messaoui.

Les Pérez étaient entourés de leur famille – cousins et petits-cousins, tous rentrés comme eux en métropole –, ainsi que de nombreux amis pieds-noirs venus de tout le département. Depuis quatre ans, ils avaient fait de multiples connaissances dans la communauté pied-noire de la région : des Algérois, des Constantinois, des

Oranais surtout. Chaque jeudi de l'Ascension, en effet, ils ne manquaient pas de se rendre au Mas de Mingue sur les hauteurs de Nîmes où le pèlerinage autour de la vierge de Santa Cruz rassemblait chaque année des milliers de leurs compatriotes provenant de la France entière. A cette occasion, ils avaient retrouvé des amis, des voisins, des habitants de Rio Salado et d'Oran, partis d'Algérie peu avant ou peu après eux, tous dans un terrible déchirement. Aucun n'avait désiré vivre dans un Etat gouverné désormais par des musulmans qui ne reconnaissaient pas leurs droits dans la nouvelle Algérie indépendante. Car ils ne pouvaient imaginer abandonner leur citoyenneté française pour la citoyenneté algérienne.

Entre eux, ils parlaient volontiers de ce passé récent encore brûlant dans leur mémoire meurtrie, mais peu envisageaient de retourner un jour dans le pays qu'ils considéraient malgré tout comme le leur.

Les invités des Dugas tenaient leurs distances avec cette communauté un peu braillarde, à l'accent bizarre, au vocabulaire qu'ils ne comprenaient pas toujours. Entre eux, les pieds-noirs renouaient vite avec leurs habitudes, leurs expressions, leur façon d'accompagner le verbe du geste. Aussi Catherine ne cessait-elle d'aller d'un groupe à l'autre pour présenter sa famille aux amis des Pérez, pour obliger les uns et les autres à franchir la barrière qui semblait les séparer.

« Cette petite est ravissante ! s'extasiaient les amies de Marthe. Ton fils a beaucoup de chance. »

Marthe n'osait leur avouer qu'elle eût préféré que Jean-François épouse une pied-noire, « une fille de chez nous » comme elle l'avait toujours souhaité devant son mari quand ils envisageaient ensemble l'avenir de leurs enfants. Mise devant le fait accompli, elle avait fini par trouver toutes les qualités à sa future belle-fille, mais, en son for intérieur, elle espérait que son cadet, Manuel, comblerait ses vœux en choisissant une fille du pays de ses ancêtres afin de perpétuer la tradition.

Quelle ne fut pas sa surprise lorsqu'elle aperçut ce dernier dans les cuisines, en train d'embrasser dans le cou la jeune Yasmina Messaoui !

19

Tensions

Armand Chaptal ignorait que Pierre s'était rendu au mariage du fils Pérez. Il n'avait même pas daigné répondre à l'invitation d'Edgar Dugas qu'il avait interprétée, effectivement, comme une provocation. A Marie-Ange qui l'incitait à présenter des excuses – par politesse, estimait-elle –, il affirmait que jamais, de son vivant, il ne ferait un pas vers cette famille de pieds-noirs arrogants venus le narguer sur ses terres et dont l'ambition démesurée concourrait un jour à leur propre perte.

Il avait appris que Maxime et ses fils avaient agrandi le domaine des Rives Blanches et que leurs intentions de s'étendre encore ne s'arrêteraient pas à leur deuxième acquisition. D'aucuns assuraient que le fils cadet, Manuel, sillonnait déjà, depuis peu, les quatre coins du Gard et de l'Hérault en quête d'autres vignobles à acheter, et que Maxime en personne avait préempté les vignes mitoyennes aux siennes en vue de les acquérir le jour où leurs propriétaires se décideraient à les vendre.

Armand ne se trompait pas. Grâce à l'appui d'Edgar Dugas, les Pérez avaient obtenu l'assurance d'obtenir un nouvel emprunt au Crédit Agricole. Dès qu'ils le voudraient, celui-ci débloquerait les fonds nécessaires aux investissements qu'ils envisageaient. Edgar Dugas, en effet, n'avait rencontré aucune difficulté à convaincre son beau-frère, directeur de l'agence départementale de l'organisme bancaire, d'accorder un second crédit à un taux très avantageux au beau-père de sa fille.

Armand, qui ne portait pas le maire en grande considération, finit par donner raison à son fils Philippe :

« Il faut préparer les futures élections municipales en organisant l'opposition, afin de faire battre Edgar Dugas. Tu es à la tête de la cave coopérative à présent, tu devrais jouer de ton influence pour persuader les viticulteurs de Pérols de voter contre lui. Il faut absolument s'en débarrasser !

— On pourrait lui trouver quelques casseroles peu reluisantes pour le déconsidérer. Ce serait plus rapide que d'attendre cinq ans.

— Un scandale ?

— Pourquoi pas ? Une petite affaire de mœurs et le tour serait joué. Ça pourrait même le mener en correctionnelle ! Les gens de la campagne n'apprécient pas les dépravés. Ici, beaucoup sont protestants. Pour eux, la vie familiale est sacrée. Ils ne badinent pas avec la morale.

— Dugas passe pour un honnête homme !

— Les hommes intègres à cent pour cent n'existent pas. Tout individu a un talon d'Achille. Et si ce n'est pas le cas du maire de Pérols, on peut lui en trouver un. »

Le père et le fils, une fois de plus, s'accordaient pour fomenter la discorde et jeter le discrédit dans le seul but de protéger leur pré carré et d'assouvir leur désir de domination.

Remontés contre le maire, ils ne l'étaient pas moins contre les Pérez, dont ils souhaitaient l'effondrement rapide. Ils les accusaient de copier leurs méthodes, de vouloir imiter leurs propres vins en sélectionnant des cépages identiques, de démarcher la même clientèle, bref d'exercer une concurrence déloyale.

« Ces pieds-noirs ne valent pas mieux que les Arabes ! maudissait Philippe. Partout où ils s'installent, ils se considèrent comme chez eux. Ils réclament tout et tirent toujours la couverture à eux. Il fallait refuser de les accueillir. Non contents d'être considérés comme des Français à part entière, ils obtiennent des aides de l'Etat ou des indemnités en dédommagement des biens qu'ils ont perdus en Algérie. On aura tout vu ! Quand je te disais que ton de Gaulle était bon pour l'asile de vieillards !

— Ne mélange pas tout, Philippe ! L'exode des pieds-noirs a posé un énorme problème qui a surpris le gouvernement. Il fallait trouver dans l'urgence des solutions pour éviter l'embrasement social. De Gaulle a géré la question comme personne d'autre n'aurait su le faire. Une fois de plus, il a sauvé le pays du chaos. »

Sur cette question épineuse, Armand Chaptal s'opposait à son fils. Mais, avec lui, il devait reconnaître que les Pérez commençaient sérieusement à leur pourrir l'existence.

Pierre n'avait pas osé parler de Camille à ses parents. Les sachant très remontés contre sa famille, il crut préférable de taire leur relation, tant que leur état d'esprit ne serait pas revenu à plus de raison. S'il ne craignait pas la réaction de sa mère, il savait, en revanche, que son père n'admettrait jamais d'accueillir une Pérez sous son toit.

Il fallut bien, pourtant, qu'il affronte son autorité lorsque, par un malencontreux hasard, Camille rencontra Philippe sur les terres de Valfleuri, alors qu'elle rendait visite aux Messaoui à la demande de son frère Manuel.

Philippe la connaissait de vue pour l'avoir déjà croisée au village. Mais il ne lui avait jamais adressé la parole. Quand il l'aperçut sur son Vélosolex à travers ses vignes, il hésita quelques secondes. La robe de Camille virevoltait au-dessus de ses jambes nues. Ses cheveux de jais, dénoués, jouaient avec le vent sur ses épaules dorées. Elle filait à vive allure par les chemins de terre, tout droit en direction de la maison de vignerons où logeaient les familles maghrébines du domaine de Valfleuri. Perché sur son tracteur, Philippe eut quelques secondes d'égarement, quelques pensées déplacées. C'est qu'elle est bougrement mignonne ! pensa-t-il. Quel beau cul ! Puis, se reprenant, il se demanda ce qu'elle faisait sur ses terres. Il abandonna aussitôt son tracteur, enfourcha l'antique moto avec laquelle il se rendait dans ses vignes, la rattrapa avant qu'elle n'atteigne le vieux mas. Il l'obligea à mettre pied à terre, coupa son moteur et lui dit, d'un air supérieur :

« Qu'est-ce que vous faites chez moi ? »

Surprise et quelque peu apeurée, Camille balbutia :

« J'allais rendre visite à Yasmina Messaoui.

— Elle n'est pas là. Elle travaille.

— Quand puis-je la trouver chez elle ?

— Vous n'avez rien à faire ici ! Foutez-moi le camp ! »

Philippe se montrait menaçant. Camille lui tint tête.

« Vous ne me faites pas peur ! Je suis libre d'aller où je veux et vous ne pouvez pas m'empêcher de voir Yasmina.

— Vous n'êtes pas chez vous, ici. Je peux vous chasser !

— C'est bien vrai que votre frère ne vous ressemble pas ! lâcha Camille par mégarde.

— Mon frère ! Vous connaissez Pierre ? » éructa Philippe, surpris.

Camille, qui sentait sa peur disparaître, ne se retint plus.

« Nous nous connaissons très bien, ne vous en déplaise ! Et depuis plusieurs mois. Mais, il est vrai que s'il vous avait ressemblé, je ne serais pas tombée amoureuse de lui ! »

Le mot était dit. Camille n'avait pas prémédité son aveu. Il lui était sorti de la bouche naturellement, sans qu'elle ait réfléchi aux conséquences.

Philippe crut avoir mal entendu.

« Vous… et Pierre… mon frère… Vous êtes amoureuse de mon frère ! Et vous vous connaissez depuis des mois !

— Parfaitement. Maintenant que vous êtes au courant, qu'allez-vous faire ? M'assommer, me faire disparaître ? »

Sur le moment, Philippe crut que Camille faisait allusion à son acte criminel. Il perdit pied quelques secondes, se reprit aussitôt :

« Vous me prenez pour qui ! Vous êtes bien tous les mêmes, vous les Arabes !

— Je suis pied-noire, pas arabe ! Vous mélangez tout. Et quand bien même, les Arabes sont des gens comme vous et moi. Ils ont droit à notre respect.

— J'en ai rien à foutre de votre respect ! Si vous aimez les bougnouls, vous n'avez rien à faire ici, sur mes terres. Les bicots, si c'était que de moi… je les renverrais tous d'où ils viennent. D'ailleurs, bientôt, y en aura plus un seul sur mon domaine. »

Camille sentit que Philippe Chaptal ne lui laisserait pas avoir le dernier mot. Le ton montait. Elle préféra interrompre la conversation avant qu'elle ne s'envenime davantage. Elle grimpa à nouveau sur son Solex, fit demi-tour et ajouta :

« C'est bon. Je m'en vais. Je verrai Yasmina Messaoui un autre jour et ailleurs que chez elle. Vous ne l'enfermez pas dans une prison, j'espère ! »

Philippe la regarda s'éloigner. Sa colère retomba. Ses pensées lubriques reprirent le dessus.

« Je t'aurai un jour, petite garce ! Je t'aurai ! » marmonna-t-il entre ses dents.

Sans rentrer dans les détails, Philippe raconta le soir même à son père qu'il avait croisé la fille Pérez, et qu'il lui avait ordonné de déguerpir sur-le-champ.

« Tu as bien fait, approuva Armand. Ces Pérez ne manquent pas d'air. Ils se croient tout permis ! Ils nous narguent sur nos propres terres à présent ! Qu'ils y reviennent, l'un ou l'autre, et ils verront de quel bois je me chauffe !

— Sais-tu ce qu'elle m'a appris ?

— Tu lui as donc parlé !

— Je n'en ai pas eu le temps. Elle m'a jeté au visage qu'elle était amoureuse de Pierre et qu'ils se voyaient depuis des mois. »

Armand resta sans réaction. Philippe dut lui répéter ce qu'il venait de lui annoncer.

« Tu m'as bien entendu : Pierre fréquente la fille Pérez. Dans notre dos ! Tu imagines ! Et ils se voient tous les jours à Montpellier et le week-end quand elle rentre chez ses parents. C'est elle qui me l'a avoué.

— Pierre… avec la fille Pérez ! C'est pas possible, nom de Dieu, c'est pas possible !

— Je te le confirme.

— Tais-toi ! Je ne veux plus rien entendre ! »

Armand sombra dans une profonde colère qu'il contint à grand-peine. Dans sa tête, soufflait une tempête qui occultait toutes ses pensées. Il ne parvenait plus à réfléchir sereinement à la décision qu'il lui fallait prendre, et ne pouvait concevoir la réalité telle que Philippe venait de la lui décrire. Il avait soudain l'impression de sortir d'un mauvais rêve, d'avoir imaginé sa propre fin.

Il se réfugia dans son bureau, exigea que personne ne le dérange, s'affala dans un fauteuil et resta cloîtré dans le noir pendant toute la nuit à tenter de trouver l'oubli.

Au petit matin, Marie-Ange s'inquiéta de l'état de prostration de son mari.

Philippe lui en expliqua les raisons, essaya de la rassurer. Alors, elle décida de prévenir Pierre par téléphone.

« Il faut que tu aies une franche explication avec ton père ! » lui conseilla-t-elle.

Pierre n'hésita pas une seule seconde.

« J'arrive, lui répondit-il. Le temps de me mettre en route, je serai à Valfleuri dans moins de deux heures. »

Lorsque Armand entendit son fils pousser la porte de son bureau, il éclaira la pièce et lui déclara sans préambule :

« Jamais, tu m'entends ! Jamais une Pérez ne mettra les pieds sous mon toit.

— Père ! tenta Pierre.

— Si tu continues à fréquenter cette fille, ta place n'est plus ici ! »

Le sort semblait s'acharner sur les Chaptal. Armand ne savait plus que décider pour reprendre les rênes et remettre ses fils dans la bonne direction.

Pour Philippe, le mal est fait, se disait-il. Il faut maintenant jouer serré avec ce commissaire zélé, afin qu'il ne découvre pas la vérité. Quant à Pierre, il doit absolument cesser de farfouiller dans cette malencontreuse affaire et me promettre de quitter cette fille immédiatement. Je vais être la risée de toute la région s'il persiste à me déshonorer !

Sur ce dernier point, Armand avait demandé l'avis de Marie-Ange qui, reconnaissait-il humblement, avait plus d'influence que lui sur Pierre. Celle-ci, plus tolérante, plus proche aussi de son cadet, le rassura :

« A leur âge, cela ne porte pas à conséquence. Cette fille n'est sans doute qu'une amourette de passage pour Pierre. Elle n'a pas dix-neuf ans ! Ce n'est qu'une gamine.

— Pierre est un homme. A vingt-sept ans, on a dépassé l'âge du flirt !

— Fais-lui confiance ! Notre fils ne fera rien qui puisse nuire aux intérêts de sa famille.

— Alors, qu'il le prouve en arrêtant aussi d'enquêter sur cette sordide affaire de meurtre ! »

Armand se rendit compte qu'il avait parlé sans réfléchir.

Marie-Ange s'étonna de la remarque de son mari.

« En quoi cette histoire peut-elle nous porter préjudice ? Elle ne concerne que les Messaoui.

— Tu oublies que ces derniers travaillent pour nous ! rectifia Armand. Le meurtre a eu lieu sur nos terres. Qu'on le veuille ou non, ils ont terni notre image. C'est pourquoi j'exige que Pierre ne se mêle plus de tout cela, de près comme de loin. Que pensera-t-on dans la région quand les gens liront dans son journal les articles qu'il écrira à ce sujet et dans lesquels il sera bien obligé de citer le nom de Valfleuri et de parler de nous ? C'est comme s'il braquait un projecteur sur nous et nous mettait au centre de la scène du drame.

— Tu n'as rien à craindre de la vérité ni du procès du meurtrier !

— Pour l'instant, Omar Messaoui n'est qu'en détention préventive. Même si d'énormes présomptions de culpabilité pèsent sur lui, l'enquête n'est pas bouclée. Elle peut encore rebondir. »

Marie-Ange ne comprenait pas pourquoi son mari se montrait si soucieux. Elle lui changea les idées en lui disant qu'elle avait à lui faire part d'une autre nouvelle. Armand l'interrompit avant qu'elle eût le temps de s'expliquer :

« Si c'est pour m'annoncer une autre catastrophe, lui dit-il, colérique, j'en ai assez entendu pour aujourd'hui.

— C'est une bonne nouvelle, au contraire. Un heureux événement. Tu vas à nouveau être grand-père. Notre fille Maryse attend un troisième enfant. »

Pierre ne promit rien à son père. Il ignorait, en effet, à quel point ce dernier s'était compromis en voulant défendre Philippe. Il se jura seulement d'agir avec beaucoup de discrétion et de ne pas avancer d'hypothèses hasardeuses si des faits nouveaux se révélaient. Au reste, ce qu'il cherchait surtout à connaître, c'étaient les avancées de l'enquête du commissaire Ménard pour pouvoir les vérifier lui-même et, le cas échéant, en prendre le contre-pied en se faisant l'avocat du diable. Son travail à l'agence l'accaparait beaucoup, il n'avait donc pas suffisamment de temps, regrettait-il, pour mener ses propres investigations. Quant à Camille, ses études l'occupaient à plein temps et, hormis certains week-ends, elle ne pouvait lui être d'un grand secours.

Pour ne pas chagriner davantage leurs parents, tous deux évitaient de se retrouver à Pérols lorsqu'ils rentraient dans leurs familles respectives. Si bien qu'au bout de quelques semaines, personne n'entendit plus parler de leur liaison. Chacun put penser qu'ils y avaient mis un terme. En tout cas, Armand Chaptal se comportait comme si son fils l'avait enfin écouté et s'était rendu à la raison. Il s'en réjouissait. Sous son toit, un consensus semblait s'être établi : personne n'abordait plus le sujet, la discorde était effacée. Le problème n'existait plus.

Chez les Pérez, Camille agissait de la même manière. Certes, elle savait que ses parents la laissaient libre de ses choix, mais elle préférait, elle aussi, ne plus évoquer en leur présence l'existence de Pierre, dans l'hypothèse que son père et celui de Pierre acceptent un jour de se parler.

En réalité, Maxime se souciait davantage de l'avenir des Rives Blanches que des fréquentations de sa fille, qu'il ne prenait pas très au sérieux. Quant à Marthe, elle s'inquiétait maintenant à propos de Manuel. Depuis qu'elle avait surpris son fils avec Yasmina Messaoui le jour du mariage de Jean-François, ses nuits étaient agitées par de mauvais rêves. Elle se revoyait au pays en plein conflit, plongée dans la crainte que les fellaghas ne s'en prennent à Manuel, l'accusant d'avoir détourné le cœur d'une jeune musulmane. Là-bas, songeait-elle souvent quand elle ne parvenait pas à trouver le sommeil, les terroristes condamnaient toutes relations entre musulmanes et colons. Nombreux étaient celles et ceux qu'on retrouvait égorgés, les premières punies d'avoir trahi la cause nationaliste en pactisant avec l'occupant, les seconds châtiés pour avoir bafoué la loi coranique.

Lorsque Manuel lui avait annoncé lui-même qu'il aimait Yasmina, elle n'avait pu ravaler sa stupéfaction et s'était écriée :

« Mais… mais, c'est une Arabe !

— Maman ! s'était étonné Manuel. Yasmina est d'origine maghrébine, elle est musulmane, c'est un fait. Mais elle vaut toutes les autres filles du monde. Elle est intelligente, très sensible et gentille. Je ne vois pas où est le problème. Il faut évoluer, nous ne sommes plus en Algérie ! Et puis, je l'aime !

— Que dira ton père quand il saura ?

— Tu ne lui en as pas parlé lorsque tu nous as surpris ensemble ?

— Tu l'aurais déjà entendu ! Ça va lui faire un choc ! Et as-tu songé au frère de cette fille et à ce qu'on lui reproche ?

— Omar ! Rien ne prouve qu'il est coupable. Le procès n'aura lieu que dans six mois. D'ici là, bien des événements peuvent venir prouver le contraire. »

Manuel avait usé de tous ses arguments, mais ce jour-là, il ne parvint pas à rassurer sa mère.

« Qu'ai-je donc fait au Seigneur pour avoir des enfants si inconscients ! se lamentait Marthe. Camille qui s'éprend d'un Chaptal, et toi maintenant qui fréquentes une jeune Arabe ! Mon Dieu, qu'ai-je fait pour mériter ça ?

— Maman, en Algérie, entre Arabes et pieds-noirs, on s'entendait bien, pas vrai ? Souviens-toi, sur nos terres, quand nous étions enfants, nous jouions tous ensemble. Les petits Arabes étaient nos copains de classe, nos amis. D'ailleurs, Manon a toujours pour meilleur ami le jeune Farid Messaoui ! Ils vont à l'école ensemble depuis notre arrivée à Pérols. Ils sont inséparables ! »

Marthe avait beau se raisonner, elle éprouvait beaucoup de difficulté à accepter ce qui, dans sa vie, allait de rebondissement en rebondissement. Elle finit par faire contre mauvaise fortune bon cœur et déclara, avec sa manière bien à elle de tourner les choses les plus sérieuses à la dérision :

« Ma foi, mon fils ! Une chose est sûre : on mangera encore de bons couscous !

— Je croyais que ta préférence allait à la paella !

— Sûr que je préfère la paella, comme tous les Oranais ! Mais je saurai montrer à ta dulcinée que nous, les pieds-noirs, nous sommes aussi les rois du couscous. »

20

Rebondissement

Le commissaire Ménard poursuivait inlassablement son enquête. Il avait interrogé sans relâche tous les membres du personnel de Valfleuri, procédé en présence du juge Lambert, et après celle des gendarmes, à une reconstitution des faits sur le lieu présumé du crime, passé au crible tous les indices susceptibles de faire avancer l'affaire. Et force lui était de reconnaître que tout accablait le fils Messaoui. Omar, qui ne cessait de crier son innocence, avait été plusieurs fois contraint de simuler l'acte dont le juge Lambert l'accusait. A chaque reconstitution, au moment où celui-ci lui demandait de refaire en sa présence les gestes précis qui avaient achevé sa victime, il se cabrait et refusait catégoriquement de se prêter à ce qu'il affirmait être une mascarade.

Un seul détail, à sa décharge, n'avait pas été élucidé : le coup asséné à l'arrière du crâne de Sayed Laraoui et qui avait entraîné sa perte de connaissance. Son avocat mettait ce fait en évidence pour tenter de disculper son client. Mais le juge Lambert ne se montrait pas très convaincu. D'après l'expertise, la tête de la victime aurait bien heurté une paroi dépourvue d'aspérités. Or le coup n'avait pu être porté à l'endroit même où Sayed avait été retrouvé, car la décharge ne présentait ni arbre, ni mur, ni aucune surface contre laquelle il aurait pu se fracasser le crâne. Néanmoins, le médecin légiste demeurait formel : un choc à l'arrière de la tête l'aurait d'abord assommé, puis il aurait été achevé en état d'inconscience.

Le commissaire Ménard avait donc conclu que la victime, encore vivante, avait été transportée par le meurtrier sur le lieu où celui-ci l'aurait égorgée et émasculée.

« Dans quel ordre ces exactions ont-elles été pratiquées ? avait-il demandé au légiste.

— On ne peut le savoir. Elles ont été quasiment simultanées. Mais cela n'a aucune importance quant à l'heure de la mort. »

Le doute s'était emparé du commissaire. Le meurtrier savait-il si sa victime vivait encore quand il l'avait transportée dans la décharge ? Pourquoi et comment l'avait-il d'abord assommée ? Comment l'avait-il déplacée et à partir d'où ?

Pour l'instant, toutes ces questions demeuraient sans réponse. De même, l'arme avec laquelle l'assassin avait perpétré son crime restait introuvable.

« On ne la découvrira sans doute jamais ! déplorait le commissaire devant le juge Lambert qui avait cependant décidé de maintenir l'inculpation d'Omar Messaoui.

— Aucun fait nouveau n'étant venu prouver l'innocence de l'inculpé, et en l'absence d'alibi, celui-ci demeurera donc en prison jusqu'à son procès », opposait le magistrat à l'avocat de la défense qui demandait la mise en liberté de son client pour manque de preuves.

Cependant, les questions en suspens n'ayant pas été élucidées, l'instruction du procès n'était pas close pour autant. Aussi, sur demande du juge Lambert, les gendarmes se rendaient-ils régulièrement au domaine de Valfleuri. Le commandant Lapierre s'excusait chaque fois devant Armand Chaptal de ses intrusions dans sa propriété, mais il n'en poursuivait pas moins ses investigations.

Une de ses équipes fouillait à nouveau la décharge, car du sang de la victime avait été retrouvé à deux mètres environ de l'endroit précis où son corps avait été enseveli sous un tas d'immondices.

« Sur un galet dans le fossé qui longe la décharge, avait précisé le commandant à Armand Chaptal.

— Qu'est-ce que vous en déduisez ?

— Difficile d'être affirmatif. Ce qui est certain c'est que la victime n'a pas bougé toute seule. Dans son état, elle est morte sur place, avant ou après avoir été enterrée dans la décharge. L'assassin a pris soin d'effacer toutes les traces.

— Sauf pour le couteau !

— Je pense qu'il tenait encore l'arme du crime à la main quand il s'est éloigné. Le sang a dû couler de la lame avant qu'il ne s'en débarrasse ou qu'il ne la nettoie et la fasse disparaître. C'est la raison pour laquelle j'ai ordonné de passer la décharge au peigne fin. Des fois que le meurtrier aurait planqué l'arme du crime dans le tas d'ordures comme il y a enfoui le corps de sa victime !

— Hum ! vous pensez bien qu'il n'aurait pas commis une telle erreur. »

A chaque visite des forces de l'ordre, Armand s'empressait d'informer Philippe de ce qu'il avait appris de nouveau. Il voulait s'assurer que son fils n'avait laissé aucun indice derrière lui et que les gendarmes n'étaient pas en train de resserrer leur étau autour d'eux.

« Ne te tracasse pas, père ! Je n'aurais jamais commis la bêtise d'abandonner mon couteau sur place, même enfoui dans une décharge.

— Qu'en as-tu fait ?

— Peu importe ! J'ai fait ce qu'il fallait ! N'en parle plus, veux-tu ! Laissons les gendarmes fouiller autant qu'ils le veulent. Ils ne trouveront aucune preuve. »

Philippe feignait d'être sûr de lui. Toutefois, il craignait plus la présence du commissaire Ménard que celle des gendarmes. Le policier agissait dans l'ombre, sans faire de bruit, sans remuer ciel et terre. Il questionnait insidieusement, n'insistait jamais lorsqu'il ressentait de la méfiance chez son interlocuteur, revenait à la charge le lendemain pour tenter de déceler des contradictions dans ses déclarations. Un travail de fourmi, méticuleux, qui lui permettait de mettre en place l'une après l'autre les pièces du puzzle.

Pierre était parvenu à gagner sa confiance. Mais, en tant qu'officier de police, Ménard ne lui révélait aucun détail de son enquête.

« Pour l'instant, je ne peux que corroborer les conclusions des gendarmes, lui avoua-t-il. Rien ne vient disculper le prévenu qui reste donc jusqu'à présent le coupable présumé. Si aucun fait nouveau ne parvient à modifier l'instruction, le juge clôturera celle-ci et le procès aura lieu à la date prévue. »

Pierre avait rédigé pour son journal quelques articles sur les événements et les conclusions de l'enquête de gendarmerie. Le commissaire lui avait permis de relater ses propos sans en tirer d'autres affirmations que celles qu'il lui avait fournies.

« Finalement, je n'ai pas grand-chose à raconter ! se plaignit-il à Camille, lorsque, à son tour, il lui fit ses confidences. Cette affaire paraît bien banale et sera vite bouclée. Aux assises, les jurés n'auront pas à se poser beaucoup de questions pour déclarer Omar coupable. Son sort sera vite réglé !

— Tu as l'air chagriné !

— Quelque chose me dit que cette affaire est plus compliquée qu'elle ne le paraît. Tout me semble trop cousu de fil blanc.

— Remarque, pour ta famille, il vaut mieux qu'elle ne traîne pas en longueur. Moins on en parlera, moins Valfleuri sera exposé aux feux des projecteurs. Je comprends que ton père ait envie que tout cela cesse rapidement. Mon père réagirait de la même manière si c'était l'un de ses employés qui était accusé de meurtre. »

En juin, cinq mois après les faits, un événement vint remettre en question les déductions de l'enquête et les conclusions du juge Lambert. Pierre, qui semblait regretter que l'affaire fût trop banale pour pouvoir défrayer sa nouvelle chronique journalistique, fut le premier concerné.

Comme chaque lundi matin, il rentrait à Montpellier sans trop se hâter. Il savait que, le week-end, ses reporters ne lui faisaient pas parvenir beaucoup d'articles à superviser avant de les envoyer à sa rédaction. Martine Ducruet, sa secrétaire, avait l'habitude d'ouvrir les bureaux de l'agence peu avant neuf heures. Elle commençait par préparer la cafetière qu'il lui avait demandé d'installer dans la petite pièce située derrière son bureau et qui leur servait de salle de détente et de restauration. Elle rangeait les dossiers de la semaine écoulée, mettait tout en ordre et prenait place enfin devant sa machine à écrire aux environs de dix heures. Pierre arriverait peu après. Il lui saurait gré d'avoir pensé au café en l'attendant.

Le courrier était toujours distribué au milieu de la matinée, si bien que la première tâche qu'elle effectuait en réalité consistait à le lui présenter sur sa table de travail, sans l'ouvrir.

Ce matin-là, le facteur avait déposé cinq enveloppes dont une de grand format. Les collaborateurs de Pierre avaient coutume d'utiliser des enveloppes de taille moyenne pour leurs articles. La secrétaire s'étonna devant la plus grande d'entre elles qui, au toucher, lui sembla presque vide. Elle la plaça néanmoins à côté des quatre autres et s'attela à son travail de dactylographie.

Lorsque Pierre fit son entrée sur le coup de dix heures dix, il remarqua aussitôt l'enveloppe inhabituelle. Il prit le temps de boire son café et entreprit de dépouiller son autre courrier, la laissant pour la fin. Martine le regarda hésiter, s'interrompit :

« Qu'y a-t-il, Pierre ? Un problème ?

— Vous avez remarqué aussi, n'est-ce pas ? L'écriture sur cette enveloppe paraît hésitante. Ce n'est pas celle d'un de nos collègues !

— Effectivement, c'est ce que je me suis dit. Sans doute un lecteur qui vous envoie un article personnel. Ce ne serait pas la première fois !

— Pourquoi avoir pris une si grande enveloppe pour si peu ? Elle ne contient pas grand-chose !

— Ça vous intrigue tant que ça ? Ouvrez-la, vous verrez bien ! »

Plus que le format de l'enveloppe et sa minceur, c'était l'écriture qui l'étonnait. Des mots maladroits, presque illisibles, comme tracés par un illettré ou un élève de CP à quelques mois de la rentrée scolaire.

Pierre subodorait quelque chose d'étrange. D'habitude, lorsqu'un de ses reporters se servait de telles enveloppes, c'était pour lui faire parvenir un dossier ou un document important, pas une simple feuille 21 × 27 !

Il se décida enfin à décacheter l'enveloppe.

Il en tira délicatement l'unique feuille qu'elle contenait.

Celle-ci n'était pas pliée et ne présentait que trois mots mal calligraphiés, de la même écriture que celle de l'enveloppe.

Pierre lut en silence. Les yeux écarquillés.

« Qu'est-ce que c'est ? » demanda Martine, curieuse.

Pierre resta quelques secondes silencieux, méditatif.

« Une lettre anonyme ! fit-il enfin.

— Que dites-vous ? Une lettre anonyme ! C'est une plaisanterie !

— Ça n'en a pas l'air.

— A qui est-elle adressée ?

— Vous avez vu l'enveloppe ! A moi personnellement.

— Je n'ai pas fait attention. Et que dit cette lettre mystérieuse ? »

Martine ne semblait pas prendre la chose au sérieux.

« C'est Tarek l'assassin.

— Pardon ?

— La lettre dit : c'est Tarek l'assassin.

— Tarek ! Qui c'est ? Et l'assassin de qui ?

— Je vous expliquerai, Martine. Laissez-moi réfléchir calmement. »

La secrétaire regarda son chef d'un air intrigué et reprit son travail sans ajouter un mot.

Sur le moment, Pierre ne sut que décider. Avertir immédiatement le commissaire Ménard ? Parler à son père ? Taire ces nouvelles révélations pour voir ce qui allait se passer ?

Devait-il prendre au sérieux cette dénonciation ? Qui pouvait bien être ce mystérieux corbeau ? S'agissait-il d'une manœuvre de diversion ou l'œuvre d'un témoin qui éprouvait soudain le besoin de soulager sa conscience ? Pourquoi, dans ce cas, avoir attendu si longtemps pour s'exprimer ? Pourquoi de cette manière ? Et pourquoi enfin s'adresser à lui plutôt qu'aux gendarmes ou à la police ?

Toutes ces questions lui trottaient dans la tête et l'empêchaient d'avoir une vision claire et détachée de l'affaire qui, sans aucun doute à ses yeux, venait de connaître un énorme rebondissement.

Le soir même, il donna rendez-vous à Camille à la terrasse d'un café sur la place de la Comédie. Celle-ci ne cacha pas sa surprise, car ils avaient l'habitude de se retrouver dans sa chambre d'étudiante – dont Pierre possédait une clé – à partir du mardi seulement. Le lundi, étant son jour de cours le plus chargé, elle restait enfermée chez elle afin d'avancer son travail de la semaine. Le voyant soucieux, plongé dans ses réflexions devant la bière qu'il avait commandée en l'attendant, elle comprit aussitôt qu'il avait une nouvelle importante à lui annoncer.

« Tiens, lis ! » lui dit-il dès qu'il l'eut embrassée.

Camille demeura sans voix.

« Ça se corse, on dirait ! fit-elle enfin en prenant une chaise. Bien sûr, tu ne sais rien de plus !

— Rien. J'ai reçu cette lettre anonyme au courrier de ce matin, à l'agence. Je ne reconnais pas l'écriture qui, sans nul doute, est maquillée. La lettre a été postée vendredi à Montpellier. C'est tout ce que je sais.

— Quel peut être le but de cette lettre ? Et à qui pourrait-elle profiter si tu la transmettais à la police ?

— Le juge d'instruction risque de demander un complément d'enquête. Celle-ci va rebondir car, de deux choses l'une : ou bien le corbeau dit la vérité et dans ce cas nous aurons un nouvel inculpé. Et Omar sera libéré…

— Encore faudrait-il confirmer cette hypothèse !

— Ou bien le corbeau tente de faire diversion. Ce qui signifierait qu'Omar a un complice qui essaie de l'innocenter en faisant accuser quelqu'un d'autre à sa place.

— A moins que ce ne soit un petit plaisantin ! Ça ne serait pas la première fois, dans ce genre d'histoire, que la police recevrait des lettres anonymes.

— Ce qui m'intrigue, c'est que, précisément, ce n'est pas à la police que le corbeau s'est adressé mais à moi. Comme s'il voulait prouver par là qu'il ne s'agit pas d'une plaisanterie ! N'oublions pas que Sayed était mon ami, qu'Omar est un ouvrier de mon père...

— Et que Tarek est un ouvrier du mien !

— A mon avis, cette dénonciation est à prendre au sérieux.

— Qu'as-tu décidé ?

— De remettre cette lettre anonyme au commissaire Ménard. Je ne peux pas la garder sous silence. S'il y a une chance de disculper Omar Messaoui, je n'ai pas le droit de dissimuler la vérité.

— Tu vas publier ce fait nouveau dans ton journal ?

— Non. Pas tant que Ménard ne m'en donnera pas l'autorisation. Il faut d'abord que le juge soit mis au courant et qu'il donne ses nouvelles directives. Je ne tiens pas à ce qu'on m'accuse de jouer en solo pour bénéficier de l'effet d'un scoop. Je n'ai rien à y gagner. »

Camille se rendit à l'avis de Pierre et lui fit promettre de la tenir informée.

« Je pars demain matin pour Valfleuri. J'irai voir immédiatement le commissaire Ménard et lui remettrai cette lettre... Mais, en attendant, je compte bien passer quelques moments agréables en ta compagnie !

— Pierre, tu sais bien que le lundi j'ai beaucoup de boulot ! protesta Camille sans conviction.

— Mais… je t'aiderai à réviser. »

Il l'enlaça, et sans se préoccuper des gens qui les entouraient, l'embrassa longuement et lui susurra dans le creux de l'oreille :

« J'ai envie de toi. Tu es trop belle, petit démon. Tu es ma tentation ! »

L'affaire Laraoui effectivement rebondit sur-le-champ.

Le jour même, Ménard avertit le juge d'instruction. Celui-ci prit la lettre anonyme très au sérieux et ordonna aussitôt d'aller interroger Tarek Boutif aux Rives Blanches.

Lorsque Maxime, à son tour, vit débarquer les gendarmes accompagnés du commissaire, il crut à une grossière erreur.

« Vous vous trompez de domaine, messieurs, leur déclara-t-il sans attendre leurs explications. Ici, vous êtes aux Rives Blanches, pas à Valfleuri.

— Ce n'est pas une erreur de notre part, monsieur Pérez, répondit le commandant Lapierre. Vous employez bien un certain Tarek parmi votre personnel ?

— C'est exact. Tarek Boutif. Que lui voulez-vous ?

— Nous avons quelques petites questions à lui poser. Où pouvons-nous le trouver ?

— Dans le chai, c'est notre premier caviste. Mais qu'a-t-il fait ?

— Pour l'instant, rien. Mais je ne peux vous en dire plus. Si vous le permettez, mes hommes vont aller le chercher.

— Je peux l'appeler par téléphone. J'ai une ligne intérieure entre mon bureau et la cave.

— Ce ne sera pas utile. Ne vous dérangez pas. »

Maxime consulta Manuel du regard. Celui-ci n'avait pas prononcé une parole. Il observait le commissaire Ménard qui semblait se faire oublier derrière les trois gendarmes qui accompagnaient le commandant Lapicrre.

« Votre fille Camille fréquente bien le fils cadet des Chaptal ? finit par demander le policier, en portant sa pipe à la bouche.

— Vous êtes bien renseigné ! répondit Maxime, décontenancé. Mais quel est le rapport avec Tarek ?

— Aucun. C'était une simple question. »

Ménard ne dévoila pas le fond de sa pensée. Il poursuivit :

« Vos deux familles sont donc liées !

— Pas du tout ! s'insurgea Maxime. Entre ma fille et Pierre Chaptal, il n'y a rien de sérieux. Enfin… pas encore !

— C'est ce que je voulais vous entendre dire. »

Le commandant Lapierre ordonna à ses hommes d'aller chercher Tarek.

« Nous l'emmenons à la brigade. On vous le rendra très vite. Dès qu'on aura éclairci certains points.

— Il n'a rien fait de grave ?

— Je ne peux rien vous dire. »

Les gendarmes prirent le chemin du chai. Sur le pas de la porte, le commissaire ajouta :

« Votre Tarek… il a bien été soupçonné d'avoir incendié votre hangar il y a quelques années !

— Il a été aussitôt disculpé ! s'emporta Manuel, sortant de son silence.

— Je ne fais aucun amalgame, n'ayez crainte ! J'aime simplement qu'on me précise les choses.

— Tout cela est inscrit dans le procès-verbal. D'ailleurs, nous n'avons pas porté plainte. C'était un accident.

— Bien sûr ! releva le commissaire en bourrant sa pipe. Bien sûr… un accident ! Nous nous reverrons… Je vous dis donc à bientôt. »

Maxime et Manuel se regardèrent d'un air dubitatif. Les petites questions insidieuses du commissaire, son ton courtois, son allure bonhomme les avaient décontenancés.

« Qu'est-ce que cela peut bien signifier ? » s'interrogea Maxime à voix haute, une fois seul avec Manuel et de toute évidence perturbé.

Contrairement à Omar, Tarek n'opposa aucune résistance aux gendarmes. Au reste, le commandant lui déclara qu'il désirait seulement l'entendre comme témoin et l'emmena sans lui passer les menottes aux poignets.

Mais le soir, lorsque Maxime ne vit pas rentrer son caviste au domaine, il s'inquiéta. Jean-François décida alors d'aller aux renseignements et se rendit aussitôt à la gendarmerie de Saint-Hippolyte. Là, on lui apprit que Tarek Boutif avait été mis en garde à vue et transféré à Nîmes sur décision du juge.

« Que lui reproche-t-on ? » s'enquit Jean-François.

En l'absence de son supérieur, le gendarme qui le reçut refusa de le renseigner.

« Tout ce que je peux vous dire, c'est qu'il a été mis en cause par une lettre de dénonciation.

— Une lettre anonyme !

— Si vous voulez.

— A propos de quoi ? De cette vieille histoire de grange brûlée !

— Non, c'est plus grave que ça. Mais je ne peux vous en dire plus. Attendez la suite de l'enquête. Vous en saurez davantage bien assez vite. »

Lorsque Jean-François rentra aux Rives Blanches, Maxime, Marthe et Manuel étaient en communication téléphonique avec Camille. Maxime tenait le combiné, Manuel l'écouteur.

« Alors que dit-elle ? s'énervait Marthe, tenue à l'écart.

— Chut ! lui ordonna Maxime. Je n'entends pas ce qu'elle me dit… Que dis-tu ? insista-t-il… une lettre anonyme qui accuse Tarek. Mais c'est idiot ! Tarek… le meurtrier de Sayed… je croyais que c'était Omar Messaoui… »

Jean-François comprit aussitôt ce qui avait amené les gendarmes et le commissaire Ménard à procéder à la mise en examen de son caviste.

« Désormais, dit-il, cette affaire nous concerne également. »

21

Agression

Maxime se montrait très contrarié. Au moment où le domaine des Rives Blanches prenait une ampleur prometteuse, le dernier rebondissement de l'affaire Laraoui commençait à l'inquiéter. Jusqu'à présent, il ne l'avait suivie que de loin, ne pouvant s'empêcher de penser que, pendant que les Chaptal étaient empêtrés dans ce navrant fait divers, lui et ses fils avaient toute latitude pour ravir des parts de marché sans se heurter à leur concurrent direct.

« La voie est libre ! se réjouissait-il. Profitons-en ! »

Il avait constaté en effet que, depuis le début des événements, les clients que Manuel contactait avaient tendance à délaisser Valfleuri pour les Rives Blanches. Certes, les vins des deux domaines se valaient, mais les négociants de la région avaient peu à peu diminué leurs commandes chez les Chaptal au profit des Pérez.

« Ce n'est pas moi qui m'en plaindrai ! affirmait Maxime. S'ils boudent leur ancien fournisseur en ma faveur, je ne vais pas faire la fine bouche.

— Les gens d'ici n'aiment pas les scandales, lui expliqua Edgar Dugas. Cette affaire ternit la bonne image des Chaptal, même s'ils n'y sont pour rien. Les rumeurs se répandent très vite dans nos campagnes. Les journaux véhiculent des images qui salissent ceux dont ils parlent. Les photos publiées dans *Ici Paris* et dans *Paris Match*, montrant Armand Chaptal et son fils Philippe sur le lieu du crime en présence des gendarmes, leur ont causé beaucoup de tort. Ils auraient dû refuser la présence des journalistes sur leurs terres.

— On ne peut pas toujours éviter les... comment dit-on... les paparazzis ! releva Maxime. Moi-même, si j'en aperçois un qui traîne dans mes vignes ou autour de ma maison, je le chasserai sans ménagement.

— Même s'il s'agit de Pierre Chaptal ?

— Ce garçon n'appartient pas à ce genre de journalistes. Camille m'a rassuré à son sujet. Il s'est lancé dans le journalisme d'investigation, mais il ne cherche pas à soulever les scandales. Ses articles le prouvent.

— N'aurait-il pas intérêt à ce que l'affaire se déporte sur votre domaine pour détourner de Valfleuri l'attention des enquêteurs ? C'est un Chaptal, ne l'oublions pas !

— Vous pensez bien que j'y ai songé. Mais ma fille est catégorique, et je la crois. Pierre ne cherche que la vérité et ne se permettrait pas de commettre une malversation pour aider sa famille, même si celle-ci était mise en cause et rencontrait des ennuis.

— Il n'en reste pas moins vrai que la mise en examen de votre employé détourne maintenant les regards sur vous et les vôtres. Ce qui est arrivé aux Chaptal risque de vous arriver !

— Je le crains effectivement. Mais Tarek est innocent. Il sera vite lavé de tout soupçon. Il a un sérieux alibi : le jour où le crime a été commis, il travaillait dans notre cave en compagnie de mon maître de chai, René Carrel. Celui-ci l'a d'ailleurs garanti au commissaire et au juge d'instruction. De plus, ils n'étaient pas seuls : ce jour-là, tous les deux présentaient avec mes fils nos derniers crus à des représentants des vins Nicolas venus nous démarcher.

— Certes ! Avec un tel alibi, il devrait être relâché rapidement. »

Le commissaire n'avait pas tardé à rassembler tous ces détails. Le juge Lambert ayant entendu les principaux témoins, Ménard ordonna la relaxe de Tarek Boutif, qui fut effectivement lavé de tout soupçon.

« La lettre du corbeau n'était donc qu'un mensonge, expliqua le commissaire à Maxime. Mais nous devions vérifier ce qu'elle dénonçait. Votre employé n'a rien à se reprocher et n'est pas concerné par cette histoire.

— Avouez, commissaire, que vous l'avez un peu vite soupçonné, par le seul fait qu'il avait déjà été mis en cause à l'époque de l'incendie de ma grange… et que c'est un Arabe !

— Vous vous trompez, monsieur Pérez. Primo, je ne suis pas raciste et n'ai aucun a priori envers les Maghrébins qui vivent dans notre pays ; ensuite je n'écarte jamais une hypothèse sans l'avoir vérifiée. C'est aussi simple que ça !

— Reste à savoir qui est le corbeau !

— Si je le savais, l'affaire serait vite bouclée. A mon sens, l'auteur de la lettre anonyme connaît la vérité…

A propos, votre fils Manuel entretient une liaison avec une certaine Yasmina, n'est-ce pas ? »

Maxime sentit à nouveau que Ménard allait sournoisement tenter de l'asticoter. Cette fois, il prit les devants :

« Mon fils fréquente en effet Yasmina Messaoui, commissaire. C'est-à-dire la sœur de l'accusé. Ça ne fait pas de lui un complice, si c'est cela que vous insinuez !

— Je n'insinue rien, monsieur Pérez. Ne vous énervez pas ! Je m'informe.

— Alors, cessez de tourner continuellement autour du pot ! Dites franchement ce que vous pensez. Si vous croyez que mon fils est l'auteur de la lettre anonyme et qu'il a tenté de détourner la vérité uniquement pour sauver de l'échafaud le frère de sa dulcinée, vous vous trompez, commissaire. Nous, les Pérez, ne sommes pas faits de ce bois-là ! Nous avons notre fierté et notre honneur ! Jamais nous ne prendrions la défense d'un assassin.

— Qui vous dit qu'Omar Messaoui est le meurtrier ? Comme je vous l'ai déjà dit, je pose de simples questions en vue d'obtenir des réponses franches.

— N'ai-je pas été clair ?

— Très clair, monsieur Pérez, très clair ! »

Aussitôt après le départ du commissaire, Maxime s'entretint avec ses fils.

« J'ignore le fond de sa pensée, reconnut-il, mais j'ai l'impression qu'il nous soupçonne d'être mêlés à cette affaire.

— Ça ne tient pas debout ! s'insurgea Jean-François. Je ne vois pas sur quoi peuvent porter ses suspicions !

— C'est l'évidence même, nota Manuel. Par nos fréquentations, Camille et moi sommes liés aux Chaptal et donc indirectement à l'affaire.

— Je ne comprends pas, dit Maxime.

— C'est pourtant simple : Camille fréquente Pierre Chaptal. Ça ne plaît pas au père ni au frère. Ils décident d'utiliser l'affaire pour nous salir à leur tour en dénonçant Tarek, notre caviste. Ainsi, l'affaire se déplace de chez eux vers chez nous. Belle manœuvre de diversion ! C'est de bonne guerre ! N'oublions pas que nous leur faisons beaucoup de concurrence !

— Selon toi, le corbeau pourrait donc être Armand ou Philippe Chaptal… ou les deux !

— Ce n'est qu'une hypothèse. Mais ça ne disculpe pas Omar Messaoui pour autant… Dans le second cas, poursuivit Manuel, qui sur cette histoire de meurtre se montrait le plus intéressé des trois, c'est moi qui suis mis en cause par les insinuations de Ménard : par amour pour Yasmina et pour innocenter son frère, j'envoie une lettre anonyme à Pierre Chaptal accusant Tarek.

— Tu ferais ça pour ta chérie si elle te le demandait ? s'étonna Maxime.

— La question ne se pose pas, papa ! Yasmina ne me demanderait jamais une chose pareille. De plus, j'apprécie trop Tarek pour le faire accuser lâchement d'un crime abominable.

— Je comprends mieux maintenant les insinuations du commissaire.

— Il n'écarte aucune hypothèse ! C'est son boulot. Et c'est la preuve qu'il cherche encore la vérité.

— Tu penses que Ménard n'est pas tout à fait convaincu de la culpabilité d'Omar !

— C'est mon avis. »

L'été traînait en longueur, à l'image de l'affaire que les journaux commençaient peu à peu à délaisser, faute de nouveaux rebondissements. Les enquêteurs piétinaient car, depuis la lettre de dénonciation, aucun autre événement susceptible d'arrêter la procédure d'accusation d'Omar Messaoui n'était intervenu. Tous les témoins avaient été entendus, leurs déclarations vérifiées. Les fausses pistes avaient été examinées de près et écartées. Restait à découvrir qui était le fameux corbeau et où se trouvait l'arme du crime. Sur ce dernier point, le procureur avait demandé une nouvelle autopsie du corps afin de déterminer avec plus de précision comment la victime avait été égorgée. Lors du premier examen, le médecin légiste en effet avait négligé certains détails. Après approfondissement de son expertise, il put confirmer au magistrat que le criminel avait procédé de face et non par-derrière, et de la droite vers la gauche. Ces précisions ne changeaient en rien les conclusions du juge pour qui le meurtre avait bien été effectué en deux temps.

Philippe Chaptal se sentait tranquillisé. La pression exercée sur Valfleuri avait disparu. Déjà on ne pensait plus qu'aux vendanges dont la date se rapprochait.

Il avait embauché ses équipes de saisonniers. Refusant systématiquement tous les Maghrébins qui s'étaient présentés, il avait privilégié les étudiants en quête d'un petit boulot avant la rentrée universitaire.

« Avec eux, je n'aurai pas d'ennuis ! » s'était-il justifié devant son père qui n'approuvait pas sa démarche.

Néanmoins, il n'avait pas mis à exécution sa menace de renvoyer les familles arabes de son domaine. Trop dangereux en ce moment ! avait-il pensé. Ça attirerait les soupçons.

Partout dans la région, la récolte promettait d'être excellente. Le raisin avait profité des grosses chaleurs et d'un fort ensoleillement. Les pluies étaient tombées juste au bon moment et avaient repoussé la sécheresse. La qualité du nouveau millésime semblait assurée.

Chez les Pérez, la situation était identique. Jean-François attendait également avec impatience le ban des vendanges.

« Cette année, avec nos nouvelles vignes, affirmait-il, nous allons accroître notre production de moitié, si mes prévisions sont exactes. Et l'année prochaine, nous verrons à nous étendre à nouveau. Avec les bénéfices réalisés, nous pourrons acquérir une quinzaine d'hectares de nouvelles vignes que j'ai déjà repérées au pied du pic Saint-Loup. »

Quant à Maxime, il semblait oublier les tracas occasionnés par le rebondissement inattendu de l'affaire Laraoui.

Camille n'avait pas encore repris ses cours et avait passé toutes ses vacances chez ses parents dans l'attente fébrile de retrouver Pierre discrètement, le soir venu, lorsqu'il abandonnait son agence pour la rejoindre à Pérols. En son absence, elle aidait sa mère aux tâches quotidiennes, son père et Manuel aux travaux de secrétariat. Mais c'est en compagnie de Jean-François qu'elle se plaisait le plus, au milieu des vignes, à arpenter les allées de ceps et à préparer les vendanges.

« Je me joindrai à une colle ! promit-elle à son frère. Comme tous les ans !

— Tes études t'en laisseront-elles le temps ?

— Ce sera tout juste. La rentrée est dans deux semaines.

— Alors tu rateras le Dieu-le-veut !

— Je reviendrai exprès. »

Selon son habitude, elle se promenait souvent dans les terres, au coucher du soleil, lorsque la chaleur se faisait moins étouffante.

Un soir, plongée dans ses pensées amoureuses, elle pénétra sans se méfier dans le domaine de Valfleuri. Elle avait longé les rives du Vidourle et, de fil en aiguille, s'était retrouvée devant les premières vignes des Chaptal. Poussée par une envie irrésistible de constater l'état de leurs raisins, à la veille des vendanges, elle s'aventura au-delà de la limite de leur propriété.

A pas de loup – comme pour ne pas se faire entendre –, retenant sa respiration, elle parcourut une première rangée, puis une seconde, porta un grain de raisin à sa bouche, l'apprécia à sa juste valeur.

La situation l'excitait. Elle avait l'impression de goûter au fruit défendu et d'espionner l'ennemi. Elle resta toutefois sur le qui-vive, car elle se souvenait de sa rencontre malheureuse avec Philippe Chaptal quelques mois auparavant.

Très vite, le silence du lieu accrut en elle la sensation étrange d'être épiée. C'est idiot, se dit-elle, il n'y a personne !

Elle poursuivit sa marche à travers les vignes jusqu'à un petit pont qui enjambait un ruisseau. Au-delà, recouvert de lierre, se dressait un mazet abandonné qui, jadis, devait servir aux vignerons pour ranger leur matériel ou pour se mettre à l'abri en cas d'intempéries. Elle s'en approcha par curiosité.

La nuit tombait. De là où elle se trouvait, elle pouvait apercevoir la maison des Chaptal : une belle et grande demeure en pierre, bâtie sur le rocher et dominant de ses deux étages le vignoble qui l'entourait de toutes parts. Un nid d'aigle ! pensa-t-elle. Ce mas a beaucoup de caractère !

Elle admirait les champs de vigne qui s'étendaient devant elle dans le crépuscule, et reconnaissait que les Chaptal possédaient une très belle propriété. Qui sait si un jour ils me recevront sous leur toit ? osa-t-elle espérer. Pierre parviendra-t-il à convaincre son père que nos deux familles ne sont pas destinées à rester ennemies toute la vie ? Si seulement je pouvais être celle par qui l'entente naîtra un jour !

Toujours sur ses gardes, elle fit le tour du mazet.

Le ciel s'était brutalement assombri. Des rafales de vent laissaient présager l'arrivée imminente d'un orage. Un coup de tonnerre rompit le silence. Un éclair déchira le ciel. Bientôt la pluie se mit à tomber. Lentement d'abord. Puis de plus en plus violemment.

Camille sentit la fraîcheur envelopper ses épaules nues. Elle frémit et se réfugia dans l'abri de pierre. Le temps que l'ondée cesse, se dit-elle. Ça ne sera sans doute pas long.

Elle poussa la porte qui n'était qu'entrebâillée. La pièce, unique, se trouvait plongée dans l'obscurité, les deux fenêtres étant protégées par des volets fermés. Au sol, un lit de paille ancienne semblait avoir servi de couchage. Deux canettes de bière vides et des boîtes de conserve traînaient dans un coin. Enfin, une vieille couverture miteuse était roulée en boule sur un tabouret déglingué près de la cheminée.

Camille comprit que le mazet devait être le refuge d'un vagabond. Tout à coup, elle ne se sentit plus en sécurité. Un pressentiment lui dit de s'en aller.

Dehors l'orage avait fini par éclater et déversait des trombes d'eau sur tout le vignoble. Il bloqua Camille à l'intérieur. Elle se résolut à patienter dans le secret espoir qu'il s'éloignerait rapidement. Elle s'assit à même le sol à un bon mètre de distance de l'entrée pour regarder la pluie. D'ordinaire elle aimait contempler le paysage sous l'orage. La nature prenait alors à ses yeux un aspect féerique, surtout lorsque l'air chaud venait du Sahara et imprimait des nuances jaune sable dans l'atmosphère électrique. Les vignes s'embrasaient alors comme sous l'effet d'un champ magnétique incandescent. Le feuillage des arbres semblait aspiré par une spirale infernale. Devant une telle force tellurique des éléments, Camille ressentait toujours beaucoup d'humilité, consciente qu'elle n'était qu'un grain de poussière dans l'univers.

Mais ce soir-là, l'orage lui parut menaçant, agressif, comme un chien hargneux dont on ne s'est pas méfié et qui, soudain, montre les crocs. Elle prit conscience de sa solitude et commença à s'inquiéter.

Au bout d'une demi-heure, la pluie se calma. L'orage s'éloigna. Camille songea à quitter son refuge. Tant pis, se dit-elle, si je rentre trempée ; je vais courir jusqu'à la maison.

Elle s'apprêtait à s'élancer à l'extérieur, quand elle entendit quelqu'un arriver en trombe. Elle n'eut pas le temps de réagir, Philippe Chaptal se trouvait planté devant elle.

« Encore vous ! Que faites-vous là ? » lui demanda-t-il, l'air sombre.

Choquée, Camille fit deux pas en arrière, bredouilla :

« L'orage m'a surprise… je me suis mise à l'abri. Mais j'allais m'en aller.

— Je t'ai pourtant déjà dit que tu n'avais rien à faire sur mes terres ! menaça Philippe en la tutoyant. Décidément, tu prends de mauvaises habitudes !

— Encore une fois je n'ai rien fait de mal ! Je me promenais le long du Vidourle, je n'ai pas remarqué que je quittais les Rives Blanches et que j'entrais chez vous.

— Ben voyons ! Tu crois que je vais avaler ce mensonge ! »

Il s'approcha d'elle. Ses yeux se remplirent de braise. Camille prit peur. Elle devina ses pensées.

« Laissez-moi partir ! Je dois rentrer.

— Tu es bien pressée, ma belle ! Il pleut encore. Tu vas mouiller ta jolie robe. Ce serait dommage !

— Pourquoi me tutoyez-vous ? On ne se connaît pas ! »

Camille retrouvait sa verve et s'apprêtait à faire front.

« On pourrait faire plus ample connaissance ! »

Philippe s'approcha. Camille menaça :

« Prenez garde ! Je suis ceinture noire de judo.

— Et moi j'ai fait l'Algérie. Je ne te crains pas. L'autodéfense, ça me connaît ! Là-bas, dans le bled, les fells ne me faisaient pas peur. Et des tigresses dans ton genre, j'en ai dompté plus d'une ! »

En un éclair, il se jeta sur elle.

Elle esquissa un pas de côté.

Il se reprit.

« Je vois que tu sais te défendre, ma jolie ! Mais je finirai par t'avoir. Mon frangin ne sera pas le seul à t'être passé dessus ! »

Philippe recula vers la porte et la repoussa du pied. Il sortit une clé de sa poche et la ferma à double tour.

« J'ai toujours la clé de ce mazet sur moi. Ici, c'est mon refuge ! »

Camille ne put croire que Philippe Chaptal utilisait un tel gourbi à des fins personnelles.

Elle recula de deux mètres pour mieux voir venir son agresseur. Sans s'en apercevoir, elle posa les pieds sur un vieux morceau de moquette qui recouvrait le sol dallé autour de la cheminée.

Philippe esquissa un large sourire, méprisant et malicieux.

« Tu sais que tu me plais ! lui dit-il. Là-bas, dans le bled, j'aimais beaucoup les petites Arabes dans ton genre. Si tu savais comme leurs seins sont fermes et la peau de leur ventre douce comme de la soie, jusqu'au creux de leurs cuisses !

— Je vous ai déjà dit que je ne suis pas arabe !

— Tu ressembles pourtant à une moricaude. Tu dois être chaude comme toutes ces garces. »

Tandis qu'il lui parlait, Philippe se baissa brusquement, saisit le tapis et tira d'un bon coup sec.

Camille perdit l'équilibre et tomba en arrière.

Il se jeta sur elle, l'écrasant de tout son poids.

Elle eut beau se débattre, se défendre, gesticuler, crier, elle se trouva vite impuissante sous la masse imposante de son agresseur.

Il la bâillonna d'une main et, de l'autre, lui releva sa robe, arracha sa culotte et la pénétra de force.

Camille tenta de le repousser, de contracter ses muscles. Mais elle ne fut pas de taille à résister à son violeur.

Lorsque celui-ci se fut soulagé, il la gifla violemment plusieurs fois, se redressa, reboutonna son pantalon et fila comme un voleur.

Groggy, la robe encore retroussée, les yeux en pleurs, le ventre souillé et douloureux, Camille resta un long moment sans réaction.

Dehors l'orage avait cessé. La nuit tombait. La terre exhalait une chaude odeur d'humidité qui se répandait à travers les vignes. Celles-ci ployaient sous le poids des grappes alourdies par la pluie et semblaient verser des larmes de désespoir.

Valfleuri avait pris aux yeux de Camille les couleurs de l'enfer.

22

La honte

Le soir même de son agression, Camille rentra aux Rives Blanches sans prononcer une parole et se réfugia aussitôt dans sa chambre. Elle plongea alors dans un profond désarroi qu'elle parvint à grand-peine à dissimuler aux yeux de ses parents.

Ceux-ci étaient trop préoccupés par l'arrivée imminente des vendanges pour se soucier de ce qu'ils prirent sur le coup pour une peine de cœur passagère. Au reste, Maxime, ne tenant pas spécialement à ce que sa fille continuât à fréquenter le fils Chaptal, ne cacha pas à sa femme qu'il ne s'attristerait pas si cette liaison venait de connaître son terme.

« Elle est jeune. Elle s'en remettra ! Elle ferait mieux de penser à ses études. »

Mais Marthe s'inquiéta davantage.

« Tu ne manges pas avec nous ? » lui cria-t-elle du bas de l'escalier.

Elle n'obtint aucune réponse.

« Cette petite est bizarre ! Ça ne lui ressemble pas de se comporter de cette manière.

— Qu'est-ce qu'elle a ? demanda Manon.

— Oh ! rien. Elle a dû se disputer avec son amoureux.

— Ça m'étonnerait ! Pierre est à Montpellier.

— Comment le sais-tu ?

— C'est Camille qui me l'a dit avant d'aller se promener dans les vignes. »

Marthe monta voir sa fille. Elle trouva porte close. Camille s'était enfermée à clé.

« Camille, qu'as-tu, ma chérie ? Pourquoi t'es-tu enfermée ?

— Laisse-moi, maman ! »

Marthe n'osa insister.

« Je te garde ton repas au chaud. Descends quand tu voudras. »

Camille ne répondit pas et resta cloîtrée toute la nuit à ruminer de sombres pensées. Comment pourrai-je me présenter à Pierre à présent ? Je ne pourrai jamais lui avouer ce qui s'est passé ! Pas plus à lui qu'à mes parents. C'est fini ! A tout jamais fini ! J'avais encore un petit espoir qu'un jour Pierre parviendrait à m'introduire chez lui. Maintenant je ne pourrai plus regarder les Chaptal en face sans penser à ce que leur fils maudit m'a infligé. Je ne pourrai pas croiser son regard sans avoir envie de lui sauter à la gorge pour l'étrangler.

Cette nuit-là, Camille ne put trouver le sommeil. Elle n'eut pas assez de larmes pour pleurer son immense désespoir.

Après la colère mêlée de tristesse, c'est la honte qui l'envahit. La honte d'avoir été salie, souillée, considérée comme une fille de peu. Je ne serai plus jamais la même, se dit-elle en se regardant dans la glace. Je n'oserai plus me donner à Pierre sans que l'image répugnante de son frère se dresse devant moi, sans que je ressente la pression de ses mains sur mes seins, sur mes cuisses, sur… Sans que je sente son haleine fétide au-dessus de mon visage. Et ses yeux ! Ses yeux pervers, plongés dans les miens comme ceux d'un loup assoiffé de sang.

Tout à coup, son regard se porta sur son ventre. Inconsciemment, elle avait ôté ses vêtements comme pour se dépouiller de tout ce qui avait été en contact avec le corps de son agresseur. Alors, elle prit conscience de sa nudité et ressentit une honte encore plus terrible en songeant au plaisir qu'elle éprouvait en se donnant à Pierre, à leurs étreintes éperdues, à leur recherche mutuelle des instants les plus intenses dans l'abandon de soi, au paroxysme de leur jouissance quand, ensemble, ils parvenaient au sublime point de non-retour dans un jaillissement de lumières qui embrasait leurs corps de l'intérieur.

Comment pourrai-je redevenir dans ses bras celle qui se fondait dans sa chair pour n'être plus qu'un seul esprit avec le sien ?

Ses mains cachaient son sexe, comme si, seule devant sa nudité que le miroir réfléchissait, à l'instar d'Eve après avoir goûté au fruit défendu, elle découvrait soudain l'image de la pécheresse qu'elle était devenue.

« Et si j'étais enceinte ! » laissa-t-elle échapper, dans une ultime vision d'horreur.

Elle se palpa le ventre comme pour sentir, déjà, si le diable était resté tapi en elle. Elle pressa de toutes ses forces sur ses entrailles, dans l'espoir absurde d'en extirper le mal. Se fit violence en lacérant sa peau de ses ongles.

« Non ! s'étouffa-t-elle. Non ! C'est impossible ! Je ne veux pas. Je ne veux pas ! »

Elle s'affala sur le sol, en proie à une véritable crise d'hystérie. Se dissimulant le visage dans les mains, elle s'empêchait de crier pour ne pas donner l'alerte dans la maison endormie. Non, non, non… Ne cessait-elle de marteler au fond d'elle-même.

Dans la chambre mitoyenne, Manon sentait que sa sœur ne dormait pas. Elle colla son oreille à la cloison, écouta en retenant sa respiration. Elle fait un cauchemar, se dit-elle. Elle se leva pour aller la réveiller, frappa à sa porte.

« Camille, c'est moi, Manon ! Réponds-moi ! Tu dors ? »

Mais Camille était trop anéantie pour entendre la tentative de sa petite sœur de lui venir en aide.

Le lendemain et les jours suivants, Camille refusa d'expliquer aux siens les raisons de la peine qu'elle ne parvenait pas à leur dissimuler. Il lui était totalement impossible de parler à quiconque de l'acte criminel dont elle avait été victime. Comme il lui était impossible de vivre une seule minute sans y songer.

Sa vie s'était transformée en enfer.

Lorsque Pierre revint de Montpellier à la fin de la semaine, il se rendit au Café du commerce, comme ils en étaient convenus entre eux. Il avait passé plusieurs jours à Marseille en reportage avec l'un de ses collègues pour commencer une enquête sur l'arrivée des rapatriés en 1962 et n'avait pas vu la jeune fille depuis la veille de son agression.

« Ça va t'intéresser ! lui avait-il déclaré avant de la quitter. Et tu pourras m'aider. Tu m'expliqueras en détail comment toi et les tiens avez été accueillis à votre descente de bateau, puis lors de votre installation. »

Camille avait promis son aide et même de l'amener chez elle pour discuter avec son père, sa mère et ses frères.

Une demi-heure s'était écoulée. Pierre consulta sa montre. Dix-neuf heures ! Elle a eu un empêchement, se dit-il. Il apostropha Jacky, le cafetier, derrière son bar, pour lui demander s'il n'avait pas aperçu Camille dans l'après-midi.

« Pas depuis plusieurs jours ! reconnut Jacky. Elle passe souvent boire un petit café le matin, après avoir acheté ton journal. Mais je crois bien ne pas l'avoir vue de toute la semaine. »

Déçu, Pierre rentra à Valfleuri et ne dit mot de son rendez-vous manqué. Il annonça à son père qu'il prenait une semaine de congé afin de participer aux vendanges à ses côtés.

« Tu me fais plaisir, fiston ! On ne sera pas trop de trois, avec ton frère, pour superviser la rentrée des tombereaux de raisin. Toi, tu t'en tiendras à la comptabilité, comme d'habitude !

— Comme d'habitude, père. Tu peux compter sur moi. »

Lorsqu'il rencontra Philippe dans le bureau de son père, il lui demanda s'il n'avait pas aperçu Camille Pérez au village pendant la semaine.

« Je sais que tu vas assez régulièrement chez Jacky, tu aurais pu la croiser. »

Pierre n'ignorait pas que Philippe n'appréciait pas sa liaison avec Camille. Mais il n'avait plus envie de se cacher ni d'entrer dans le jeu absurde que menaient son père et son frère vis-à-vis de leurs concurrents.

Surpris par sa question, Philippe hésita d'abord, puis lui répondit sèchement :

« Camille Pérez, cette gar… »

Il se reprit de justesse, poursuivit :

« Pourquoi voudrais-tu que je l'aie aperçue ? Cette fille ne m'intéresse pas ! S'il m'arrivait de la croiser, je ne la verrais même pas.

— Tu deviens de plus en plus aigri, Philippe ! A ne pas vouloir regarder la réalité en face, un jour tu risques de te casser les dents.

— Que veux-tu dire ?

— Accepte donc que les autres puissent vivre à côté de toi sans penser qu'ils te veulent du mal. Avec père, vous ne faites que vous persuader l'un l'autre que tous ceux qui ne sont pas avec vous sont systématiquement contre vous ! A ce jeu-là, vous ferez bientôt le vide autour de vous, et Valfleuri deviendra une île déserte au milieu de l'océan. Vous n'empêcherez jamais les autres de réussir aussi bien que nous !

— C'est parce que tu couches avec la fille de notre rival que tu me sers ces tas de conneries !

— Si tu le prends comme ça, Philippe, nous nous sommes tout dit ! »

Pierre s'apprêta à sortir, quand Philippe l'arrêta en le toisant.

« Eh… ta putain de moricaude…

— C'est de Camille que tu parles ?

— Tu m'as très bien compris. Tu ferais bien de la surveiller… parce que, si je ne l'ai pas rencontrée au village, je l'ai souvent vue traîner dans les vignes auprès des ouvriers. Je crois qu'elle aime particulièrement les bougnouls. Hé ! c'est normal pour une Arabe, ils lui rappellent son pays !

— Tu ne changeras donc jamais, Philippe ! Décidément, nous n'avons plus rien en commun ! »

Pierre claqua la porte derrière lui, outré par les propos qu'il venait d'entendre dans la bouche de son propre frère, et se promit d'aller aux nouvelles de Camille dès le lendemain.

Les vendanges commencèrent par une belle matinée ensoleillée. Toutes les équipes étaient à pied d'œuvre, aux Rives Blanches comme à Valfleuri et partout ailleurs dans la région. Sitôt le lever du soleil, les tombereaux destinés au charroi des grappes vers les pressoirs sillonnaient les routes et les chemins. Tout un peuple de fourmis s'activait entre les ceps, le dos courbé, le geste agile, à la cadence imposée par les *moussègnes*[1] et sous l'œil acéré des *baïles*[2]. Dans les caves, les patrons surveillaient la rentrée des

1. Meneuses, chefs d'équipe.

2. Régisseurs.

comportes, examinaient la qualité des raisins, houspillaient quand ils découvraient trop de grains pourris ou trop de feuilles oubliées.

Aux Rives Blanches, contrairement à ce qu'elle avait promis, Camille ne se joignit pas au personnel.

« Je ne me sens pas bien », prétexta-t-elle.

Maxime n'insista pas, mis en garde par Marthe qui, plus intuitive que son mari, s'était aperçue de la gravité de l'état d'âme de sa fille.

« Si ce n'est qu'une peine de cœur, reconnut-elle, ça lui passera vite. Mais je crains que cela ne soit plus sérieux. Ça ne lui ressemble pas de refuser de manger. Dis, te rends-tu compte qu'hier soir elle n'a même pas touché à ma paella ? Si elle continue, elle tombera malade et il faudra appeler le médecin. »

Camille ne trouvait plus le goût de vivre. Le monde autour d'elle avait revêtu une couleur de deuil et exhalait une odeur d'immondices. Tout lui paraissait gris et terne. Elle n'éprouvait plus une once de joie, alors que les vendanges avaient débuté dans une atmosphère de fête.

Elle restait toute la journée enfermée dans le mas, à broyer ses idées noires, et plus elle pensait à Pierre plus elle le voyait s'éloigner d'elle, comme si, soudain, ayant pris conscience de ce qui lui était arrivé, il la repoussait telle une pestiférée.

De son côté, Pierre ne cessait de se tourmenter. Plusieurs fois au cours des premiers jours des vendanges, il quitta les terres de Valfleuri pour se rendre secrètement dans les vignes des Rives Blanches. Sans se montrer, il espionna les allées et venues des vendangeurs. Personne parmi ceux-ci ne le connaissait, car ils venaient pour la plupart des villages voisins, voire des communes plus lointaines de Lozère et d'Ardèche. Aussi osa-t-il demander à certains s'ils n'avaient pas aperçu la fille du propriétaire. Ils furent unanimes et lui fournirent la même réponse :

« La fille du patron ! Non, on ne l'a pas vue. On l'aurait su si elle était venue vendanger avec nous ! »

Alors, Pierre songea au vignoble près de Corconne que les Pérez avaient acquis en début d'année. Elle fait peut-être les vendanges là-bas ! supposa-t-il. Il connaissait l'endroit où se trouvait la nouvelle propriété des Pérez. Il s'y rendit sur-le-champ et, tout aussi discrètement, questionna le personnel qu'il rencontra dans les vignes. Ce jour-là, il faillit tomber nez à nez avec Manuel, venu superviser le travail des différentes équipes. Il tourna les talons au dernier moment et se cacha derrière le tronc d'un olivier, à quelques mètres du fils Pérez.

Celui-ci s'entretenait avec un Maghrébin dont il reconnut immédiatement le visage, sa photo ayant paru dans les journaux à propos du rebondissement de l'affaire Laraoui.

« J'ai aperçu ta sœur, patron, disait Tarek, et, crois-moi, ce qui la mine de l'intérieur est très grave.

— Comment peux-tu être aussi affirmatif ?

— Je la connais depuis longtemps. Je sens quand les gens souffrent beaucoup au fond d'eux-mêmes. Tes parents devraient prendre le mal de ta sœur au sérieux.

— Où l'as-tu rencontrée ?

— Dans le chai. Elle s'y était réfugiée, dans un coin sombre, pensant sans doute être seule. Je l'ai surprise.

Elle a été troublée. Elle n'était pas dans son état normal. J'ai eu l'impression qu'elle avait peur de moi, alors qu'elle me connaît très bien. Son regard exprimait un profond désarroi, en même temps qu'une grande frayeur. Je lui ai parlé. Elle m'a seulement répondu, toute terrifiée : "Ne m'approchez pas ou je crie !" J'ai pas compris pourquoi elle réagissait comme ça ! Je n'allais pas lui faire de mal, patron ! Je lui ai répondu : "N'ayez pas peur, mademoiselle, c'est moi Tarek !" Elle a reculé, s'est mise à sangloter et s'est repliée sur elle-même. Alors, j'ai pas insisté. Je suis parti.

— Pourquoi ne m'en as-tu rien dit avant ? Quand cela s'est-il passé ?

— Il y a trois jours, patron. La veille des vendanges. »

Manuel ne questionna pas davantage son caviste. Il l'invita à le suivre et à remonter dans sa voiture pour rentrer à Pérols.

Pierre ne perdit aucune parole de leur conversation. Celle-ci le laissa perplexe. De toute évidence, se dit-il, il est arrivé quelque chose à Camille ; quelque chose qui expliquerait son attitude à mon égard.

Camille, en effet, n'avait pas cherché à le retrouver depuis le soir de sa descente aux enfers. Elle ne pouvait imaginer le regarder dans les yeux sans se trahir. Elle ne pouvait pas non plus lui avouer toute la vérité sur ce qui s'était passé, ni dénoncer son frère. Il ne me croira jamais ! pensait-elle avec désespoir.

Et plus elle réfléchissait, moins elle trouvait de sorties au terrifiant labyrinthe dans lequel elle se sentait prise au piège. Je suis une fille perdue ! se lamentait-elle, je suis maudite !

Marthe avait beau tenter, avec subtilité, de lui extorquer quelques bribes de son secret, elle se heurtait à un rempart inexpugnable. Elle avait même l'impression que plus elle cherchait à libérer sa fille de son fardeau, plus celle-ci se refermait pour mieux se protéger ou se laisser couler. Seule Manon parvint à lui soutirer quelques paroles.

« Avec Pierre, c'est fini, lui confessa-t-elle un soir, avant de s'enfermer dans sa chambre. Je ne peux plus le voir. »

Manon répéta exactement les paroles de sa sœur à sa mère. Marthe comprit alors que Pierre était responsable de l'état de prostration de sa fille.

« C'est plus grave que je ne le croyais ! confia-t-elle à Maxime. Elle a dit à Manon : "Je ne peux plus le voir." Ce n'est pas une simple querelle d'amoureux. Qu'a donc fait ce Pierre Chaptal pour que Camille dise ne plus pouvoir le voir ?

— On peut tout imaginer ! Mais il a dû lui faire une sacrée crasse ! Pour mettre Camille dans cet état, il en faut !

— A quoi penses-tu ?

— A rien de précis. Mais si je rencontre ce jeune homme, il ne me quittera pas avant de s'être expliqué, crois-moi ! »

Pierre laissa passer quelques jours. Sa semaine de congé se terminait. Il devait rentrer à Montpellier le lundi matin et s'atteler à son enquête sur le retour des rapatriés. Il déplorait d'autant plus le silence et l'absence de Camille qu'elle lui avait promis de l'aider. Il chercha à savoir si, dans les propos qu'il lui avait tenus lors de leur dernière rencontre, il ne l'aurait pas blessée par mégarde – il la connaissait très susceptible quand il s'agissait des pieds-noirs. Il ne se souvint d'aucun détail. Aucune parole désobligeante ne lui avait échappé. D'ailleurs, ils s'étaient quittés comme d'habitude, sur une étreinte langoureuse et remplie de promesses. Non, décidément, il ne comprenait pas !

Le dimanche soir, il décida de sortir de l'ombre et de forcer le destin. Il n'était jamais allé aux Rives Blanches et n'avait rencontré son père et ses frères qu'au village, hors de leurs terres. Sans s'annoncer, il prit la direction de leur mas et arrêta sa voiture à l'entrée de l'allée bordée de cyprès qui y menait. Il n'y avait pas de portail. Seulement le grand écriteau indiquant le nom de la propriété. Il hésita à s'engager plus loin. Il coupa son moteur, réfléchit quelques secondes. Puis il redémarra et poursuivit jusqu'au mas.

Un peu à l'écart, le chai exhalait des effluves capiteux de pressoir et des odeurs de moût en ébullition. Le matériel des vendanges se trouvait à proximité, bien rangé dans un immense hangar ainsi qu'à l'extérieur, prêt à être réutilisé le lendemain. Derrière le bâtiment, il entendit parler et rire bruyamment. Des vendangeurs qui festoient après leur journée de travail, pensa-t-il.

Sur le moment, il ne sut s'il devait s'avancer vers eux ou frapper à la porte du mas. Il se dit d'abord que les Pérez devaient manger avec leur personnel. Il songea à faire demi-tour. Camille doit être restée chez elle, se ravisa-t-il. Il faut que je la voie !

Il frappa à la porte.

A l'intérieur, personne ne se manifesta.

Il cogna une seconde fois, en utilisant le marteau de bronze.

« Il y a quelqu'un ? » demanda-t-il, tout en reculant de quelques pas pour regarder les fenêtres.

Il crut alors apercevoir l'ombre de Camille à l'étage. Des rideaux s'étaient rapidement entrouverts puis aussitôt refermés. Elle est là ! se dit-il.

Il frappa à nouveau.

Cette fois, une voix de jeune fille répondit :

« J'arrive, j'arrive. »

Manon ouvrit la porte.

Pierre ne l'avait jamais rencontrée, mais devina qui se trouvait devant lui.

« Tu es Manon, n'est-ce pas ? Je suis Pierre, l'ami de Camille. Je viens voir ta sœur. Est-elle là ? »

Surprise, Manon ne sut quoi répondre.

« C'est que… je ne sais pas si… Enfin, ma sœur m'a dit qu'elle ne voulait plus vous voir !

— Manon, c'est important ce que j'ai à lui dire !

— Vous devriez vous adresser à mes parents. Ils sont avec leurs employés derrière le chai. Ils mangent tous ensemble. »

Pierre remercia Manon et se dirigea vers le chai de la propriété.

Autour d'une grande table, une trentaine de vendangeurs partageaient joyeusement le repas. De nombreuses bouteilles de vin non étiquetées étaient déjà entamées, des plats de charcuterie et de crudités passaient de l'un à l'autre, tandis qu'un barbecue répandait des effluves savoureux de viande grillée. Pierre entendit parler patois, espagnol et même arabe. Il se sentit presque rassuré, car ces derniers mots, qu'il perçut en l'espace d'un éclair, ravivèrent en lui ses souvenirs d'Algérie, de ce pays qui l'avait tant marqué à l'époque où il portait l'uniforme.

Il s'approcha de la table festive.

Marthe l'aperçut la première. Elle tira la manche de son mari.

« Regarde qui arrive ! » lui dit-elle.

Maxime n'eut pas le temps d'exprimer sa surprise, Jean-François lui coupa la parole.

« Que vient-il faire ici, celui-là ? s'étonna-t-il.

— Je crois savoir, répondit Manuel. Mais je vais le faire déguerpir plus rapidement qu'il n'est arrivé.

— Laissez-le s'expliquer ! s'opposa Maxime. Si c'est de Camille qu'il vient s'informer, je sais quoi lui dire à ce petit monsieur ! »

Maxime se leva de table et se porta au-devant de son visiteur.

« Puis-je vous parler, monsieur Pérez ? lui demanda Pierre très poliment.

— Suivez-moi. Nous serons plus tranquilles à l'écart. »

Pierre suivit Maxime dans le chai. En son for intérieur, il ne put s'empêcher de s'extasier devant l'opulence de l'installation qu'il découvrit : les foudres, les barriques, les fûts de chêne, tous bien alignés ; une chaîne d'embouteillage, un banc d'étiquetage… Il ne sut où poser les yeux.

« Je vous écoute, reprit Maxime, l'air grave.

— Monsieur Pérez, je suis venu vous parler de Camille.

— Le contraire m'eût étonné ! J'ai cru deviner qu'entre vous et elle, tout est fini, n'est-ce pas ? J'ignore ce qu'il s'est réellement passé et ce que vous lui avez fait pour la mettre dans l'état de prostration où elle est plongée depuis plus de huit jours, mais je ne vous félicite pas.

— Mais…

— Taisez-vous ! On peut se disputer – entre amoureux, c'est monnaie courante. On peut même se séparer – tant qu'on n'est pas mariés, ça ne porte pas à conséquence ! Mais, jeune homme, il faut faire les choses proprement ! Ce qui s'est passé entre vous, je ne veux pas le savoir. D'ailleurs, je vous avoue franchement que je n'ai jamais approuvé votre liaison avec ma fille. Et elle le sait. Mais je l'ai toujours laissée libre de ses choix.

— Monsieur Pérez…

— Laissez-moi finir ! J'ai toujours pensé que Camille se trompait. Alors, maintenant que vous la faites souffrir, j'ai bien envie de vous jeter dehors sans ménagement. A mes yeux, vous ne valez pas mieux que votre père qui a essayé de me rouler lorsqu'il m'a conseillé d'acheter les vignes du vieil Hector Portanier !

— Monsieur Pérez, laissez-moi donc placer une parole, au lieu de vous comporter comme mon père, en homme intransigeant et sectaire ! »

Maxime fut surpris du jugement que venait de porter Pierre sur son père. Il se calma, s'enquit :

« Qu'avez-vous à dire pour votre défense ?

— Camille et moi, nous ne nous sommes absolument pas querellés. Vous vous méprenez. Et j'étais venu vous demander précisément la raison pour laquelle elle ne m'a pas donné signe de vie depuis des jours. Nous devions entreprendre ensemble une étude sur l'accueil des pieds-noirs depuis leur retour en métropole, et elle m'avait promis d'organiser une rencontre avec vous, votre femme et vos autres enfants, afin de m'aider à mieux cerner les problèmes qu'ont rencontrés les rapatriés.

— Vous ne vous êtes pas disputés, tous les deux ? s'étonna Maxime.

— Je vous en donne ma parole. »

Maxime devint songeur.

« Mais alors, pourquoi Camille se rend-elle malade à ce point ?

— J'ai surpris une conversation entre votre fils Manuel et votre caviste, Tarek Boutif – je vous passe dans quelles circonstances. Au dire de Tarek, Camille dissimule quelque chose de grave. J'ignore ce dont il s'agit. Mais je puis vous affirmer que je n'en suis pas la cause. »

Maxime ne sut plus que penser. Il avait besoin de réfléchir. Il demanda à Pierre de se retirer et lui promit de le tenir informé s'il parvenait à décider Camille à sortir de son mutisme. Puis il revint à table auprès de sa femme et de son personnel.

« Alors ? s'enquit aussitôt Marthe.

— Alors, rien ! Ce Pierre Chaptal affirme qu'il ne s'est rien passé entre Camille et lui, et il s'inquiète de son silence.

— Popopopo dis, on n'est pas plus avancés ! »

La nuit tombait sur les Rives Blanches. Pierre passa sous les fenêtres de Camille. Il aperçut de la lumière dans une chambre, à l'étage. Il s'arrêta quelques secondes dans l'espoir de la voir apparaître.

La lumière s'éteignit.

Le cœur lourd, il regagna sa voiture et repartit pour Valfleuri.

23
Rupture

L'automne prit le goût de l'amertume. Malgré les vendanges fructueuses et de qualité, ni les Chaptal ni les Pérez n'éprouvaient l'envie de s'enorgueillir et de festoyer. Aussitôt après la clôture du ban, l'inquiétude reprit le dessus, car, dans les deux familles, l'heure était au questionnement.

Armand Chaptal commençait à craindre que le commissaire Ménard ne finisse par percer le secret qu'il avait scellé avec son fils pour mieux le défendre, mais aussi pour préserver Valfleuri du déshonneur et, finalement, de la déchéance certaine. Sa fierté de patriarche vacillait sur l'autel du doute et des remords. Il se sentait de moins en moins convaincu d'avoir fait le bon choix en couvrant Philippe et se demandait à présent s'il n'aurait pas mieux valu que ce dernier se dénonçât en se rendant immédiatement à la gendarmerie après le drame. On lui aurait su gré de ne pas avoir essayé de dissimuler la vérité ; après tout, n'était-ce pas un malheureux accident ? Il aurait bénéficié des circonstances atténuantes ; l'affaire aurait été classée sans suite ! En mentant, en falsifiant la réalité, ne s'étaient-ils pas, tous les deux, comportés comme des coupables ? Or, maintenant, si ce commissaire entêté venait à les confondre, il aurait beau jeu de les faire accuser de meurtre !

Plus Armand ressassait ces pensées contradictoires dans son esprit, plus il en voulait à Philippe de ne pas avoir su garder son sang-froid, et plus il lui reprochait son tempérament vindicatif, son manque de jugement et ses idées trop arrêtées.

« Tu finiras par nous perdre avec tes conneries ! lui rétorquait-il à chacune de leurs disputes. Si je n'étais pas là pour tenir la barre, tu aurais déjà conduit Valfleuri à sa perte. Je ne peux pas te faire entièrement confiance. »

Armand avait beau ne rien abandonner de sa superbe, au fond de lui, il se sentait fragilisé et enrageait de constater que son rival, quant à lui, ne cessait de progresser sur ses propres décombres et d'accroître son importance dans son propre fief.

Pourtant, chez les Pérez, les esprits n'étaient pas non plus à la fête. Camille ne sortait toujours pas de son mutisme maladif. Depuis le jour terrible de sa rencontre avec son agresseur, elle n'avait lâché aucune explication, aucune parole qui aurait pu mettre les siens sur la piste de l'affront qu'elle avait subi. Ni ses parents ni ses frères et sœur ne soupçonnaient l'indicible réalité qui avait fait d'elle une jeune fille déshonorée. Sa mère, pourtant proche d'elle, ne parvenait pas à percer le secret qui tenait son cœur enchaîné aux barreaux d'une sordide prison d'où elle semblait ne pas vouloir s'échapper.

« On dirait qu'elle se complaît dans son chagrin ! » relevait-elle devant les siens, quand ceux-ci se demandaient comment l'aider.

Les vendanges terminées, Camille avait repris le chemin du lycée Joffre à Montpellier. Mais son esprit n'était plus à ses études, et les premiers contrôles qu'elle passa peu après la rentrée universitaire étonnèrent ses professeurs.

« Que se passe-t-il, mademoiselle ? s'inquiéta son professeur de littérature. Jusqu'à présent, vous excelliez dans toutes les matières. Or, depuis la première semaine, vous accumulez les mauvaises notes ; vous n'êtes plus active en cours ; votre esprit est ailleurs. Il faut vous reprendre !

— Je suis nulle ! Je n'y arriverai jamais. Et puis, je n'ai plus envie de travailler ! » répondit-elle, désespérée.

Un mois s'écoula. Camille ne donna pas signe de vie à Pierre, ne se rendant plus à aucun de ses rendez-vous. Celui-ci possédait bien une clé de sa chambre d'étudiante, mais, par décence, il n'avait pas osé forcer sa porte. Si elle ne désire plus me voir, s'était-il mis en tête, je n'ai pas le droit de lui imposer ma présence.

Pourtant, il chercha à la revoir à maintes reprises, en l'attendant à la sortie du lycée, en traînant sur la place de la Comédie ou dans le faubourg Boutonnet où elle prenait souvent un café dans les petits bistrots populaires. Mais il ne la croisa jamais. Camille, en effet, s'arrangeait toujours pour l'éviter et s'enfermait chez elle aussitôt ses cours terminés.

Pierre en vint à douter. Elle ne m'aime plus ! se dit-il, et elle n'a pas le courage de m'avouer la vérité en face.

Un second mois s'écoula. L'enquête de Pierre sur les rapatriés piétinait, car il n'avait pas le goût au travail. Lorsqu'il interviewait un pied-noir, il ne pouvait s'empêcher de penser à Camille, à sa famille, à leurs malheurs. Il aurait tant souhaité que toutes les confidences qu'il recueillait lui viennent de leurs bouches. Il aurait écrit leur histoire à travers leurs révélations, aurait défendu leur cause, les aurait pris en exemple. Camille l'aurait aidé à mieux comprendre ce qui interdisait à ses compatriotes de s'épancher, d'évoquer ce que leur mémoire à jamais blessée ne pouvait dévoiler devant un journaliste. Ensemble ils auraient été les premiers à percer leurs secrets et à montrer à la France entière que les pieds-noirs n'étaient pas les pestiférés que certains journaux de l'époque avaient vilipendés.

Novembre touchait déjà à sa fin et la date du procès de Sayed Laraoui approchait. Il devait se tenir pendant les vacances de Noël. Camille s'était réjouie de pouvoir y assister et accorder son aide à Pierre pour les comptes rendus d'audience. Mais le mutisme dans lequel elle se retranchait lui laissait comprendre qu'elle avait renoncé à sa promesse et à son envie de collaborer à son journal. Quel gâchis ! pensait Pierre en se torturant l'esprit.

Plongé dans l'incompréhension la plus totale, il se décida enfin à forcer le destin. Dans ses moments de désarroi, il se confiait volontiers à Martine, sa secrétaire. Un peu plus âgée que lui, elle lui tenait souvent des propos pleins de bon sens et de raison. Elle le considérait alors comme un jeune frère et non comme un chef de service en mal de confidences.

« Vous ne devriez pas attendre qu'elle vienne vers vous pour vous parler. D'ailleurs, si elle a quelque chose à vous reprocher, vous pourrez attendre longtemps ; elle ne viendra pas ! Croyez la femme que je suis ! Allez au-devant d'elle. Si elle vous évite, allez chez elle puisque vous avez la clé de sa chambre. Ainsi, vous aurez une franche explication. Et vous saurez à quoi vous en tenir. Je suis sûre qu'elle vous aime encore. Si ce n'était pas le cas, elle vous l'aurait dit lors de votre dernière rencontre. Une femme qui n'ose pas s'expliquer devant l'homme qu'elle vient de quitter est encore amoureuse de lui.

— C'est de la haute psychologie féminine que vous me faites là, Martine !

— Non, c'est le simple bon sens ! C'est à vous de prendre les devants et d'essayer de savoir ce qui empêche Camille de vous revoir. Quelque chose s'est passé à votre insu qu'elle ne peut pas révéler. Elle n'ose pas vous en parler. Alors, elle se réfugie dans le silence et tente de se faire oublier. »

Martine avait un faible pour son jeune chef de service, mais se gardait bien de le lui montrer. En lui prodiguant ses conseils amicaux, elle participait à sa vie intime, hors des sentiers professionnels. Cela la rapprochait de lui et nourrissait dans son cœur l'espoir qu'un jour, peut-être, il la verrait avec un autre regard.

« Vous avez raison, lui dit-il. Ce soir, je vais forcer sa porte.

— Agissez avec tact et délicatesse, Pierre !
— Je ne suis pas une brute. Faites-moi confiance ! »

Le soir même, avant qu'elle ne rentre du lycée, Pierre pénétra dans la chambre de Camille. Sur le moment, il eut l'impression de commettre une effraction. Pourtant, ce n'était pas la première fois qu'il s'introduisait chez elle en utilisant sa propre clé.

Au moment d'enfoncer celle-ci dans la serrure, une pensée lui vint à l'esprit. Si elle ne m'a pas réclamé ma clé, c'est qu'elle me laisse encore une chance de revenir vers elle ! Sinon, elle m'aurait demandé de la lui rendre !

Rasséréné, il ouvrit la porte, s'assit sur le lit et patienta.

Camille ne le fit pas attendre longtemps. Ses cours se terminaient à dix-huit heures. Elle arriva un quart d'heure plus tard, le quartier Boutonnet, où elle résidait, n'étant pas très éloigné de son lycée. Elle avait encore l'esprit tout chagriné par les nouvelles remontrances de son professeur de lettres, qui l'avait avertie qu'en cas d'autres mauvais résultats ses chances de réussir au concours de Normale sup seraient sérieusement compromises. Sur le coup, elle n'avait pas sourcillé ; la remarque de son professeur était passée très loin de ses préoccupations du moment. Qu'en ai-je à faire de Normale sup, maintenant que je ne suis guère mieux lotie qu'une fille à soldats ? avait-elle répondu en son for intérieur. Mais sur le chemin du retour, elle s'était reprise, avait pensé au sacrifice de ses parents qui lui avaient permis de poursuivre de longues études, à leur déception si elle venait à échouer ou à renoncer.

Quand elle glissa sa clé dans la serrure, elle s'étonna immédiatement de ne pas avoir à lui donner les deux tours nécessaires pour déverrouiller. Elle songea en un éclair que sa chambre était restée ouverte toute la journée. Elle actionna la poignée, poussa la porte et fut stupéfiée en apercevant Pierre qui se levait du lit.

« Camille ! lui dit-il aussitôt. Entre ! Ne reste pas sur le pas de la porte. »

Camille ne dit rien, tétanisée. Elle ne s'attendait pas à se retrouver nez à nez avec lui.

« Que fais-tu là ? lui demanda-t-elle enfin.

— Aurais-tu oublié que j'ai la clé ? M'aurais-tu aussi oublié après tout ce temps ?

— Tu n'aurais pas dû venir !

— J'ai attendu plus de deux mois avant de me décider. Maintenant nous devons avoir une explication.

— Il n'y a rien à expliquer.

— Si tu ne m'aimes plus, tu dois avoir l'honnêteté de me le dire. En face. Sans détour et avec courage. Me dire aussi pourquoi. Qu'ai-je fait pour que tu te détournes de moi aussi brutalement, sans explications ? »

Camille se taisait, les yeux baissés, tourmentée à l'idée de devoir répondre.

« Tu ne m'aimes plus ? insista Pierre.

— Si ! Mais… tu ne peux pas comprendre.

— J'aimerais quand même essayer.

— Ça ne servirait à rien.

— Que t'ai-je fait, Camille ? Je t'ai manqué de respect ? Je t'ai froissée par maladresse ? Parle, voyons !

— Manqué de respect ! Si tu savais ! »

Camille s'effondra. Elle enfouit son visage éploré dans ses mains et se jeta sur le lit.

Pierre tenta de la consoler, mais ne sut comment s'y prendre. Elle se referma encore plus sur elle-même. Il lui caressa la nuque.

« Ne me touche pas ! lui cria-t-elle. Surtout, ne me touche pas !

— Voyons, Camille, explique-moi ! »

Elle se redressa, s'essuya les yeux d'un revers de main.

« Tout est fini entre nous. Je ne peux plus t'aimer.

— Tu ne peux plus m'aimer ou tu ne m'aimes plus ? Ça n'a pas de sens, voyons ! »

Pierre n'obtint aucune explication. Ce soir-là, comme les premiers soirs aux Rives Blanches, devant ses parents, Camille se réfugia dans le plus profond mutisme, comme pour mieux étouffer la honte qu'elle éprouvait encore et qui la transperçait comme une dague acérée jusqu'au plus profond de son être.

« Va-t'en ! le supplia-t-elle. Pars et ne reviens plus ! »

La mort dans l'âme, Pierre n'insista pas davantage et la laissa en proie à son effroyable tristesse.

« Alors, que vous a-t-elle dit ? s'enquit aussitôt Martine, le lendemain matin. Vous l'avez vue ?

— Oui. Mais, hélas, je n'ai rien pu en tirer ! Elle m'a seulement avoué qu'elle ne m'aimait plus et que tout était fini entre nous.

— Elle vous a dit : “Je ne t’aime plus”, sans autre forme d’explication ?

— Elle a dit exactement : “Je ne peux plus t’aimer.” »

En fine psychologue, Martine releva le détail qui, à ses yeux, changeait toutes les données du problème.

« Si elle vous a dit : “Je ne peux plus t’aimer”, c’est qu’elle vous aime encore et qu’il y a quelque chose qui l’en empêche. Elle subit sans doute une pression extérieure. Ses parents peut-être ! Ils ne veulent plus que vous la voyiez.

— Ça ne colle pas ! Camille a beaucoup de caractère. Elle s’est toujours affirmée devant ses parents. De plus, ceux-ci sont très ouverts. Ils ne lui ont jamais interdit de me fréquenter. C’est elle-même qui me l’a affirmé.

— Ne devait-elle pas vous introduire chez elle pour votre enquête sur les rapatriés ?

— Si.

— Ses parents ont dû changer d’avis. Ils lui ont parlé et l’ont convaincue qu’il valait mieux ne plus vous fréquenter. Vous savez, les pieds-noirs forment une communauté assez fermée et soudée. En général, ils se marient entre eux et n’aiment pas trop qu’on se mêle de leurs affaires. Votre intention d’enquêter sur eux n’a pas dû plaire à sa famille.

— C’est stupide ! J’ai vu le père de Camille en personne. Je lui ai expliqué qu’il ne s’était rien passé entre nous. Il a eu l’air de me croire. Il m’a même promis de me tenir informé.

— C’était quand ?

— A la fin des vendanges.

— Et depuis, il ne vous a pas contacté ? Quand je vous disais…

— Taisez-vous, Martine ! Vous n'y êtes pas ! Ses parents ne sont pas comme les miens. Ils n'avaient pas refusé de me voir.

— Oh, ma foi, je ne dis plus rien ! Mais je serais à votre place, je ne baisserais pas les bras. J'essaierais de savoir. Par tous les moyens. »

Pierre n'approuvait pas sa secrétaire, mais il se jura de retrouver Camille et de lui faire avouer la vraie raison de son attitude.

Malheureusement, elle avait exigé qu'il lui rende sa clé.

Aussi, un soir de début décembre, se posta-t-il devant sa porte et il l'attendit patiemment. Deux heures s'écoulèrent. Camille ne rentrait toujours pas. Il s'apprêtait à regagner le bureau de son agence, où il s'était aménagé un coin studio pour résider sur place, lorsqu'il la vit arriver, accompagnée d'un garçon de son âge, visiblement un étudiant. Il la tenait par les épaules et donnait l'impression d'avoir obtenu ses faveurs.

Son cœur ne fit qu'un bond dans sa poitrine. Il la laissa s'approcher sans broncher. Quand elle l'aperçut, elle ne put cacher sa surprise. Il lui lança au visage :

« Si c'est pour cette raison que tu m'as laissé trois mois dans l'inquiétude, tu aurais pu avoir le cran de me dire la vérité ! »

Camille se dégagea de l'étreinte de son compagnon.

« Pierre !

— Non, ce n'est pas la peine ! Nous nous sommes tout dit ! Je te laisse à tes nouvelles amours. »

Sans se retourner, il fila droit devant lui, le cœur lourd, l'œil humide, la gorge serrée, et s'éloigna à la faveur de la lumière des réverbères.

*
* *

Camille traînait sa peine comme un boulet. Cette rencontre fortuite avec Pierre l'avait comme dégrisée. Certes, son attitude, ce soir-là, ne penchait pas en sa faveur et pouvait prêter à confusion. Elle s'était laissée aller pour tenter d'oublier ses terribles tourments et avait accepté les avances d'un camarade de classe. Il l'avait entraînée à boire plus que de raison dans l'espoir, sans doute, d'ouvrir sa porte. Mais elle lui avait refusé l'entrée de sa chambre et il ne s'était rien passé d'autre que d'amicales embrassades.

Pierre avait-il cru qu'elle l'avait si vite remplacé dans son cœur ? L'avait-il déjà condamnée et chassée de son esprit ?

Soudain Camille prit conscience que son comportement, depuis cet horrible soir, avait détruit ce qu'il y avait de plus fort en elle pour se reconstruire : l'amour de Pierre. Pourquoi l'avoir ainsi sacrifié sur l'autel de ses remords et de sa honte ? Il n'y était pour rien ! En outre, il avait cherché maintes fois à lui parler, à la rencontrer. Et elle s'était volontairement éloignée de lui comme si elle le tenait pour responsable de tout ce qui s'était passé !

Elle décida de tenter de réparer ses erreurs.

Le lendemain, elle manqua ses cours et se rendit à l'agence régionale du *Quotidien du soir*. Pierre était parti en reportage pour la journée. Elle s'adressa à la secrétaire :

« Pourriez-vous dire à monsieur Chaptal que je suis passée et que j'aimerais le voir dès qu'il rentrera ?

— Vous êtes Camille, n'est-ce pas ?

— Oui. Pardonnez-moi, je ne me suis pas présentée. Où avais-je la tête ? Je m'appelle Camille Pérez. »

La secrétaire abandonna sa machine à écrire et proposa à Camille de venir s'asseoir dans le petit salon.

« J'étais certaine que vous finiriez par sortir du silence. »

Camille parut surprise.

« Je suis un peu dans la confidence, ajouta Martine. Monsieur Pierre m'a beaucoup parlé de vous. Il vous aime énormément. Mais, en ce moment, il est très malheureux. »

Camille se sentait mal à l'aise, se demandant ce que Pierre avait pu raconter à sa secrétaire.

« Je crois qu'il y a un malentendu entre vous ; vous devriez avoir une franche explication.

— C'est dans cette intention que je suis venue le voir. »

Sans rien dévoiler de ce qui s'était passé pendant les trois mois précédents, Camille répondit habilement à Martine quand celle-ci chercha à percer le secret qui la rongeait. Elle accepta une tasse de café et quitta l'agence avec la promesse de Martine que Pierre viendrait la voir le soir même, chez elle, dès son retour.

Elle ne retourna pas au lycée. Elle attendit toute la journée la venue de Pierre, plongée dans la réflexion. Je dois tout lui révéler, se persuadait-elle. Au fond d'elle-même, elle répétait sans discontinuer les paroles qu'elle s'apprêtait à lui dire, pesant chacun des mots cruels qu'il lui faudrait utiliser pour avouer l'acte odieux et inhumain que son propre frère avait perpétré sur elle. Le fait de chercher les mots adéquats lui rappelait tant de souffrances qu'elle ne parvenait pas à réprimer ses larmes. Elle revoyait la scène dans ses moindres détails, sentait à nouveau la douleur l'assaillir, éprouvait la même honte d'avoir été avilie, salie dans sa chair et son honneur de jeune fille.

Elle se reprit. Pensa à Pierre qui l'aimait, qui souffrait à cause d'elle.

La journée passa dans l'attente fébrile de l'explication qui allait enfin révéler la vérité et la délivrer. Cette confession, espérait-elle, la laverait de toutes les souillures qu'elle portait encore.

Pierre frappa à sa porte sur le coup de 19 heures.

Elle sursauta, se recoiffa rapidement, sécha ses yeux.

« Entre, dit-elle en lui ouvrant. Je t'attendais. »

Ils eurent l'impression, tous les deux, de se rencontrer pour la première fois. Ils semblaient paralysés par la timidité. Ils se fuyaient du regard.

« Prends une chaise. Assieds-toi, dit Camille, la première.

— Je préfère rester debout. »

Elle perçut de la méfiance dans le ton de sa voix. Elle décida de couper court à toute tergiversation.

« Je crois que nous avons à parler tous les deux.

— Je crains qu'il ne soit trop tard !

— Tu m'en veux beaucoup, n'est-ce pas ? »

Pierre ne laissait rien paraître.

« Je t'écoute, se contenta-t-il de répondre.

— Je... je ne sais par quel bout commencer, fit Camille en oubliant subitement les paroles qu'elle avait répétées tout au long de la journée.

— Commence par le début, ce sera plus facile. La fin, je la connais déjà !

— Que veux-tu dire ?

— Ne fais pas l'idiote ! Je t'ai vue en bonne compagnie l'autre soir. Tu n'as pas mis longtemps à me remplacer ! C'est pour ça que tu m'as fait venir ce soir !

— Non, Pierre, tu te trompes. »

Camille s'effondra sur le lit et se mit à sangloter.

Pierre resta de marbre. Apparemment. Il se méfiait.

Alors, Camille reprit le chemin de son calvaire et, pas à pas, se livra à Pierre sans omettre aucun détail.

Lorsqu'elle eut terminé, le jeune homme se tut un long moment. Puis il rompit le silence.

« Et tu imagines que je vais croire ça ! Tu accuses mon frère de t'avoir violée il y a plus de trois mois, et tu as gardé le silence pendant tout ce temps sans rien dire ! Et maintenant que je viens de te surprendre dans les bras d'un autre, tu te décides enfin à parler ! Avoue que c'est difficile à admettre, non ? Je vais finir par croire que tu obéis à tes parents qui ne veulent sans doute plus que leur fille fréquente un Chaptal. A moins que tu ne cherches, toi aussi, à nuire aux intérêts de ma famille ! Et, ne sachant comment t'y prendre pour me quitter, tu inventes n'importe quoi ! Accuser mon frère de viol ! Pourquoi pas du meurtre de Sayed Laraoui pendant que tu y es ? Je sais que Philippe n'est pas un saint, mais de là à le traîner ainsi dans la boue, c'est trop ! Je suppose que tu as l'intention de porter plainte à la gendarmerie ? »

Camille restait sidérée. Jamais elle ne s'était attendue, tout au long de cette journée, à une telle réaction de la part de Pierre. Elle s'était imaginé qu'il la prendrait dans ses bras, qu'il la consolerait, qu'il lui pardonnerait ce silence qu'elle lui avait imposé.

Elle n'éprouva pas la force de pleurer davantage.

Elle le fixa du regard. Lui dit :

« Je n'attendais pas de toi de la compassion, Pierre. Seulement de la compréhension. Je me suis trompée. Nous n'avons plus rien à nous dire. Tu peux t'en aller. »

Pierre n'ajouta pas un mot. Il tourna les talons et quitta Camille.

Tandis qu'il arpentait les ruelles de la vieille ville, au fond de lui, son âme engrisaillée se perdit dans le dédale des regrets et du doute.

24

Confrontation et soulagement

Devant l'état de prostration de sa fille, Maxime décida de forcer la porte des Chaptal, afin d'obtenir des explications. Ses fils eurent beau tenter de l'en dissuader, il persista, soutenu par Marthe qui finissait par se rendre malade de ne pouvoir venir en aide à Camille.

« Ça ne peut plus durer comme ça ! déclara-t-elle quelques jours après la rupture consommée entre sa fille et Pierre. Il faut faire quelque chose. Cette petite broie du noir. Elle finira par nous faire une dépression. Si ce Pierre Chaptal est responsable de son état, il doit lui parler. Mieux vaut une franche confrontation que le silence.

— Je ne crois pas Pierre responsable de la situation. Le jour où il est venu me voir, son attitude m'a laissé penser qu'il déplorait lui-même ce qui s'était passé avec Camille.

— Ses parents seraient-ils à l'origine de leur séparation ?

— J'en aurai bientôt le cœur net. Je vais aller voir Armand Chaptal en personne.

— Il ne te recevra pas !

— Je voudrais bien voir ça ! »

Résolu, Maxime se rendit sans tarder à Valfleuri. Jean-François et Manuel se proposèrent de l'accompagner. Il refusa.

« Je n'ai besoin de personne ! affirma-t-il. Cette question ne concerne que les pères. »

Il débarqua à Valfleuri sans s'annoncer et gara sa voiture devant le portail du domaine. Celui-ci était fermé par un système automatique. Il s'en étonna. Réfléchissant à ce qu'il convenait de faire, il entendit le bruit d'un moteur derrière lui. Au bout de la route d'accès, une DS Citroën blanche approchait lentement, conduite par le propriétaire des lieux. Il le reconnut sans hésiter.

Il n'eut pas le temps de réagir que le véhicule avait déjà emprunté un chemin de traverse. Il le suivit du regard. La DS se dirigea vers une entrée secondaire du domaine, puis disparut derrière un bosquet.

Maxime hésita. Puis il sonna à l'interphone situé sur le pilier gauche du portail et attendit. Quelques secondes s'écoulèrent. Une voix féminine demanda :

« Oui, c'est pour quoi ?

— Je désire voir monsieur Chaptal, s'il vous plaît. Monsieur Armand Chaptal.

— De la part de qui ? »

Maxime hésita de nouveau, biaisa :

« C'est important. Je dois lui parler. »

La voix ne répondit pas.

Après un court instant, le portail s'ouvrit lentement en grinçant sur ses gonds. Maxime s'avança dans l'allée ombragée qui conduisait à la demeure des propriétaires. Le portail se referma aussitôt derrière lui.

Personne ne vint à sa rencontre. Mais, lorsqu'il gravit les premières marches de l'escalier qui menait à la porte d'entrée du mas, il s'entendit rappeler à l'ordre. Une voix, masculine cette fois, l'arrêta net :

« N'allez pas plus loin, je vous prie ! »

Maxime se retourna et se retrouva face à face avec Armand Chaptal.

« Que venez-vous faire chez moi ? » demanda brutalement ce dernier.

Surpris par le ton sec et hautain de son interlocuteur, Maxime fut un instant décontenancé. Puis il arbora un sourire forcé et, dissimulant intentionnellement son accent pied-noir, répondit, courtois :

« Je vous salue, monsieur Chaptal. Excusez-moi pour cette intrusion, mais… je me suis annoncé et l'on m'a gentiment ouvert le portail.

— Ma femme est trop confiante. Elle ouvre à n'importe qui. Un jour, ça lui jouera un mauvais tour ! Que me voulez-vous ?

— Vous parler. En tout bien tout honneur.

— A propos de quoi ? Je n'ai rien à vous dire !

— Moi, si.

— Je vous écoute.

— Ne pourrions-nous pas discuter calmement dans un autre endroit que sur ces marches ? »

Marie-Ange Chaptal, entendant des bruits de conversation sous ses fenêtres, ouvrit la porte et aperçut les deux hommes se toiser.

« Entrez donc ! leur proposa-t-elle. Vous serez mieux à l'intérieur pour vous expliquer. Armand, invite monsieur Pérez dans le salon. Je vais vous y apporter une collation.

— Ce ne sera pas la peine ! (Puis à Maxime :) Accompagnez-moi dans mon bureau. »

Maxime salua Marie-Ange Chaptal d'un signe de la tête et suivit son mari dans une petite pièce qui servait à l'accueil des représentants des maisons de négoce.

« Alors, je vous écoute ! » reprit Armand, sans changer de ton.

Maxime ne savait comment aborder la question pour laquelle il s'était déplacé.

« Je vous préviens tout de suite, poursuivit Armand sans lui laisser le temps d'amorcer le début d'une phrase, si vous êtes venu me demander si j'ai des vignes à vous céder, vous perdez votre temps. Ce qui appartient aux Chaptal n'est pas à vendre et ne le sera jamais.

— Ce n'est pas de vignes que je suis venu vous parler !

— De quoi, alors ?

— Je sais qu'entre vous et moi la concurrence est rude, mais il ne s'agit pas de cela.

— Votre domaine n'est pas de taille à me faire de l'ombre ! Vous me semblez bien présomptueux !

— Qui sait ? Un jour, je serai peut-être le premier viticulteur de la région, répliqua Maxime pour émoustiller son hôte qui commençait sérieusement à l'agacer.

— Vous rêvez, mon cher Pérez ! Mais allez au fait, je vous prie. Je n'ai pas de temps à perdre en vaines conversations.

— Il s'agit de votre fils Pierre et de ma fille Camille.

— Ah, nous y voilà ! Alors là, Pérez, je vous arrête tout de suite. Jamais, vous m'entendez, jamais votre fille ne mettra les pieds sous mon toit ! Elle n'est qu'une petite intrigante qui a séduit ce benêt de Pierre pour mieux arranger vos petites affaires…

— Armand !

— Taisez-vous ! Si vous êtes venu me demander mon consentement à leur union, vous pouvez vous en retourner sur-le-champ ! Je ne consentirai jamais à ce que l'un de mes fils épouse une pied-noire. Pour Philippe, je ne me fais pas de soucis ; il n'aime pas les Arabes…

— Nous ne sommes pas des Arabes ! rectifia Maxime qui, subitement, avait repris son accent oranais.

— C'est tout comme ! Quant à Pierre, il n'ignore pas ce qui l'attend s'il s'entête. »

En fin stratège, Maxime savait qu'il était inutile de s'opposer de front à quelqu'un qui prenait immédiatement la mouche. Il laissa Armand épuiser tous ses arguments sans broncher. Quand ce dernier toucha le fond de sa colère, il intervint enfin :

« Je voulais simplement savoir pourquoi entre votre fils et ma fille tout paraît à ce jour terminé. J'ai rencontré Pierre il y a trois mois ; il m'a semblé désemparé. Alors, je me suis dit que vous pourriez peut-être me fournir de plus amples explications. Car ma fille se rend malade, et sa mère et moi sommes très inquiets.

— Mon fils a rompu avec votre fille ! C'est une très bonne nouvelle ! Vous m'en voyez ravi. Pour le reste, je n'ai rien à ajouter. Mon fils est assez grand pour décider lui-même de ce qu'il doit faire. Il s'est enfin rendu à la raison ; tant mieux !

— Armand, vous ne pouvez pas…

— Nous n'avons plus rien à nous dire. Je ne vous retiens pas !

— J'insiste.

— Dehors, je vous dis ! Dehors ! »

Le ton monta brusquement. Armand ne contrôlait plus sa colère. Son visage devint cramoisi, sa respiration haletante. Bombant le torse, pointant le doigt vers la porte, il se montra menaçant.

« Entre les Chaptal et les Pérez, rugit-il, ce sera toujours la guerre. Foutez-moi le camp ! »

Maxime garda son calme et s'en alla, bredouille. Il avança de quelques pas, se retourna. Sur le perron, alertée par la colère de son mari, Marie-Ange le regardait d'un air désolé. Elle lui fit un signe de la tête en guise d'au revoir, et referma la porte sans prononcer un mot.

Le portail s'ouvrit automatiquement lorsque Maxime parvint à l'extrémité de l'allée. Avant de regagner sa voiture, il jeta un dernier regard en direction du mas Chaptal et, décidé, rentra chez lui.

Si c'est la guerre que tu veux, pensa-t-il, en conduisant prudemment, tu l'auras !

« Tu as obtenu une explication ? s'enquit aussitôt Marthe, lorsqu'il fut de retour.

— Penses-tu ! Le vieux Chaptal s'est énervé et m'a flanqué dehors comme un voleur. Il a d'abord cru que je venais lui racheter des terres. Puis, quand je lui ai appris qu'entre Pierre et Camille tout était terminé, il s'est réjoui. Il est monté sur ses grands chevaux et m'a déclaré la guerre ouverte. J'ignore quelle mouche l'a piqué, mais il n'avait aucune raison de se mettre dans un tel état. J'ai bien cru qu'il allait mourir d'une attaque d'apoplexie devant moi !

— Tu n'as pas vu sa femme ?

— Seulement entrevue. J'ai l'impression qu'elle le subit. Elle m'a gentiment ouvert la porte, puis m'a fait un petit signe d'adieu quand je suis parti.

— Ce Chaptal est un homme bourru. On le savait. C'était inutile que tu t'avilisses à aller le voir.

— Maintenant je sais à quoi m'en tenir. »

Pour autant, Camille ne montra aucune amélioration dans son comportement. Lorsqu'elle rentrait le week-end, elle parlait peu, semblait fuir tout le monde, ne souriait jamais, mangeait du bout des lèvres.

Marthe s'inquiétait de plus en plus.

« Elle a perdu le goût de vivre », affirmait-elle à ses fils quand ils tentaient de la rassurer.

Manuel, qui filait le parfait amour avec Yasmina en dépit du qu'en-dira-t-on, avait beau lui expliquer qu'il serait dans le même état si cela lui arrivait, mais que les plus grandes peines de cœur finissaient toujours par guérir avec le temps, elle ne cessait de penser à sa fille et à ce qu'elle pouvait bien faire à Montpellier, seule, à ruminer de noires pensées.

« Si tu veux, je vais aller voir Pierre Chaptal, proposa-t-il pour la rassurer.

— A quoi cela servira-t-il ? Si Camille pleure son amour perdu, tu ne le lui rendras pas de cette manière.

— Au moins, nous saurons peut-être ce qui s'est réellement passé et nous pourrons parler à Camille ! »

Manuel partit un matin à Montpellier dans le but de rencontrer Pierre. Il le trouva à son agence, en plein travail.

« Si cela ne vous dérange pas, lui proposa celui-ci, attendez-moi à la terrasse du Grand Café Riche, sur la place de la Comédie. Soyez-y à midi. Le temps que je termine cet article qu'il me faut absolument corriger avant de l'envoyer par télex et je vous rejoins. »

Manuel patienta, profitant de ce contretemps pour se promener dans les ruelles commerçantes de la ville qu'il connaissait mal.

A l'heure du rendez-vous, il s'assit à la terrasse du Grand Café Riche et n'attendit pas longtemps avant de voir Pierre arriver.

« Que voulez-vous ? lui demanda ce dernier à peine assis. Je suppose que c'est de Camille que vous êtes venu me parler.

— Je ne peux rien vous cacher. Je me réjouis que vous ne réagissiez pas comme votre père !

— Mon père ! Vous êtes allé le voir ?

— Non, pas moi. Le mien. Et ça ne s'est pas très bien passé.

— Je devine. Ils se sont disputés ?

— Disons que votre père n'a rien voulu entendre et a mis le mien à la porte.

— Ça ne m'étonne pas… Alors, que voulez-vous savoir ?

— Tout. »

Pierre parut embarrassé.

« Mes parents se font un sang d'encre depuis plus de trois mois, poursuivit Manuel. Nous aimerions savoir ce qui s'est réellement passé entre Camille et vous. Ainsi pourrions-nous mieux comprendre Camille et l'aider à refaire surface. »

Pierre se demanda s'il avait le droit de révéler ce que la jeune fille lui avait avoué. Lui-même n'était pas encore persuadé qu'elle n'avait pas menti le soir de leur grande explication. Il hésita.

« Tout est ma faute, reconnut-il en se repentant. C'est moi qui n'ai plus voulu la revoir.

— Pour quelle raison, si ce n'est pas indiscret ?

— C'est très compliqué. Et pas facile à dire.

— Vous en avez trouvé une autre ? C'est une chose naturelle. Ça arrive fréquemment !

— Non, c'est plutôt le contraire.

— Je ne comprends pas ! Pourquoi, dans ce cas, Camille paraît-elle si triste ? Et le mot est faible ! »

A force de tergiverser, Pierre finissait par se convaincre que Camille avait peut-être dit la vérité.

« Je ne l'ai pas crue lorsqu'elle est venue s'expliquer la dernière fois. Je l'avais surprise au bras d'un autre. Alors, tout ce qu'elle m'a dit, je l'ai pris pour des mensonges. C'était tellement énorme ce qu'elle m'a avoué !

— De quoi s'agissait-il ? »

Et Pierre, finalement, de révéler à Manuel le terrible secret de Camille.

Manuel en resta sidéré et mit de longues minutes avant de recouvrer la parole.

« Vous ne l'avez pas crue, me dites-vous !

— Non. Sur le moment, j'ai pensé qu'elle essayait de se disculper de m'avoir trompé et qu'elle inventait cette chose immonde pour se débarrasser de moi. J'avoue qu'à bien y réfléchir, c'est un peu gros de reconnaître s'être fait violer pour cacher une autre vérité tellement moins lourde de conséquences !

— Et maintenant ?

— Maintenant, je ne suis plus si sûr de moi.

— Elle ne vous a pas trompé, j'en suis persuadé. Et ce qu'elle est parvenue à vous avouer avec courage, après trois mois de silence, est vrai. D'ailleurs, elle est toujours prostrée dans un état lamentable. Rien n'a changé depuis votre dernière entrevue avec elle.

— Il m'est difficile d'admettre que mon frère ait pu faire une chose pareille.

— C'est sa parole contre la sienne.

— Contre ce que je crois, devriez-vous dire. Pour l'instant !

— Etes-vous en train de changer d'avis ?

— Je ne sais pas. Je ne suis plus sûr de rien.

— Je vais lui parler. Et vous devez la revoir. Quant à votre frère, certes, il n'avouera jamais. Et il serait trop cruel de le confronter à ma sœur. Mais, vous qui le connaissez mieux que personne, vous saurez vite, en votre intime conviction, s'il est coupable ou non.

— Camille voudra-t-elle encore me voir ?

— J'en fais mon affaire. Mais si ce que vous m'avez révélé est exact, sa blessure sera longue à cicatriser. Il vous faudra beaucoup de patience et d'amour pour parvenir à lui décrocher un sourire. »

Pierre serra chaleureusement la main de Manuel en le quittant. Avant de lui tourner le dos, celui-ci lui demanda :

« On pourrait se tutoyer, non ? Nous sommes du même âge !

— J'ai l'âge de ton frère aîné, répondit Pierre. D'après ce que m'a raconté ta sœur.

— J'espère que cette poignée de main n'est que le premier pas vers la réconciliation entre nos deux familles !

— Il y a encore beaucoup de chemin à parcourir. Mon père est un vieil ours ! »

Manuel se garda de faire part à ses parents de ce que Pierre Chaptal lui avait appris. Non qu'il doutât de ses propos, mais parce qu'il voulait les ménager. Comment réagiront-ils, se demanda-t-il en rentrant le soir même à Pérols, si je leur dis que Camille s'est fait violer par le fils Chaptal ? Qui sait ce qu'ils seront capables de faire ? Jean-François ira immédiatement lui régler son compte ; papa ira porter plainte à la gendarmerie ; quant à maman, elle mourra de chagrin !

Il décida, lui aussi, de garder le secret, mais de parler à sa sœur avec beaucoup de délicatesse et de précaution.

Il tomba de haut lorsque Manon lui déclara, alors qu'il venait d'annoncer à ses parents la part de vérité qu'ils pouvaient entendre :

« Camille a fait une mauvaise rencontre. C'est pour cette raison qu'elle est si triste. »

Manuel crut, sur le moment, que sa petite sœur était au courant du terrifiant secret de Camille.

« Que veux-tu dire ? insista-t-il.

— Camille refuse d'en parler parce qu'elle a honte. Mais, j'en suis certaine, quelqu'un lui a fait beaucoup de mal. »

A presque treize ans, Manon n'était plus tout à fait une enfant, même si ses jeux pouvaient encore le laisser croire. A son âge, elle ignorait les noirceurs qui endeuillaient parfois l'existence des adultes, et n'avait pas acquis la parfaite connaissance de ce qui crée l'attirance entre un homme et une femme. Mais elle avait deviné, dans son âme d'adolescente, que sa sœur souffrait d'une peine bien plus douloureuse que celle engendrée par un simple chagrin d'amour.

« Camille t'a-t-elle parlé ? s'enquit Manuel. T'a-t-elle expliqué pourquoi elle est si triste depuis des mois ?

— Non. Pas avec précision. Mais j'ai compris qu'elle avait terriblement mal et que ce n'était pas son amoureux le responsable. »

Le premier jour des vacances de Noël, Manuel profita de se retrouver seul avec Camille pour lui annoncer qu'il était allé voir Pierre à Montpellier. Camille ne sembla pas s'en étonner et lui demanda simplement :

« Que t'a-t-il dit ?

— Tout. »

Camille ne releva pas.

Manuel insista :

« Il m'a tout dit. Je sais tout.

— Alors, tu sais qu'il ne veut plus de moi parce qu'il croit que je l'ai trompé.

— Je te dis que je sais tout, Camille. Tu n'as plus de raison de te retrancher derrière ton silence. Tu peux me parler librement. Moi, je crois ce que Pierre m'a révélé et qu'il a eu du mal à admettre. »

Camille se ressaisit. Comprit enfin ce que tentait de lui signifier son frère.

« Il t'a tout dit !

— Ah, enfin ! »

Alors, elle ne put se retenir de pleurer. Manuel la prit dans ses bras et la consola.

« Ne pleure pas, petite sœur. Sèche tes larmes. Ça va aller, maintenant. Tu as crevé l'abcès qui saignait dans ton cœur. Tu vas te sentir soulagée.

— Je n'oserai jamais en parler à papa ni à maman. Je ne pourrai plus les regarder dans les yeux.

— Tu n'es coupable de rien, mon bébé ! Ne t'inquiète pas, je leur parlerai et saurai leur expliquer qu'il ne faut rien faire qui puisse te blesser davantage. Dis-toi bien que tu es une victime. Tu n'as aucune honte à éprouver, rien à te reprocher. Fais-moi confiance, tout se passera bien. »

Camille s'effondra dans les bras de son frère. Mais, cette fois, elle se sentit profondément soulagée. Le fardeau qu'elle portait en elle comme le poids de tous les péchés du monde venait tout à coup de s'alléger, presque de disparaître.

Elle esquissa un sourire. Le premier depuis longtemps.

« A la bonne heure ! se réjouit Manuel en lui essuyant les larmes qui perlaient lentement sur son visage. Je retrouve ma petite sœur chérie. Je t'aime, tu sais. Nous t'aimons tous. »

Camille enfouit son visage dans le cou de son frère.

« Tu penses que Pierre m'aime encore ?

— C'est certain. Tu peux me croire. Il n'attend qu'une chose : que tu ailles le retrouver et que tu te jettes dans ses bras.

— Et ce que m'a fait subir son frère ?

— Ça, c'est une autre histoire qu'il faudra régler en temps voulu ! Je suis sûr qu'un jour il paiera pour tout le mal qu'il aura fait autour de lui. Mais il faut d'abord laisser à Pierre le temps d'admettre le crime de son frère. »

Camille étreignit longuement Manuel et lui promit d'éclairer son visage de ses sourires habituels pour que le bonheur inonde à nouveau les Rives Blanches de sa lumière éclatante.

25

Le procès

Depuis l'arrestation d'Omar Messaoui, aucun fait nouveau n'était intervenu qui aurait pu amener le juge Lambert à reprendre l'instruction.

Le procès du présumé coupable devait donc se tenir le 22 décembre et était prévu pour durer huit jours si rien ne venait en perturber le bon déroulement, ce que le procureur escomptait afin que le prévenu soit définitivement jugé et condamné.

L'avocat d'Omar avait demandé à son client de plaider coupable pour obtenir l'indulgence des jurés, voire les circonstances atténuantes. A ses yeux, en effet, il ne s'agissait pas d'un crime crapuleux, mais d'une affaire somme toute politique entre deux ressortissants d'origine algérienne mus par des convictions opposées. C'était en tout cas ce qu'il désirait plaider.

Mais Omar Messaoui s'entêtait à vouloir plaider non coupable et ne cessait de clamer son innocence.

« C'est une machination ! répétait-il à l'envi, lorsque maître Gervès, le défenseur des causes perdues qui avait accepté gracieusement de prendre sa défense, l'incitait à reconnaître les faits.

— Vu le peu d'éléments en notre faveur, lui avait-il longuement expliqué, c'est le seul moyen de sauver votre tête !

— On m'accuse parce que ça arrange tout le monde qu'un Arabe ait assassiné un autre Arabe ! Ma tête ne pèse pas lourd dans le panier, comparée à celle du véritable assassin. Celui-là doit avoir de sérieuses relations. Et ça en dérangerait certains si l'on découvrait sa véritable identité. »

La veille du procès, maître Gervès dut renoncer à la plaidoirie qu'il avait préparée et changer de stratégie. Puisque son client s'acharnait à plaider non coupable, il se voyait dans l'obligation de trouver d'autres arguments et d'adopter une défense reposant sur la mise en doute de tous les témoignages à charge que l'accusation apporterait. Il devrait semer le trouble dans l'esprit des jurés et attirer leurs suspicions sur un autre coupable éventuel. Mais force lui était de reconnaître que la démarche lui paraissait hasardeuse, tant les faits que le président du tribunal présenterait à la cour lui semblaient, à lui aussi, cousus de fil blanc.

« Il ne fait aucun doute que, si je ne parviens pas, au cours du procès, à semer le trouble en mettant l'un des témoins à charge en porte-à-faux, les jurés suivront l'accusation. Et mon client y laissera sa tête », avait-il confié à Pierre Chaptal, venu le questionner pour son journal.

Pierre était parvenu à obtenir ses entrées chez l'avocat de l'accusé. En outre, il devait lui-même être appelé à la barre comme témoin à décharge. Maître

Gervès comptait sur son témoignage pour présenter son client sous son meilleur jour : un bon ouvrier agricole, fils d'un ressortissant algérien qui avait dignement combattu pour la France en 1940 et qui avait fait le choix de son pays d'adoption pour y vivre et y fonder une famille. Le fait que Pierre tiendrait des propos en faveur de la défense, alors que Sayed Laraoui, la victime, était aussi son ami et ancien compagnon d'armes, devrait, selon l'avis de l'avocat, faire hésiter les jurés les plus intransigeants.

« Nous allons nous heurter au témoignage de mon frère, objecta Pierre. Mon père, lui, j'en suis certain, restera neutre. Il a des principes et de l'honneur. Certes, ses idées sur l'Algérie et les Algériens sont bien arrêtées, mais dans une telle affaire, il se gardera de les exposer en public. Je ne serais pas aussi affirmatif concernant Philippe ! »

Depuis que Manuel lui avait révélé la vraie nature de son frère, Pierre se méfiait de ce dernier. Sans dévoiler à son avocat l'acte ignominieux dont il s'était rendu coupable envers Camille, il s'était permis de l'avertir qu'il aurait affaire à la barre à un être retors, prêt à tout pour faire condamner un innocent.

« Depuis son retour d'Algérie, Philippe n'est plus le même homme ! lui expliqua-t-il au cours d'un entretien en privé.

— Ce qui signifie ?

— Auparavant, c'était un garçon gentil, avenant, plein d'humour. Certes, il a toujours montré une grande détermination dans tout ce qu'il entreprenait. D'ailleurs, mon père ne peut que le remercier d'avoir pris certaines initiatives qui ont permis de sauver son domaine de la routine et de l'avoir hissé au niveau qu'il a atteint aujourd'hui. Mais il a toujours eu un caractère bagarreur… je veux dire combatif, propre à ceux qui veulent gagner.

— Qu'est-ce que l'Algérie a changé dans son comportement… ou révélé ?

— Il en est revenu… comment dirais-je ? Avec l'âme d'un guerrier.

— Entre combatif et guerrier, la marge est étroite !

— Ce qui a vraiment changé en lui, c'est son état d'esprit. Il est parti en Algérie – comme la plupart d'entre nous – avec l'idée de défendre des populations en danger. Il en est revenu aigri, raciste même, bourrelé de ressentiment envers les Algériens. C'est pourquoi je crains qu'il n'enfonce Omar sans aucun scrupule. »

Maître Gervès n'ignorait pas que, parmi les jurés, il se trouverait des individus habités par de tels sentiments. Quatre ans et demi après la fin du conflit algérien, beaucoup de Français portaient encore sur les Maghrébins des jugements stéréotypés et péjoratifs, et n'auraient pas levé le petit doigt pour défendre l'un d'eux accusé à tort.

« Le président du tribunal, le juge Sylvestri, passe pour avoir été très proche des thèses de l'OAS au début des années 1960. C'est un gros handicap pour mon client… mais n'écrivez pas ce détail dans votre journal, monsieur Chaptal ! Je compte sur vous. »

Le procès débuta à la date fixée aux assises de Montpellier. Omar savait ce qu'il encourait à s'entêter dans sa position. Mais sa fierté et son honneur ne souffraient pas d'un compromis qui aurait rejailli sur sa famille.

« Je préfère mourir en victime innocente d'une erreur judiciaire, plutôt que de sauver ma tête en passant pour un assassin ! » avait-il déclaré à maître Gervès avant d'entrer dans la salle d'audience.

Celle-ci fut bondée dès le premier jour. La foule, prévenue par les journaux qui avaient repris les grandes lignes de l'affaire Laraoui plusieurs semaines auparavant, se précipitait pour assister à un procès où le célèbre maître Gervès allait prendre la défense d'un homme que la vindicte populaire avait déjà condamné. Beaucoup, dans l'assistance, s'attendaient en effet à ce que le prévenu soit déclaré coupable à l'issue du procès, et l'espéraient, tant ce qui avait été raconté dans la presse plaidait en sa défaveur. Mais tous étaient surtout curieux d'entendre la plaidoirie du grand avocat qui, affirmait-on, se complaisait à se faire l'avocat du diable dans les affaires les plus impopulaires.

« Ça promet de belles envolées ! entendait-on sur les bancs de la salle d'audience.

— Face à Gervès, l'avocat général et l'avocat de la partie civile n'auront qu'à bien se tenir !

— L'avocat général est un rouleau compresseur ! Quand il s'acharne sur un accusé, il le réduit en miettes. Surtout s'il plaide non coupable et qu'il n'a pas d'excellents arguments pour sa défense. »

Les commentaires allaient bon train.

Dans la salle, Pierre avait pris place sur le banc réservé aux journalistes. A quelques mètres devant lui, il pouvait apercevoir son père, son frère et les membres du personnel de Valfleuri, convoqués par la partie civile afin d'éclairer le jury sur la personnalité de l'accusé.

A l'autre extrémité de la salle, la famille d'Omar serrait les coudes pour soutenir ce dernier qui attendait fébrilement derrière la porte que la séance soit déclarée ouverte. Non loin, Maxime et Jean-François, convoqués par maître Gervès pour apporter leurs témoignages à propos de la lettre du corbeau accusant leur employé, Tarek Boutif, se tenaient sur leurs gardes. Ils craignaient que leurs propos, utilisés par l'avocat général, ne soient interprétés partialement pour accroître les charges d'accusation pesant sur Omar.

« Dans cette triste histoire, avait prévenu Maxime, gardons-nous de prendre parti. Personnellement, je sens le coup fourré. »

Lorsque la cour entra solennellement dans la salle d'audience, le silence s'imposa aussitôt.

« Mesdames, messieurs, la cour ! » annonça l'huissier.

Tous se levèrent.

Le président prit place face à la barre des témoins, entouré de chaque côté par ses deux assesseurs et par les jurés. A droite de la barre se trouvaient l'avocat de la défense et son adjoint ; à gauche l'avocat général et, juste devant lui, l'avocat de la partie civile.

Immédiatement, le président déclara la séance ouverte et fit entrer le prévenu.

Omar Messaoui, encadré par deux gendarmes, pénétra dans le box des accusés, l'air digne, le regard clair. Pour l'occasion, il avait revêtu une chemise blanche et une cravate, sous un costume gris anthracite visiblement trop juste pour lui – celui de son père sans doute ! pensa Maxime en le regardant.

Devant lui, maître Gervès, dans sa longue toge noire, lui serra la main et le réconforta d'un geste amical sur l'épaule.

Lorsque tous, jurés, avocats, greffiers furent prêts, l'audience commença.

Après avoir décliné l'identité du prévenu et avoir lu l'acte d'accusation, le président procéda aux premières audiences.

La première journée fut consacrée à révéler aux jurés la personnalité de l'accusé. Les témoins appelés à la barre par les deux partis ne furent conviés qu'à raconter ce qu'ils savaient de lui, sur son passé, son caractère, ses relations, son comportement au travail, afin de permettre aux jurés de se faire une idée précise de l'homme qui se trouvait dans le box des accusés et dont ils tenaient le destin dans leurs mains.

Lorsque Philippe Chaptal à son tour fut appelé à la barre, tous les yeux se fixèrent sur lui, car il passait pour celui qui pouvait d'une phrase enterrer vivant le prévenu.

Il s'approcha de la barre d'un pas serein, sans un regard pour Omar.

« Vous vous appelez bien Philippe Chaptal, fils d'Armand et de Marie-Ange Chaptal, résidant au domaine de Valfleuri à Pérols dans le Gard ?

— C'est exact, monsieur le président.

— Vous jurez de parler sans haine et sans crainte, de dire toute la vérité, rien que la vérité. Levez la main droite et dites : je le jure ! »

Philippe jeta alors un regard noir en direction de l'accusé, puis leva la main et dit :

« Je le jure, monsieur le président.

— Vous connaissez l'accusé depuis longtemps, n'est-ce pas ?

— Depuis qu'il a débarqué chez nous avec sa mère, à l'appel de son père. C'était juste après la guerre. Je n'étais qu'un enfant à l'époque, mais je m'en souviens encore.

— Donc vous avez toujours vécu très proches l'un de l'autre ! Vous vous connaissez très bien, presque comme des camarades d'enfance !

— C'était le fils d'un employé de mon père, monsieur le président. Nous ne jouions pas ensemble dans les vignes.

— Mais vous avez dû fréquenter la même école dans votre village ?

— Omar Messaoui n'allait pas en classe, si je me souviens bien. Ou très peu ! Il a très vite travaillé au côté de son père.

— Vous ne fréquentiez donc jamais les petits Algériens qui vivaient avec leurs parents sur le domaine de votre père !

— Jamais, monsieur le président.

— Quels étaient vos rapports avec l'accusé ?

— C'était mon employé, si vous voyez ce que je veux dire.

— Je vous remercie, monsieur Chaptal. »

Tour à tour, maître Gervès et l'avocat de la partie civile questionnèrent Philippe Chaptal qui sut habilement contenir son hostilité envers les Algériens et dissimuler ses sentiments racistes.

Le jour où le président fit exhiber les pièces à conviction rassemblées par le juge d'instruction, l'émotion grandit dans l'assistance. En l'absence de l'arme du crime, les vêtements de travail de l'accusé, encore maculés du sang de la victime, firent l'effet d'une bombe. L'avocat de la partie civile n'eut pas à faire preuve d'un grand talent d'orateur pour émouvoir les jurés lorsque ceux-ci virent passer sous leurs yeux les taches brunâtres accusatrices. De même, quand le médecin légiste expliqua avec force détails comment l'assassin avait opéré pour faire souffrir sa victime avant de lui ôter définitivement la vie, l'horreur gagna tous les esprits.

« Comment le sang de la victime aurait-il pu imprégner les propres habits de l'accusé si celui-ci ne s'en était pas lui-même souillé après avoir égorgé et transporté son rival à bras-le-corps jusqu'à la décharge où il a tenté de dissimuler sa dépouille ? » insista l'avocat de la partie civile.

Cette preuve matérielle – la seule qui incriminait réellement Omar – paraissait irréfutable.

Lorsque le président demanda à l'accusé d'expliquer ce paradoxe, celui-ci ne sut quoi répondre :

« Quand j'ai déposé mes habits de travail dans mon casier, au vestiaire, ils n'étaient pas tachés de sang ! »

Maître Gervès eut beau tenter de prouver que l'assassin avait pu salir à dessein les vêtements de son client pour le faire accuser à sa place, l'avocat de la partie civile lui rétorqua que le casier était fermé à clé, que la clé se trouvait chez l'accusé et qu'on nageait en plein délire.

Toutefois, lorsque le commissaire Ménard fut appelé à la barre par maître Gervès, après que Pierre Chaptal eut raconté l'épisode de la lettre anonyme, il jeta le trouble dans l'esprit des jurés ainsi que dans celui des membres de l'assistance les moins convaincus de la culpabilité d'Omar Messaoui. En effet, le policier s'étonna que la lettre du corbeau n'ait pas été jointe au dossier. Aussitôt l'avocat de la partie civile prétexta une tentative de détournement du procès. Le président le pria de se taire et, prenant en compte la remarque du témoin, proposa à la cour une suspension de séance, puis un report au lendemain.

A la reprise de l'audience, la lettre anonyme fut ajoutée aux pièces à conviction, à décharge cette fois pour l'accusé. Le commissaire Ménard, sans prendre parti, expliqua à juste titre que cette lettre gardait encore tout son mystère.

« L'auteur de la lettre n'ayant pu être découvert, et monsieur Tarek Boutif ayant été mis hors de cause, l'affaire a été classée sans suite. Mais je tenais à en informer le tribunal. »

Devant ce manquement, le président parut circonspect.

« Cette pièce est ajoutée au dossier. Mais elle ne constitue pas un fait susceptible de modifier l'acte d'accusation du prévenu. Dans l'état actuel des faits, elle ne sert ni à charge ni à décharge pour l'inculpé. S'il s'agit de l'acte d'un plaisantin, cela n'a pas entravé le cours normal de la justice.

— Monsieur le président, fit valoir maître Gervès, ce corbeau, comme on le dénomme, n'est peut-être pas aussi anodin qu'il y paraît. Si l'on avait pu découvrir qui se cachait sous son plumage, on aurait peut-être su qui était vraiment l'assassin. Or, je rappelle à la cour, à décharge pour mon client, qu'au moment où cette lettre a été envoyée ce dernier était déjà incarcéré et que, de toute façon, il ne sait ni lire ni écrire ! Même s'il en avait eu les moyens, il n'aurait pas été capable d'inscrire l'adresse sur l'enveloppe destinée à monsieur Pierre Chaptal ni de formuler la révélation accusant à tort monsieur Tarek Boutif.

— Malgré leur pertinence, je ne vois pas où vos remarques nous amènent, maître !

— Simplement au fait que l'assassin, le vrai, a tenté d'embrouiller les pistes, peut-être parce que, malgré l'incarcération d'Omar Messaoui, il se sentait lui-même inquiété. Il a cherché à détourner l'attention loin de lui. Et il a prouvé ainsi, involontairement, qu'Omar Messaoui n'était pas le coupable désigné !

— Je vous remercie, maître, pour vos remarques éclairées. Mesdames et messieurs les jurés apprécieront votre habile démonstration ! »

Dans l'assistance, Pierre prenait des notes, ainsi que tous ses confrères des autres journaux qui couvraient l'affaire.

« Il est cuit ! lui souffla l'un d'eux. Le président semble influencé par la partie civile. »

Au fond de lui, Pierre pensait à Camille et regrettait son absence. Il l'avait revue une seule fois après l'intervention de Manuel, et elle lui avait demandé de lui laisser le temps nécessaire à ce qu'elle remette un peu d'ordre dans son esprit. Aussi n'avait-il pas encore le cœur très enthousiaste et ne sut-il que répondre à son confrère alors qu'il sentait qu'on se dirigeait vers une malencontreuse erreur judiciaire.

Au bout de huit jours d'audiences et de multiples interruptions de séance, arriva le temps très attendu des plaidoiries.

Selon l'usage, l'avocat de la partie civile plaida le premier, fondant son accusation sur le fait que l'accusé ne cachait pas ses ressentiments nationalistes et indépendantistes en faveur de l'Algérie, face à l'un de ses ressortissants ayant fait le choix contraire et ayant courageusement combattu aux côtés des soldats français. Il insista sur le malheur de la famille de la victime, sa veuve et ses enfants, de pauvres orphelins qui avaient déjà beaucoup souffert dans les camps de harkis avant de trouver un accueil chaleureux à Valfleuri, chez les Chaptal, « des propriétaires au grand cœur qui savaient reconnaître les bons et les mauvais Algériens ».

Puis vint le réquisitoire de l'avocat général, qui sembla se complaire à revenir avec minutie sur les faits sanglants et macabres de l'assassinat. Il insista particulièrement sur les exactions pratiquées sur le corps de la victime pour mieux marquer l'esprit des jurés :

« Qui d'autre qu'un fellagha de la trempe de l'accusé aurait pu commettre de tels actes sur un de ses frères de race : arracher ses attributs génitaux et les enfouir au fond de sa gorge, puis lui crever les yeux avant de l'égorger comme on saigne dans ces pays de sauvages les animaux de sacrifice ? Oui, cet homme que vous avez devant vous dans le box des accusés, et qui vous nargue de sa hauteur, est un ancien fellagha, un terroriste sanguinaire qui n'a jamais admis que la guerre d'Algérie était terminée et que les armes avaient été déposées le 19 mars 1962. En le laissant en liberté, mesdames et messieurs les jurés, vous lâchez un fauve dans la société, un dangereux terroriste, un criminel ! Il n'y a pas de tranquillité sociale sans sanctions. Je vous demande donc de le déclarer coupable. Et je réclame pour lui la peine capitale. »

Dans l'assistance, chacun retenait son souffle. Le mot avait été lâché. Jusqu'à présent, le procès n'avait transporté les esprits que sur des faits supposés ou des incertitudes. Chacun avait eu le loisir d'imaginer son propre scénario, d'échafauder des hypothèses comme lorsqu'on cherche à résoudre une énigme. Pour un peu, cela aurait pu passer pour un jeu de rôle sans conséquences immédiates. Le suspense avait été maintenu par les élans lyriques des avocats, les interventions des témoins, les rebondissements provoqués par des déclarations inattendues. Mais lorsque l'ombre de la guillotine se dessina brusquement dans son implacable réalité, un froid glacial s'empara soudain du public.

Quand vint le tour de maître Gervès d'amorcer sa plaidoirie, le sort d'Omar Messaoui semblait déjà réglé. L'avocat de la défense, avec son talent habituel, emporta néanmoins l'assistance dans les envolées de la compassion et des grands sentiments. Lui aussi sut mettre en exergue la valeur exemplaire de la famille de l'accusé, de ce père qui s'était battu courageusement pour la France contre les nazis, et de l'éducation qu'il avait donnée à ses enfants dans le respect et l'amour de la patrie malgré un contexte pourtant défavorable aux siens. Il mit en avant le courage, l'honnêteté, l'insistance à clamer l'innocence de son client, et finit par conclure :

« Mesdames et messieurs les jurés, n'envoyez pas Omar Messaoui à l'échafaud, car c'est le sang d'une autre victime innocente qui entachera alors vos propres vêtements. »

Au terme des plaidoiries, le président de la cour d'assises, ses deux assesseurs et les jurés se retirèrent pour délibérer.

De longues heures s'écoulèrent dans l'attente oppressante du verdict.

Lorsque la cour réapparut, Pierre ne se fit aucune illusion et comprit à la mine grave des jurés que le sort d'Omar était réglé.

Le président fit asseoir l'assistance et demanda à l'accusé de se lever. Puis, d'un ton solennel, il lut la sentence :

« A la question : l'accusé est-il coupable ?, les membres du jury ont répondu : oui à l'unanimité. A la question : a-t-il agi avec préméditation ?, ils ont répondu : oui à l'unanimité. En conséquence, la cour déclare le prévenu coupable d'homicide volontaire avec préméditation sur la personne de Sayed Laraoui et le condamne à la peine capitale. »

L'assistance poussa des cris de stupéfaction. Peu nombreux étaient ceux qui avaient pris parti en faveur de l'accusé. Mais la plupart des présents pensaient que ce dernier bénéficierait des circonstances atténuantes et n'écoperait que d'une longue peine d'emprisonnement.

« Ce n'est pas possible ! ne put retenir Pierre. C'est injuste ! C'est une mascarade de procès ! »

Dans le box des accusés, Omar était resté aussi digne qu'au premier jour du procès. Maître Gervès lui parlait discrètement à l'oreille, tandis que sa famille pleurait à chaudes larmes, ne comprenant pas très bien ce qui venait de se passer.

« Je suis innocent ! » s'écria Omar avant que les gendarmes ne l'emmènent vers sa cellule.

Quand le calme fut rétabli, le président précisa :

« Le condamné pourra faire savoir par son avocat s'il a l'intention de se pourvoir en cassation. »

Dans les cinq jours, effectivement, maître Gervès annonça à la presse que son client demandait son pourvoi en cassation.

QUATRIÈME PARTIE

LA CONQUÊTE

26

Projets et tracasseries

1967

Après le procès et la condamnation d'Omar Messaoui, une fois l'émotion et la consternation surmontées, la vie reprit son cours. La vigne ne souffrait pas de périodes de vacance. Quoi qu'il pût arriver, les hommes devaient répondre à ses exigences et se tenir prêts à toute intervention en cas de maladie ou de mauvais temps.

Les mois d'hiver passés, ils étaient nombreux à nouveau à soufrer, sulfater, tailler, butter, labourer, désherber… Autant d'opérations minutieuses qui nécessitaient savoir-faire et robustesse physique.

Moins touché par l'affaire Laraoui que son concurrent direct de Valfleuri, Maxime estima le moment propice pour donner un coup d'accélérateur à ses projets d'extension.

« Inutile d'attendre. Pour nous étendre, ayons encore recours à l'emprunt, déclara-t-il une fois qu'avec ses fils et leur comptable il eut pris connaissance des comptes financiers de leur entreprise.

— Les bénéfices réalisés grâce aux dernières vendanges ont dépassé nos espérances, reconnut Jean-François. Je suis de ton avis ; il faut poursuivre notre expansion sans hésiter. Marquer le territoire de notre nom. Montrer au monde viticole que, dorénavant, il faudra compter avec la famille Pérez ! »

Manuel fut aussitôt chargé de prendre des contacts avec les propriétaires de l'Hérault désireux de céder leurs biens avant d'attaquer la prochaine campagne des vendanges. Il visita plusieurs domaines, des petits et de plus étendus, des vignobles aux variétés nobles, d'autres aux cépages traditionnels sans grand intérêt. Pour chacun d'eux, il proposa son prix en fonction de la superficie et de la qualité des vins produits jusqu'alors.

Après plusieurs mois de recherche, il fixa son choix sur un domaine de quatre-vingt-cinq hectares, situé près de Saint-Martin-de-Londres, dans l'Hérault.

« Il faudra procéder au renouvellement de l'encépagement en replantant des cépages nobles, avertit-il. Mais le prix est intéressant par rapport à la superficie, à l'exposition et au sol. »

Maxime et Jean-François se rendirent aussitôt sur les lieux et conclurent le marché sans hésiter.

« C'est une bonne affaire, leur confirma Robert Ginestou, le technicien agricole à qui ils avaient demandé conseil. Le domaine de Grabieux a toujours donné de bons vins de table. Si vous en changez l'encépagement, vous obtiendrez des vins de qualité supérieure, des VDQS qui seront vite appréciés par la clientèle. »

Avec ce nouveau domaine, qui venait s'ajouter à celui des Rives Blanches, Maxime et ses fils n'avaient pas encore conscience qu'ils ne faisaient qu'amorcer une longue ascension, le début d'une conquête qui, domaine après domaine, allait faire d'eux un exemple de réussite sociale et professionnelle dans le monde viticole.

Pour l'heure, ils se sentaient simplement confortés. Les soucis que leur avaient créés leur départ forcé et précipité d'Algérie et l'inquiétude de savoir, les premières années, s'ils parviendraient à se reconstruire en repartant de zéro, s'étaient définitivement dissipés. Certes, leurs souvenirs les ramenaient souvent vers cette terre baignée de soleil où ils avaient abandonné leurs racines, mais, devant leur nouveau succès, Maxime était le premier à affirmer :

« Nous avons beaucoup de chance. Nous aurions pu tout perdre en réalisant de mauvais investissements.

— Reconnais, corrigeait Marthe, que ta première acquisition ne valait pas grand-chose !

— Je le reconnais. Mais nous, les pieds-noirs, sommes des gens courageux que rien n'effraie. D'une vigne abandonnée, nous avons créé le domaine des Rives Blanches dont le nom est désormais ancré dans tous les répertoires œnologiques. Nous avons dépassé les cent hectares. Et je compte bien ne pas m'arrêter là !

— Tu ne pourras jamais être partout à la fois ! »

Marthe n'envisageait pas un instant que l'ambition de son mari était de dépasser le stade de simple viticulteur pour devenir le chef d'une véritable entreprise dont ses fils et lui seraient les patrons. Tous les trois en avaient discuté sereinement, en toute connaissance des tendances économiques et des possibilités que l'avenir offrait à ceux qui ne craignaient pas de se lancer dans l'aventure de la conquête des grands marchés.

Le dernier tiers du XXe siècle, en effet, s'annonçait prometteur, car l'augmentation du pouvoir d'achat permettait à de plus en plus de Français d'atteindre un niveau de vie qu'ils n'auraient pu espérer obtenir dix ans seulement auparavant. La classe ouvrière elle-même commençait à s'embourgeoiser dans sa façon de vivre, comme l'attestaient l'essor des ventes des biens de consommation et d'automobiles ainsi que les départs en vacances. Le chômage ne menaçait pas, l'emploi semblait assuré par le développement des industries de pointe et d'équipement. L'énergie abondait à un coût relativement bon marché. L'inflation était compensée par le rattrapage des salaires qui suivaient l'indice des prix. La situation de la France dans le monde s'était renforcée par la politique d'indépendance du général de Gaulle vis-à-vis des grandes puissances. Bref, tout laissait présager un avenir serein, une fin de siècle encourageante et prospère.

Aussi Maxime se montrait-il beaucoup moins frileux que sa femme, galvanisé – il est vrai – par ses fils qui, eux, épousaient bien leur époque. Pour répondre à l'interrogation de Marthe, ils avaient définitivement réparti leurs rôles au sein de leur entreprise familiale.

« Ne t'inquiète pas, maman, lui expliqua Jean-François. Au fur et à mesure que nous investirons dans l'acquisition d'un nouveau domaine, nous agirons toujours de la même manière. D'abord, nous planterons de bons cépages comme nous l'avons fait jusqu'à présent ; c'est un gage pour l'avenir. Ensuite nous placerons un régisseur à la tête de chaque domaine, qui aura pour mission de respecter le cahier des charges que nous lui imposerons. Moi, je veillerai sur les vignes, Manuel sur la commercialisation, et papa sur la vinification. S'il le faut, par la suite, nous nous attribuerons chacun une exploitation tout en gardant nos fonctions respectives au sein du groupe. Tu vois, nous avons pensé à tout.

— Vous allez donc partir d'ici, ton frère et toi, vous éloigner !

— Maman, tu ne peux penser nous garder dans tes jupes jusqu'à la fin de ta vie ! Tu oublies que je suis marié et que Catherine a peut-être envie de vivre de façon indépendante ! Quant à Manuel, le jour où il se mariera…

— Ce n'est pas encore fait ! le coupa Marthe qui s'attristait déjà à l'idée de voir ses enfants s'éloigner.

— Avec Yasmina, ça paraît sérieux !

— Popopopo dis ! Tu t'avances un peu vite ! »

La liaison de Manuel et de Yasmina Messaoui ne faisait pas l'unanimité, ni chez les Pérez ni chez les parents de la jeune fille.

Si ceux de Manuel pensaient qu'avec le temps leur fils finirait par ouvrir les yeux et comprendre que la jeune Yasmina n'était pas un parti convenable pour lui, ceux de cette dernière n'appréciaient pas non plus que leur fille s'affichât avec un « Français ».

Maxime et Marthe avaient prévenu leur fils dès qu'ils prirent conscience que cette liaison devenait sérieuse – c'était bien avant le procès, mais Omar était déjà en détention préventive.

« Nous n'avons rien contre le fait que ce soit une Arabe, avait relevé Maxime. Encore que... en Algérie, tu n'aurais jamais osé fréquenter une musulmane. Là-bas, au bled, les Européens et les Arabes ne se mariaient pas entre eux. Tu le sais aussi bien que moi ! Nous ne sommes pas sectaires, encore moins racistes, ce sentiment nous est totalement étranger ; mais il y a des choses qui ne se font pas ! »

Mais Manuel avait persisté.

« Ici, en France, les choses ont changé ! objectait-il chaque fois que la discussion revenait sur ce sujet brûlant. Moi-même, j'ai évolué sur la question. Vu d'ici et maintenant, je trouve que nous avions tort de nous comporter ainsi. Les mariages mixtes sont encore le meilleur moyen de réunir nos deux peuples et de renforcer leurs nouveaux liens d'amitié. »

Marthe, qui semblait s'être rangée à l'évidence, avait changé d'avis depuis le procès du frère de Yasmina.

« Un Pérez avec la sœur d'un condamné à mort ! Te rends-tu compte, mon fils, de ce qu'on va dire de nous ? Tu imagines la tête de nos amis quand ils apprendront ce qu'a fait ton beau-frère ? Car cet Omar, avec ou sans sa tête, restera toujours ton beau-frère ! Et puis, je suis d'accord avec ton père : les Arabes et les Français ne doivent pas se mélanger ! »

Manuel n'en voulait pas à ses parents de réagir de cette manière. Fort du soutien de Camille, qui l'encourageait à ne pas les écouter, il continuait à rencontrer Yasmina et attendait que les esprits ne soient plus aux prises avec les remous de l'affaire Laraoui pour vivre son amour au grand jour.

Quant à Jean-François, il estimait que son frère était assez grand pour savoir quel sens donner à sa vie. Pourvu que ses relations amoureuses ne nuisent pas aux projets que tous les trois, avec leur père, avaient échafaudés, peu lui importait qui il fréquentait.

Chez les Messaoui, Yasmina ne disposait pas de la même autorité pour imposer Manuel à sa famille. En l'absence d'Omar, incarcéré, c'était son jeune frère, Saïd, de deux ans son cadet, qui surveillait ses fréquentations. Dans la plupart des familles maghrébines, les filles, quel que soit leur âge, vivaient sous la coupe d'un frère aîné ou cadet, qui jouait souvent les protecteurs. Les parents, parfois dépassés par leurs enfants, s'en remettaient alors à l'un de leurs fils pour maintenir leurs filles dans le droit chemin des traditions. Même si un bon parti se présentait, ils s'opposaient à ce que leurs filles se lient avec des Français. Une musulmane se devait encore d'épouser le fils d'un musulman ! En ce domaine, les Messaoui ne dérogeaient pas aux principes fondamentaux de l'islam. Yasmina avait beau se montrer aussi émancipée que les jeunes Françaises qu'elle fréquentait, elle avait beau être née en France et n'être jamais allée en Algérie, son père Ahmed la considérait d'abord comme une musulmane avant d'être française. Certes, il avait refusé la nationalité algérienne au moment de l'indépendance de son pays d'origine, mais son cœur se trouvait encore en Algérie malgré le choix qu'il avait fait de vivre en France avec toute sa famille et d'offrir aux siens la citoyenneté française.

A dix-neuf ans, Saïd jouait donc les gardiens de la loi auprès de sa grande sœur et l'avait prévenue :

« Si jamais tu t'affiches avec ce Français, tu porteras le déshonneur et la honte sur notre famille. Je saurai t'en empêcher. »

Aussi Yasmina, qui n'avait pas le caractère rebelle de Camille, se méfiait-elle de son frère. Elle se confiait souvent à son amie quand celle-ci venait lui rendre visite le week-end, toujours avec beaucoup de discrétion. Elles s'étaient perdues de vue pendant les quelques mois au cours desquels la jeune Pérez cherchait une issue de secours à sa descente aux enfers. Yasmina avait cru, alors, qu'elle l'évitait à cause de son frère, en attente d'être jugé. Manuel n'avait pas pu la rassurer, ignorant les raisons du mutisme de sa sœur. Mais, lorsque Camille vit à nouveau le ciel s'ouvrir devant ses yeux en acceptant de parler à Pierre, puis à son frère, elle se hâta d'aller à sa rencontre pour partager avec elle ce qu'il lui fallait encore endurer pour que sa blessure finisse de cicatriser.

Les deux jeunes filles se trouvaient bien des ressemblances en dépit de leurs différences de culture et de leurs destins respectifs. Elles avaient l'impression parfois d'être rejetées par la vie et d'être contraintes de se battre pour faire triompher leur idéal.

« Moi, je dois affronter mes parents, leurs principes et le poids des traditions, remarquait Yasmina. Toi la blessure indélébile qui te fait toujours souffrir. Au final, nous sommes toutes les deux confrontées au regard des autres, et devons nous battre pour affirmer ce que nous sommes : des filles libérées. »

Camille n'avait pas encore révélé à son amie ce que lui avait infligé Philippe Chaptal, mais Yasmina comprenait que ce qu'elle gardait en son cœur comme une vérité inavouable avait le goût amer d'un poison qui mettrait longtemps à se dissiper.

Un soir, tandis que Manuel rentrait à pied d'un rendez-vous dans les vignes avec Yasmina, il entendit dans son dos des bruits furtifs. A vingt-trois ans, il n'était pas homme à craindre de se promener seul dans la garrigue ou dans les bois. Et même s'il n'avait pas le physique d'un athlète, il montrait au travail une force et une résistance que certains, plus imposants que lui, lui auraient enviées.

Alerté par la répétition de ces bruits suspects, il se retourna vivement et scruta les vignes autour de lui. Il savait qu'il devait se méfier de Saïd. Yasmina l'avait averti :

« Mon frère m'a mise en garde. Devant moi, il t'a menacé !

— C'était pour te faire peur. Pour que tu cesses de me voir.

— Fais attention ; je ne veux pas qu'il t'arrive quelque chose.

— Je ne crois pas que Saïd passe à l'acte. Avec l'exemple d'Omar en prison, il n'osera pas. Il ne ferait qu'enfoncer davantage ton grand frère. Si celui-ci veut obtenir gain de cause en cassation, toute sa famille doit être derrière lui et le soutenir en montrant l'exemple. Si l'un des siens commet un acte de violence, les juges pencheront du côté de l'accusation, car les Messaoui passeront alors pour des Algériens peu recommandables. »

Manuel repensa soudain aux conseils de prudence de Yasmina et maintint sa vigilance.

Ne voyant rien de suspect, il poursuivit son chemin. Mais au détour d'un cabanon, un homme surgit de l'ombre devant lui. La lune avait disparu derrière un nuage. La nuit s'était assombrie. Manuel ne reconnut pas immédiatement l'individu. Celui-ci finit par se découvrir et, pointant en avant un couteau à la lame recourbée, menaça :

« Alors, sale petit Français, tu fais moins le fier à présent ! »

Manuel reconnut Saïd Messaoui.

« Ne fais pas l'imbécile, Saïd. Range ton couteau.

— J'avais pourtant prévenu ma sœur qu'elle devait arrêter de te voir. Mais cette petite dévergondée n'en fait qu'à sa tête. Tu l'as encore revue ce soir, n'est-ce pas ?

— Calme-toi, Saïd. On va s'expliquer.

— Il n'y a rien à expliquer. Ma sœur doit épouser un musulman. Elle doit renoncer à toi. Si elle ne le fait pas, c'est moi qui devrai agir pour sauver l'honneur de notre famille. Tu nous manques de respect en détournant ma sœur du droit chemin.

— Je ne détourne pas ta sœur ! Elle est consentante. Nous nous aimons.

— C'est impossible ! »

Saïd devenait de plus en plus menaçant. Manuel comprit qu'il utiliserait son arme pour parvenir à ses fins. Il ramassa lestement une branche de bois mort et se mit en position de se défendre.

« Arrête avant que ça ne dégénère ! conseilla Manuel.

— Pas avant que je t'aie fait la peau ! »

Saïd se rua sur Manuel, le couteau en avant. Ce dernier esquissa un pas sur le côté pour l'éviter, tenta de le désarmer au moyen de son bâton. En vain. Saïd revint à la charge. Cette fois, il effleura Manuel au bras gauche. Celui-ci poussa un cri de douleur, mais ne rompit pas. Faisant tournoyer son bâton au-dessus de sa tête, il le lança à la volée en direction de son agresseur qu'il atteignit de plein fouet. Déséquilibré, Saïd lâcha son couteau et s'affala à terre, étourdi. Manuel se jeta sur lui malgré le sang qui coulait de son bras blessé. Il lui asséna un violent coup de poing au visage. Saïd ne réagit plus. Manuel leva à nouveau le poing.

« C'est bon, arrête ! T'as gagné ! » capitula Saïd.

Bon prince, Manuel aida son adversaire à se relever.

Le regard noir, blessé au plus profond de sa fierté, Saïd rendit les armes et, jurant en arabe, tourna les talons et s'enfuit dans la nuit.

A partir de ce jour-là, Yasmina ne sentit plus jamais la pression de son frère sur ses épaules. Ses parents finirent par lui faire comprendre qu'elle était libre de choisir son destin.

« Si tu nous amènes un Français, l'avertit néanmoins Aïda, sa mère, promets-moi d'élever vos enfants dans la foi coranique.

— Il faudrait bien qu'un jour le Coran et la Bible fassent bon ménage ! » rétorqua Yasmina, pleine de sagesse.

D'un commun accord, Manuel et Yasmina décidèrent de ne dévoiler leur projet d'union qu'une fois tenu le procès en cassation d'Omar. A leurs yeux, en effet, le moment n'était guère opportun pour afficher leur bonheur.

Au domaine de Valfleuri régnait une atmosphère tendue, entretenue surtout par Philippe Chaptal qui se montrait de plus en plus agressif envers son personnel. Chaque fois que l'occasion se présentait, il s'en prenait aux Messaoui, au père comme à ses deux fils qui travaillaient à l'entretien. Ahmed avait en effet demandé à Armand d'embaucher son benjamin, Farid, âgé maintenant de quatorze ans, pour compenser la perte de revenus occasionnée par l'absence d'Omar.

« Il a fini l'école, patron ! avait-il insisté. Il peut travailler comme un homme. Sans la paie d'Omar, on s'en sort tout juste ! »

Armand avait hésité, puis accepté pour ne pas montrer une once de méfiance envers la famille du condamné, ce qui aurait pu être mal interprété.

« Il sera seulement payé comme apprenti, avait-il consenti. Deux cent cinquante francs par mois. »

Ahmed ne discuta pas les conditions d'embauche de son fils, trop heureux d'avoir obtenu satisfaction.

Armand tenait surtout à ce que son nom ne soit plus associé à celui des Messaoui. Le meurtre odieux dont la presse s'était fait largement l'écho avait placé Valfleuri au cœur d'une actualité préjudiciable à son renom. Il ne désirait pas que cette famille puisse se plaindre, d'une façon ou d'une autre, de son comportement à son égard. Car, tant qu'Omar n'était pas définitivement jugé, il craignait un rebondissement éventuel de l'affaire et le retour de la fouine – surnom dont il affublait personnellement et en privé le commissaire Ménard.

Mis au pas par son père, Philippe avait à son tour consenti à l'embauche du jeune Farid. Mais force était de constater qu'il perdait parfois son sang-froid et que son attitude le rendait de plus en plus étrange aux yeux de ceux qui le côtoyaient quotidiennement.

Depuis que la sentence du jugement d'Omar était tombée, Philippe ne passait pas une nuit sans que l'ombre glaciale de la guillotine se profilât dans ses rêves. La peine capitale prononcée à l'encontre de son ouvrier agricole revenait dans ses songes comme un véritable boomerang. Dans ses pires cauchemars, c'est lui qu'il voyait monter sur l'échafaud et présenter son cou au tranchant de la lame. Ces images d'un implacable réalisme le sortaient brutalement du sommeil, tout transpirant, le cœur palpitant, le souffle coupé. Il se redressait sur son lit, reprenait à grand-peine sa respiration et ses esprits, allumait sa lampe de chevet en tremblotant, et n'osait plus l'éteindre tant que le jour ne s'était pas levé.

Ses parents s'aperçurent peu à peu qu'il se rongeait les sangs. Armand en connaissait les raisons et savait calmer ses craintes. Mais Marie-Ange qui ignorait tout de la sordide affaire dans laquelle son fils et son mari trempaient depuis le premier jour du drame, commençait à craindre que Philippe ne finisse par commettre une bêtise, tant elle se rendait compte de l'animosité maladive qui l'animait.

« Philippe file du mauvais coton ! se lamentait-elle auprès de son mari. J'ignore ce qui le tourmente ainsi, mais cela fait des mois qu'il me paraît perturbé.

— Ce n'est pas grave ! biaisait Armand pour la rassurer. Tu connais ton fils. C'est ce procès qui le tracasse. Que veux-tu, il n'aime pas les Arabes et voilà que l'un d'eux vient semer un vent de panique chez nous ! On peut se mettre à sa place. Moi aussi, j'aspire à ce que tout cela se termine le plus vite possible. De plus, les projets des Pérez ne font que le remonter davantage contre nos concurrents. Je le comprends ; au moment où il pouvait espérer asseoir son avenir sur ma relève, tous ces événements viennent contrarier ses propres projets.

— Je ne crois pas à tes explications. A mon avis, quelque chose de plus grave l'inquiète. Philippe n'est pas un pusillanime. Ce ne sont pas ces petites difficultés passagères qui peuvent l'abattre. Ce qui le ronge de l'intérieur est beaucoup plus grave. Malheureusement, je ne suis que sa mère. Et Philippe ne s'est jamais confié à moi. Il a toujours montré un caractère tranché et fier. Sur ce point, son frère ne lui ressemble pas !

— Philippe est comme moi : il a la gagne dans le sang. La vie est un perpétuel combat. Mais comme tout être combatif, il est parfois en proie au doute. Il s'inquiète à juste titre de savoir si ce qu'il entreprend est juste.

— Tu veux dire… s'il se trouve du côté du bien !

— A quoi penses-tu ?

— A rien. Ça n'a pas d'importance. »

Marie-Ange Chaptal n'était pas femme à s'épancher lorsque son cœur de mère et d'épouse se serrait. Elle aimait son mari et ses fils plus que tout au monde. Mais, en son for intérieur, elle vivait depuis longtemps dans la crainte perpétuelle que les manigances des Chaptal ne les mènent un jour à leur propre perte.

27

Nouveau rebondissement

Camille refaisait peu à peu surface. Depuis qu'elle avait soulagé sa conscience, elle ne voyait plus le monde extérieur avec le même regard. Sa honte s'était transformée en désir de justice. Elle n'éprouvait aucun sentiment de haine ni de vengeance, mais elle réalisait maintenant que, plus que son honneur et son intégrité, c'était le droit des femmes qui avait été bafoué par l'acte qu'elle avait subi. Certes, elle n'osait encore en parler ouvertement à personne, pas même à ses propres parents qui, elle en était persuadée, réclameraient immédiatement des réparations. Cela ne ferait qu'envenimer les relations avec la famille de Pierre, pensait-elle. Et celui-ci se trouverait pris en otage dans un vrai drame cornélien. Elle ne pouvait exiger de lui qu'il choisisse entre elle et les siens.

De son côté, Manuel lui avait assuré qu'il n'entreprendrait rien qui pût révéler son terrible secret.

« C'est à toi, avec Pierre, de juger ce qu'il convient de faire. Mais, lui avait-il néanmoins conseillé, tu ne peux pas passer éternellement sous silence le crime dont tu as été victime. Il faudra bien qu'un jour Philippe Chaptal te rende des comptes et paie pour ce qu'il t'a infligé. »

Camille promit à son frère de ne plus se refermer sur elle-même, ni d'étouffer les sentiments qui la poussaient à se taire.

« Laisse-moi encore un peu de temps, lui demanda-t-elle, pour acquérir le courage d'affronter le regard des autres et pouvoir expliquer que, dans ce genre de tragédie, la femme est toujours la victime et n'a rien à se reprocher. Ce n'est pas facile, tu sais, d'exposer en public une part de son intimité. Car, même si l'on t'écoute avec compréhension, tu risques malgré tout de passer pour un objet de désir et de tentation préjudiciable à l'image que tu laisses derrière toi. »

Pierre était revenu vers elle plein d'amour et de tendresse. Il ne lui avait montré ni compassion ni pitié, ce qu'elle n'aurait nullement apprécié de sa part. Il s'était contenté de répondre à ses attentes, d'effacer ses craintes, d'essuyer ses larmes. Lorsqu'ils se retrouvèrent dans l'intimité de sa chambre d'étudiante, il ne la brusqua pas, la laissa revenir à lui, prendre elle-même les initiatives. Il savait que ce serait très difficile pour elle de ne pas le repousser. Aussi lui offrit-il le temps de redécouvrir son corps sans appréhension, sans remords et sans honte. La première fois, elle se cabra, refusa ses caresses, se referma instinctivement. L'image de Philippe réapparut brutalement dans sa terrifiante réalité, d'autant plus que Pierre présentait certaines ressemblances physiques avec son frère. Elle se retint de crier, de se débattre, mais, dans ses yeux, Pierre discerna toute sa détresse. Il ne lui en tint pas rigueur. Au contraire. Avec beaucoup de patience, il la rassura, lui demanda même pardon de lui rappeler ainsi de si cruels souvenirs. Il avait conscience que seul le temps parviendrait à effacer les stigmates de sa souffrance intérieure.

Lorsqu'elle se sentit enfin plus forte, prête à affronter la vérité, d'elle-même, Camille invita Pierre dans ses bras et retrouva, en s'offrant à lui, la plénitude de son amour.

« Je suis guérie ! lui dit-elle, et plus forte qu'avant. Si tu veux, j'écrirai une rubrique dans ton journal pour prendre la défense des femmes bafouées.

— J'en parlerai à ma direction, mais une rubrique sur le féminisme ne déplaira certainement pas à mes supérieurs.

— Pour l'instant, je dois me préparer à mon concours. On verra ça à la rentrée.

— Rien ne presse, ma chérie. Quant à mon frère, compte sur moi pour ne pas rester inactif. Jusqu'à présent, je n'ai pas cru opportun de l'affronter, afin de mieux te préserver des retombées qu'une telle attitude, de ma part, ne manquerait pas d'entraîner. Mais il ne perd rien pour attendre. Je ne sais pas comment, mais il paiera d'une façon ou d'une autre. »

Camille passa brillamment son concours et fut admise à l'Ecole normale supérieure pour le mois de septembre.

L'été s'annonçait plus serein. Les nuages gris de l'hiver avaient été chassés par des vents à nouveau favorables. L'affaire Laraoui ne défrayait plus les chroniques et les journaux ne s'intéressaient plus à Omar Messaoui qui semblait avoir été abandonné à son triste sort. Le temps des vacances estivales était revenu, les touristes provoquaient d'énormes bouchons sur la nationale 7 et se ruaient sur les plages du Midi en quête de soleil, de baignades et d'insouciance, sans penser que la jeunesse contesterait bientôt les fondements mêmes de leur société de bien-être.

Bien que l'instruction fût close depuis des mois et qu'il ne fût plus mandaté par le juge pour poursuivre son enquête, le commissaire Ménard refusait de considérer l'affaire Laraoui définitivement terminée. Certes, le procès en cassation pouvait encore changer la donne, voire sauver la tête du condamné – ce qui, en l'absence d'éléments nouveaux, était à ses yeux fort peu probable. Mais, en sa conscience de bon officier de police et en son intime conviction, quelque chose d'insolite le poussait à croire que le coupable n'était pas celui que la justice avait désigné et accusé. Il ignorait les raisons qui l'incitaient à mettre en doute la bonne foi des jurés, et ne disposait d'aucun indice qui aurait pu leur être opposé pour faire pencher la balance du côté de l'indulgence. Toutefois, il persistait à penser qu'Omar était victime d'une grossière erreur judiciaire.

Ses supérieurs lui avaient demandé d'oublier cette affaire et de mobiliser ses compétences sur d'autres dossiers. Ceux-ci ne manquaient pas. Il avait envoyé ses inspecteurs enquêter sur la disparition d'une jeune femme dans les gorges de l'Hérault. Un corps non identifié avait été retrouvé à moitié calciné, dans une crevasse embroussaillée. Il attendait les résultats de l'autopsie pour donner suite à ses investigations. Puis il s'était attelé à une série de cambriolages de banques dont Jacques Mesrine fut soupçonné par erreur d'être l'auteur. Il venait d'arrêter un trafiquant de drogue appartenant au grand banditisme marseillais, en collaboration avec la brigade des stupéfiants. Bref, depuis la condamnation d'Omar Messaoui, il n'avait pu engager aucune action concrète pour tenter de déceler dans son procès un vice de forme, une omission ou un quelconque élément susceptible de faire rebondir l'affaire.

Le soir, toutefois, il passait son temps à lire et à relire les minutes du procès, les déclarations des témoins, les rapports d'analyse des experts. Tout lui paraissait évident. L'inculpation et la condamnation d'Omar n'étaient que la suite logique et implacable de l'enquête savamment menée par ses soins et par le juge d'instruction. Ni l'un ni l'autre n'avaient commis la moindre erreur.

Dépité, il allait refermer définitivement l'énorme dossier qu'il s'était procuré, quand, tout à coup, un détail auquel personne n'avait prêté attention lui sauta aux yeux.

Il relut plusieurs fois à voix haute l'extrait du rapport de la deuxième autopsie, comme pour mieux se convaincre :

« *Sayed Laraoui a été égorgé de face et de la droite vers la gauche par un instrument tranchant dont la lame très affûtée ne présentait aucune échancrure. La plaie est nette, franche. Le coup a été porté avec précision et a été fatal à la victime...* »

Il répéta :

« La victime a été égorgée de face et de la droite vers la gauche ! De la droite vers la gauche de qui ? De la victime ou de l'assassin ?… Bon sang, mais c'est bien sûr ! fit-il en martelant la table du poing. Puisqu'elle a été égorgée de face, il faut comprendre : de la droite vers la gauche par rapport à l'assassin. Ça change tout ! L'assassin est donc gaucher ! »

Personne, jusqu'à présent, n'avait relevé ce détail. Ni lui, ni le juge, ni les experts lors de l'autopsie. Personne n'avait confirmé par écrit qu'Omar était droitier ou gaucher. Au reste, Ménard dut reconnaître sur le moment qu'il l'ignorait lui-même.

Le lendemain matin, à la première heure, il déboula dans le bureau du juge d'instruction. Celui-ci crut qu'il venait lui soumettre le résultat de son enquête sur la mafia marseillaise. Il paraissait d'humeur massacrante.

« Ah ! Ménard, vous tombez bien. Le procureur m'a remonté les bretelles. Il exige que nous mettions au plus vite ces trafiquants sous les verrous. Ils sont en train de gangrener toute la ville avec leur réseau de petits dealers. Avec vos collègues des stups, il faut absolument les faire tomber en organisant un flag. Nous avons la matinée pour dresser notre plan d'attaque. Vous mettrez toute votre équipe sur le coup. »

Ménard tombait mal.

Il osa néanmoins attirer l'attention du juge Lambert sur l'objet de sa requête.

« J'ai un fait nouveau dans l'affaire Laraoui. Un fait qui pourrait disculper Omar Messaoui. »

Le juge Lambert ne releva pas.

Ménard insista :

« Monsieur le juge, j'attire votre attention sur le fait qu'un innocent va sans doute être envoyé à la guillotine et que, sans notre intervention, la machine judiciaire ne reviendra pas en arrière.

— De quoi s'agit-il, Ménard ? De quel fait important me parlez-vous ? Tout a été dit dans cette affaire ! La Cour de cassation jugera en dernier ressort. Laissons-lui le soin de confirmer ou d'infirmer la décision de la cour d'assises.

— Personne n'a vérifié si Omar Messaoui était droitier ou gaucher. Or la victime a été assassinée par un gaucher.

— Qu'est-ce que vous me chantez là, Ménard ?

— Tenez, relisez, monsieur le juge. »

Le juge Lambert parcourut des yeux les extraits du rapport d'autopsie que Ménard avait surlignés en jaune. Dubitatif, il s'enquit :

« Qu'est-ce qui prouve que l'assassin est gaucher ? »

Ménard s'empara d'un coupe-papier sur le bureau du juge.

« Prenez cette lame. Vous êtes droitier, n'est-ce pas ?

— Parfaitement. »

Ménard s'allongea sur le sol, sous les yeux ahuris du juge.

« Que faites-vous donc, Ménard ?

— Allez-y, monsieur le juge ! Simulez le geste de l'assassin.

— Voyons, Ménard, c'est grotesque !

— Allez-y, je vous dis ! Faites-le. Regardez-moi de face et faites comme si vous alliez m'égorger… sans réfléchir ; là, juste sous le menton. »

Lambert s'exécuta. Il s'agenouilla, le coupe-papier pointé en avant, dans sa main droite, et simula le geste fatal.

« Vous voyez, monsieur le juge, releva Ménard, vous m'avez égorgé de votre gauche vers votre droite.

— Oui, bien sûr ! C'est naturel.

— Le tranchant de la lame était orienté à droite. »

Incrédule, le juge Lambert examina la position du coupe-papier dans sa main et reconnut :

« Vous avez raison, Ménard. Entièrement raison… Mais relevez-vous, vous n'allez pas dormir sur ma moquette ! »

Fier de sa démonstration, le commissaire poursuivit :

« Il faut demander au procureur de rouvrir l'instruction. Ce nouvel élément peut changer toutes les données de l'enquête.

— Hum ! Le proc ne va pas apprécier. Vous savez comme moi qu'il penchait du côté de l'accusation.

— Il ne pourra pas refuser. S'il le faut, j'avertirai discrètement la presse, qui se fera un plaisir de divulguer l'information. »

Le juge réfléchit. Lui-même n'avait jamais été très convaincu de la culpabilité d'Omar Messaoui.

« Je le prends sur moi : avertissez la presse d'abord. Le bruit se répandra et sèmera le doute. Nous nous saisirons du scoop et nous nous en servirons pour convaincre le proc qu'il ne peut pas se défiler sans donner l'impression d'être de parti pris dans cette affaire. Ainsi, nous l'obligerons à coup sûr à me donner l'ordre de rouvrir l'instruction… Mais je compte sur votre entière discrétion ! Vous connaissez un journaliste qui se chargera de lever le lièvre ?

— Ne vous inquiétez pas pour ça, monsieur le juge. »

Le commissaire Ménard téléphona immédiatement à Pierre Chaptal et lui demanda de passer le voir à son bureau.

« J'ai un élément nouveau concernant l'affaire Laraoui à vous communiquer, lui dit-il. Etes-vous prêt à le divulguer dans votre canard ?

— C'est de source sûre ?

— Absolument. Un scoop, comme vous dites dans votre jargon.

— Il est rare que la police aide les journalistes à obtenir des scoops ! s'étonna Pierre.

— Je vais vous expliquer. »

Et le commissaire Ménard d'informer Pierre Chaptal de la stratégie du juge Lambert.

« Le parquet ne pourra pas refuser un complément d'enquête, ajouta-t-il. Même si cet événement ne prouve encore rien dans l'absolu, il permettra de reprendre l'instruction avant le procès en cassation.

— La manœuvre me paraît subtile et sans danger. Je marche.

— Vous n'aurez qu'à indiquer à vos lecteurs que ce fait nouveau est le fruit de vos propres investigations et qu'il revient à la justice de s'en saisir et de faire toute la lumière avant d'envoyer un coupable présumé à l'échafaud. »

Le lendemain, *Le Quotidien du soir* titrait à la une : « Rebondissement dans l'affaire Laraoui ». Et sur quatre colonnes, Pierre rappelait les faits et expliquait comment, après des mois d'investigations, il avait fini par soulever une évidence qu'aucun enquêteur n'avait mentionnée.

Fort de son article, aussitôt repris par d'autres quotidiens, le juge Lambert demanda audience au procureur et obtint gain de cause.

L'instruction fut rouverte.

Lorsque Armand Chaptal vit débarquer les gendarmes sur ses terres, il crut qu'une autre catastrophe était arrivée.

Le commandant de gendarmerie était venu l'avertir que, sur ordre du procureur, l'enquête sur l'assassinat de Sayed Laraoui avait été rouverte et qu'il allait procéder en présence du juge d'instruction et du commissaire Ménard à une nouvelle reconstitution de l'acte criminel.

« Je croyais cette histoire terminée, grogna Armand. Vous n'ignorez pas, commandant, combien elle m'a porté préjudice. Je ne compte plus les clients que j'ai perdus, à cause des journaux surtout qui ont trop parlé de Valfleuri dans leurs rubriques des chiens écrasés !

— L'un de vos fils n'est-il pas lui-même journaliste ? C'est lui qui a mis la puce à l'oreille au juge d'instruction par ses propres investigations.

— Je sais. Pierre est un inconscient !

— Puisque nous sommes sur vos terres et qu'Omar Messaoui était votre ouvrier, vous pouvez assister à la reconstitution. Elle aura lieu dans une heure, près de la décharge, le temps que le juge et le procureur arrivent de Montpellier. Le prévenu est déjà sur les lieux. Mais je vous prierai de ne pas lui parler.

— Suis-je obligé ?

— Non. Mais on ne sait jamais. Vous pourriez avoir à répondre à une question du juge. »

Armand promit de se rendre sur le lieu de la reconstitution et, discrètement, alla prévenir Philippe de ne pas se montrer pendant quelques heures.

« Ne reste pas dans les parages, lui conseilla-t-il. Ils vont sans doute revenir avec Omar pour voir le chai et son vestiaire. Il vaudrait mieux éviter de vous croiser. »

Omar Messaoui attendait dans le fourgon cellulaire, à l'endroit même où le corps de Sayed Laraoui avait été découvert. C'était la troisième fois qu'on lui demandait de réitérer les gestes dont il était accusé. En présence de son avocat, il avait toujours refusé de se prêter à ce qu'il avait affirmé avec force n'être qu'une mascarade. Et chaque fois, deux gendarmes avaient dû endosser les rôles de la victime et de son agresseur, sous les yeux furibonds d'Omar qui n'avait pas cessé de nier.

Informé du nouvel élément par le juge Lambert, maître Gervès avait fini par convaincre son client de s'incliner et de faire exactement ce qu'on lui demanderait de simuler.

Un peloton de gendarmes armés jusqu'aux dents entourait le fourgon cellulaire. La pluie s'était mise à tomber et rendait l'endroit sinistre. Depuis les fouilles initiales, qui avaient permis aux enquêteurs de découvrir le cadavre de Sayed Laraoui, la décharge était restée éventrée, les immondices nauséabondes avaient été retournées par des animaux errants. Un cloaque brunâtre stagnait au milieu du chemin d'accès.

Des corbeaux à l'affût d'une charogne à dépecer attendaient leur heure et voletaient entre les arbres.

Pierre n'avait pas été invité à la reconstitution, mais étant chez lui à Valfleuri, il connaissait les endroits discrets où se cacher et observer à loisir la scène qui se déroulerait bientôt sous ses yeux. Il s'était muni d'un bon appareil photo doté d'un gros téléobjectif. Tapi derrière un taillis broussailleux, comme le détenu dans le fourgon cellulaire, il s'impatientait de voir arriver le juge et le procureur.

Ceux-ci se firent attendre plus d'une heure.

Aussitôt parvenu sur les lieux, le juge Lambert ordonna d'aller chercher l'inculpé.

Omar apparut menotté, rasé de près, habillé proprement. Maître Gervès l'avait prévenu :

« Des journalistes tenteront de vous photographier. Il faut que vous donniez la meilleure image de vous. Agissez comme une victime de la machine judiciaire. Il faut inverser les rôles. »

Après que le juge eut demandé aux gendarmes de lui ôter ses entraves et de lui préciser les détails successifs de l'agression, il obtempéra sans rechigner. On lui fournit un bâton en guise de couteau. Un gendarme prit la place de la victime.

Le commissaire Ménard, qui savait que Pierre était à l'affût, caché non loin de la scène, observait attentivement les moindres gestes d'Omar.

Celui-ci saisit le bâton de la main droite et, obéissant aux ordres du commandant de gendarmerie, il s'agenouilla près du gendarme couché, feignit de l'émasculer, puis de lui crever les yeux, enfin de lui trancher la gorge.

Alors, Ménard intervint brutalement :

« Stop ! s'écria-t-il. Refaites le dernier geste que vous avez simulé. »

Omar obéit et, d'un mouvement brusque, sans montrer dans son regard aucun sentiment de haine, il passa son bâton sous la gorge du gendarme de la gauche vers la droite.

« Vous constaterez, fit Ménard, que, comme tout droitier, le prévenu a passé la lame de sa gauche vers sa droite et non l'inverse. Ce détail ne correspond pas aux conclusions de l'autopsie. »

Le juge se pencha à l'oreille du procureur.

Celui-ci ordonna aux gendarmes de ramener le prévenu dans le fourgon cellulaire. Les menottes lui furent remises aussitôt.

Dans son coin, Armand ne bronchait pas. Au fond de lui, il commençait à craindre que Ménard ne revienne bientôt à la charge et que ses ennuis ne soient pas près de se terminer.

« Commissaire, déclara le procureur. Vous reprendrez donc l'enquête avec monsieur le juge Lambert. Cet élément est susceptible, en effet, d'en modifier les premières conclusions. Mais il vous faudrait apporter d'autres précisions pour prouver totalement l'innocence de l'accusé. »

Derrière son taillis, Pierre avait pris de multiples photos de la scène de reconstitution. Sur l'un des clichés, Omar, penché sur le corps du gendarme, pleurait.

C'était la première fois qu'il s'apitoyait sur le sort de Sayed.

Le véritable assassin paiera, mon frère, je te le promets ! s'était-il dit à cet instant précis.

Le lendemain, la photo de Pierre fit la une du *Quotidien du soir* et retourna l'opinion publique en faveur de l'accusé.

28

Acharnement

Sitôt les vendanges terminées, Maxime fut enfin récompensé des efforts qu'il avait fournis avec ses fils depuis son arrivée à Pérols : il obtint la dénomination VDQS pour l'ensemble de la production des Rives Blanches.

Cette reconnaissance couronnait cinq années de travail acharné, de choix difficiles, d'abnégation et de ténacité dans un environnement et un contexte qui n'avaient pas toujours été favorables. Une telle récompense était plutôt rare dans le monde viticole où le mérite se calculait souvent au nombre des années. Certes, l'intervention de son ami Edgar Dugas avait beaucoup joué en sa faveur dans la décision prise par les membres du syndicat viticole régional. Mais tous durent en convenir : les vins du domaine des Rives Blanches pouvaient sans contestation rivaliser avec ceux des Costières du Gard voire des Côtes du Rhône.

L'encépagement en syrah, cabernet, mourvèdre et merlot donnait des vins élégants, bien équilibrés, ronds et généreux, appréciés de tous les connaisseurs. Leurs arômes de fruits rouges relevaient agréablement les viandes grillées et les fromages ; les rosés gorgés de soleil, légers et frais en bouche, accompagnaient à merveille volailles, viandes blanches et poissons.

Pour obtenir leur précieux label qui les classait maintenant dans la liste des viticulteurs reconnus, les Pérez avaient dû répondre à un cahier des charges rigoureux, à des règles strictes de vinification, de titre d'alcoométrie, d'aire de production, de cépages et d'étiquetage. Pour chaque variété de raisin, ils avaient dû fournir une fiche d'encépagement détaillée et faire procéder à une analyse scrupuleuse d'un échantillon de vin, lequel fut dégusté par une commission chargée du contrôle organoleptique. Toutes ces contraintes, Maxime et ses fils les surpassèrent avec brio, mais non sans craindre d'être refusés, conscients que les membres du syndicat risquaient de leur tenir rigueur de la rapidité avec laquelle ils avaient réussi à émerger dans un monde pléthorique de vignerons écrasés sous le poids des habitudes, ainsi que de leurs origines pieds-noires qui, pensaient-ils encore, pouvaient leur porter préjudice.

Quand Edgar Dugas vint leur annoncer en personne l'heureuse nouvelle, Maxime ne put se retenir de s'exclamer :

« J'en connais un qui va s'étouffer de rage quand il apprendra la nouvelle !

— Vous pensez à Armand Chaptal ?

— Depuis le temps qu'il court après son appellation, je dois reconnaître qu'il a maintenant de bonnes raisons de nous maudire.

— Surtout, fit Marthe, ne va pas crier ton succès sur tous les toits ! Il ne faut pas se réjouir du malheur des autres.

— Ce n'est quand même pas notre faute si notre notoriété va grandissant au détriment de la sienne ! Je n'oublierai jamais qu'il a essayé de m'éliminer le jour où nous nous sommes rencontrés.

— Armand Chaptal a toujours agi en seigneur, tempéra Edgar Dugas. Il considère que la région est sous son contrôle. Ses aïeux avant lui agissaient de la même manière. Mais les temps changent. Le monde de la vigne est à son tour touché par l'évolution des marchés, par la concurrence et le modernisme. Armand Chaptal a du mal à le reconnaître. Heureusement que son fils Philippe a pris sa relève ! Sans lui, le domaine de Valfleuri aurait sans doute fini par péricliter et par disparaître. »

A ces mots, Camille qui lisait silencieusement dans un coin du salon sursauta. Le nom de Philippe Chaptal lui fit l'effet d'un coup de poignard dans le dos. Elle ne put retenir ses paroles :

« Philippe Chaptal n'ira pas loin. Il finira en prison. C'est tout ce qu'il mérite ! »

Maxime et Marthe se regardèrent, intrigués. Jean-François et Edgar Dugas se retournèrent dans sa direction. Seul Manuel comprit l'allusion de sa sœur. Il intervint aussitôt :

« Camille a toujours le mot pour rire ! Je crois qu'elle est la plus belliqueuse de nous tous quand il s'agit de gagner.

— Je sais ce que je dis ! insista-t-elle. Philippe Chaptal ne mérite pas de succéder à son père. Et il finira en prison, je vous le répète !

— Ne faites pas attention, Edgar, dit Maxime. Camille est amoureuse de Pierre Chaptal. Et ça ne se passe pas très bien avec le père et le frère. Moi-même, j'ai eu des mots avec Armand. C'est un rustre, dans son genre. Quant à son fils Philippe, j'avoue ne pas le connaître. Je ne connais que Pierre, son cadet. Il m'a fait plutôt bonne impression. J'aurais préféré que ma fille rencontre quelqu'un d'autre. Cela aurait facilité les relations avec la belle-famille, mais on ne choisit pas à la place de ses enfants, n'est-ce pas ?

— C'est donc sérieux entre eux ? »

Camille s'était retirée dans sa chambre, ne désirant pas entendre parler de celui qui demeurait toujours la cause de ses ressentiments et de sa douleur profonde.

« J'ai peur que oui, précisa Maxime.

— Cette petite n'est pas encore mariée ! s'insurgea Marthe. Et j'ai bien l'intention de lui faire rencontrer des jeunes gens bien de chez nous. Si nous étions restés au pays, tout cela serait vite réglé !

— Tu oublies que Camille est une jeune fille libérée, maman, s'opposa Manuel. Elle n'acceptera jamais d'épouser un garçon sans qu'elle en soit vraiment amoureuse.

— Ah, mon Dieu ! Ces enfants me feront tourner bourrique ! Entre une fille amoureuse du fils de notre ennemi et un fils entiché d'une Arabe, nous voilà bien servis, vraiment !

— Plains-toi, Marthe ! répliqua Maxime. Nous aurions pu rester coincés sur les quais du port d'Oran et nous faire égorger avant d'avoir pu monter sur un bateau ! »

Lorsque Maxime ravivait si brutalement les souvenirs douloureux de sa femme, celle-ci se taisait aussitôt et, toute retournée, se réfugiait dans sa cuisine pour tenter d'oublier ce qui, au fond de son cœur, refusait toujours de cicatriser.

De tous les Pérez, Manuel avait le plus le commerce chevillé au corps. En outre, il s'occupait de la vente en bouteilles des vins issus du domaine familial. Contrairement aux Chaptal qui employaient des représentants pour démarcher les négociants et les grandes surfaces, Manuel se déplaçait en personne pendant la saison creuse et sillonnait les routes de France, sans cesse à la recherche de nouveaux débouchés. Conscient que la production des Rives Blanches était encore modeste en regard des appellations qui dominaient le marché, il chercha à diffuser en même temps que les siens les vins d'autres partenaires de la région. Avec Jean-François, il en avait contacté une dizaine et, après avoir évalué la qualité de leurs produits, il leur avait proposé d'embouteiller leur production et de la vendre à ses propres clients. Ainsi, à côté des crus labellisés issus du domaine des Rives Blanches, il put dorénavant présenter des vins de table moins onéreux, mais tout aussi appréciés par une clientèle moins exigeante ou moins argentée.

« Par la suite, affirmait-il, il faudrait que la maison Pérez et fils puisse offrir à sa clientèle toute une gamme de vins allant des grands crus jusqu'aux vins ordinaires. Pour cela, il faudrait encore multiplier le nombre de nos vignobles, nous étendre dans d'autres régions du Languedoc afin de diversifier les terroirs. »

Le chemin était encore long à parcourir pour atteindre une telle dimension. Mais l'entrée des Rives Blanches dans la catégorie des vins labellisés permettait d'envisager cette éventualité.

« L'idéal, avait-il confié à son père, serait de toucher la clientèle la plus large possible et de n'offrir que du bon vin, du plus modeste au plus noble. J'aimerais que notre nom devienne une référence. Nous devrions être fiers de proposer à nos clients des vins à deux francs la bouteille, mais aussi à dix ou vingt francs. A la seule condition de ne présenter que des vins de qualité. Il faut répandre l'idée qu'un bon vin n'est pas inaccessible.

— Tu désires éduquer la clientèle !

— Oui. C'est à ce prix-là que nous la garderons. Sinon, je crains qu'à l'avenir, les jeunes préfèrent les sodas, Coca-Cola et autres breuvages américains plutôt que nos vins bien français. »

Sur le moment, Manuel ne mesurait pas l'ampleur de la tâche qui l'attendait. Mais il pouvait compter sur la compétence de son frère en matière de cépage, sur la combativité de son père qui, malgré l'âge, ne présentait aucun signe de faiblesse, et sur les liens familiaux qui les unissaient comme les doigts de la main.

A Valfleuri, les esprits n'étaient pas à la joie. Depuis que le procureur avait ordonné la reprise de l'instruction, Philippe tournait comme un lion en cage et créait dans son entourage une atmosphère pleine de tension et de nervosité. Armand savait ce qui le tourmentait, mais se gardait bien d'en parler à sa femme qui, croyait-il, n'aurait pas pu tenir le secret très longtemps. Quant à Pierre, il ne lui était même pas venu à l'idée de lui toucher le moindre mot à propos du drame que son aîné avait provoqué.

Armand tempêtait de constater combien toute l'œuvre de sa vie était sur le point de basculer. A cause de l'inconséquence de Philippe et du désintérêt de Pierre pour les affaires familiales, il voyait brutalement s'effondrer des décennies d'efforts, pire, tout un passé forgé avec patience et acharnement par ses aïeux. Il éprouvait tant de fierté, jusqu'à présent, à pouvoir exhiber son arbre généalogique devant ses visiteurs et leur montrer combien il n'avait pas à rougir de ses origines paysannes ! Il se vantait sans une once de modestie de posséder les plus anciennes vignes de toute la région, les seules rescapées du terrible fléau du phylloxéra. Il les bichonnait comme un précieux trésor, comme une véritable relique, ne laissant à personne le soin de les travailler à sa place. Ce n'étaient que quelques arpents de terres âpres qui ne donnaient qu'un vin de médiocre qualité, mais pour rien au monde il ne s'en serait séparé. L'idée même de réencépager cette parcelle pour y planter des souches plus adaptées au goût des consommateurs ne lui était jamais venue à l'esprit. Du reste, les quelques hectolitres qu'il en tirait – une piquette tout juste bonne à faire du vinaigre – il se les buvait dans l'année et, quand il lui en restait, il préférait les donner à brûler à l'alambic plutôt que d'en faire profiter les ouvriers de son domaine.

Jusqu'à présent, il n'avait jamais douté de l'avenir, tant il croyait que ses fils, après lui, continueraient l'œuvre accomplie. Mais Pierre lui échappait, même s'il lui avait promis de garder un pied dans l'affaire familiale. Il se rendait bien compte qu'il n'avait pas la fibre. Depuis qu'il avait obtenu la responsabilité de son agence de presse à Montpellier, il se désintéressait de plus en plus des vignes de Valfleuri. En outre, sa liaison avec Camille Pérez le détournait de sa propre famille au profit de celle de son principal rival. Et cela, Armand ne parvenait pas à l'accepter.

Quant à Philippe, s'il était bien le seul capable de diriger après lui le domaine et de mener avec succès la lutte contre la concurrence, il craignait maintenant que la sale affaire dans laquelle il s'était empêtré ne lui soit fatale.

Armand, en effet, sentait de plus en plus les suspicions du commissaire Ménard se cristalliser sur Valfleuri. Le policier ne cessait de fouiner aux quatre coins du domaine, à l'affût du moindre indice nouveau susceptible de disculper définitivement Omar Messaoui. Il ne se privait pas de s'en ouvrir à Armand qui n'osait pas l'éconduire. Ménard avait même pris l'habitude de venir boire le café dans l'après-midi lorsqu'il prolongeait son enquête jusque tard dans la soirée. Marie-Ange ne soupçonnait pas ses secrètes convictions, lui faisait bon accueil et conviait son mari à le rejoindre au salon où elle s'empressait de leur servir café et biscuits.

« Je suis persuadé de l'innocence d'Omar Messaoui, ne cessait d'affirmer le commissaire.

— Pourtant c'est votre propre enquête qui a permis son arrestation et son inculpation !

— A l'époque, je n'avais pas tous les éléments en main. Je reconnais mes erreurs. On a beau être commissaire de police, il arrive que la vérité nous échappe ! »

Armand se demandait quelles étaient les arrière-pensées de Ménard. Mais il restait persuadé qu'il portait maintenant ses soupçons sur l'un des siens. Aussi, une fois encore, avait-il conseillé à Philippe de se tenir éloigné.

« Qu'est-ce qui vous fait tant douter à présent, commissaire ?

— Un détail me chiffonne, monsieur Chaptal. Un détail qui, sur le moment, ne m'avait pas paru très important.

— Le fait que l'assassin soit gaucher ?

— Non. Cela est capital, certes, mais il y a aussi une incohérence dans ses agissements. Voyez-vous, je ne comprends pas pourquoi Omar Messaoui aurait fait disparaître l'arme du crime – arme qui n'a toujours pas été retrouvée – et non ses vêtements de travail souillés du sang de la victime et qui l'accusent plus que tout le reste. Cela n'est pas très logique ! Les avoir déposés dans son vestiaire comme si de rien n'était me paraît insensé.

— Dans la précipitation, il ne s'est sans doute pas aperçu qu'ils étaient tachés de sang ! A ses yeux, il était plus important de faire disparaître l'arme du crime. L'arme et le corps. Sans arme et sans cadavre, il n'y a pas de preuves de meurtre ! Le fait qu'il n'ait pas songé à dissimuler ses vêtements prouve seulement qu'il s'est affolé au dernier moment.

— Je constate que vous avez réponse à tout, monsieur Chaptal. Vous feriez un excellent policier ! »

Armand ne parvint pas à convaincre le commissaire Ménard. Pour ce dernier, l'assassin ne pouvait pas avoir laissé au grand jour et aussi inconsciemment la preuve de sa culpabilité. Il s'en voulait de ne pas avoir relevé ce détail déterminant lors de sa première enquête.

Aussi, pris de regrets, il demanda au juge Lambert une seconde expertise des vêtements de travail d'Omar Messaoui.

Le temps commençait à presser, car la date du procès en cassation approchait. Aucun nouvel indice digne de provoquer un retournement de situation n'avait été apporté au dossier de l'instruction. Seule la preuve que l'assassin était gaucher pouvait à ce jour convaincre les juges de l'innocence de l'inculpé. Mais, selon le commissaire, cela n'était pas suffisant.

« Omar Messaoui aurait très bien pu utiliser sa main gauche pour perpétrer son crime, expliqua-t-il à Pierre. Au mieux, si la cour casse le premier jugement, Omar pourra obtenir les bénéfices du doute. Mais cela ne le disculpera pas entièrement. S'il désire la reconnaissance totale de son innocence et la réhabilitation, il faudra apporter des preuves formelles de son innocence.

— Il faudrait que vous découvriez l'identité du véritable assassin !

— Ce serait effectivement la preuve irréfutable. »

De son côté, Pierre ne restait pas inactif. A l'insu de son père et de son frère, il poursuivait sa propre enquête, questionnant sans relâche et en toute discrétion les parents et l'entourage d'Omar. Il notait chaque détail dans un carnet afin que rien ne lui échappe : ses habitudes, ses écarts de langage, ses relations avec chacun, ses prises de position. Il découvrit ainsi qu'Omar n'était pas très apprécié de ses collègues de travail, y compris des Maghrébins, la plupart originaires d'Algérie. Les propos qu'il leur tenait prouvaient son adhésion aux thèses du FLN. Il ne leur avait pas caché qu'un jour il repartirait dans son pays pour ne plus être l'esclave des Français. Il haïssait Philippe Chaptal qui exploitait tous ceux de sa condition. Mais jusqu'à présent il s'était tu pour ne pas nuire à sa famille. Quant à ses relations avec Sayed Laraoui, elles n'étaient un secret pour personne. Ménard lui-même avait déjà mentionné devant Pierre la farouche hostilité des deux hommes, preuve qui accablait Omar.

Pierre ne trouva rien de nouveau qui ait pu échapper à la vigilance du commissaire. Pour lui, le procès en cassation s'annonçait mal.

Seule Camille, à qui il confiait régulièrement les résultats de ses investigations, pensait que Philippe Chaptal pouvait faire un coupable tout désigné. Elle s'en était persuadée dès le jour où elle prit conscience qu'entre un violeur et un assassin la différence était minime. C'était un être abject, prêt à tout – elle en avait la preuve ; il exécrait les Arabes et les considérait comme des larbins ; il n'avait jamais accepté que Sayed Laraoui soit intégré à son personnel par la seule volonté de son père. Pierre lui avait même avoué qu'il était sans cesse sur le dos de son ami depuis le jour de son embauche à Valfleuri. Bref, à ses yeux, il y avait suffisamment d'indices pour éveiller les soupçons des enquêteurs et elle se demandait bien pourquoi ni le commissaire ni Pierre n'avaient songé à cette éventualité.

Toutefois, devant le séisme qu'une telle supposition aurait provoqué, elle n'avait pas osé attirer l'attention de Pierre sur ses propres suspicions.

A la demande du commissaire Ménard, les vêtements de travail d'Omar Messaoui furent donc renvoyés au laboratoire d'analyses criminelles pour une nouvelle expertise dès que le juge Lambert en donna l'autorisation. Ménard prit soin, cette fois, de réclamer l'intervention de son amie Agnès Turini, une experte en analyse sanguine, qu'il appela à Paris où elle travaillait pour les services de la police judiciaire. Elle obtempéra sur-le-champ, ne pouvant rien refuser à l'homme dont elle avait partagé la vie pendant quelques années au début de la décennie.

« Tu te souviens de l'époque où nous faisions équipe ensemble ? lui rappela Ménard dès qu'elle débarqua sur les quais de la gare Saint-Roch à Montpellier.

— En douterais-tu, Freddy ? Je suis heureuse de te revoir. Ça fait un bail que tu ne m'as pas donné de tes nouvelles ! Je te croyais à la retraite !

— Tu plaisantes, Agnès ! J'ai encore plus de dix ans à tirer.

— Remarque, ici en province, c'est déjà une demi-retraite.

— Détrompe-toi ! Nous ne sommes pas loin de Marseille ni d'Avignon. La pègre pullule ici comme à Paris.

— Alors, explique-moi dans le détail pourquoi tu m'as fait descendre de Paris. Ce n'est pas pour mes beaux yeux, je suppose ? »

En deux mots, Ménard informa son amie de la raison de sa requête.

« Tu ne fais pas confiance aux experts de ton labo régional ? s'étonna-t-elle.

— Je veux que tu les aides à affiner leurs recherches. Jusqu'à présent, celles-ci n'ont rien donné… enfin à mes yeux ! Je sais qu'à Paris, vous avez des méthodes bien plus sophistiquées que celles de nos labos de province. »

Agnès Turini parut hésiter. Elle n'avait pas l'habitude de se substituer à ses collègues. Elle finit néanmoins par accepter.

« Tu me loges chez toi ? demanda-t-elle en arborant un sourire complice.

— Comme au bon vieux temps ! Mais je te préviens, mon appart est celui d'un célibataire. Tu vois ce que je veux dire !

— Nous ferons un peu de ménage ! »

Agnès se présenta au laboratoire d'analyses criminelles dès le lendemain de son arrivée et se mit aussitôt au travail. Les vêtements d'Omar avaient été conservés dans le même état qu'au moment où ils avaient été retrouvés dans son vestiaire. Seules quelques traces de prélèvement prouvaient qu'une première analyse avait déjà été opérée.

« Vous avez suivi la procédure habituelle ? s'enquit-elle auprès de son collègue montpelliérain.

— Parfaitement. Nous avons fait des prélèvements sur chaque tache de sang, les unes après les autres. Tous ont donné un résultat identique : le sang est du même groupe que celui de la victime, même rhésus, mêmes caractéristiques hématologiques. Tenez, lisez… la numération globulaire… la formule sanguine… la numération des plaquettes… tout correspond. Il n'y a pas de doute possible, le sang qui a imprégné ces vêtements est le même que celui du cadavre qu'on nous a apporté. »

Agnès parcourut attentivement les documents sans émettre la moindre remarque.

« Très bien, conclut-elle. Nous allons recommencer de A jusqu'à Z, en passant le tissu à l'analyse centimètre carré par centimètre carré. Je veux que chaque fil de coton qui le compose soit passé au crible.

— Même les parties non tachées ?

— Surtout les parties non tachées ! »

Vingt-quatre heures plus tard, Agnès appela son ami le commissaire au téléphone, à son bureau de la PJ.

« Freddy, j'ai une bonne nouvelle à t'annoncer.

— Tu as trouvé quelque chose ?

— Viens me rejoindre au labo. »

Ménard ne se fit pas attendre.

« Alors ? s'enquit-il aussitôt.

— Tu avais raison d'avoir des doutes. Sur l'une des manches du vêtement, j'ai trouvé du sang qui n'appartient pas à la victime. Des traces infinitésimales, recouvertes par les taches que tes collègues avaient analysées. C'est sans doute celui de l'assassin.

— Du véritable assassin ! Si c'est le sang d'Omar, nous en serons pour nos frais. Sinon, il restera à trouver l'identité de celui qui a signé son crime de son propre sang. »

Le juge Lambert, informé sur-le-champ de cette information capitale, ordonna de faire pratiquer sans tarder une prise de sang à Omar Messaoui. Celui-ci fut transféré de sa cellule à l'infirmerie de la prison et, sans le moindre geste de protestation, se laissa piquer l'avant-bras.

« Cette prise de sang peut vous sauver la vie ! » releva l'infirmier.

Les résultats tombèrent dans les heures qui suivirent : le sang découvert par Agnès Turini n'était pas celui de l'inculpé.

« Ce n'est donc pas Omar le coupable, conclut prématurément le commissaire Ménard. Le véritable assassin a dû se blesser en se battant avec sa victime ou en manipulant son couteau. Puis, en allant chercher les vêtements d'Omar pour le faire accuser, il a laissé par mégarde quelques gouttes de son propre sang sur ses habits avant de les souiller complètement avec le sang de Sayed Laraoui. »

L'acharnement du commissaire commençait à porter ses fruits. Compte tenu des faits nouveaux apportés à l'instruction, le juge ne pourrait plus maintenir le chef d'inculpation qui avait permis d'écrouer Omar Messaoui.

« Trop de zones d'ombre subsistent ! expliqua Ménard à Pierre qu'il avait convoqué pour qu'il divulgue dans son journal les derniers rebondissements de son enquête. La Cour de cassation va devoir réviser le procès et Omar Messaoui sera remis en liberté.

— Tant que vous n'aurez pas découvert l'identité du véritable assassin, le doute planera toujours sur les épaules de ce malheureux.

— En tout cas, ce qui est certain à mes yeux, c'est qu'Omar Messaoui a été victime d'une machination monstrueuse : après avoir assassiné Sayed Laraoui et s'être blessé avec son propre couteau, le criminel est allé souiller les vêtements d'Omar dans le but de le faire accuser à sa place. Tous ses actes me paraissent prémédités. Mais il a été trahi par sa propre blessure ! Enfin, ce qu'il faut encore ajouter, c'est que notre coupable connaissait le différend qui opposait les deux Algériens et qu'il avait accès à leur vestiaire. »

Le commissaire regarda Pierre droit dans les yeux. Celui-ci parut comprendre ses sous-entendus et en demeura interdit. Il se racla la gorge pour donner le change et reconnut :

« Cela me paraît évident ! Reste à savoir maintenant qui se terre dans l'ombre depuis le début de ce drame et qui est prêt à laisser guillotiner un innocent à sa place. »

29

Le mystère de Valfleuri

1967-1968

L'étau semblait se desserrer autour d'Omar Messaoui. Son avocat, maître Gervès, réclama sa remise en liberté provisoire, étant donné que les preuves accablantes de sa culpabilité venaient d'être remises sérieusement en question. Mais les juges en décidèrent autrement, estimant que l'avancée de l'enquête ne permettait pas d'affirmer avec exactitude que le véritable coupable courait encore les rues.

Le juge Lambert demanda donc une prolongation de son instruction et le report de la date du procès en cassation. Le procureur de la République lui donna aussitôt son accord, persuadé lui aussi qu'il fallait au plus vite effacer une erreur judiciaire commise à l'encontre d'un innocent.

La presse s'était à nouveau emparée de l'affaire qu'elle n'appelait plus « l'affaire Laraoui », mais « le mystère de Valfleuri ». A présent, elle décrivait Omar

Messaoui comme une victime innocente de la machine judiciaire, un bouc émissaire de tous les aigris de la guerre d'Algérie, le porte-drapeau des opprimés dans un monde qui n'avait pas encore digéré ses rancœurs dues à la perte de sa grandeur coloniale. La presse de gauche se montrait la plus virulente. Elle attaquait systématiquement les partis de droite qu'elle rendait responsables du climat d'insécurité dans lequel les Français se sentaient toujours plongés, les associations d'anciens combattants d'Algérie coupables selon elle d'exacerber le désir de revanche parmi ceux qui avaient perdu l'un des leurs pendant le conflit, ainsi que toutes les organisations dont le but avoué était de porter la contestation et d'entretenir un esprit de haine dans la population la plus perméable aux idées reçues. En prenant ouvertement la défense d'Omar Messaoui, la gauche donnait l'impression de brandir à nouveau le flambeau de sa lutte ancestrale qui avait fait d'elle le héraut des grandes causes depuis l'affaire Calas jusqu'à l'affaire Dreyfus et, plus récemment, la fameuse « Nuit noire » du 17 octobre 1961[1].

Le Quotidien du soir ne passait pas pour un journal de gauche ni d'opposition. Toutefois, les articles de Pierre Chaptal ne laissaient planer aucun doute sur la position de sa rédaction. Le jeune journaliste profitait de ses relations privilégiées avec le commissaire Ménard pour relater dans ses colonnes, avant les autres, les avancées de l'enquête, sans se rendre compte que

1. « Nuit noire » du 17 octobre 1961 : voir note 2 page 159.

le policier commençait à soupçonner sa propre famille d'être au cœur de la mystérieuse affaire.

Pierre était trop impliqué pour deviner une vérité qui se révélait petit à petit au grand jour : les acteurs du drame appartenaient à Valfleuri ; Omar Messaoui mis hors de cause, l'assassin ne pouvait être qu'un proche de la victime. Telle était l'opinion du commissaire Ménard qu'il partageait en outre avec le juge Lambert.

Maxime Pérez commençait à redouter lui aussi que cette tragédie ne finisse par nuire à ses projets. En effet, à cause de sa relation avec Pierre Chaptal, Camille avait été plusieurs fois interviewée par des journalistes venus des quatre coins du pays pour mener leur propre enquête. La presse d'investigation avait toujours beaucoup de succès auprès des Français ; une telle affaire était pain bénit pour accroître ses ventes. Certes, la jeune Pérez évitait de dévoiler son intime conviction et ne révélait jamais ce que Pierre lui confiait. Mais les confrères de ce dernier la harcelaient de leurs questions dans le but de savoir si, en tant que petite amie d'un proche de la victime, elle ne leur cachait pas quelque secret bien gardé. Les paparazzis commençaient à tourner autour du mas des Rives Blanches, des photos dérobées paraissaient régulièrement dans les articles de presse à côté de celles de Valfleuri. Bref, les journalistes avaient vite fait le lien entre les deux domaines viticoles : d'un côté, une famille d'anciens propriétaires aux idées bien arrêtées, employant bon nombre de Maghrébins malgré le racisme reconnu du fils aîné ; de l'autre, une famille de pieds-noirs qui leur portaient ombrage et dont l'une des filles s'était amourachée du fils cadet de la famille précédente.

Or certains articles posaient maintenant la question : à qui profite le crime ? Laissant ainsi la porte ouverte à toutes les spéculations.

Maxime ne pouvait dissimuler ses craintes à son ami Edgar Dugas :

« Je vois très bien où veulent en venir les journalistes : en insistant sur l'opposition qui nous dresse l'un contre l'autre, Chaptal et moi, ils accréditent l'idée que le meurtre pourrait servir nos propres intérêts. Nous avons tous les deux un sérieux motif de nous éliminer : Chaptal n'accepte pas un rival, et moi je désire prendre sa place.

— En quoi le meurtre de Sayed Laraoui pourrait-il servir un tel projet ?

— Sayed est algérien, un harki qui a aidé l'armée française, laquelle nous a abandonnés. Or, je suis pied-noir, une victime de l'indépendance de l'Algérie. Maintenant qu'Omar pourrait être disculpé, si l'on parvient à me coller ce meurtre sur le dos, je disparais aussi vite que je suis apparu.

— Vous semblez accuser Armand Chaptal d'avoir tout manigancé !

— Absolument pas ! Ce n'est pas ce que je pense, mais ce qu'on pourrait laisser entendre. Je ne fais que me mettre à la place des journalistes qui cherchent à savoir, et qui finiront par me nuire avec leurs questions et leurs insinuations, comme ils ont déjà nui aux intérêts des Chaptal.

— Et dans la seconde hypothèse ?

— C'est moi qui suis la cible : je connais les sentiments racistes des Chaptal, du fils aîné surtout ; je leur colle le meurtre d'un Arabe sur le dos et je me débarrasse ainsi de mes rivaux. »

Edgar Dugas n'avait pas envisagé les faits sous cet angle. Il resta dubitatif.

« Hum !... Vos craintes ne me semblent pas justifiées. Je connais bien le vieux Chaptal. Il est incapable d'un tel forfait, même pour défendre la survie de Valfleuri. C'est un vieux roublard, certes, mais il a l'honneur ancré dans l'âme. Il n'irait pas jusqu'au meurtre pour sauver son patrimoine.

— Je me mettais seulement à la place des journalistes qui, eux, n'éprouvent pas tant de scrupules pour salir l'honneur des autres ! Je crois comme vous que cette tragédie est une histoire beaucoup plus banale que ce que la presse tente de prouver. »

Le juge Lambert avait obtenu six mois supplémentaires d'instruction, ce qui, estimait-il, lui permettrait de mettre un terme à cette affaire. Pendant ce temps, Omar Messaoui resterait en détention comme l'autorisait le code pénal. Tant que le véritable meurtrier n'était pas découvert et en l'absence de toute preuve formelle de son innocence, il demeurait aux yeux de la justice le coupable avéré.

Ménard connaissait les procédures et ne pouvait s'opposer à cette décision. En outre, l'instruction pouvait durer deux ans et être prolongée bien au-delà de six mois en six mois par une simple ordonnance motivée du juge s'il l'estimait nécessaire. C'est ainsi que des condamnés avaient enduré des années de prison avant, finalement, d'être reconnus innocents !

Deux ans après les faits, une nouvelle année d'emprisonnement commençait donc pour Omar. Malgré les encouragements de son avocat à ne pas baisser les bras, il semblait se résigner à l'idée de passer le reste de sa vie derrière les barreaux.

« A moins qu'on ne me tranche la tête ! osait-il plaisanter quand maître Gervès venait l'informer des derniers déroulements de l'enquête.

— Aussi bizarre que cela puisse paraître, lui affirma ce dernier, c'est le commissaire Ménard qui se montre le plus acharné à établir les preuves de votre innocence, alors qu'au départ c'est lui qui vous soupçonnait le plus.

— Il est pris de remords ?

— Sans doute. Il veut maintenant réparer l'erreur qu'il a commise de s'être fié aux apparences. La justice n'est pas infaillible, mais elle se doit d'être honnête ! Voilà pourquoi le juge Lambert n'a pas hésité à écouter le commissaire et à tenter de convaincre le procureur. Maintenant que la presse s'est vraiment emparée de l'affaire, votre cas ne pourra plus être bâclé comme il l'a été aux assises.

— Je suis et reste un Arabe !

— La victime l'est aussi. Or maintenant, il y a deux victimes dans cette histoire. L'opinion est en train de basculer en votre faveur. Arabe ou pas, c'est la victime qu'elle voit à travers vous deux. Victime d'un monde révolu qui vacille sur ses vieux a priori. Une nouvelle année commence, Omar. 1968 marquera un profond changement de société, croyez ce que je vous dis ! Les mentalités évoluent. Les jeunes d'aujourd'hui n'ont pas les mêmes préoccupations que les générations précédentes. A leurs yeux, l'Algérie est déjà bien loin. Ils n'éprouvent plus à l'égard des Algériens les ressentiments de leurs aînés. Ça commence à bouger dans les universités. Partout les étudiants réclament plus de liberté, plus de responsabilités…

— En quoi cela peut-il servir à sauver ma tête ?

— Certains journaux vous présentent comme le symbole de la lutte contre le racisme, d'autres comme celui de la fraternité et de la réconciliation entre le peuple français et le peuple algérien… »

Omar semblait dépassé par les explications de son avocat. Comment lui, un petit ouvrier agricole, fils d'un misérable immigré issu du peuple le plus honni par beaucoup de Français, pouvait-il passer maintenant pour un symbole de fraternité et de réconciliation ? N'avait-il pas lui-même proféré des idées nationalistes et indépendantistes qui, à l'époque, étaient considérées comme antipatriotiques ?

« Je ne comprends pas ce qui m'arrive, maître. Mais je ne cesserai jamais de clamer mon innocence. »

Maître Gervès certifia à son client qu'il lui sauverait la vie. Deux fois par semaine, il lui apportait les coupures de presse pour lui prouver que personne ne l'oubliait au fond de sa cellule.

« Je suis certain que le commissaire Ménard parviendra à découvrir la vérité et que vous serez lavé de tout soupçon. »

Pour l'heure, le mystère de Valfleuri demeurait.

Ménard resserrait son étau autour de la famille Chaptal dont le comportement l'intriguait de plus en plus. Il se gardait bien, cependant, d'en parler à Pierre lors de leurs rencontres, car il commençait à se demander quel rôle était le sien dans cette ténébreuse affaire.

« Il ne faudrait pas que le jeune Chaptal ait essayé de m'apprivoiser pour mieux détourner mon attention de sa famille ! avoua-t-il au juge Lambert.

— Vous le soupçonnez d'être de connivence avec les siens dans le cas où ils seraient à l'origine du crime ?

— J'en serais le premier surpris. Mais je ne dois écarter aucune hypothèse.

— Je peux le convoquer et l'entendre comme témoin, si vous le souhaitez.

— Je préfère agir plus habilement.

— Croyez-vous que Pierre Chaptal couvre quelqu'un ?

— Rien ne permet de l'affirmer… ni d'affirmer le contraire. »

Le commissaire décida de reprendre son enquête par le début, mais sans ménager, cette fois, la susceptibilité des uns et des autres. Il convoqua d'abord Armand Chaptal dans son bureau de la PJ à Montpellier. Le vieux patriarche fulmina aussitôt :

« Qu'est-ce qui vous prend, commissaire ? Vous n'allez quand même pas me faire perdre une demi-journée de mon temps en m'obligeant à me rendre à Montpellier ! Je n'y vais jamais, à Montpellier. Ce n'est pas maintenant que je vais commencer ! Du reste, ce que j'ai à vous dire, je vous l'ai déjà dit mille fois !

— Préférez-vous que le juge d'instruction vous envoie une commission rogatoire ? »

Armand sentit que Ménard ne plaisantait pas. Il préféra baisser les armes.

« Demain, 15 heures. Ça vous va ?

— Cette fois, c'est moi qui vous offrirai le café, monsieur Chaptal. Mais je vous préviens tout de suite : à la PJ, il est dégueulasse ! »

Le commissaire ne parvint pas à fissurer l'armure dans laquelle Armand Chaptal se protégeait depuis le début du drame. Le vieil homme, impassible, ne trahit aucun signe d'émotion, aucun sentiment. Il ne laissa aucune question de Ménard sans réponse. Et lorsqu'il dut parler de ses opinions à propos de l'Algérie, alors que le commissaire faisait allusion à la participation de ses fils au conflit, il répondit sans se départir de son calme :

« Sachez, commissaire, que, pendant la guerre, de 1942 à 1944, j'ai caché dans ma ferme plus de résistants que vous ne pouvez l'imaginer. Et ce n'étaient pas ces salopards de miliciens qui m'empêchaient d'écouter Radio-Londres ! Le Général, je l'ai toujours soutenu. Dès le premier jour. Alors, croyez-moi, quand il a décidé de lâcher l'Algérie, je lui ai fait confiance. Je ne suis pas de ceux qui regrettent l'Algérie française et qui veulent casser de l'Arabe à tout prix sous prétexte que nos fils ont risqué leur peau face aux fellaghas. Pour moi, c'est déjà de l'histoire ancienne. D'ailleurs, je n'ai jamais refusé d'embaucher des familles entières d'Algériens ou de Marocains dans mes vignes. Même contre l'avis de Philippe.

— Vous n'avez donc pas tout à fait les mêmes idées que votre fils aîné sur ce sujet ?

— Chacun a le droit de penser ce qu'il veut. Mais ne pas aimer les Arabes ne fait pas de vous un assassin, commissaire !

— Certes. Je n'ai rien dit de tel. »

Ménard sentit que le vieil Armand devenait susceptible lorsqu'il parlait de Philippe. Il préféra mettre un terme à la conversation et le laissa rentrer à Valfleuri sans l'ennuyer davantage.

« Nous nous reverrons bientôt, monsieur Chaptal ! Il le faudra.

— Hum ! bougonna Armand. Si cela ne tenait qu'à moi ! »

Ménard laissa passer plusieurs jours et mit à profit une période de mauvais temps qui paralysa les routes sous vingt centimètres de neige pour réfléchir, rassembler à nouveau les pièces du puzzle qu'il tenait dans les mains, imaginer tous les scénarios possibles. Maintenant que son esprit n'était plus préoccupé par les motifs d'assassinat d'Omar Messaoui, il se permettait d'échafauder toutes les hypothèses, même les plus farfelues.

Il se heurtait cependant à un point noir qui – il le reconnaissait – ne l'avait pas fait réagir plus que cela lors de sa première enquête : la lettre du corbeau reçue par Pierre Chaptal. Elle accusait à tort l'employé de Maxime Pérez, Tarek Boutif, comme pour faire diversion. L'étude graphologique de l'adresse portée sur l'enveloppe et du message anonyme qu'elle contenait n'avait abouti à rien, étant donné que celui qu'on avait arrêté peu après ne savait ni lire ni écrire.

Or, maintenant qu'il s'orientait vers d'autres pistes, Ménard pensait qu'il fallait ressortir cette pièce à conviction du dossier du juge pour la faire parler.

Il convoqua Pierre Chaptal à la PJ. Celui-ci ignorait que son père l'avait précédé quelques jours avant lui. Il croyait que le commissaire allait l'informer des derniers progrès de son enquête.

« J'irai droit au but, fit Ménard d'un ton sentencieux. J'ai décidé d'interroger comme témoins tous ceux qui connaissaient de près ou de loin la victime. »

Contrairement à son père, Pierre ne s'offusqua pas de la procédure du policier.

« Je suis prêt à répondre à toutes vos questions, commissaire. Je n'ai rien à cacher. »

Et Ménard de soumettre Pierre au même interrogatoire que celui qu'il lui avait fait passer à l'époque.

« Je vous rappelle, commissaire, qu'au moment des faits, je me trouvais à Paris. Donc, que mon alibi est irréfutable !

— Certes ! Pourriez-vous néanmoins prendre une feuille de papier et écrire de la main gauche votre propre adresse telle qu'elle était inscrite sur la lettre du corbeau ? Vous êtes droitier, n'est-ce pas ?

— C'est exact. »

Pierre s'exécuta lentement, d'une écriture maladroite.

Ménard jeta un œil amusé au graffiti qu'il lui tendit.

« Je demande à tout le monde de se prêter à ce petit exercice. Y compris à ceux à qui je l'ai déjà demandé l'année dernière. »

Pierre sourit.

« Ne me dites pas que vous me soupçonnez de m'être envoyé une lettre anonyme ?

— C'est un simple contrôle de routine. Votre alibi vous disculpe, de toute façon. »

Ménard poursuivit ses investigations aux Rives Blanches, convoqua Maxime et ses fils, Camille et Marthe, ainsi que tous leurs employés. Il était convaincu qu'il n'apprendrait rien de nouveau de leur part, sauf, peut-être, un détail par-ci par-là, mais il désirait tout reprendre par le début pour ne rien négliger.

Maxime reconnut avec beaucoup d'humour qu'il aurait intérêt à se débarrasser d'un concurrent comme Armand Chaptal pour demeurer le seul sur le marché, et qu'il ne s'y serait pas pris autrement s'il avait voulu l'éliminer.

« Rien de tel que de faire accuser son adversaire d'un meurtre qu'il n'a pas commis pour prendre sa place ! plaisanta-t-il. De plus, entre Arabes et pieds-noirs, on peut tout supposer…

— On n'est pas au théâtre ni au cinéma, monsieur Pérez ! Moi, je ne m'attache qu'aux faits. Mais vous avez raison : votre hypothèse de faire endosser par les Chaptal un meurtre que vous auriez commis vous-même afin de les éliminer tient debout. J'y ai pensé, je dois le reconnaître.

— Qu'est-ce qui vous retient donc ?

— Mon intime conviction. Je connais vos sentiments à l'égard des Arabes. Cette mise en scène ne colle pas avec votre personnage ! »

L'enquête du commissaire ne perturbait pas le travail des Pérez. Pendant que les Chaptal essayaient de brouiller les pistes pour détourner les soupçons du policier et négligeaient la bonne marche de leurs affaires, leurs concurrents multipliaient les contacts commerciaux et étendaient inlassablement la couverture de leurs relations.

Alors que le mois de mai imposait partout sa floraison d'espoirs et d'utopies dans un grand foisonnement de contestations et d'idées novatrices et révolutionnaires, le mystère de Valfleuri demeurait entier.

30

Le secret dévoilé

Malgré les remous dans lesquels leurs familles étaient plongées, Pierre et Camille avaient confiance en l'avenir. Ils s'aimaient comme au premier jour et envisageaient de s'unir en dépit du différend qui dressait leurs pères l'un contre l'autre.

En ce mois de mai où tout leur semblait subitement permis, ils vivaient ensemble des moments exaltants qu'ils partageaient avec toute la jeunesse du pays. Comme à Paris et de nombreuses villes universitaires de province, les étudiants étaient descendus dans les rues de Montpellier et organisaient dans une euphorie souvent brouillonne mais débordante d'optimisme des assemblées générales où chacun découvrait le droit à la parole et la liberté de s'opposer.

Camille se montrait plus enthousiaste que Pierre. Elle était la première à manifester, à haranguer ses camarades, à les exhorter à se dresser contre les interdits et les barrières sociales qui, jusqu'à présent, avaient maintenu la jeunesse dans le carcan de traditions sclérosantes. Elle s'acharnait à défendre la place des femmes dans une société qu'elle jugeait machiste, inégalitaire, et proclamait sans fausse pudeur qu'elles devaient pouvoir disposer de leur corps comme de leurs sentiments. Camille n'oubliait pas ce qu'elle avait subi un an et demi auparavant. Et si Pierre était parvenu à la sortir de sa souffrance, sa douleur demeurait toujours chevillée au plus profond de son être, comme une tache indélébile qui ne s'effacerait jamais de sa mémoire.

Pierre ne s'offusquait pas de ses prises de position très tranchées, même lorsqu'il estimait que ses idées féministes, poussées à l'extrême, prenaient parfois des couleurs de sectarisme.

« Attention, la mettait-il alors en garde, de ne pas faire du machisme à l'envers ! A vouloir défendre les droits des femmes, il ne faudrait pas mettre les hommes au pilori et les rendre responsables de tous les maux dont vous souffrez. »

Sans l'avouer, Camille reconnaissait que ses prises de position avaient le goût de la revanche contre Philippe Chaptal. Chacune de ses harangues était un coup porté contre ce qu'il représentait à ses yeux. Son combat, à mots couverts, n'avait d'autre but que d'expurger son désir de vengeance à l'égard d'un homme contre lequel les circonstances l'empêchaient de s'exprimer au grand jour. Elle n'abordait jamais la question avec Pierre. D'un commun accord, ils avaient décidé de laisser le temps accomplir son œuvre sans, toutefois, oublier ce qui avait failli la terrasser. Pierre attendait que Camille soit prête à affronter la terrifiante réalité pour demander des comptes à Philippe. Conscient qu'une telle décision ne pouvait se prendre sans se faire violence, sans ouvrir à nouveau des plaies profondes, il la comblait de tout son amour et l'entourait de mille prévenances afin qu'elle ne voie pas en lui le frère de son agresseur, mais simplement celui qui l'aimait par-dessus tout.

Aussi l'accompagnait-il dans son combat en usant de toutes les précautions. Il la tempérait quand il la sentait trop exaltée, la ramenait à la réalité quand ses idées flirtaient avec l'utopie, savait la rendre à la raison quand ses espoirs se brisaient devant l'immobilisme de la majorité.

« La jeunesse est en train d'ouvrir de nouveaux horizons, lui dit-il un soir de découragement. Rien ne sera plus jamais comme avant. Elle a libéré la société de toutes les chaînes qui l'emprisonnaient. Le monde ouvrier est en train de rejoindre sa cause. Vous, les étudiants, vous avez fait naître un immense espoir. Mais il faut rester réaliste et savoir qu'il y a une limite à toute chose, même aux plus folles espérances. »

En ce mois de mai, loin des Rives Blanches et de Valfleuri, Camille et Pierre finissaient par oublier ce qui inquiétait davantage leurs parents. Comme beaucoup de Français, ceux-ci assistaient à cette vague de contestation sans vraiment comprendre les raisons qui poussaient les jeunes à manifester si fougueusement dans les rues.

Devant les images de violence qu'il découvrait à la télévision – les barricades, les assauts des CRS, les blessés de part et d'autre –, Maxime ne pouvait s'empêcher de penser aux pires événements qui avaient ensanglanté l'Algérie avant son départ.

« Ça va recommencer ! se lamentait Marthe.

— De Gaulle est de plus en plus contesté, affirmait Maxime. Décidément, il n'est plus dans le coup ! Déjà en 62, il fallait le mettre à la retraite. »

Jean-François, qui avait toujours soutenu la politique du Général, reconnaissait qu'avec les années, et surtout depuis le second septennat, la France gaulliste ne répondait plus aux aspirations de la jeunesse.

« Nos hommes politiques sont trop vieux, ils ont fait leur temps ! estimait-il. De Gaulle était l'homme du moment à l'époque où le pays était confronté à un danger national. C'est un soldat avant tout. Devant les nouvelles revendications sociales, il semble ne rien comprendre. Il s'accroche à des scénarios surannés. Cette fin de siècle ne peut être confiée à des hommes nés au siècle précédent.

— Tu es en train de changer d'opinion ! le china Manuel qui, lui, n'avait jamais caché son hostilité aux partis de droite.

— Si la gauche est synonyme d'espoir pour la jeunesse, je veux bien adhérer à ses idées. Encore faudrait-il que ses cadres se renouvellent également ! Je ne sache pas que François Mitterrand incarne vraiment la jeunesse de notre pays !

— Derrière et avec lui, il y a plein de jeunes socialistes qui n'attendent que leur heure pour prendre leurs responsabilités.

— En attendant, le coupa Maxime, je crains que tous ces événements ne viennent perturber nos projets. Si le pays est paralysé trop longtemps par les grèves, pire, si les violences le mettent à feu et à sang… adieu les affaires !

— Au contraire ! objecta Manuel. Ce sera le moment de dénicher de nouvelles opportunités. »

De son côté, Armand Chaptal était trop préoccupé par les agissements du commissaire Ménard pour s'inquiéter des conséquences des troubles sociaux et politiques de ce printemps 1968. Certes, il regrettait que le Général tarde à prendre de sévères mesures contre les manifestants qu'il jugeait subversifs et dangereux. Mais il lui faisait toujours confiance et ne doutait pas que l'ordre revienne bientôt dans la rue.

« Dans deux mois, on n'en parlera plus ! ronchonnait-il devant sa femme chaque fois qu'il allumait son poste de télévision et qu'il découvrait sur le petit écran les dernières images d'actualité. En juillet, les Français partiront en vacances et tout se calmera. Et, à la rentrée, ils auront tout oublié. Je suis sûr que si l'on votait en septembre ils donneraient encore une majorité écrasante à de Gaulle ! »

Philippe n'allait pas jusqu'à souhaiter que la gauche renverse les partis de droite au pouvoir. Mais, devant son père, il ne se gênait pas pour le contredire.

« Le vieux doit s'en aller ! A la place, il faudrait un régime fort pour mettre au pas ces petits crétins d'étudiants et tous les Français au boulot ! »

Armand ne se sentait plus de taille à affronter son fils. Voir comment Philippe agissait alors qu'il avait du sang sur les mains, avec quelle désinvolture et quelle morgue il considérait ce qui était arrivé par sa faute, finissait par le décourager de tout mettre en œuvre pour le sortir d'affaire.

« Je n'en peux plus de jouer au chat et à la souris avec Ménard ! » confia-t-il un soir à sa femme.

Depuis quelque temps, Marie-Ange se doutait qu'Armand lui dissimulait une part de la vérité. En bonne épouse, elle ne lui avait jamais demandé de s'expliquer. Mais son intuition féminine ne la trompait pas. D'ailleurs, depuis que la presse avait laissé entendre qu'Omar Messaoui était innocent, elle s'était rendu compte que le commissaire devenait de plus en plus méfiant vis-à-vis de son mari et de son fils.

« Que me caches-tu, Armand ? finit-elle par lui demander.

— Moi, absolument rien !

— Philippe et toi, vous n'êtes plus comme avant. Je sens bien que vous n'avez pas l'esprit tranquille.

— C'est ce foutu commissaire ! Il fouine partout et semble accuser tout le monde. Il commence sérieusement à m'énerver !

— Si tu n'as rien à te reprocher, tu n'as rien à craindre.

— Je n'ai rien à me reprocher !

— Et Philippe ?

— Philippe non plus ! »

Armand se refermait dès que Marie-Ange tentait de savoir ce qu'il lui taisait. Contrairement à lui, elle ne parvenait pas à déguiser ses sentiments lorsque Ménard la questionnait. A ses réponses, aux doutes qu'elle paraissait éprouver, le commissaire comprenait de plus en plus que le mystère de Valfleuri n'était que le secret d'Armand et de Philippe Chaptal.

Ménard était maintenant persuadé que les Chaptal connaissaient la vérité et que l'un des deux couvrait l'autre. Lequel ? Pour l'instant il ne pouvait le dire. En tout cas, il avait définitivement écarté Pierre de tout soupçon ainsi que tous les membres de la famille Pérez. Quant aux employés des deux domaines, il les avait également mis hors de cause faute de mobiles. A ses yeux, il devenait évident que seuls les Chaptal avaient un lien avec l'affaire. Restait à découvrir le véritable motif du crime, la faille qui dévoilerait celui qui avait laissé accuser et condamner Omar Messaoui à sa place.

Certes, il n'avait aucune raison sérieuse de demander l'inculpation même provisoire d'Armand Chaptal. C'est lui qui avait accepté, à la demande de Pierre, d'embaucher son ancien compagnon d'armes. Personne ne les avait vus ou entendus se disputer. D'ailleurs, Armand côtoyait peu ses ouvriers. Une fois engagés, ceux-ci avaient affaire à Philippe et ne rencontraient plus Armand qu'au moment des vendanges. Philippe gérait seul le personnel.

Ménard espérait percer la carapace de ce dernier plus facilement. Il lui semblait plus vulnérable sous ses allures de matamore. A maintes reprises il l'avait surpris à se défiler devant lui, comme s'il craignait de devoir affronter ses questions. L'air à la fois détaché et supérieur qu'il se donnait cachait en réalité une nature inquiète, un être sur le qui-vive. Il ne l'avait jamais heurté de front. Selon son habitude, Ménard avançait toujours prudemment, sans brusquer les gens qu'il interrogeait. Mais, à ce petit jeu, Philippe avait su pratiquer l'art de l'esquive, comme le bon militaire qu'il était resté dans l'âme, rompu à la traque des terroristes dissimulés dans les moindres replis d'un terrain qu'ils connaissaient mieux que personne.

Aussi le commissaire décida-t-il de changer de tactique et de pousser Philippe dans ses derniers retranchements sans lui laisser le choix de l'angle d'attaque. Plutôt que de le convoquer à son tour dans son bureau de la PJ, il préféra jouer plus habilement pour éloigner sa méfiance.

Il se rendit un jour à Valfleuri sans s'annoncer, accompagné d'une escouade de gendarmes qu'il pria de se poster autour de la maison. Il n'avait ni mandat d'amener ni ordre de perquisition du juge d'instruction, n'ayant pas d'éléments nouveaux à faire prévaloir pour justifier de telles décisions. Il voulait simplement provoquer un choc dans l'esprit des Chaptal afin que, se croyant définitivement pris au piège, l'un d'eux finisse par se trahir.

Armand était absent, parti à Alès rencontrer le sous-préfet à qui, précisément, il désirait se plaindre des agissements du commissaire. Marie-Ange fut la première désolée de devoir l'accueillir seule et lui proposa néanmoins une tasse de café, comme à chacune de ses visites.

« Je ne viens pas boire le café, madame Chaptal. Aujourd'hui, c'est votre fils Philippe que je désire questionner. »

Marie-Ange se rembrunit. Elle comprit que le commissaire n'avait pas l'esprit à plaisanter.

« Il travaille dans son bureau », lui répondit-elle.

Ménard salua poliment la maîtresse de maison et, sur le pas de la porte, lui conseilla :

« Ne l'avertissez pas par téléphone de mon arrivée ! Je préfère lui faire la surprise. »

Le temps de traverser la cour située derrière le mas, Ménard se retrouva face à face avec Philippe. Celui-ci avait vu les gendarmes prendre position autour de la maison et n'avait pas osé s'esquiver par une porte dérobée.

« Laissez-nous seuls, Pauline ! » ordonna-t-il à sa secrétaire.

Puis, s'adressant à Ménard, il l'invita à prendre un siège.

« Que puis-je pour vous, commissaire ? Que voulez-vous savoir que vous ne sachiez déjà ou que je ne vous aie pas encore dit ? »

Philippe arborait sa morgue habituelle et tenait Ménard à distance.

« Ne le prenez pas mal, monsieur Chaptal ; votre père a dû vous informer que je reprenais l'enquête de zéro et que je questionnais à nouveau tous ceux qui ont été en relation avec Sayed Laraoui... Vous ne l'aimiez pas beaucoup, n'est-ce pas ? Pourtant ce n'était pas un Algérien comme les autres. Il s'était battu pour la France, au côté de votre frère, pour maintenir l'Algérie française.

— Ça ne fait pas de lui un Français !... Mais vous vous trompez, je n'avais rien à lui reprocher... »

Ménard questionna Philippe sur les moindres détails, tenta de le faire se contredire, le poussa à dévoiler ses ressentiments envers le général de Gaulle, les Arabes, les pieds-noirs, et tous ceux qu'il tenait pour responsables de ce qu'il appelait « l'abandon de la France à l'ennemi ».

Mais Philippe garda son calme et ne tomba dans aucun des pièges tendus par le commissaire. Il avoua seulement :

« De Gaulle a trahi la France en 1962 comme Pétain en 1940 ! »

Pour faire diversion, Ménard lui tendit une feuille de papier et lui demanda d'écrire l'adresse de la lettre du corbeau.

Philippe regimba d'abord, puis s'exécuta de mauvaise grâce. Il saisit un stylo sur son bureau et, de la main gauche, griffonna ce que Ménard lui dicta. Celui-ci ne lui fit aucune remarque.

« Qu'en concluez-vous ? lui demanda Philippe. Est-ce moi qui ai envoyé la lettre anonyme à mon frère ?

— Seule une nouvelle analyse graphologique le dira ! Mais, à vue de nez, votre écriture ne ressemble pas à celle du corbeau.

— N'importe qui peut déguiser son écriture. Ne serait-ce qu'en changeant de main ! Voulez-vous que j'essaie de la main droite ?

— Ça ira pour aujourd'hui, monsieur Chaptal. Je vais vous laisser tranquille. »

Au moment de se lever de sa chaise, Ménard remarqua sur le bureau un magnifique gobelet en étain.

« Je l'ai rapporté d'Algérie, lui dit Philippe. Comme beaucoup d'autres en cuivre ou en cuir que j'entrepose dans ce meuble. »

Ne se méfiant plus, il se retourna et ouvrit la grande armoire adossée au mur, juste derrière Ménard.

« Tenez, regardez ! C'est mon seul butin de guerre. Vous voyez, je n'ai pas pillé leur pays ! »

Ménard s'approcha, jeta un coup d'œil curieux sur les objets hétéroclites entassés pêle-mêle. L'atmosphère semblait se détendre. Philippe abandonnait peu à peu sa superbe, ne sentant plus soudain le harcèlement du commissaire. Celui-ci feignit de s'intéresser à ce qu'il lui montrait.

« Ces Arabes, quand même, on a beau dire, ce sont des artistes ! J'ai toujours été fasciné par leur façon de travailler le cuivre et l'étain, de décorer leurs poteries, de travailler les poignées de leurs armes blanches... »

Tout en parlant, Ménard examinait attentivement tous les objets.

« Tenez, comme ce couteau ! fit-il en tendant la main. Il est à vous ? »

Surpris, Philippe bredouilla :

« Tout est à moi dans cette armoire.

— Il vient aussi d'Algérie ?

— Oui et non... C'est mon couteau de l'armée... je l'ai conservé en souvenir. Il n'a pas sa place ici, mais j'y tiens. »

Ménard s'extasia ensuite sur un magnifique tapis d'Orient qui recouvrait le sol près de la cheminée.

« Il ne vient pas d'Algérie, mais de Turquie, précisa Philippe. Un commerçant arabe me l'avait offert pour avoir protégé son village de l'attaque des fellouzes. Le plus difficile a été de l'embarquer sur le bateau de retour ! »

Ménard allait prendre congé quand, brusquement, il demanda à revoir le couteau dans son étui.

« Si vous me le permettez, je vais vous l'emprunter pendant quelques jours.

— Mais… il n'en est pas question ! s'insurgea aussitôt Philippe en retrouvant son air hautain.

— J'insiste.

— Je m'y oppose, commissaire. Vous n'en avez pas le droit !

— Dans ce cas, monsieur Chaptal, je reviendrai avec un mandat de perquisition et vous n'aurez pas intérêt à faire disparaître cet objet en attendant !

— Qu'est-ce que vous espérez trouver ?

— Si vous n'avez rien à vous reprocher, vous n'avez rien à craindre de l'analyse de votre couteau ! »

Pris à son propre piège, Philippe n'osa braver davantage le commissaire. Il dut se résigner à le laisser partir en emportant l'objet qu'il gardait précieusement caché dans son bureau.

« Imbécile ! l'injuria son père lorsqu'il lui raconta ce qui s'était passé. Tu m'avais pourtant dit que tu t'étais débarrassé de ce couteau !

— De toute façon, ils ne trouveront rien au labo. Je l'ai bien nettoyé après.

— Tu m'écœures, Philippe ! Si tu n'étais pas mon fils, j'irais dire tout ce que je sais à la police.

— Et tu plongerais avec moi pour complicité ! »

Ménard fit aussitôt analyser la précieuse pièce à conviction. Cette fois, il n'eut pas besoin des services de son amie Agnès Turini pour obtenir les résultats qu'il escomptait. De minuscules traces de sang furent décelées à la base du manche de l'arme blanche et, après expertise, il fut prouvé qu'il s'agissait de celui de la victime, Sayed Laraoui.

« Cette fois, je le tiens ! exulta Ménard devant le juge d'instruction. Nous avons la preuve que le meurtrier est Philippe Chaptal. Tout l'accuse : le mobile, le cadavre égorgé par un gaucher, l'arme du crime... Il ne pourra pas nier. Même son alibi n'est pas fiable ! »

Le juge Lambert lança aussitôt un mandat d'arrestation contre Philippe Chaptal. Les gendarmes le cueillirent à Valfleuri alors qu'il s'apprêtait à partir pour une tournée de ses clients – ce qui n'était qu'un prétexte pour échapper à Ménard. Il fut amené menotté devant le juge qui, en présence du commissaire, décida de l'inculper pour homicide volontaire.

« Enlevez-lui les menottes, ordonna le juge. Monsieur Chaptal, je vous inculpe pour le meurtre de votre employé Sayed Laraoui.

— Vous vous trompez, monsieur le juge, ce n'est pas moi ! protesta Philippe avec arrogance.

— Voici ce qui s'est passé le jour tragique où votre malheureux employé a trouvé la mort : pour une raison que nous ignorons encore, vous vous êtes disputé avec la victime. Vous n'avez jamais accepté que votre frère l'ait fait embaucher par votre père. Vous haïssez les Algériens et vous aviez l'intention de les renvoyer tous de votre domaine dès que votre père vous en aurait remis les rênes. Au cours de la dispute, Sayed Laraoui a fait une chute malencontreuse, sa tête a heurté une surface lisse. L'analyse n'a pas permis d'en préciser la nature, mais il ne s'agissait pas d'un objet contondant. Votre employé a perdu connaissance et s'est effondré à vos pieds. Jusqu'alors, à le croire mort, vous n'étiez coupable que d'homicide involontaire. Cela aurait même pu passer pour un banal accident ! Mais vous avez paniqué.

— C'est faux ! se rebella Philippe. Tout cela n'est qu'un tissu de mensonges !

— Laissez-moi terminer. Vous avez cru que votre ouvrier était mort sur le coup. Vous vous êtes senti pris au piège. Alors, une idée a aussitôt germé dans votre esprit malfaisant : faire accuser un autre Algérien de votre domaine. Vous avez transporté la victime, qui – je le répète – n'était pas morte, jusqu'à la décharge ; et là vous avez pratiqué sur elle des exactions qui étaient malheureusement fréquentes en Algérie pendant le conflit entre musulmans eux-mêmes : vous l'avez égorgée, émasculée et lui avez crevé les yeux. Ensuite, retrouvant votre sang-froid, vous êtes allé chercher les vêtements de travail d'Omar Messaoui dans son vestiaire dont vous possédiez le double des clés. Vous les avez enduits de sang. Puis vous avez enterré le corps dans la décharge. Vous avez replacé les vêtements dans le casier d'Omar et avez disparu pendant quelques jours pour faire croire à votre absence au moment des faits. Osez dire que tout cela n'est pas la vérité ! Vous avez perpétré toutes vos horreurs sur un homme encore vivant, monsieur Chaptal !

— Je croyais qu'il était mort !

— Vous venez de signer vos aveux !

— Non, c'est faux ! Tout cela est archifaux !

— Ce soir, vous dormirez en prison, monsieur Chaptal. Vous prendrez la place de celui que vous avez fait accuser à votre place. »

Le juge Lambert allait ordonner aux gendarmes de faction de repasser les menottes au prévenu et de l'emmener au dépôt, lorsque, brutalement, Philippe se redressa de sa chaise, renversa le bureau du juge avec fracas et, comme un éclair, se rua vers la fenêtre qui était restée entrouverte, l'enjamba et sauta dans le vide. Le bureau du juge se trouvait au premier étage du palais de justice. Philippe, retrouvant ses gestes d'ancien parachutiste rodé aux plus rudes épreuves physiques, se réceptionna sans trop de mal en roulant sur le côté. Puis, reprenant rapidement ses esprits, il détala à toutes jambes sous les yeux ahuris des passants.

Médusés, le juge, le commissaire, les gendarmes et le greffier mirent quelques secondes avant de réagir. Lorsque Ménard, revolver au poing, déboula dans la rue en bas du palais de justice, il était trop tard. Philippe Chaptal avait disparu.

31

La fin du drame

Aussi étonnant que cela pût paraître, Philippe Chaptal s'évanouit dans les rues de Montpellier plus rapidement que les fellaghas qu'il pourchassait dans les venelles enchevêtrées de la casbah d'Alger. Le procureur de la République convoqua le juge et le commissaire, leur reprocha de ne pas s'être méfiés et leur intima l'ordre de retrouver et arrêter le fugitif sans délai.

Mais Philippe, qui connaissait toutes les ruses de la guérilla urbaine, parvint facilement à brouiller les pistes et demeura introuvable. La capitale languedocienne grouillait de monde en ce mois de juin, les touristes affluaient déjà, les étudiants n'étaient pas encore rentrés dans leurs foyers. Les événements du mois précédent n'effrayaient pas les promeneurs qui profitaient de la douceur particulière de ce printemps de liberté pour traîner aux terrasses des cafés.

Ménard mit aussitôt en place un dispositif de surveillance autour de Valfleuri. Il croyait que Philippe n'allait pas tarder à prendre contact avec son père dont il soupçonnait la complicité. Les routes du département furent étroitement contrôlées, des barrages installés, le portrait du fugitif diffusé dans toutes les gendarmeries et placardé sur les panneaux des mairies. Même la télévision régionale parla de l'événement.

« Cette fois, je suis foutu ! soupira Armand devant sa femme lorsqu'il découvrit les premières images de Valfleuri et de son fils sur l'écran de sa télévision. Notre notoriété a fini d'exister. Pérez et ses fils triomphent.

— Ils n'y sont pour rien, Armand. Il ne faut pas baisser les bras si vite. Philippe est innocent, j'en suis certaine. Il ne peut pas avoir commis de telles atrocités ! Il y a une autre explication à toute cette histoire. Lui seul connaît la vérité. C'est la raison pour laquelle il se rongeait les sangs depuis quelque temps. »

Armand ne répondit pas. Les accusations du commissaire relayées par toute la presse l'avaient terrassé. Tant que son fils avait échappé à la justice, il avait cru de son devoir de père de le couvrir. Il avait fermé les yeux sur les actes odieux qu'il avait commis. Mais maintenant que la vérité éclatait au grand jour, il prenait conscience de l'abomination dont il s'était rendu coupable par son silence. Et il étouffait de honte et de remords. Lui, le patriarche, le descendant de viticulteurs respectés qui avaient l'honneur dans le sang, comment pouvait-il être le père d'un assassin, le complice d'une barbarie ?

« Philippe n'est pas innocent ! » finit-il par avouer à sa femme.

Marie-Ange, essuyant ses larmes, releva la tête.

« Que dis-tu ? As-tu conscience du sens de tes paroles ?

— Parfaitement. Philippe est coupable des faits qui lui sont reprochés.

— C'est impossible ! Philippe n'est pas un assassin ! C'est notre fils !

— Il l'est ! Je suis au courant depuis la première heure. Je n'ai rien dit à personne pour le préserver. Mais la vérité est différente de celle dont la presse se fait l'écho. Philippe ignorait que Sayed Laraoui était encore vivant quand il a… Enfin, tu connais la suite ! Mais cela sera difficile à prouver. Il le croyait mort et il a voulu déguiser l'accident en meurtre.

— Il a donc fait accuser un innocent ! »

Armand était à court d'arguments pour défendre son fils.

« Philippe n'a jamais eu d'états d'âme.

— Que va-t-on devenir ? » se lamenta Marie-Ange.

Une semaine s'écoula. Puis une autre. Philippe demeurait introuvable. Les battues organisées par les brigades de gendarmerie ne donnaient aucun résultat.

Pierre croyait que son frère avait trouvé un abri dans une grotte de la région, dans les Cévennes ou en Ardèche. Celles-ci étaient nombreuses. Certaines avaient servi de refuge à des résistants pendant la guerre, voire aux camisards à l'époque de Louis XIV. Plus jeunes, les deux frères aimaient partir ensemble à leur découverte. Ils n'hésitaient pas à escalader les parois rocheuses pour y accéder et y passaient parfois la nuit à épier la venue d'animaux sauvages. Philippe se montrait le plus téméraire des deux et expérimentait toujours des méthodes de survie pour se dispenser d'emporter nourriture et vêtements chauds.

« Philippe ne se rendra pas facilement, reconnut Pierre devant Camille. Il connaît parfaitement la région et il peut survivre des semaines dans les pires conditions sans avoir besoin de s'approcher des hommes. En Algérie, dans le bled, il a été à bonne école.

— Tu le dénoncerais à la police si tu savais où il se cache ? »

Pierre ne répondit pas. Camille insista :

« Après ce qu'il m'a fait et ce qu'il a fait endurer à ce pauvre Sayed, tu le défendrais encore ?

— C'est mon frère ! »

Camille le fusilla du regard.

Il se reprit :

« Si je savais où il se terre, j'irais le voir et je tenterais de le convaincre de se rendre. Mieux vaut être un coupable repentant que de passer pour un criminel sans remords !... Et toi, si c'était ton frère, que ferais-tu ? »

Camille hésita, adoucit son regard, caressa le visage de Pierre.

« Heureusement que tu ne lui ressembles pas ! » lui dit-elle en l'embrassant tendrement.

Pierre se rappelait qu'une grotte avait la préférence de son frère lors de leurs escapades d'adolescents. Ils s'y rendaient à vélo, car elle était située à une trentaine de kilomètres de Pérols, sur la commune de Saint-Jean-du-Pin, près d'Alès. C'était un vrai nid d'aigle perché sous un promontoire rocheux appelé rocher de Soucanton, sur lequel se dressaient les ruines d'une tour fortifiée et d'une chapelle médiévale. La caverne dominait la route d'Alès à Anduze et n'était accessible que par un chemin escarpé. C'était un excellent refuge et un bon poste d'observation d'où il était possible de prévenir de toute arrivée importune.

« Je t'y accompagne ! décida Camille lorsque Pierre l'avertit de son intention de s'y rendre.

— Tu n'y songes pas ! Après ce qu'il t'a fait subir ?

— Je me sens assez forte à présent pour l'affronter. C'est la seule façon de me débarrasser de la souillure qu'il m'a laissée.

— Ce n'est pas raisonnable, mais si tu y tiens… »

Ils se rendirent aussitôt à Saint-Jean-du-Pin. Pierre gara sa voiture à l'écart pour ne pas se faire repérer et invita Camille à le suivre. Il ne se souvenait plus très bien du chemin qu'il fallait emprunter, mais la ruine du château le guida à travers les fourrés.

« Tu crois qu'il est là-haut ? fit Camille en soufflant.

— Je l'ignore. Mais j'en ai le pressentiment. »

Ils se firent le plus discrets possible, cessèrent de discuter et avancèrent à pas de loup. Arrivé à quelques dizaines de mètres de la grotte, Pierre fit signe à sa compagne de l'attendre. Il s'approcha seul.

Lorsqu'il parvint à l'entrée de la caverne, il appela :

« Philippe ! C'est moi, Pierre. »

Aucune réponse.

Il réitéra son appel, puis se découvrit complètement. Personne n'était à l'intérieur.

« Camille, tu peux venir ! Il n'y est pas. »

Elle le rejoignit, sur ses gardes. Avant de parvenir à son tour à l'entrée de la grotte, elle entendit juste au-dessus d'elle un bruit de branchages qu'on écarte.

Le temps de relever la tête, elle aperçut quelqu'un qui prenait la fuite.

« Pierre !

— Qu'y a-t-il ?

— Ton frère ! Il nous épiait, j'en suis certaine. J'ai vu quelqu'un s'échapper, là, au-dessus de nous !

— Il y a des restes de nourriture dans la grotte, ainsi qu'une lampe torche. Je ne m'étais pas trompé ! »

Pierre et Camille avaient découvert la cachette de Philippe. Mais ils n'eurent pas le temps de lui parler.

Le fugitif possédait beaucoup de ressources. Il disparut à nouveau sans laisser de traces et s'évanouit dans la nature.

Philippe Chaptal resta introuvable plusieurs jours encore, malgré les recherches. Il se terrait effectivement dans les grottes, dans les bois, changeait fréquemment de lieu pour brouiller les pistes. Toutefois, sans argent, il dut vite se rendre à l'évidence qu'il ne survivrait pas longtemps.

Une nuit, il décida de rentrer à Valfleuri à la barbe des gendarmes. Ceux-ci, depuis le temps qu'ils le traquaient en vain, commençaient à relâcher leur surveillance. En bon chasseur de suspects, Philippe savait qu'après plusieurs semaines la vigilance de tout fin limier finissait par faiblir. Il en profita pour retourner chez lui sans se faire repérer.

Armand et Marie-Ange s'apprêtaient à aller se coucher quand il frappa à la porte de service. Sa mère ne l'entendit pas et monta dans sa chambre, priant son mari de ne pas tarder.

« Il est presque minuit, lui dit-elle. Demain tu vas encore te plaindre d'être fatigué. »

Armand, lui, avait entendu et se douta que quelqu'un cherchait à le voir. Il s'attendait à ce que son fils vienne se réfugier tôt ou tard à Valfleuri. Le mas recelait des cachettes introuvables, même par le plus futé des policiers. Il pensa aussitôt à Philippe. C'est lui ! se dit-il.

« J'arrive, rassura-t-il Marie-Ange. Je range trois bricoles dans la soupente de l'escalier et je viens me coucher. »

Puis il alla ouvrir la porte et se trouva nez à nez avec son fils.

« Entre ! Je me doutais que tu viendrais.

— Je les ai bien couillonnés, ces gendarmes !

— Ne te réjouis pas trop vite. Ils patrouillent toujours autour de Valfleuri. Ils doivent se dire que tu finiras par pointer ton nez... Quelles sont tes intentions ?

— J'ai besoin d'argent et d'une bagnole. »

Armand se rembrunit. Il tira calmement une chaise vers lui et s'assit à la table de la cuisine.

« Prends deux verres dans le buffet et la bouteille d'eau-de-vie. On va d'abord boire un coup. Ça nous rendra les idées claires.

— Tu ne veux pas m'aider ?

— Je n'ai pas dit ça, fils ! Mais j'ai besoin de réfléchir... On a assez fait de conneries tous les deux. Tout ça finira mal ! Tu ne peux pas t'enfuir et être en cavale toute ta vie. Ça n'a pas de sens !

— Tu as autre chose à me proposer ? »

Armand hésita, regarda son fils dans les yeux, se lança :

« Il faut que tu te rendes ! Si tu te reconnais coupable en leur expliquant exactement ce qui s'est passé, les juges t'accorderont les circonstances atténuantes. Après tout, c'était un accident. Tu n'as jamais voulu tuer Sayed Laraoui.

— Tu plaisantes, père ! Les juges ne me croiront jamais. Non, il faut que je disparaisse loin et vite. »

Philippe haussait le ton.

« Pas si fort ! Ta mère ne dort pas. Elle va t'entendre.

— File-moi la clé de ta voiture. La mienne sera trop vite repérée. Et je vais prendre de l'argent dans le coffre.

— Non, fils ! Je te l'interdis. Pour ton bien… rends-toi ! »

Tout se passa rapidement. Philippe, hors de lui, bouscula son père et se précipita dans la salle à manger. Il fouilla dans un tiroir du buffet, s'empara d'une liasse de billets qu'Armand gardait en réserve, puis il saisit son trousseau de clés accroché au mur.

« Adieu, père. Puisque tu ne veux pas m'aider, je ne te demande pas ta permission. Embrasse maman pour moi. Qu'elle ne s'inquiète pas ! »

Philippe disparut dans la nuit sans plus s'attarder, laissant son père sur place, stupéfait. Il s'empara de sa Mercedes 300 SE et s'enfuit à tombeau ouvert en empruntant les petites routes des Cévennes.

Au milieu de la matinée, le commissaire Ménard, accompagné de trois gendarmes, débarqua à Valfleuri. Armand avait l'habitude de leurs intrusions à toute heure de la journée. Ménard passait régulièrement pour vérifier si Philippe n'avait pas réapparu. Cette fois, il arborait un air plus grave que de coutume.

« Monsieur Chaptal, votre voiture a été retrouvée à l'aube au fond d'un ravin, sur la route du col de l'Asclier. Votre fils Philippe était à son bord. Il est mort sur le coup. »

Armand ne broncha pas.

Ménard lui demanda si Philippe était passé le voir et s'il lui avait prêté sa voiture. Armand feignit d'ignorer que son fils lui avait emprunté sa Mercedes. Ménard feignit de le croire.

Le lendemain, le juge Lambert annonça à la presse que l'affaire Laraoui avait trouvé son dénouement, que le véritable assassin avait été démasqué et avait trouvé la mort dans un accident de voiture.

Quelques jours plus tard, lavé de tout soupçon, Omar Messaoui fut libéré de prison et recouvra sa liberté après deux années et demie de détention.

Trois mois plus tard, octobre 1968

La tragédie de Valfleuri abattit Armand Chaptal. En l'absence de son fils aîné, il semblait ne plus posséder le ressort nécessaire pour poursuivre l'œuvre de sa vie. Son domaine cependant se maintenait grâce aux efforts de l'équipe mise en place par Philippe. Mais il lui manquait un chef pour donner les orientations et tracer l'avenir. Pierre promit à son père de l'aider le plus possible en attendant de trouver une solution. Il envisagea un moment d'appeler son beau-frère et sa sœur

Maryse pour leur demander d'assurer la relève. Mais devant les réticences d'Armand, il renonça à son projet.

Les Rives Blanches, en revanche, continuaient de prospérer en dépit des événements houleux qu'avait connus le printemps, et prenaient de plus en plus d'ampleur dans l'univers de la vigne.

Fier de sa réussite, Maxime entrevoyait son avenir avec sérénité, entouré de ses fils et de ses filles. Il avait le sens de la famille ancré dans l'âme et ne tarissait pas d'éloges quand il parlait de ses enfants aux visiteurs de son chai et de son domaine.

Manuel et Yasmina avaient décidé de se marier à la fin des vendanges, début octobre. Les deux familles avaient fini par se ranger à leurs désirs malgré les problèmes que leur union leur posait.

Du côté des Pérez, Marthe fut la première à évoquer l'avenir de ses futurs petits-enfants :

« Tu verras, avait-elle mis en garde Manuel, si tu épouses une Arabe, tu épouses la famille et vos petits seront musulmans[1] ! »

Mais Maxime voyait dans ce mariage une façon de retisser des liens avec son pays natal, avec les racines de ses ancêtres qu'il avait abandonnés dans les larmes et la douleur. Alors, Marthe fit contre mauvaise fortune bon cœur et donna son consentement à son fils.

Chez les Messaoui, les réticences étaient plus fortes, car cette union passait pour être contraire à leurs principes religieux. Les mariages mixtes entre une musulmane et un Français étaient très rares. Si le Coran

---

1. Cité dans *L'Intégration des Maghrébins dans les villages du Midi*, René Domergue, 2011.

autorisait l'union d'un garçon musulman et d'une fille chrétienne, la tradition s'y opposait, et l'inverse n'était quasiment pas possible, sauf si le futur époux consentait à se convertir. Manuel accepta donc de se soumettre aux règles de l'islam et prononça devant un imam les paroles de la *shahâda*, la profession de foi des musulmans. Ces quelques mots bredouillés maladroitement permirent aux parents de Yasmina de le considérer *halal*, en règle avec l'islam, et de garder leur honneur sauf. A cette seule condition et bien qu'il ne fût pas circoncis, ils ne s'opposèrent plus au mariage.

Tous décidèrent de fêter en même temps le retour d'Omar. Le jeune Messaoui n'avait pas souhaité reprendre son travail au côté de son père au domaine de Valfleuri, malgré la promesse d'Armand de le conserver à son service. Maxime l'embaucha alors dans son chai et l'affecta à la vinification sous les ordres de René Carrel.

Cette année-là, alors que le cœur des Français venait de connaître les plus folles espérances depuis le Front populaire, Maxime voulut à sa manière marquer le début de ce qu'il appelait pompeusement « l'ère nouvelle » en parlant des Rives Blanches. Il souhaita que la fête des vendanges se transformât en une grande réconciliation entre Algériens, pieds-noirs et Français de souche. Toutes les familles maghrébines des domaines de Valfleuri et des Rives Blanches – marocaines, algériennes, tunisiennes – furent invitées à fêter l'union des jeunes fiancés et le retour d'Omar à la liberté. Maxime et Marthe y convièrent également leurs nombreux amis rapatriés qui affluèrent des quatre coins du Gard et de l'Hérault. Edgar Dugas vint entouré des siens et de ses amis politiques.

Un énorme méchoui fut préparé derrière le chai des Rives Blanches pour le repas qui devait succéder aux cérémonies civile et religieuse. Celles-ci eurent lieu en présence du maire et des représentants des religions des futurs époux. Edgar Dugas officia en personne au mariage civil, comme deux ans plus tôt pour sa fille et Jean-François. La cérémonie religieuse, quant à elle, fut un peu particulière : c'était la première fois, en effet, qu'à Pérols un imam et un prêtre agissaient côte à côte pour procéder à un mariage entre une musulmane et un chrétien.

Au-dessus des vignes des Rives Blanches, les youyous des femmes arabes s'élevaient vers les cieux comme un hymne à la joie et faisaient vibrer le cœur de Maxime et de Marthe. Au cours du déjeuner, les chants berbères, la langue arabe, les tenues colorées des jeunes Maghrébines, l'odeur de la viande grillée les transportèrent comme par magie dans leur pays natal et les remplirent à la fois de bonheur et de nostalgie, leur rappelant le temps béni où, de l'autre côté de la grande bleue, ils vivaient heureux à Rio Salado.

Camille et Pierre se tenaient légèrement à l'écart. Sans se l'avouer, ils enviaient Manuel et Yasmina qui avaient su convaincre leurs familles respectives de se rapprocher, de s'accepter pour mieux vivre ensemble. Au fond d'elle-même, Camille regrettait l'absence des parents de Pierre. Elle voyait bien que son cœur en était attristé. Avec les terribles révélations du juge Lambert et du commissaire Ménard, et l'accident mortel de son frère, Pierre avait subi un profond traumatisme. Même s'il condamnait Philippe pour l'acte monstrueux qu'il avait perpétré sur Camille, il lui était très difficile d'admettre qu'il était le meurtrier de Sayed, car jamais, au cours de sa propre enquête, il ne l'avait soupçonné.

« Quoi qu'il ait fait, il demeure mon frère ! » avait-il confessé à Camille le jour où il avait appris sa mort.

Camille ne lui en avait pas tenu rigueur.

« Je crois que je réagirais de la même manière si j'étais dans ton cas. Les liens du sang sont les plus forts. »

En ce jour de réjouissances, elle finit par reconnaître :

« J'aurais aimé que tes parents soient parmi nous et pouvoir imaginer qu'un jour nous serions à la place de Manuel et de Yasmina. »

Pierre la serra dans ses bras, se tut. Elle comprit qu'il pensait la même chose, mais qu'il leur fallait se résigner à vivre ensemble sans leur consentement.

Contre son attente, il lui proposa alors d'aller les chercher, de convaincre son père d'abandonner sa rancune.

« Non, l'arrêta-t-elle. Laisse-moi m'en charger !

— Mais… »

Elle le fit taire d'un doigt sur ses lèvres.

« Fais-moi confiance. »

Camille se rendit à Valfleuri. En l'absence de la plupart des ouvriers agricoles, le domaine semblait endormi. Le cœur battant, elle frappa à la porte du mas, attendit. Marie-Ange vint lui ouvrir. Surprise, elle la salua gentiment et remarqua :

« Si c'est Pierre que vous venez chercher, je crois qu'il est déjà au mariage de votre frère. Vous avez dû vous croiser.

— Qui est-ce ? gronda la voix d'Armand derrière sa femme.

— Je viens de quitter Pierre à l'instant. C'est vous deux, madame Chaptal, que je venais convier à la fête. Nous serions tellement heureux si…

— Alors, qui est-ce ? répéta Armand en pointant son nez. (Puis, apercevant Camille dans l'embrasure de la porte :) Que venez-vous faire ici ?

— Mademoiselle Pérez venait nous inviter à nous joindre au mariage de son frère, tenta timidement d'expliquer Marie-Ange.

— Nous inviter ! En quel honneur ? Nous n'avons rien à faire chez les Pérez ! »

Il tourna brusquement les talons et disparut dans le salon.

« Ce serait une si belle occasion de faire la paix entre nos deux familles, poursuivit Camille.

— Je suis désolée, mademoiselle. Je ne crois pas mon mari prêt à une telle réconciliation. Si ce n'était que de moi…

— Cela ne fait rien, madame Chaptal… Une prochaine fois, peut-être. »

Camille s'en revint aux Rives Blanches où la fête battait son plein. Attristée, elle se blottit dans les bras de Pierre et, ensemble, ils reprirent leurs places parmi les convives.

L'après-midi touchait à sa fin et Maxime s'apprêtait à inviter ses amis à se réfugier dans le grand hangar qu'il avait fait aménager et décorer afin de prolonger la fête jusque tard dans la nuit. Quand soudain, Camille, la première, vit arriver au bout de l'allée bordée de cyprès Armand Chaptal, suivi de Marie-Ange qui marchait dans ses pas.

Elle se précipita à leur rencontre et, le visage rayonnant de bonheur, leur déclara :

« Vous êtes les bienvenus parmi nous, monsieur et madame Chaptal. Je vous accompagne ; mes parents vous attendent. »

Maxime se leva de table et s'avança vers ses nouveaux invités. Il les convia à s'asseoir à ses côtés et leur proposa aussitôt une coupe de champagne.

Devant eux, Camille et Pierre se tenaient par les épaules.

« Nos enfants s'aiment depuis le premier jour de leur rencontre, fit Maxime en soutenant le bras d'Armand. Nous, nous ne sommes que de vieux renards trop méfiants ! Je crois qu'entre eux, c'est pour la vie. Le destin semble vouloir lier inexorablement Valfleuri et les Rives Blanches, car ce sont leurs enfants, nos petits-enfants qui en seront un jour les héritiers. Alors, Armand, levons nos verres à l'amour qui les unit et faisons la paix ! »

Le vieux Chaptal paraissait gêné. Il avait perdu de sa superbe et semblait un brave grand-père penaud devant la naissance de son premier petit-fils. Il se racla la gorge. Derrière lui, sa femme, les yeux larmoyants, souriait.

« Je me suis longtemps mal comporté, finit-il par admettre. Je désire à présent faire table rase du passé.

C'est vous qui avez raison, Maxime : l'avenir, ce sont nos enfants qui le portent en eux. »

Camille prit Pierre par la main et, ensemble, ils regardèrent l'horizon qui commençait à flamboyer.

« Les Rives Blanches resplendissent à nouveau ! » lui glissa-t-elle dans l'oreille en se suspendant à son cou.

Epilogue

Année 2010

Jean-François Pérez contemplait l'horizon avec fierté. Des hectares de vignes s'étendaient sous ses yeux. Une mer, un océan ! aimait-il se dire en pensant à son père.

A soixante et onze ans, c'était encore un homme dans la force de l'âge, droit comme un chêne, le regard vif, la chevelure drue, le geste alerte et précis, et la repartie facile. Toute sa vie, il avait travaillé sans relâche, redressant la tête chaque fois que la fatalité s'était mise en travers de son chemin pour anéantir ses efforts.

A présent, il dirigeait un immense domaine qui comptait une quinzaine de vignobles, des centaines d'hectares, répartis sur trois départements, le Gard, l'Aude et l'Hérault. Mais ses vignes gardoises avaient toujours sa préférence : celles qui avaient porté les premières le nom de domaine des Rives Blanches.

Les rives blanches ! Celles de son Algérie lointaine. Il n'avait jamais pu les oublier, les effacer de sa mémoire. Elles y étaient ancrées comme un tatouage indélébile imprimé dans sa peau.

Pourtant, il n'était jamais retourné dans son pays natal, celui de ses ancêtres, qu'il avait quitté avec toute sa famille peu après l'indépendance, en 1962. Comme pour la plupart des pieds-noirs, à ses yeux, l'Algérie, c'était une autre vie, un autre monde dont il ne parlait plus, sauf rarement entre amis.

Aujourd'hui, son père et sa mère n'étaient plus de ce monde. Il les avait accompagnés jusqu'à leur dernier jour, en fils fidèle et reconnaissant, sans jamais les décevoir. Avec son frère Manuel et ses sœurs Camille et Manon, il les avait soutenus, encouragés, incités à ne jamais baisser les bras, même aux pires moments de leur existence. Chacun avait pris sa part de responsabilité au sein de l'entreprise familiale.

Après son père, Jean-François en avait assuré la direction, refusant le titre pompeux de président-directeur général des Etablissements Pérez. Toujours passionné de recherche œnologique, il continua à diriger la partie viticole de l'ensemble de la production.

Manuel, lui, devint le grand argentier du domaine et lui donna des bases financières solides qui consolidèrent son avenir.

Camille, après avoir épousé Pierre et enseigné quelques années les lettres modernes au lycée Joffre de Montpellier, finit par le rejoindre à Valfleuri pour l'aider à gérer le domaine. Pierre, en effet, renonça au journalisme à la mort d'Armand et décida de se consacrer à la vigne afin de ne pas trahir sa mémoire. Mais il se mit à écrire et devint parallèlement un écrivain reconnu. Plus tard, leurs enfants, cohéritiers des deux domaines avec ceux des autres Pérez, unirent Valfleuri et les Rives Blanches sous la même bannière.

Manon, quant à elle, épousa un œnologue et prit en charge le secrétariat de l'entreprise familiale.

Repartis de zéro à leur arrivée en métropole, les Pérez avaient ensemble reconstruit pierre après pierre ce qu'ils avaient perdu en abandonnant leurs terres et leur maison, leur passé et leur histoire. Ils s'étaient heurtés à l'hostilité des jaloux, des méfiants, à la rancune de ceux qu'ils gênaient.

Ils se souvenaient tous de chacune des étapes qui leur avaient permis de se hisser à la tête d'un monde où l'on ne pouvait réussir que par le travail et la ténacité. Leur stratégie ne changea jamais au cours des décennies. Ils achetèrent sans cesse de nouveaux vignobles et s'adaptèrent constamment aux conditions du marché.

Après avoir acquis les Rives Blanches au début de leur installation douloureuse en métropole, ils agrandirent sans relâche leur propriété en misant sur l'essor touristique à venir d'une région languedocienne en plein bouleversement. La vigne connaissait alors une profonde mutation. Forts de leur expérience en Algérie, ils se placèrent obstinément à la pointe de l'innovation. A chaque nouvelle extension de leur domaine, ils replantèrent des cépages nobles et enrichirent ainsi leur patrimoine.

Au bout de vingt ans, ils étaient à la tête de plus de huit cents hectares de vigne. Ils avaient installé deux chaînes d'embouteillage pour absorber leur production.

Deux sites de conditionnement et de stockage occupaient une trentaine d'employés. Leurs camions sillonnaient toutes les routes de France pour distribuer leurs meilleurs crus aux négociants et grandes surfaces. Une demi-douzaine d'œnologues travaillaient en collaboration avec leurs maîtres de chai pour élaborer leurs nouveaux assemblages.

Les Rives Blanches – nom qu'ils étendirent à l'ensemble de leurs propriétés – s'affichaient désormais comme une entreprise prospère et dynamique qui avait participé à la rénovation et à la remise en valeur du vignoble languedocien.

En ce début de siècle, les Pérez appartenaient aux quelques grandes familles du monde viticole. Cinquante ans après le drame algérien, si les plaies ne s'étaient toujours pas totalement refermées dans leur cœur, ils pouvaient être fiers d'avoir entrepris dans cette partie du Midi ce que leurs ancêtres, avant eux, avaient réalisé, avec beaucoup moins de moyens, sur une terre qui, à l'époque, avait dû leur paraître bien ingrate. Car l'Algérie des premiers colons était loin de passer pour un pays de cocagne ! Leurs aïeux, venus du sud de l'Espagne, avaient planté leurs premières vignes au début de la colonisation de l'Afrique du Nord. Pour eux, ce fut aussi une vraie conquête, une véritable aventure qui avait failli s'achever avec l'indépendance.

En contemplant son domaine, Jean-François Pérez pouvait maintenant se rassurer : au-delà de la mer sur laquelle sa famille avait dû fuir par un mois de juillet 1962, les rives de la métropole qu'il voyait alors s'approcher, appuyé au bastingage du paquebot de l'exode, étaient effectivement aussi blanches que celles qu'il avait quittées. Pour lui et les siens, la conquête de ses aïeux s'était poursuivie sous d'autres cieux.

Saint-Jean-du-Pin
15 novembre 2010 – 28 août 2011

Sources bibliographiques

Exode, accueil des pieds-noirs, harkis

Ouvrages

Baillet Pierre : *Les Rapatriés d'Algérie en France*, La Documentation française, « Notes et études documentaires » (1976)

Delpard Raphaël : *L'Histoire des pieds-noirs d'Algérie*, éditions Michel Lafon (2003)

– : *Les Souffrances secrètes des Français d'Algérie. Histoire d'un scandale*, éditions Michel Lafon (2007)

De Ternant Geneviève : *L'Agonie d'Oran*, éditions Gandini, Nice (2001)

Domergue René : *L'Intégration des pieds-noirs dans les villages du Midi*, éditions L'Harmattan (2005)

– : *L'Intégration des Maghrébins dans les villages du Midi*, autoédition (2011), site de l'auteur : renedomergue.com

Ferro Marc : *Histoire de France*, éditions Odile Jacob (2001)

Jordi Jean-Jacques : *De l'exode à l'exil*, éditions L'Harmattan (1993)
– : *1962, L'arrivée des pieds-noirs*, éditions Autrement (2001)
Peyrefitte Alain : *C'était de Gaulle*, éditions Fayard (1994)

Presse

Aurel et Pierre : « Sans valise ni cercueil, les pieds-noirs restés en Algérie » et autres articles, in *Le Monde diplomatique* (mai 2008)
Couto Marie-Paule : « Regards croisés sur les rapatriés d'Algérie », in *La Vie des idées* (20 octobre 2008)
Hamadi Abdel Kader : « La mémoire des lieux, les camps ouverts aux harkis dans le Sud », in *Géographies*, bulletin de l'Association des géographes français, nº 1 (mars 2006)
Revue *Historia* : « Harkis, pour en finir avec les tabous », nº 766 (octobre 2010)
Hebdomadaire *Le Point* : « Retour sur le malheur pied-noir » (20 janvier 2007)

Internet

Les sites Pieds-noirs et exode1962.fr
Wikipedia, articles sur *Guerre d'Algérie*, *pieds-noirs*, *rapatriés*, *harkis*

Essor de la vigne en Languedoc-Roussillon depuis 1960

Gavignaud-Fontaine Geneviève : « Les grands propriétaires et leurs exploitations viticoles dans l'Hérault aux XIXe et XXe siècles », in *Etudes héraultaises*, nº 26-27 (1996)

Juge Jean-Pierre : *Le Midi du vin : de la crise à l'ambition*, Loubatières, Portet-sur-Garonne, 2002.

– : *Guerriers du vin : une saga occitane*, Portet-sur-Garonne (1999)

Lachiver Marcel : *Vins, vignes et vignerons, Histoire du vignoble français*, éditions Fayard, Paris (1988)

Marcout Pierre : *Où mène la viticulture en Languedoc-Roussillon ?* éditions Christian Lacour, Nîmes (1988)

Marres Paul : « Le prolétariat viticole. Aspects humains de la crise viticole », in *Bulletin de la société languedocienne de géographie* (oct.-déc. 1975)

Pech Rémy : « Le développement d'une grande entreprise viticole en Languedoc : l'exemple des domaines de la compagnie des Salins du Midi (1890-1940) », in *Etudes sur Pézenas et sa région* (1974)

Presse : *Midi libre* : « L'extraordinaire saga de la famille Bonfils » (20 octobre 2008) et « Conquérants des vignes » (28 décembre 2010)

Table des matières

DEUXIÈME PARTIE
LE RETOUR À LA TERRE

TROISIÈME PARTIE
L'AFFRONTEMENT

QUATRIÈME PARTIE
LA CONQUÊTE

Composé par Facompo
à Lisieux (Calvados)

Imprimé en France par

Maury Imprimeur
à Malesherbes (Loiret)
en septembre 2020

POCKET – 12, avenue d'Italie – 75627 Paris Cedex 13

N° d'impression : 247638
S25023/02